LUIS LEANTE

Liebst du mich

Roman

Aus dem Spanischen von
Lisa Grüneisen

S. Fischer

Die Originalausgabe erschien
2007 unter dem Titel ›Mira si yo te querré‹
bei Alfaguara (Santillana Ediciones Generales, S. L.), Madrid

Satz: Pinkuin Satz und Datentechnik, Berlin
Druck und Bindung: GGP Media GmbH, Pößneck
Printed in Germany
ISBN 978-3-10-043310-7

Für Nieves

Wenn fern der Heimat
deine Farben wehen
und ich deiner Größe gedenke
Ach! Tiefer war nie meine Liebe.

Rot leuchtet sie, meine Fahne,
Golden glänzt meine Flagge,
Blut trägt sie in sich, und ein lauteres Strahlen,
das von ihrer Seele kündet.

Las Corsarias
Musik und Text: Francisco Alonso

SIE VERSCHLÄFT DEN Morgen, den Nachmittag, schläft nahezu ununterbrochen. Dann liegt sie fast die ganze Nacht wach. Flüchtige Momente der Klarheit wechseln ab mit Phasen des Delirierens und der Besinnungslosigkeit. Der Ohnmacht. So vergehen Tage, Wochen. Es gibt keine Grenze im Lauf der Zeit. Wenn es ihr gelingt, eine Weile wach zu bleiben, versucht sie die Augen zu öffnen, um dann erneut im Strudel des Schlafs zu versinken. Ein tiefer Schlaf, aus dem sie nur mühsam wieder zurückfindet.

Seit einigen Tagen nimmt sie in den seltenen klaren Momenten Stimmen von Fremden wahr. Sie klingen weit weg, als kämen sie aus einem anderen Raum oder aus der Tiefe ihrer Träume. Nur einmal hört sie sie ganz nah. Sie ist sich nicht sicher, aber die Unbekannten scheinen arabisch zu sprechen. Sie flüstern. Sie versteht nicht, was sie sagen, aber die Stimmen sind nicht beunruhigend, sondern erscheinen ihr vielmehr tröstlich.

Das Denken fällt ihr schwer. Sehr schwer. Wenn sie herauszufinden versucht, wo sie sich befindet, wird sie von einer großen Müdigkeit überwältigt, und sie fällt erneut in den gefürchteten Schlaf. Verzweifelt versucht sie, wach zu bleiben, weil die Halluzinationen ihr Angst machen. Immer wieder quält sie dasselbe Bild: Der Albtraum mit dem Skorpion. Selbst im Wachzustand fürchtet sie sich, die Augen zu öffnen, aus Angst, das Tier könnte den Traum überlebt haben. Aber auch wenn sie es versucht, sind ihre Augenlider wie zugeklebt.

Als sie die Augen zum ersten Mal aufschlägt, sieht sie

nichts. Das Licht im Zimmer blendet sie, als hätte sie die ganze Zeit in einem dunklen Verlies verbracht. Ihre Lider geben dem Gewicht wieder nach. Aber sie ist zum ersten Mal in der Lage, zwischen Realität und Traum zu unterscheiden.

»*Skifak? Esmak?*«, fragt jemand ganz ruhig.

Es ist eine Frauenstimme, die ganz sanft mit ihr spricht. Sie versteht nicht, was sie sagt, aber es klingt freundlich. Sie erkennt die Stimme wieder, die sie in den letzten Tagen oder Wochen gehört hat, manchmal von ganz nah und manchmal aus der Ferne, wie aus dem Nebenraum. Aber sie hat keine Kraft zu antworten.

Auch im Wachzustand bekommt sie das Bild des Skorpions nicht aus dem Kopf, es überschreitet die Grenzen des Albtraums. Sie glaubt sogar, den Panzer und die Beine zu spüren, die an ihrer Wade hochkrabbeln. Sie muss sich mühsam davon überzeugen, dass es nicht wirklich geschieht. Sie versucht sich zu bewegen, aber sie hat keine Kraft. Es war ein kurzer, spitzer Schmerz gewesen, wie ein Nadelstich. Hätte diese Frau nicht geschrien, um sie zu warnen – »Siñorita! Vorsicht, Siñorita!« –, sie hätte ihn gar nicht gesehen. Sie drehte sich genau in dem Moment um, als sie den Arm in den Burnus steckte. Und da sah sie den Skorpion am Saum hängen und wusste, dass sie gerade gebissen worden war. Sie musste sich den Mund zuhalten, um nicht zu schreien, aber schließlich fiel sie doch in das Wehklagen der Frauen ein, die um sie herum saßen oder hockten und sie entsetzt ansahen.

Sie ist sich nie sicher, wie sie zuletzt gelegen hat. Wenn sie wach wird, liegt sie manchmal auf dem Rücken, dann wieder auf dem Bauch. Daher weiß sie, dass jemand sie umbettet, wahrscheinlich, damit sie sich nicht wund liegt. Das Erste, was sie sieht, sind die dunklen Stellen, wo der Putz von der Decke bröckelt. Durch ein kleines Fenster hoch oben in der Wand dringt schwaches Licht in den Raum. Sie weiß nicht, ob es Morgen ist oder Abend. Kein Geräusch verrät, dass außerhalb dieses Zimmers Leben herrscht. An der gegenüberliegenden Wand entdeckt sie ein wackliges Gitterbett. Sie erschrickt, als sie begreift, dass es ein Krankenhausbett ist. Es liegt keine Matratze darauf. Die schartigen Sprungfedern ragen nackt und bloß nach oben. Zwischen beiden Betten ein ehemals weißes, altersschwaches Metalltischchen mit Flecken. Die Frau nimmt zum ersten Mal die Kälte wahr. Sie lauscht, um ein vertrautes Geräusch zu erkennen. Ohne Erfolg, es ist nichts zu hören. Sie versucht zu sprechen, um Hilfe zu rufen, bringt aber kein Wort heraus. Sie nimmt ihre wenigen Kräfte zusammen, um sich bemerkbar zu machen. Plötzlich öffnet sich die Tür und es erscheint das Gesicht einer jungen Frau, die sie noch nie gesehen hat. Sie sieht sofort, dass es sich um eine Ärztin oder Krankenschwester handelt. Sie ist vom Kopf bis zu den Knöcheln in eine bunte *melfa* gehüllt. Darüber trägt sie einen grünen, hochgeschlossenen Kittel. Als die Krankenschwester sieht, dass sie wach ist, ist sie so überrascht, dass sie nicht sofort reagiert.

»*Skifak? Skifak?*«, fragt sie hastig.

Die Frau versteht nicht, was sie sagt, vermutet aber, dass sie sich erkundigt, wie es ihr geht. Aber sie bringt keinen Ton heraus. Sie folgt ihr mit den Augen, versucht die Gesichtszüge des Mädchens unter der *melfa* zu erkennen. Die Krankenschwester verlässt laut rufend das Zimmer und kehrt kurz darauf in Begleitung eines Mannes und einer weiteren Frau zurück. Aufgeregt tuscheln sie miteinander. Alle drei tragen Kittel. Die Frauen über der *melfa*. Der Mann nimmt ihren Arm und fühlt ihren Puls. Er bittet die beiden Frauen, still zu sein. Dann hebt er die Augenlider der Patientin und nimmt ihre Pupillen in Augenschein. Anschließend horcht er sie mit dem Stethoskop ab. Die

Frau hat das Gefühl, als brenne sich das Metall in ihre Brust. Der Arzt sieht überrascht aus. Die Krankenschwester ist aus dem Zimmer gegangen und kommt nun mit einem Glas Wasser zurück. Die beiden Frauen versuchen die Patientin aufzusetzen und geben ihr zu trinken. Ihre Lippen öffnen sich kaum. Das Wasser rinnt ihr aus den Mundwinkeln den Hals hinunter. Als sie die Patientin wieder hinlegen, sehen sie, wie sich ihre Augen verdrehen und sie in einen tiefen Schlaf fällt, wie seit fast vier Wochen, als man sie in der Überzeugung herbrachte, sie sei tot.

»Siñorita! Vorsicht, Siñorita!« Sie hat diese Stimme so oft in ihren Träumen gehört, dass sie ihr mittlerweile vertraut vorkommt. »Vorsicht, Siñorita!« Aber sie hatte nicht gewusst, was die Schreie sollten, bis sie den Skorpion am Saum des Burnus sah und begriff, dass sie gestochen worden war. Sie ließ sich von dem Geschrei der übrigen Frauen anstecken, die ihre Gesichter verhüllten und Klagelaute anstimmten, als sei ein schlimmes Unglück geschehen. »*Allez, allez*«, hatte sie selbst geschrien, um sie zu übertönen. »Kommt mit mir. Bleibt nicht hier. *Allez.*« Die Frauen verstanden nicht oder wollten nicht verstehen. Sie zogen die Tücher vors Gesicht und hörten nicht auf zu klagen. Schließlich verlor sie die Nerven und begann sie zu beschimpfen und zu beleidigen. »Ihr seid ein Haufen dummer Hühner. Wenn wir nicht versuchen, hier rauszukommen, werden sie uns vergewaltigen. Es ist eine Schande, dass ihr euch so behandeln lasst. Das hier ist schlimmer als Sklaverei, das hier ist … Das ist …« Entmutigt verstummte sie, als sie begriff, dass die anderen sie nicht verstanden und ihr gar nicht zuhörten. Immerhin hatten sie aufgehört zu schreien. Stumm und reglos stand sie vor diesen zwanzig Frauen, die, starr vor Angst, ihren Blicken auswichen. Sie wartete auf eine Reaktion, doch keine von ihnen trat einen Schritt nach vorne. Stattdessen hockten sie wie Tauben in einer Ecke dieses Gefängnisses, kauerten sich aneinander, verhüllten ihre Gesichter und beteten. Zum ersten Mal dachte sie an den Skorpion. Sie wusste, dass von den tausendfünfhundert Arten, die es auf der Erde gibt, nur fünfundzwanzig giftig sind. Rasch verdrängte sie den Gedanken wieder. Es galt, keine Zeit zu verlieren. Da niemand gekommen war, als sie schrie, war sie sicher, dass man sie alleine zurückgelassen hatte. Unbewacht. Sie zog den Burnus über die Schultern und schlug die Kapuze hoch. »Macht, was ihr wollt. Ich gehe.« Sie rüttelte an der Tür. Wie vermutet, war sie verriegelt. Seit dem Morgen hatte sie alles genau durchgespielt. Mit einem kräftigen Fußtritt trat sie gegen die unteren Bretter der Tür. Das Holz war so trocken, dass es zersplitterte. Sie wartete ein bisschen, und als sie sah, dass niemand kam, trat sie erneut gegen die Tür. Jetzt war das Loch schon ziemlich groß. Sie raffte den Burnus und zwängte sich nach draußen.

Draußen herrschte gleißendes Mittagslicht. »Nein, Siñorita, nicht!«, war das Letzte, was sie hörte, bevor sie ein paar Schritte weiterging. Sie merkte, dass ihre Beine zitterten. Ihr Gang war unsicher. Seit über zehn Tagen war sie nicht mehr so weit gegangen, ohne bewacht zu werden. Zehn Tage, die sie mit zwanzig weiteren Frauen in diesem fensterlosen Verschlag aus Beton und Backsteinen eingesperrt war, unter einem Wellblechdach, das den Raum unerträglich aufheizte. Obwohl sie die kleine Oase nur für ein paar Minuten gesehen hatte, als man sie hergebracht hatte, war ihr durch die Geräusche jeder Winkel vertraut. In der Mitte befand sich der Brunnenschacht mit einer Blockrolle, um Wasser zu schöpfen. Ein paar Meter weiter diente eine große Plane als Zelt; dort saßen die Männer zu jeder Tages- und Nachtzeit beim Tee, plauderten und diskutierten. Überall lag Abfall herum. Unter den Palmen stand ein stabileres Zelt mit einem Teppich vor dem Eingang für den Monsieur. In den vergangenen neun Nächten hatte sie stundenlang sein lautes Schnarchen in der Stille der Wüste gehört.

Sie bemerkte das metallische Glänzen des Toyotas neben dem Zelt. Es war niemand zu sehen. Von dem Lastwagen zeugten nur die Reifenspuren, die in die lebensfeindliche *hammada* führten. Die Felswüste. Die Frau versuchte die Ruhe zu bewahren und ihre Euphorie über ihre wiedergewonnene Freiheit zu bezähmen. Sie bemerkte kaum, wie unbarmherzig die Mittagssonne auf die Erde brannte. Ohne lange zu überlegen, ging sie zu dem Geländewagen. Sie rannte nicht, aber ihre Schritte waren entschlossen, ohne sich von der Panik lenken zu lassen, die in ihr hochzukriechen begann. Sie blickte nicht zurück, sah weder nach rechts noch nach links. Deshalb zuckte sie zusammen, als jemand nach ihr rief. Aber sie blieb nicht stehen, sondern ging entschlossen weiter. Erst als sie die Stimme erkannte, drehte sie sich um. Es war Aza, die einzige Saharaui in der Gruppe. Sie kam hinter ihr hergerannt, die *melfa* war ihr auf die Schultern geglitten. Sie hielt den Stoff mit beiden Händen fest, um nicht darauf zu treten. »Ich komme mit. Warte, ich komme mit«, sagte sie in fehlerfreiem Spanisch. Sie blieb stehen und nahm sie bei der Hand. Dann liefen sie gemeinsam das letzte Stück bis zu dem Toyota. Sie öffnete die Fahrertür und gab Aza ein Zeichen, auf der anderen Seite einzusteigen. Die Saharaui kletterte rasch auf den Sitz. Eine Zeitlang saßen sie schweigend da und sahen sich um, als fürchteten sie, jemand könnte gesehen haben, wie sie zu dem Wagen liefen. »Fahren wir, Aza. Dieser Albtraum ist vorbei.« Die Frau tastete nach dem Zündschloss und wurde blass. »Was ist?«, fragte die Saharaui. »Hast du Angst?« Sie zeigte ihre leeren Handflächen. »Der

Schlüssel steckt nicht.« Aza begriff nicht gleich, was die Frau ihr sagen wollte. Ruhig legte sie beide Hände auf ihr Herz, dann beugte sie sich vor, griff mit einer Hand unter ihren Sitz und zog einen schwarzen, staubigen Schlüssel hervor. »Ist es das, was du suchst?« Die Frau nahm den Schlüssel und steckte ihn ins Zündschloss. Der Motor des Geländewagens heulte auf. Sie wollte die Saharaui etwas fragen, aber diese kam ihr zuvor. »So machen sie es in den Camps. Die Kinder sollen nicht an die Schlüssel kommen. Kinder machen Unsinn. Sie sind Kinder.«

Das Fahrzeug fuhr los. Wäre eine Wache da gewesen, hätte das Motorengeräusch sie aufgeschreckt. Man hatte sie tatsächlich alleine gelassen. Es dauerte ein wenig, bis sie sich mit der Gangschaltung und den Pedalen des Wagens vertraut gemacht hatte. Sie gab Gas und folgte den Reifenspuren anderer Fahrzeuge, dem fernen Horizont entgegen. Schweiß rann ihr über die Stirn, aber trotz der Anstrengung und der Anspannung wurde ihr immer kälter. »Nicht da entlang!«, rief Aza. »Warum? Kennst du einen anderen Weg?« »Es gibt keine festen Wege in der Wüste. Dort gibt es kein Wasser, und wir haben nichts zu Trinken dabei.« Sie zeigte mit dem Finger auf einen Punkt in Richtung Südwesten. »Da entlang.« Die Frau gehorchte widerspruchslos. Sie wendete und fuhr in die angegebene Richtung, wo keine Reifenspuren zu sehen waren. Ihr Blick fiel auf die Tankanzeige: Der Tank war viertelvoll. Aza sah unverwandt zum Horizont. Der Geländewagen holperte über die Piste. Die beiden Frauen wurden ordentlich durchgeschüttelt. Sie redeten nicht. Unerklärlicherweise wurde der Schweiß so kalt, dass sie Schüttelfrost bekam. Jetzt spürte sie zum ersten Mal ein Brennen am Hals, dort, wo der Skorpion zugestochen hatte. Ihr Atem ging schwer, aber das schrieb sie der Aufregung zu. Aza merkte bald, dass etwas nicht stimmte. Die Frau umklammerte das

Lenkrad, ihre Beine gaben nach und ihr Herz schlug unregelmäßig. Sie sah um Jahre gealtert aus. Die Saharaui wusste, was los war. Als der Toyota anhielt, stellte sie keine Fragen. »Ich kann nicht mehr, Aza, ich habe keine Kraft«, sagte die Frau nach einem langen Schweigen. »Du musst fahren.« »Ich bin noch nie Auto gefahren, ich käme keinen Meter weit. Besser, du ruhst dich ein bisschen aus und versuchst es dann wieder.« »Es geht mir nicht gut, Aza.« »Ich weiß. Dieser Skorpion hat dich gestochen. Du hast Pech gehabt.«

Plötzlich übertönte ein lauteres Geräusch den Leerlauf des Jeeps. In der Ferne erschienen die Umrisse eines Lastwagens, der auf sie zuholperte. »Sie haben uns gefunden«, sagte Aza. Mit großer Anstrengung trat die Frau das Gaspedal durch und umklammerte mit aller Kraft das Lenkrad. Der Jeep war zwar schneller, aber er schlingerte im Zickzack über jede Erhebung, und der Abstand zu dem anderen Fahrzeug wurde immer geringer. Es war nur eine Frage der Zeit, bis sie ihnen den Weg abschnitten und sie am Weiterfahren hinderten. Als sie schon ganz nah herangekommen waren, riefen die Männer auf dem Lastwagen ihnen etwas auf Arabisch und Französisch zu. Über das ernste Gesicht des Monsieurs in seiner anachronistischen Uniform eines spanischen Fremdenlegionärs huschte ein Lächeln. Er saß neben dem Fahrer und gab ihm Anweisungen, wie er durch den Sand fahren und den Felsen ausweichen sollte. Auf einem Knie aufgestützt, hielt er mit beiden Händen seine Kalaschnikow mit dem vollen Magazin. Der Frau am Steuer tanzten schwarze Punkte vor den Augen. Sie hatte kaum noch die Kraft, das Gaspedal durchzutreten. Schließlich fuhr sich der Jeep laut aufheulend im Sand fest. Aza wurde gegen das Armaturenbrett geschleudert und schlug sich die Stirn auf. Die Saharaui schmeckte das Blut, das ihr über die Lippen lief. Bevor sie reagieren konnte, war das Auto von den Männern des Monsieurs umstellt. Sie sah die Wut in seinen Augen, die sich hinter einem falschen Lächeln verbarg. Die Männer rissen die beiden Autotüren auf und brüllten sie an, sie sollten aussteigen. Die Saharaui gehorchte sofort, aber die andere Frau konnte sich kaum noch bewegen. »Du musst sie zu einem Arzt bringen«, rief Aza und nahm all ihren Mut zusammen. »Sie ist von einem Skorpion gestochen worden.« Der Legionär brach in ein groteskes Lachen aus. Die Frau nahm es kaum wahr. Sie spürte nur seine Hände, die sie grob am Arm packten und aus dem Auto zerrten. Sie fiel hin und konnte nicht mehr aufstehen. »So, so, ein Skorpion!« Er spuckte sie an. Dann holte er mit dem Fuß aus, als wollte er nach ihr treten, hielt aber eine Handbreit vor ihrem Kopf inne. »Was habt ihr gedacht, bis wohin ihr kommt? Scheißweiber. Du solltest wissen, dass es von hier kein Entkommen gibt«, sagte er, an Aza gewandt. »Oder bist du genauso dumm wie sie?« Die Frau am Boden versuchte um Hilfe zu bitten, bekam aber nur ein Stammeln heraus. Aber sie war noch klar genug, um Azas Schreie zu hören. Sie konnte sie nicht sehen, aber sie wusste auch so, dass sie geschlagen wurde. Unerklärlicherweise fühlte sie sich schuldig. Mittlerweile brannte ihre Kehle wie Feuer, und sie bekam keinen einzigen Ton mehr heraus. In dem schmalen Sichtfeld, das ihr die Stiefel des Legionärs ließen, sah sie die Saharaui auf den Horizont zurennen. Sie vermied es, geradeaus zu laufen, und stolperte immer wieder über ihre *melfa*. Fiel hin, rappelte sich wieder auf. Sie lief unbeholfen, aber so schnell sie konnte. Der Legionär legte die Kalaschnikow auf die Motorhaube des Toyota und ließ sich das Gewehr eines seiner Männer reichen. Die Frau verfolgte die ganze Szene wie in Zeitlupe vom Boden aus. Der Monsieur legte das Gewehr an, schob den langen, grauen Bart beiseite, um sich nicht darin zu verheddern, und ließ sich alle Zeit, die er brauchte, bis er die Saharaui im Visier hatte. Aza wurde immer langsamer, als wüsste sie genau, dass man sie früher oder später doch einholen würde. Aus dem Rennen auf Leben und Tod wurde ein schnelles Gehen. Sie musste sich beherrschen, um nicht zurückzublicken oder einfach stehen zu bleiben. Plötzlich war ein kurzer Knall zu hören, und Aza fiel auf den steinigen Boden der *hammada*. Wie ein Trauerbote war ein plötzlicher Wind aufgekommen, der allmählich stärker wurde. Das Letzte, was die Fremde sah, bevor ihr die Augen zufielen, war ein gewaltiger Vorhang aus Sand, der die endlose Weite der Sahara verhüllte.

Mit einem Schrei öffnet die Patientin die Augen. Sofort nimmt die Krankenschwester ihre Hand. Sie sagt nichts, sondern sieht der Frau nur in die Augen, als hätte sie sie noch nie gesehen. Sie versucht ihr Alter zu schätzen. Vierzig, fünfundvierzig. Sie weiß, dass man nirgendwo schneller altert als in der Sahara.

»Aza! Aza!«

Sie scheint zu delirieren. Die Krankenschwester legt ihr die Hand auf die Stirn, um sie zu beruhigen. Sie ist sicher, dass die Frau sie jetzt sehen und hören kann. Sie flüstert ihr Wörter in Hassaniya zu, in der vagen Hoffnung, dass sie sie versteht. Sie flößt ihr ein bisschen Wasser ein. Spricht sie auf Französisch an. Versucht sich auf Englisch zu verständigen. Sie versucht es in allen Sprachen, die sie kennt.

»Aza! Aza!«, schreit die Frau erneut, diesmal mit weit aufgerissenen Augen. »Sie haben Aza umgebracht!«

Der Krankenschwester läuft es kalt den Rücken hinunter, als sie das hört. Sie versucht weiter zu lächeln.

»Hallo. Wie geht es dir? Bist du Spanierin?«

Die Frau sieht sie an und wird ruhiger. Sie umklammert fest die Hand der Krankenschwester.

»Wo bin ich?«

»In einem Krankenhaus. Du lebst, es besteht keine Gefahr. Du hast viele Tage geschlafen. Bist du Spanierin?«

»Sie haben Aza umgebracht.«

Die Krankenschwester glaubt, dass sie deliriert. Seit vielen Tagen ist sie nicht vom Bett der Kranken gewichen. Dieses leblose Gesicht hatte sofort eine große Anziehungskraft auf sie ausgeübt, als man sie aus dem Militärfahrzeug gehoben hatte. Sie schien als Einzige davon überzeugt zu sein, dass die Frau durchkommen würde. Jetzt war sie sicher, dass Gott ihre Gebete erhört hatte.

»Du hast *baraka*«, sagt sie. »Der Segen Gottes ruht auf dir.«

Die Krankenschwester schiebt die *melfa* zurück, sodass ihr glänzendes schwarzes Haar zu sehen ist. Sie kann nicht aufhören zu lächeln. Sie will die Hand der Unbekannten nicht einmal loslassen, um Bescheid zu geben, dass sie nach so vielen Wochen das Bewusstsein wiedererlangt hat. Sie führt die Hand zum Herzen und legt ihr dann die offene Handfläche auf die Stirn.

»Ich heiße Layla«, sagt sie. »Und du?«

Die Frau empfindet eine große Ruhe, als sie Laylas Lächeln sieht. Mühsam bringt sie hervor:

»Montse. Ich heiße Montse.«

AUS DER BARACKE, die als Gefängniszelle diente, beobachtete Korporal Santiago San Román den ganzen Tag ungewöhnliche Truppenbewegungen. Vier auf sechs Meter, eine Matratze auf einer Pritsche, ein Tisch, ein Stuhl, eine schmutzige Latrine und ein Waschbecken.

Liebe Montse, bald wird es ein Jahr, dass ich nichts von dir gehört habe.

Er hatte fast eine Stunde für den ersten Satz gebraucht, und nun erschien er ihm aufgesetzt und unnatürlich. Das Dröhnen der Flugzeuge, die auf dem Luftwaffenstützpunkt von El Aaiún landeten, riss ihn aus seinen Gedanken. Als er das Heft betrachtete, erkannte er nicht einmal seine eigene Schrift. Durch das Fenster der Baracke waren nur die Sicherheitszone der Landebahn und ein Stück des Hangars zu sehen. Das Einzige, was er genau erkennen konnte, waren die Fahrzeughallen und die Landrover, die ununterbrochen ankamen und wegfuhren, Lastwagen mit neuen Rekruten und Führungsfahrzeuge, die hin und her fuhren. Zum ersten Mal seit sieben Tagen hatte man ihm weder das Essen gebracht noch am Nachmittag die Tür aufgeschlossen, damit er sich am Ende der Landebahn die Füße vertreten konnte. Seit einer Woche hatte er kaum ein Wort mit jemandem gewechselt, hartes Brot und fade Suppe gegessen und die Tür und das Fenster nicht aus den Augen gelassen, weil er jeden Moment damit rechnete, dass man ihn abholte, in ein Flugzeug setzte und für immer aus Afrika wegbrachte. Man hatte ihm gedroht, es sei nur eine Sache von ein, zwei Tagen, dann werde er sein Leben lang Zeit haben, sich in die Sahara zurückzuwünschen.

Die Zeit war für Korporal San Román stehen geblieben, seit man ihn vor einer Woche aus der Arrestzelle der Kaserne des 4. Regiments der Legion zum Flugplatz gebracht hatte, um ihn in Gran Canaria vor ein Militärgericht zu stellen, weit weg von den Unruhen, die in der afrikanischen Kolonie schwelten. Aber die Befehle schienen unterwegs verloren gegangen zu sein, und so blieb alles in der Schwebe, ohne eine Erklärung. Es gab keinen Unterschied zwischen Tag und Nacht. Die Nervosität und das beklemmende Warten hatten ihm den Schlaf geraubt. Und zu der Unruhe und der Verzweiflung kamen die Flöhe. Das Einzige, was die Monotonie unterbrach, war der Spaziergang am Ende der Landebahn, bewacht von einem alten Legionär, der ihm immer drohte, bevor er auf seinen Wachturm kletterte: »Wenn du dich weiter als zehn Schritte entfernst oder losrennst, puste ich dir das Hirn weg.« Dabei zeigte er ihm lustlos sein CETME-Gewehr, als wäre er sicher, dass dieser Korporal kapiert hatte, dass er es ernst meinte. Es war der einzige Moment des Tages, an dem er aus dem Gefängnis herauskam. Er blickte zum Horizont und hielt Ausschau nach den weißen, halbrunden Dächern der Stadt, sog die trockene Luft in die Lungen, als sei es das letzte Mal. An diesem Novembertag jedoch brachte man ihm weder Frühstück noch Mittagessen, und es kam auch keine Wache, als er lautstark nach Essen verlangte. In der Nähe der Baracken rührte sich nichts. Nur auf der Landebahn und in den Hangars war Bewegung. Als es Zeit für den Spaziergang war, kam niemand, um die Tür aufzuschließen. Gegen Abend war er sicher, dass etwas Ungewöhnliches vor sich ging. Erst als die Sonne schon beinahe den Horizont berührte, war der Motor eines Landrovers zu hören. Als er aus dem Fenster schaute, sah er den Wagen mit eingeschalteten Scheinwerfern um die Ecke biegen. Er setzte sich auf die Matratze und wartete, während er versuchte, ruhig zu bleiben. Dann hörte er den Riegel, und in der Tür erschien Guillermo. Er trug die Ausgehuniform, tadelloses Koppelzeug und weiße Handschuhe in der Hand, als sei er auf dem Weg zu einer Parade. Hinter ihm stand eine Wache, die er bisher noch nie gesehen hatte, das Gewehr über der Schulter.

»Du hast Besuch«, sagte der Mann knapp und schloss die Tür hinter Guillermo.

Korporal San Román blieb keine Zeit, sein Essen zu reklamieren. Auf einmal kam er sich schmutzig vor. Er fühlte sich unwohl in Gegenwart seines Freundes, er schämte sich. Er lehnte sich neben dem Fenster an die Wand. Seit über zwanzig Tagen hatten sie sich nicht mehr gesehen, seit jenem unglückseligen Abend, als er zum abendlichen Ausgang ein Bündel mitgenommen hatte, das nicht ihm gehörte.

Guillermo stand da wie eine Statue. Auch er wusste nicht, was er sagen sollte. Er drehte die Legionärsmütze in seinen Händen, knüllte sie mit den Handschuhen zusammen. Die Anspannung war ihm deutlich anzumerken. Schließlich sagte er:

»Weißt du schon das Neueste?«

Santiago antwortete nicht, aber er rechnete mit einer Katastrophe. Andererseits konnte seine Situation nicht mehr schlimmer werden.

»General Franco ist gestorben«, sagte Guillermo und erwartete eine Reaktion seines Freundes. »Heute Nacht.«

Korporal San Román drehte sich ein wenig um, um aus dem Fenster zu schauen. Die Nachricht schien ihn nicht zu berühren. Trotz der späten Stunde hatten die Flugbewegungen nicht nachgelassen.

»Dann ist es deswegen?«

»Was?«

»Dieses Hin und Her den ganzen Tag. Die ganze Zeit werden Truppen bewegt. Aber ich weiß nicht, ob sie eingeflogen oder weggebracht werden. Seit einer Woche geht alles drunter und drüber, aber keiner erklärt mir was. Da ist doch noch mehr, oder?«

Guillermo setzte sich auf die durchgeschwitzte, schmutzige Matratze. Er traute sich nicht, seinen Freund anzusehen.

»Die Marokkaner marschieren ein«, sagte er.

Auf dem Tisch lag ein Brief, der nie geschrieben und abgeschickt werden würde. Beide sahen auf das vergilbte Papier, dann begegneten sich ihre Blicke.

»Guillermo«, sagte der Korporal mit tonloser Stimme, »sie werden mich erschießen, stimmt's? Wenn das stimmt, was du mir erzählst, bin ich nur deswegen noch hier, weil die Flugzeuge anderweitig gebraucht werden und nicht, um mich von hier wegzubringen, einen …«

»Einen Verräter?«, rutschte es Guillermo heraus.

»Denkst du das auch?«

»Alle sagen das. Und du hast mir nicht das Gegenteil bewiesen.«

»Wozu? Würdest du mir glauben?«

»Beweise es.«

Santiago ging zum Tisch, zerknüllte das Blatt und warf es in die Latrine. Guillermo verfolgte jede seiner Bewegungen. Dann sagte er:

»Sie werden uns von hier wegbringen. Sie wollen keinen Krieg mit Marokko. Böse Zungen behaupten, sie hätten die Kolonie bereits heimlich an Hassan und Mauretanien verkauft.«

»Das alles interessiert mich nicht. Du wirst in einem Monat deinen Abschied nehmen und nach Hause zurückkehren, aber ich …«

»Du wirst auch zurückgehen. Sobald du alles klargestellt hast, werden sie dich entlassen.«

Korporal San Román schwieg und versuchte sich seine Zweifel nicht anmerken zu lassen. Der Lärm eines landenden Flugzeugs drang in die stille Baracke. Draußen verschmolz der rote Himmel mit dem Horizont, der ebenfalls in Flammen zu stehen schien.

»Santi, ich weiß, dass du nicht darüber reden willst, aber ich muss dich fragen, damit ich Ruhe finde.«

Korporal San Román war angespannt. Er sah seinem Freund in die Augen und war entschlossen sich nicht einschüchtern zu lassen. Guillermo wich seinem Blick aus, hielt aber an seiner Absicht fest.

»In der Kaserne erzählt man sich, dass du auf der Seite der Vaterlandsverräter stehst. Dass du ein Terrorist bist. Nicht, dass ich das glaube, aber ich will, dass du es mir selbst sagst.«

Santiago hatte keine Argumente und keine Kraft mehr. Mit dem Rücken gegen die Wand gelehnt, ließ er sich zu Boden sinken und verbarg sein Gesicht in beiden Händen.

»Ich schwör's dir, Guillermo, ich wusste von nichts. Ich schwöre es dir bei meiner toten Mutter.«

»Ich glaube dir, Santi. Ich glaube dir. Aber seit deiner Verhaftung haben sie mich nicht mehr mit dir sprechen lassen. Ich bin es leid, für dich den Arsch hinzuhalten.«

»Dann lass es sein. Es lohnt sich nicht. Sie werden mich sowieso erschießen.«

»Red keinen Unsinn. Sie werden dich nicht erschießen. Sobald du alles geklärt hast, werden sie dich entlassen. Du bekommst höchstens einen Eintrag, mehr nicht.«

»Sie werden alles wissen wollen. Sie wollen, dass ich Namen nenne, dass ich …«

»Aber wenn du nichts wusstest, wie du sagst, brauchst du keine Angst zu haben.«

»Ich schwöre, ich wusste von nichts. Ich dachte, in dem Bündel wäre nur schmutzige Wäsche.«

Guillermo warf seinem Freund einen vorwurfsvollen Blick zu. Trotz des schwachen Lichts brauchte Korporal San Román seinen Kameraden nur anzusehen, um zu erraten, was in seinem Kopf vorging.

»Santi, diese schmutzige Wäsche, von der du sprichst, hat über fünfzehn Kilo gewogen.«

»Na und? Hältst du mich für blöd? Ich dachte, zwischen den Kleidern wäre ein Vergaser versteckt oder eine alte Pleuelstange. Ich wusste, die Sache ist nicht astrein, aber so läuft das. Alle machen das, und du weißt das. Vergaser, Stiefel, Schrott ...«

»Schon, Santi, aber dieser Schrott, das waren Granaten, Zünder und was weiß ich, was noch. In der Kaserne heißt es, damit hätte man den Parador Nacional in die Luft jagen können.«

»Aber ich wollte nichts in die Luft jagen. Es war nur eine Gefälligkeit, wie so oft. Nur eine Gefälligkeit.«

»Für dieses Mädchen? War es dieses Mädchen, dem du einen Gefallen tun wolltest?«

Korporal San Román sprang auf, als hätte man ihn mit einer Feder aufgezogen. Mit geballten Fäusten baute er sich vor Guillermo auf. Er presste den Kiefer so fest zusammen, dass man fast die Zähne knirschen hörte.

»Das geht dich gar nichts an. Misch dich nicht in mein Leben ein, hörst du? Ich hab's dir schon oft gesagt. Ich bin alt genug und kann tun und lassen, was ich will und mit wem ich will.«

Guillermo stand auf und trat ans Fenster. Er war zutiefst verletzt. Diese ganze Sache nahm ihn furchtbar mit. Er drehte Santiago den Rücken zu und betrachtete die ersten Sterne, die sich am Himmel zeigten. Die Luft draußen war rein und kühl. Die Schönheit der Landschaft stand im Gegensatz zu der Traurigkeit, die er in diesem Moment empfand. Er atmete tief ein und glaubte eine Erleichterung zu verspüren, die jedoch nur kurz währte.

»Hör zu, Santi, ich habe Himmel und Hölle in Bewegung gesetzt, um dich zu sehen. Du kannst dir nicht vorstellen, welche Mühe es mich gekostet hat, hierher zu kommen. Wir müssen in der Kaserne bleiben, bis es Neuigkeiten gibt. Ich habe zufällig erfahren, dass du frühestens in zwei Wochen verlegt wirst. Deswegen bin ich hier.«

Sie schwiegen erneut. Es schien Guillermo schwer zu fallen, weiter zu sprechen. Hätte er seinen Freund nicht so gut gekannt, er hätte geschworen, dass er weinte. Aber Santiago San Román hatte nie geweint, niemals, und schon gar nicht vor anderen. Deshalb war Guillermo sehr bestürzt, als er nun im Halbdunkel aufstand, auf ihn zutrat und ihn umarmte wie ein hilfloses Kind. Er war wie gelähmt, er wusste nicht, was er sagen sollte, bis er Santiagos Tränen an seinem Gesicht spürte. Er konnte nichts weiter tun, als ihn so fest zu umarmen, wie er nur konnte, und ihn zu trösten wie ein Kind. Und noch überraschter war er, als er seine tonlos geflüsterten Worte hörte.

»Ich habe Angst, Guillermo, ich schwör's dir. Ich hätte nie gedacht, dass ich mal so etwas sage, aber es ist die reine Wahrheit.«

Guillermo versuchte, seine Rührung zu verbergen. Im Halbdunkel dachte er, dass es in Wirklichkeit nicht San Román war, der dieses Geständnis ablegte. Sie setzten sich auf die Matratze, während Santiago versuchte, sich zu beruhigen.

»Du musst mir einen riesengroßen Gefallen tun, Guillermo. Nur du kannst mir helfen.«

Der Legionär erschrak. Er fürchtete sich vor dem, was jetzt kommen mochte. Er wagte es nicht, zu antworten.

»Du musst mir helfen, hier raus zu kommen. Guillermo, du musst mir helfen. Es kann sein, dass es noch lange dauert, bis man mich auf die Kanaren bringt. Wenn der Generalísimo gestorben ist, wird es drunter und drüber gehen.«

»Es geht schon lange drunter und drüber.«

»Eben. Niemand wird sich um einen beschissenen kleinen Korporal kümmern, der aus einer beschissenen Baracke flieht. Es ist ganz einfach, Guillermo. Du bekommst höchstens einen Monat im Loch. Dann musst du nicht gegen diese Araber kämpfen.«

»Du hast nicht das Recht, mich um so etwas zu bitten.«

»Ich weiß, aber wenn du mich darum bitten würdest, bräuchte ich nicht lange zu überlegen. Es ist ganz einfach. Der Einzige, der ein Risiko eingeht, bin ich, wenn man mich schnappt.«

»Du bist verrückt, San Román«, sagte Guillermo. Indem er ihn beim Nachnamen nannte, wollte er so viel Abstand halten wie nur möglich, sich nicht einwickeln lassen. »Wenn sie dich schnappen, erschießen sie dich wirklich.«

»Schlimmer kann es nicht mehr kommen. Alles, worum ich dich bitte, ist, dich beim Unteroffizier einzuschmeicheln, damit er dich als Wache einteilt. Nachmittags lassen sie mich immer eine Weile raus, ans Ende der Landebahn, wo die Flugzeuge wenden. Du musst mir nur zweihundert Meter Vorsprung lassen, bevor du zu schießen beginnst. Mit zweihundert Metern Vorsprung schaffe ich es bis zu den Fahrzeughallen, und dort kann ich einen der Landrover nehmen. Ab da bin ich ganz auf mich gestellt.«

»Du bist verrückt. Die werden dich schnappen, noch bevor du die Zündung kurzgeschlossen hast.«

»Nein, weil ich nämlich einen Wagen der Territorialpolizei nehmen werde. Die Saharauis lassen den Schlüssel immer unter dem Beifahrersitz liegen. Ich weiß, dass sie diese Angewohnheit haben. Du brauchst dir um nichts Gedanken zu machen und mir lediglich zweihundert Meter Vorsprung zu lassen, bevor du schießt. Ich würde es ja auf eigene Faust machen, aber am Ende habe ich es mit so einem Jäger aus der Mancha zu tun, der mich dann abknallt.«

Guillermo gab keine Antwort. Schon bei dem Gedanken bekam er schweißnasse Hände. Die Lichter vom Hangar huschten über das Fenster. Er stand auf und ging in der Zelle auf und ab. Es waren keine startenden Flugzeuge mehr zu hören.

»Vergiss es«, sagte Korporal San Román schließlich. »Es ist Blödsinn. Wenn sie mich vor ein Militärgericht stellen, ist es umso besser, je weniger sie gegen mich in der Hand haben. Außerdem will ich dich nicht um das Vergnügen bringen, die Marokkaner abzuknallen. Weißt du, ich habe den ganzen Tag nichts gegessen. Mit leerem Magen muss man ja Blödsinn reden.«

Dann begann Santiago zu rufen, um die Aufmerksamkeit der Wachen zu erregen.

»Ihr wollt mich verhungern lassen, ihr Scheißkerle! Hoffentlich schneiden sie euch da draußen die Gurgel durch! Ihr beschissenen Feiglinge! Elende Feiglinge, das seid ihr! Wenn euch die Arabs gefangen nehmen, werdet ihr dafür zahlen, was ihr mir antut.«

Der Legionär schien von einer Macht besessen zu sein, die ihm diese Flut von Beleidigungen eingab. Sogar seine Stimme klang anders. Guillermo ging rückwärts in Richtung Ausgang. Er wusste nicht, was er machen oder sagen sollte. Die Tür der Baracke öffnete sich und der Wachsoldat erschien, das Gewehr im Anschlag, den Finger am Abzug. Als er ihn sah, schlüpfte Guillermo hinaus. Er versuchte, sich seine Angst nicht anmerken zu lassen. Die Tür fiel ins Schloss, und alles war wieder still. Der Landrover fuhr davon und war bald aus der Sicht verschwunden.

Wieder allein, umklammerte Korporal San Román die Gitterstäbe der Arrestzelle und streckte Nase und Mund hindurch, um die frische Luft einzuatmen. Der angenehme, trockene Wind machte es schwer zu glauben, dass der Herbst sich bereits dem Ende zuneigte. Nach den letzten Regenfällen war der Geruch nach Erde intensiver als je zuvor. Ein unverhüllter Mond beleuchtete die Sanddünen in der Ferne und verriet sogar den schlauen Fuchs. Die Lichter der Landebahn fielen schräg zur Baracke hinüber. Für einen Augenblick sah er Andía so deutlich vor sich, als ob er vor ihr stünde. Es kam ihm sogar so vor, als könnte er ihre Stimme hören und den Duft ihrer dunklen Haut riechen. Das Echo einer Hupe ganz weit weg durchbrach die Stille, und das Bild des Mädchens verschwand. Unerklärlicherweise durchströmte den Legionär ein wohliges Gefühl, das ihn sogar die Berührung des Windes auf seinem Gesicht genießen ließ. Dieser Geruch verlieh ihm Kraft, ließ ihn über dem Flughafen, über El Aaiún, über der Sahara schweben. Mit halb geschlossenen Augen spürte er jenem Gefühl nach, das an einem Dezembermorgen des Jahres 1974 seinen Körper durchlief wie ein wohliger Schauder, als sich die Luke der Hercules C-130 ächzend öffnete und die Rampe sich senkte, die ihm den Weg zur schönsten und blendendsten aller Wüsten öffnete. Während der vergangenen Tage im Ausbildungslager hatte er den trockenen Nordwind von Zaragoza ertragen. Niemals hätte er sich vorstellen können, dass ihn das, was ihn auf dem Flughafen von El Aaiún erwartete, für immer prägen würde. Innerhalb weniger Stunden kam er aus einem fahlen Winterlicht in das intensive Blau des Himmels über der Sahara. Die 93 Soldaten, die freiwillig die Armee gegen die Fremdenlegion eingetauscht hatten, saßen reglos auf den Bänken der Hercules, bis sie von der anisgeschwängerten Stimme eines zackigen Sergeanten aus ihren Gedanken gerissen wurden. »Alle aufgestanden!«, brüllte der Legionär aus voller Kehle. Und die 93 Rekruten sprangen alle gleichzeitig auf, noch bevor er den Satz beendet hatte. Aber Santiago San Román war in Gedanken bereits außerhalb der C-130. Er ging die Rampe hinunter, als schwebte er, mit seinem Rucksack beladen, während er das Hemd aufknöpfte wie die Legionäre, die unten warteten, Brust raus, Schultern zurück, Kinn nach vorne, Augen geradeaus. Er reihte sich als Erster ein und spürte vor allen anderen die milde Dezemberluft, die mildeste Dezemberluft, die es geben konnte, so ganz anders als in seiner Heimat Barcelona. Ein Kribbeln durchlief seinen ganzen Körper, während er alles in Augenschein nahm. Unter all den Abzeichen und Fahnen fielen ihm die Uniformen der Territorialpolizei auf, diese hellen Jacken, die sich von der dunklen Haut der Saharauis abhoben. Gegenüber war das Verwaltungsgebäude. Eine riesige Terrasse zog sich fast auf Höhe des Daches über die gesamte Länge, und die schwarzen und blauen Turbane und die langen, einer Dschellabah ähnlichen Gewänder auf der Terrasse wirkten wie belebende Farbtupfer in der rötlichen Monotonie der Landschaft. Das Röhren der Landrover, die dröhnenden Propeller der Hercules-Maschine, die über Megaphon erteilten Befehle, alles wirkte wie ein großartiges Schauspiel, das für die Neuankömmlinge aufgeführt wurde, jahrelang für diese unbedarften Soldaten einstudiert, die immer wieder aus Spanien eintrafen. Es kam Santiago San Román so vor, als sei das alles schon seit Jahrhunderten dort und habe nur darauf gewartet, dass er aus dem Flugzeug stieg, um es zu sehen. Die Wüste und die Gesichter der Saharauis schienen ihm das Älteste, was es gab auf der Welt. Alles war im Gleichgewicht: Die Landschaft, das Licht, die Gesichter der Einheimischen. Aber als er das blasse Gesicht von Guillermo sah, seines treuen Freundes Guillermo, kehrte er auf den Boden der Tatsachen zurück. Er kannte ihn erst seit vierzig Tagen, aber in dieser Zeit waren sie unzertrennlich geworden. Er war furchtbar blass und konnte sich kaum aufrecht halten. Ihm wurde klar, dass sein Kamerad einen schlechten Flug gehabt hatte. Er pfiff ihm zu, damit er ihn ansah, aber Guillermo blickte kaum auf, sondern starrte weiter zu Boden. Santiago San Román fühlte sich in gewisser Weise mitschuldig, denn ohne ihn würde sein Freund nun auf einem ruhigen Stützpunkt in Zaragoza sitzen und hoffen, dass die Monate rasch vergingen, bis er entlassen wurde und den weißen Schein bekam. Aber dann war er ihm in die Quere gekommen und ein Leutnant der Legion, der in Zaragoza auftauchte und ihnen von der Legion erzählte, seine Tätowierungen und Fotos zeigte und einen Super-8-Film vorführte, in dem die Legionäre martialisch, mit vorgereckter Brust, hinter dem Widder, dem Maskottchen der Legion, her marschierten. Santiago fand, dass Zaragoza zu nah an Barcelona lag. Er überschlug die Entfernung zwischen der Saharakolonie und seinem Viertel und kam zu dem Ergebnis, dass er nirgendwo weiter weg sein könnte als dort. An diesem Abend rief er noch einmal bei Montse an, um ihr zu sagen, dass er ans Ende der Welt gehen würde. Aber auch diesmal sagte man ihm, Señorita Montse sei nicht in der Stadt. Er wusste genau, dass es gelogen war. Wütend knallte er den Hörer auf die Gabel, versuchte, das Bild von Montse in seinem Kopf in tausend Stücke zu zerbrechen. Die ganze Nacht wälzte er sich schlaflos auf seiner Pritsche, gleich neben Guillermo. Als zum Wecken geblasen wurde und er eine freie Minute hatte, ging er zur Werbestelle und sagte zu dem Leutnant: »Ich möchte Legionär werden, Herr Leutnant.« Der Leutnant ließ ihm keine Zeit, den Satz noch einmal zu wiederholen, nahm den Kugelschreiber, hauchte auf die Mine und schrieb Santiago San Románs Namen auf. Dann sagte er: »Kannst du unterschreiben, Junge?« »Ja, Herr Leutnant.« Der Legionär drehte den Zettel um und legte den Finger unter die Zeile »Zeichen und Unterschrift«. Santiago San Román wusste zwar nicht, was das erste Wort bedeutete, aber er unterschrieb, denn was er wollte, war, an den entlegensten Ort der Welt zu gehen, sich den Namen seiner Mutter eintätowieren zu lassen wie der Leutnant, Montse zu vergessen und nie mehr zurückzukommen.

Aber als er jetzt Guillermos abgezehrtes, ängstliches Gesicht sah, war er nicht sicher, ob es richtig gewesen war, seinen Freund mitzuschleppen, den einzig wahren Freund seit langer Zeit. Aber Guillermo hatte sich unbedingt ebenfalls freiwillig zur Legion melden wollen, als er ihm das soeben unterschriebene Papier gezeigt hatte. Der Gedanke daran rührte ihn. Noch nie hatte jemand so etwas für ihn getan.

Die Musik, die aus der Lautsprecheranlage des Luftwaffenstützpunktes erklang, brachte ihn in die Realität zurück. Die ersten Takte dieses Pasodobles gingen ihm direkt ins Blut und wühlten ihn auf. *Goldgelb wie Sherry und rot wie Riojawein …* Die beschwingte Musik wollte so gar nicht zu den müden Gestalten der Soldaten passen. *Leuchtet Spaniens Fahne.* Auf Befehl begannen sie, die Rucksäcke auf zwei Lastwagen zu verstauen, die neben der Landebahn warteten. *Wenn fern der Heimat deine Farben wehen …* Santiago San Román hatte keine Kontrolle über seine Gedanken. *Und ich deiner Größe geden-*

ke … Er sah Montses Gesicht, nur Zentimeter von seinem entfernt. *Ach! Tiefer war nie meine Liebe.* »Was hast du gesagt?«, hatte sie ihn gefragt und ihm dabei tief in die Augen geschaut. »Tiefer war nie meine Liebe«, hatte er geantwortet. Und sie hatte ihm mit einer Zärtlichkeit über die Lippen gestrichen, die er nie wieder spüren würde. »Tiefer war nie meine Liebe«, hatte er noch einmal gesagt. Aber jetzt brüllte dieser verfluchte Leutnant neben dem Lastwagen auf sie ein, fuchtelte mit den Armen wie eine verhexte Mühle und trieb die neuen Legionäre unter einem Schwall von Beleidigungen zur Eile an. Santiago San Román fühlte sich in seinem Stolz verletzt. Er kletterte auf den Lastwagen und sprang hinein, suchte seinen Rucksack und setzte sich auf den Boden, auf das Reserverad. Ein Blick ringsum vertrieb fürs Erste Montses Bild. Die Gesichter der Saharauis hatten die Farbe der Landschaft, in der sie lebten. Für einen Moment kam es ihm vor, als seien sie eins. Die Alten, die untätig im Schatten des Militärgebäudes saßen, schienen schon immer dort gewesen zu sein. Sie hielten sich die Hand vor die Augen und betrachteten die jungen Soldaten mit einer Mischung aus Mitleid und Gleichgültigkeit. Der Lastwagen fuhr los. Die Musik blieb zurück. Eine Staubwolke hüllte die beiden Fahrzeuge ein. Die wenigen Büsche, die neben dem Asphalt überlebten, waren völlig weiß. Die Fahrt dauerte nicht lang. Schon bald kamen die ersten Häuser von El Aaiún in Sicht. Atemlos betrachtete Santiago San Román die erste Frau in einer bunten *melfa*. Sie ging würdevoll, den Kopf hoch erhoben, einen Korb in der Hand. Als der Lastwagen an ihr vorbeifuhr, wandte sie nicht einmal den Kopf. Während sie die Straßen der Stadt entlangfuhren, wurde ihre Gestalt immer kleiner. Santiago San Román wusste nicht, wo er zuerst hinschauen sollte. Alles fesselte ihn. Noch bevor sie die Kaserne erreichten, begann

Montses Bild in seiner Erinnerung zu verblassen. Als er vom Lastwagen sprang, war er sicher, dass dies hier der richtige Ort war, um seine Wunden endgültig zu heilen.

ALS DOKTOR MONTSE Cambra am 31. Dezember ihren 24-Stunden-Dienst antrat, konnte sie sich nicht vorstellen, dass der Übergang in ein neues Jahrhundert ihr Leben so drastisch ändern würde. Sie hätte auch nicht vermutet, dass die Ereignisse ihr dabei helfen könnten, Entscheidungen zu treffen, für die sie sich nicht bereit glaubte.

Eigentlich hatte sie an diesem Tag gar keine Bereitschaft, tauschte aber mit einem Kollegen, weil es schwer für sie war, zum ersten Mal in ihrem Leben an Silvester allein zu Hause zu sein. In den vergangenen Monaten hatte sie häufig Schichten übernommen, zu denen sie nicht eingeteilt war. Aber diese hier war etwas Besonderes wegen der Bedeutung, die manche der Jahrhundertwende beimaßen. Die Notaufnahme der Klinik Santa Creu i Sant Pau war auf eine unruhige Nacht vorbereitet. Kaum einer hatte die Hoffnung, vielleicht zwei oder drei Stunden schlafen zu können. Aber bis Mitternacht trafen sogar weniger Notfälle ein als an einem normalen Tag. Obwohl nicht viel zu tun war, war Doktor Cambra ständig in Bewegung, um sich abzulenken. Sie ging in die Apotheke, füllte den Verbandstoff im Schrank auf, vergewisserte sich, dass die Blutkonserven da waren, die sie angefordert hatte. Jedes Mal, wenn sie in den Aufenthaltsraum kam, wo der Fernseher lief, senkte sie den Kopf und summte leise vor sich hin, um sich ihr Unglück nicht anmerken zu lassen. Sie hatte Angst, vor ihren Kollegen zusammenzubrechen, wie einmal, als sie mitten in einer Untersuchung in Tränen ausgebrochen war. Die Krankenschwester hatte sie erschreckt angesehen, als wüsste sie nicht, ob sie der Ärztin oder der alten Frau helfen sollte, die keine Luft bekam, weil eine Rippe auf ihre Lunge drückte. Mittlerweile dachte sie nur noch an ihre Arbeit, wenn sie ihren Namen durch die Lautsprecheranlage der Notaufnahme hörte. Manchmal erinnerte sie ein Patient oder ein Assistenzarzt mit ausgeprägten Geheimratsecken und Adlernase an Alberto, ihren Noch-Mann. Aber anders als noch vor Monaten konnte sie darüber lächeln. Sie konnte sich sogar vorstellen, wie er gemeinsam mit dieser sportlichen, durchgestylten Radiologin das Abendessen zubereitete, er, der nie gekocht hatte, der die Küchenschubladen nur geöffnet hatte, um den Korkenzieher herauszunehmen. Letztes Mal war es ihr sogar so vorgekommen, als hätte er sich die grauen Haare an den Schläfen gefärbt. Sie stellte sich vor, wie er der Radiologin seinen Bauchtanz vorführte und rund um den Esszimmertisch hinter ihr herjagte, wie er es seit so vielen Jahren nicht mehr mit ihr getan hatte. Doch die Gefühle, die Alberto in ihr hervorrief, hatten sich verändert. Aus Verbitterung war Ironie geworden und aus Ironie Sarkasmus. Sie hätte niemals gedacht, dass ihr dieser Mensch, der seit ihrer Jugend ihr Leben bestimmt hatte, kaum zehn Monate später lächerlich vorkommen könnte, hohl, falsch, ein richtiges Arschloch. Es fiel ihr schwer, sich daran zu erinnern, wie ihr Mann ausgesehen hatte, als sie ihn kennenlernte. Oder als er sie in diesem Mercedes durch Barcelona chauffierte, der so weiß, so makellos, so glänzend, so perfekt war wie er. Ein junger Kardiologe aus einer Medizinerfamilie mit einer kometenhaften Karriere, verführerisch, intelligent, gut aussehend. Doktor Cambra bekam das Bild ihres Mannes nicht aus dem Kopf, mit dem sie zwanzig Jahre verheiratet gewesen war, wie er hinter der jungen Radiologin her rannte. Als sie auf dem Flur Doktor Carnero begegnete, der diensthabenden Anästhesistin, hatte sie noch das sarkastische Lächeln auf dem Gesicht. Sie sahen sich in stillem Einverständnis an.

»Das ist das erste Mal, dass ich jemanden beim Silvesterdienst lächeln sehe«, sagte die Anästhesistin im Vorbeigehen. Zum Stehenbleiben war keine Zeit.

»Einmal muss ja das erste Mal sein, oder?«

Über Lautsprecher wurde nach Doktor Cambra verlangt. Noch bevor die Ansage zu Ende war, stand sie an der Anmeldung.

»In der Vier ist ein junges Mädchen, zwanzig Jahre, mit Arm- und Beinbrüchen. Ein Motorradunfall.«

Montse spürte, wie ihr das Blut ins Gesicht schoss. Sie wurde knallrot, ihr Herz raste. Sie ging in die Kabine, die man ihr genannt hatte. Dort lag tatsächlich ein sehr blasses Mädchen. Eine Krankenschwester und ein Pfleger kümmerten sich um sie. Als sie ihr verängstigtes Gesicht und ihren hilflosen Zustand bemerkte, begannen ihre Beine zu zittern. Sie versuchte, sich zusammenzureißen.

»Wer hat ihr den Helm abgenommen?«, fragte sie verärgert.

»Sie wurde ohne Helm eingeliefert. Vielleicht hat sie keinen getragen.«

Die Ärztin hob die Augenlider des Mädchens hoch und untersuchte sie mit einer kleinen Taschenlampe. Dann nahm sie ihre Hand und drückte sie ganz fest. Sie konnte nicht anders. Die Hand des Mädchens war wie tot und voller Schrammen. Dann tastete sie vorsichtig den Brustkorb ab, die Milz, die Nieren, den Magen, während sie fragte: »Tut es hier weh? Und hier?« Das Mädchen stöhnte, schüttelte aber den Kopf.

»Erzähl mir mal, wie der Unfall passiert ist.«

Das Mädchen fing an zu stottern, bekam aber keinen vollständigen Satz zusammen.

»Bist du müde?«, fragte die Ärztin. »Nicht einschlafen. Erzähl mir alles, woran du dich erinnern kannst.«

Während das Mädchen sich zu erklären versuchte, maß die Krankenschwester den Blutdruck.

»Es muss ein CT gemacht werden.«

Der Pfleger schrieb mit. Das Mädchen sprach ununterbrochen, jetzt ein wenig flüssiger.

»180 zu 110.«

»Wie alt bist du?«, fragte die Ärztin.

»Neunzehn ... Zu Hause warten sie mit dem Abendessen auf mich.«

Doktor Cambra hielt die Luft an und sah zur Seite. Vielleicht hatte ihre Tochter sechs Monate zuvor den gleichen Satz gesagt, als ein Notarzt ihr die gleiche Frage stellte, die sie nun dieser Unbekannten gestellt hatte. Neunzehn. Im März war sie neunzehn geworden. Als das Mädchen zum CT gebracht wurde, verließ die Ärztin die Kabine. Der Tod ihrer Tochter durfte ihre Arbeit nicht beeinträchtigen, aber sie bekam es einfach nicht aus dem Kopf. Wie dieses Mädchen war sie neunzehn Jahre alt gewesen, sie war Motorrad gefahren, den Helm am Arm, und zu Hause hatte ihre Mutter mit dem Abendessen gewartet. Aber sie hatten den Vater angerufen, um ihm mitzuteilen, dass sie tot war. Im Krankenhaus war Albertos Name bestens bekannt. Sie mussten nicht einmal im Notizbuch ihrer toten Tochter nach der Nummer suchen. Sie befand sich an der Rezeption auf der Anrufliste. Sie wusste nicht, was sie am meisten störte: Dass es so lange gedauert hatte, bis man sie informierte, oder dass es ihr Mann gewesen war, der ihr mit ernster, bedeutungsschwerer Stimme mitgeteilt hatte, dass ihre Tochter tot war. Außerdem war er mit der Radiologin gekommen, als hätte er die Geliebte gebraucht, um seine Stärke zu zeigen.

Als sie eine Stunde später im Ärztezimmer Doktor Carnero begegnete, war das Lächeln einem verlorenen Blick gewichen. Die Anästhesistin wusste, dass ihre Freundin kurz davor stand, wieder in das tiefe Loch zu fallen, aus dem sie nur mühsam herauskam.

»Kaffee?«

Doktor Cambra nickte. Es tat ihr gut, unter Leuten zu sein und sich über die Angelegenheiten der anderen zu unterhalten.

»Wie geht's dem Jungen?«

Die Anästhesistin sah sie aus ihren schrägen Augen an und versuchte zu lächeln.

»Gut. Es geht ihm sehr gut. Und du? Gerade eben bist du noch lächelnd durch den Flur gelaufen, und jetzt komme ich her und du bist …«

»Alles in Ordnung. Manchmal bin ich nur nicht mit den Gedanken dort, wo ich sein sollte.«

»Das geht uns allen so, Montse. Glaub nicht, dass du da eine Ausnahme bist.«

»Nicht deswegen und auch sonst nicht, Belén. Ich glaube, ich bin der durchschnittlichste Mensch auf Erden.«

Belén versuchte der Bemerkung ihrer Freundin nicht zuviel Bedeutung beizumessen. Sie wusste besser als jeder andere, dass sie keine schönen Worte und keine Ratschläge brauchte, sondern Zeit, um die Wunden zu heilen.

»Was machst du eigentlich morgen, Montse?«

»Nichts Besonderes. Das Skispringen ansehen, dann das Walzerkonzert und ohne schlechtes Gewissen viel essen.«

»Du könntest zum Essen zu uns kommen. Matías hat aus seinem Dorf den Stockfisch mitgebracht, den du so gerne magst.«

»Stockfisch am Neujahrstag? Und was ist mit dem traditionellen Reis mit Pute, für den unsere Küche berühmt ist?«

»Gott, bist du altmodisch.«

Die Tür ging auf und herein kam ein Assistenzarzt. Er trug Handschuhe, den Mundschutz hatte er nach unten geschoben.

»Montse, wir brauchen dich.«

Doktor Cambra stand auf und stellte den Kaffee auf den Tisch, ohne davon getrunken zu haben.

»Also gut«, sagte sie im Hinausgehen. »Morgen bei dir. Wenn du willst, nehme ich dir das Skispringen auf.«

»Nein danke, ich werd's mir direkt ansehen. Mein Sohn mag das.«

Zwischen elf und halb eins war es in der Notaufnahme besonders ruhig. Einige gingen in die Cafeteria, um etwas zu essen. Andere teilten lieber im Arztzimmer, was sie von zu Hause mitgebracht hatten. Für Doktor Cambra war es der schlimmste Moment der Nacht.

Die Eltern der verunglückten Motorradfahrerin kamen kurz vor den zwölf Glockenschlägen zum Jahreswechsel, völlig aufgelöst wegen des Unfalls ihrer Tochter. Doktor Montserrat Cambra kümmerte sich besonders aufmerksam um sie. Und gegen die Krankenhausvorschriften erlaubte sie ihnen, ihre Tochter ein paar Minuten zu sehen.

»Sie hat großes Glück gehabt«, erklärte sie den Eltern, die beim Anblick ihrer Tochter in Tränen ausbrachen. »Erschrecken Sie nicht wegen der Schläuche und der vielen Verbände. Das ist nur Serum und Schmerzmittel. Sie hat keine Kopfverletzungen. Sie hat sich das Schlüsselbein gebrochen und eine Schienbeinfraktur. Am schlimmsten sind die Trümmerbrüche an der Hand, aber mit ein paar Operationen und einer guten Reha wird sie keine bleibenden Schäden davontragen.«

Nachdem sie das gehört hatte, brach die Mutter erneut in Tränen aus.

»Aber es geht ihr gut, glauben Sie mir. In einem Monat wird sie wieder ein fast normales Leben führen können.«

Je mehr sie die Eltern aufzumuntern versuchte, desto schlechter ging es ihr. Sobald sie konnte, suchte sie nach einer Ausrede, um zu gehen. Als sie in den Aufenthaltsraum kam, stieß das Personal gerade mit Plastikbechern an und warf mit selbst gebasteltem Papierkonfetti. Still und leise hatte das neue Jahrhundert auch in die Notaufnahme Einzug gehalten. Der Traumatologe kam auf Montse zu und küsste sie, um ihr ein frohes neues Jahr zu wünschen. Er war nervös und ausnehmend ungeschickt. Beinahe hätte er den Kaffee auf sie geschüttet.

»Du hast die ganze Woche nicht angerufen«, sagte der Arzt, bemüht, seine Worte nicht vorwurfsvoll klingen zu lassen.

»Ich konnte nicht, Pere, ehrlich. Du kannst dir nicht vorstellen, wie viel Arbeit liegen geblieben ist.«

»Na, wenn es nur deswegen ist …«

»Natürlich, weswegen sonst? Du bist ein toller Typ, ehrlich.«

Der Arzt ging weiter, verlegen wegen der neugierigen Blicke. Belén stellte sich hinter ihre Freundin und flüsterte:

»Du hast die ganze Woche nicht angerufen, Montse.«

Doktor Cambra wurde so rot, dass sie befürchtete, jeder starre sie an.

»Du bist ein toller Typ, ehrlich«, setzte die Anästhesistin hinzu, wobei sie Montses affektierten Ton nachäffte.

»Jetzt sei endlich still! Siehst du nicht, dass er dich hören kann!«

»Wer, Pere? Weißt du nicht, dass er auf einem Ohr taub ist? Ich habe bei der Operation vor drei Jahren die Narkose gemacht.«

»Du bist eine alte Hexe.«

»Und du offenbar ein bisschen verklemmt. Weißt du nicht, dass Pere der begehrteste Junggeselle in der Klinik ist?«

»Und du, weißt du nicht, dass der begehrteste Junggeselle Ladehemmungen hat?«

Die Anästhesistin schlug in gespieltem Entsetzen die Hand vor den Mund.

»Nein!«

»Doch.«

»Nobody is perfect, meine Liebe.«

Der Rest der Schicht verlief wie erwartet. Ein ständiges Kommen und Gehen in den Fluren, Türen öffneten und schlossen sich, Tragen wurden hinein- und herausgeschoben. Diese Nachtschicht wäre nicht viel anders verlaufen als jede andere, die Doktor Cambra im Laufe ihres Berufslebens geleistet hatte, wäre es nicht in diesen ersten Stunden des neuen Jahrhunderts zu einer Anhäufung von Zufällen gekommen.

Um drei Uhr fünfzehn in der Nacht brachte ein Notarztwagen des Klinikums Barcelona eine fünfundzwanzigjährige Frau. Die schwangere Araberin war angefahren worden, als sie am Flughafen in ein Taxi steigen wollte. Der erste Zufall: Als der Krankenwagen mit über neunzig Stundenkilometern über die Gran Via de les Corts Catalanes raste, geriet er auf Höhe der Carrer de Badal in einen Stau aufgrund eines Verkehrsunfalls, bei dem drei Autos in Flammen aufgegangen waren. Es war der kürzeste Weg zum Klinikum, aber da es unmöglich war, sich einen Weg durch die ganzen Feuerwehrautos und Polizeifahrzeuge zu bahnen, die sich am Unfallort befanden, raste der Krankenwagen weiter die Gran Via entlang zum nächstgelegenen Krankenhaus. Der zweite Zufall: Als der Fahrer des Krankenwagens über Funk das Hospital Clínic i Provincial informierte, teilte man ihm mit, dass man auf vier Verletzte warte, die beim Zusammenstoß zweier Autos schwerste Verbrennungen erlitten hatten, und riet ihm, zu seinem ersten Ziel zurückzufahren. Der dritte Zufall: Als der Krankenwagen an der Plaça de les Glòries Catalanes mit einem gewagten Manöver wendete, um über die Diagonal zum Klinikum zurückzufahren, nahm der Fahrer die falsche Straße. Der vierte Zufall: Während der Fahrer versuchte, sich in einem Labyrinth gleich aussehender Straßen zurechtzufinden, sah er plötzlich die Hauptfassade der Klinik Santa Creu i Sant Pau vor sich, und noch ehe er recht begriff, wo er war, hielt er vor dem rot erleuchteten Eingang der Notaufnahme. In dem Moment, als die Frau über die Schwelle geschoben wurde, versagten ihre Lebensfunktionen. Eine Krankenschwester stellte ihren Tod fest. Der fünfte Zufall: Als Doktor Cambra gerade einen alten Mann behandelte, der wegen eines Asthmaanfalls eingeliefert worden war, schoben ein Krankenhausangestellter und ein Pfleger die Trage mit der schwangeren Toten vorbei. Aus irgendeinem schwer zu benennenden Grund fiel Doktor Cambras Blick auf die Frau. Vielleicht war es ihre Schönheit oder der leuchtend rote Stoff, der ihre Kleider verhüllte, oder die fortgeschrittene Schwangerschaft, die ihre Aufmerksamkeit auf sich zog. Ohne dass sie jemand dazu aufgefordert hätte, versuchte Doktor Cambra erfolglos den Puls am Hals zu ertasten. Als sie die Augenlider anhob und die geweiteten, starren Pupillen sah, hatte sie die Gewissheit, dass die Frau tot war. Die Gesichtszüge der Frau waren ganz friedlich, fast, als umspielte ein Lächeln ihre Lippen. An der Aufnahme entstand eine aufgeregte Diskussion zwischen dem Klinikangestellten und der Besatzung des Krankenwagens. Ohne es zu wollen, bekam Doktor Cambra alles mit. Der Ehemann der Toten hatte nicht im Krankenwagen mitfahren dürfen und war deshalb mit einem Taxi zum Klinikum gefahren. Dort war er mit Sicherheit immer noch und fragte nach seiner Frau. Außerdem waren sämtliche Papiere, der Ausweis und der Pass der Frau auf Arabisch, und sie wussten nicht, wen sie benachrichtigen sollten. Doktor Cambra ging vorsichtig dazwischen und wollte die Lage beruhigen.

»Ruf in der Notaufnahme des anderen Krankenhauses an und erzähl ihnen, was passiert ist. Wenn der Mann dort auftaucht und nach der Toten fragt, sollen sie ihn herschicken.«

Sie sahen sich müde an, morgens um halb vier.

»Und sag nichts davon, dass sie tot ist.«

Doktor Cambra kehrte zu dem beunruhigend friedlichen Gesicht der Frau zurück. Unter anderen Umständen wäre ihr dieses Gesicht sogar glücklich vorgekommen. Sie griff nach einem Formular, und während zwei Pfleger alles auf ein Tischchen legten, was die Frau bei sich gehabt hatte, nahm sie die Verletzungen in Augenschein und versuchte sich ein Bild davon zu machen, wie der Unfall passiert war. Sie schätzte, dass die Frau im fünften, sechsten Monat war. Sie trug das ungefähre Alter der Toten in das Formular ein: fünfundzwanzig. Als sie die Zahl schrieb, lief es ihr kalt den Rücken herunter. Sie sah sich selbst im gleichen Alter an Albertos Arm, beim Tanzen in Cadaqués, schwanger, verfolgt von den eifersüchtigen Blicken der jungen Mädchen aus Barcelona, die ihren Sommerurlaub an der Küste verbrachten. Aber dann gab durch einen weiteren Zufall das Tischchen nach, als sie sich aufstützte, um besser schreiben zu können, und die persönlichen Gegenstände der Toten fielen auf den Boden. Das wäre nicht weiter von Bedeutung gewesen, hätte Montserrat Cambra, als sie sich danach bückte, nicht drei oder vier Fotografien entdeckt, unter denen sich eine befand, die sie plötzlich erstarren ließ.

Es ist eine Schwarzweißfotografie. In der Bildmitte stehen zwei Männer, die vom Kopf bis zu den Knien zu sehen sind. Sie sind gleich groß. Die beiden lächeln fröhlich in die Kamera, als wären sie die glücklichsten Menschen der Welt. Hinter ihnen ist die Front eines Landrover zu sehen, das Reserverad auf der Kühlerhaube. Und daneben ist der ganze Hintergrund mit Beduinenzelten ausgefüllt, die sich in langen Reihen bis zum Bildrand ziehen. Zwischen den Zelten sind da und dort drei, vier Ziegen zu sehen, die sich kaum von der Erde abheben. Die beiden Männer haben kameradschaftlich einen Arm um die Schulter des anderen gelegt. Sie stehen ganz dicht nebeneinander, ihre Gesichter berühren sich fast. Einer der beiden hat arabische Gesichtszüge; er trägt Militärkleidung und hebt die linke Hand zum Siegeszeichen. Der andere sieht trotz seiner Kleidung europäisch aus. Er erinnert an Lawrence von Arabien mit seiner weiten, hellen Tunika und dem dunklen Turban, den er aufgewickelt und um die Schultern gelegt hat. Er hat sehr kurzes Haar und einen altmodischen Schnurrbart. Mit der rechten Hand hält er eine Waffe hoch, ganz wie im Kino. Aber am auffälligsten ist das Lachen der beiden Männer.

Dieses Bild hatte Doktor Cambra unerklärlicherweise verstört. Als sie es nun in ihren zitternden Händen hielt, wusste sie, warum: Der Mann mit dem Schnurrbart und der Beduinenkleidung war Santiago San Román. Sie fuhr mit dem Finger darüber, fast sicher, dass es sich um eine Täuschung handeln musste. Aber ihre Zweifel wurden immer kleiner. Unwillkürlich drehte sie das Foto um und entdeckte eine ziemlich verblichene blaue Aufschrift in Arabisch, bei der es sich um eine Widmung zu handeln schien. Und darunter stand, deutlich lesbar: »Tifariti, 18-I-1976.« Das Datum war so deutlich, dass es keinen Zweifel gab. Wenn Santiago San Román 1975 gestorben war, wie sie immer geglaubt hatte, konnte dieser Mann nicht jener Junge sein, der sie und ihre beste Freundin Nuria an einem heißen Juliabend vor sechsundzwanzig Jahren angesprochen hatte, als sie an der Avenida del Generalísimo Franco auf den Bus warteten.

Es war im Frühsommer 1974 gewesen. Montse hatte es nicht vergessen, obwohl seither viel Zeit vergangen war. Zum ersten Mal waren ihre Eltern ohne sie in die Ferien nach Cadaqués gefahren und hatten sie alleine zu Hause gelassen. Im Grunde war sie noch nie in ihrem Leben allein gewesen. Auch in jenem Sommer war sie es nicht. Eines der Dienstmädchen, Mari Cruz, war in der Wohnung an der Vía Layetana geblieben, um sie zu versorgen, ihr Bett zu machen und auf sie aufzupassen. Montse war vor knapp einem Monat achtzehn geworden und hatte die Oberschule mit hervorragenden Noten abgeschlossen. Aber ihr Vater war der Meinung, dass zu einem Medizinstudium mehr gehörte als ein glänzendes Zeugnis. Deshalb war Montse gegen ihren Willen zum ersten Mal in achtzehn Jahren nicht in die Sommerferien gefahren. Und während die Tage am Meer ruhig und unaufgeregt dahinplätscherten, besuchte sie morgens und mittags eine Privatschule, um ihre Kenntnisse in Mathematik und Chemie zu vertiefen und Deutsch zu lernen. Die Academia Santa Teresa befand sich im Hochparterre eines Gebäudes an der Avenida del Generalísimo Franco. Im ersten Stock lag eine Tanzschule, die Sommerintensivkurse von acht Uhr morgens bis neun Uhr abends gab. Während Montse und Nuria versuchten, sich auf natürliche Logarithmen zu konzentrieren, erbebten die Schulbänke unter dem Stampfen der Sevillanas oder dem gebrochenen Rhythmus eines Tangos. Da kam es schnell vor, dass der Blick aus dem Fenster schweifte und die Aufmerksamkeit dem gut aussehenden Jungen oder den Schaufensterauslagen auf der gegenüberliegenden Straßenseite galt. Aber mit der Eintönigkeit jenes Sommers war es bald vorbei, als Montse und Nuria an eben jenem Nachmittag Anfang Juli auf den Bus warteten, ohne jede Hoffnung, der Langeweile und der Hitze zu entgehen.

Vielleicht war es die Langeweile, die die Aufmerksamkeit der beiden Freundinnen auf das weiße Cabrio mit dem großen Nummernschild lenkte, das auf der anderen Straßenseite angehalten hatte. Es war ein ausländischer Wagen, vielleicht ein amerikanischer. Abgesehen von der ungewöhnlichen Automarke fiel ihnen auch auf, dass die Insassen zwei gut aussehende, sehr gut gekleidete Jungen waren, die unablässig zu ihnen herübersahen. Keine der beiden Freundinnen sagte etwas, aber beide wussten, dass früher oder später etwas passieren würde, das nicht alltäglich war. Tatsächlich kreuzte der Wagen in einem gewagten Manöver die Straße und hielt an der Bushaltestelle. Das war Montses erste Begegnung mit Santiago San Román. Der Junge war gerade neunzehn Jahre alt, aber die Brillantine, die Kleidung und das Auto ließen ihn älter erscheinen. Santiago und sein Freund stiegen fast gleichzeitig aus und gingen zu den beiden Mädchen. »Der Busverkehr auf dieser Linie wurde eingestellt«, sagte er mit einem Akzent, der ihn gleich verriet. »Pascualín und ich haben's gerade erfahren.« Die Leute, die an der Haltestelle warteten, sahen sich ungläubig an. Sie zweifelten an den Worten dieses Bengels. Nur Montse und Nuria lächelten, von Neugier getrieben. »Dauert mindestens zwei oder drei Tage«, setzte dieser Pascualín hinzu. »Wenn ihr nicht so lange warten wollt, können mein Kumpel und ich euch überall hinbringen, wo ihr wollt.« Mit diesen Worten deutete Santiago auf den nigelnagelneuen Wagen. Pascualín öffnete die Beifahrertür, und in einem Impuls, den sie nicht an sich kannte, sagte Montse zu ihrer Freundin: »Los, Nuria, die fahren uns.« Die Freundin setzte sich zu Pascualín nach hinten, und Montse sank in den hellbeigen, bequemen Ledersitz. Santiago San Román zögerte einen Moment. Er konnte nicht glauben, dass die beiden Mädchen ihre Einladung wirklich angenommen hatten. Er war schrecklich nervös, als er sich ans Steuer setzte und hörte, wie das Mädchen fragte: »Und wie heißt du?« »Santiago San Román, ganz zu Diensten«, antwortete er in einem aufrichtigen Anfall von Demut, der lächerlich wirkte.

Es war das Verrückteste, was Montse in achtzehn Jahren gemacht hatte. Während sie neben Santiago San Román saß, spürte sie plötzlich, wie die Hitze und die Langeweile des Sommers verschwanden. Die vier schwiegen, kosteten sämtliche Gefühle aus, jeder in seine eigenen Gedanken versunken. Und so sagte Montse nichts, als sie an der Plaza de la Victoria vorbei- und die Vía Layetana entlangfuhren. Ihre Fahrt über die Plaza de las Glorias Catalanas war wie ein Triumphzug. Gelegentlich warf Santiago dem Mädchen einen verstohlenen Blick zu oder starrte sie unverhohlen an, wenn sie das Haar anhob, damit der sanfte Wind, der aufgekommen war, darunterfahren konnte. Schließlich hielten sie am Bahnhof Poble Nou. Vom Meer wehte der Geruch von fauligen Algen herüber. Als der Wagen stand, öffnete Montse die Augen, als wäre sie soeben aus einem schönen Traum erwacht. »Warum hältst du an?«, fragte sie mit gespielter Sicherheit. »Hier ist es total hässlich.« »Schon, aber ihr habt noch nicht gesagt, wo ihr wohnt.« »In der Vía Layetana«, sagte Nuria schnell, die ein wenig beunruhigter war als ihre Freundin. Santiago wendete und fuhr auf demselben Weg zurück. Plötzlich löste sich Montses Zunge, und sie begann alle möglichen Fragen zu stellen. »Das Auto gehört meinem Vater. Ich verdiene noch nicht genug, um einen Cadillac zu fahren.« »In einer Bank. Ich arbeite in einer Bank. Na ja, eigentlich ist mein Vater der Direktor, und ich werde irgendwann sein Nachfolger sein.« »Ja, Pascualín auch. Wir arbeiten beide in derselben Bank.« Pascualín und Nuria beteiligten sich nicht an dem Gespräch. Mit jeder Frage, die er beantwortete, verrannte sich Santiago immer mehr in einem Labyrinth, aus dem er nur noch schwer herausfand. »Halt mal an. Nuria muss hier aussteigen«, sagte Montse unvermittelt. In Wirklichkeit waren die beiden Mädchen Nachbarinnen, aber Nuria merkte gleich, was ihre Freundin vorhatte, und stieg unwillig aus dem Cadillac. »Willst du sie nicht begleiten?«, schlug Santiago Pascualín vor.

Das Cabrio fuhr weiter die Straße hinunter bis zur genannten Adresse. Zum ersten Mal sah sie Santiago San Román tief in die Augen und fand, dass er der schönste Mann war, den sie je gesehen hatte. Sie ließ ihn weiter flunkern. Santiago seinerseits stellte keine Fragen. Er hatte genug damit zu tun, heil aus denen herauszukommen, die Montse ihm dauernd stellte. Schließlich sagte er erschöpft: »Das ist ja ein Verhör.« »Stört es dich, dass ich dir Fragen stelle?« »Nein, nein, überhaupt nicht.« »Wenn ich zu einem Mann ins Auto steige, wüsste ich halt gerne, mit wem ich es zu tun habe«, erklärte ihm Montse ein wenig zickig. »Nicht dass du denkst, ich mache so was jeden Tag.« »Nein, nein, das denke ich absolut nicht. Es ist nur so, dass ich dir schon alles erzählt habe, aber du …« »Was willst du wissen?«, kam ihm das Mädchen erneut zuvor. Santiago zögerte, bevor er die Frage stellte. »Hast du einen Freund?« Zum ersten Mal war Montse verunsichert. Jetzt war es Montse, die zögerte, bevor sie antwortete: »Einen Freund, nein. Aber ich habe Verehrer«, sagte sie und versuchte, kokett zu wirken. »Und du? Hast du eine Freundin?« »Nein, nein. Ich mag keine Verpflichtungen.« Noch bevor er den Satz zu Ende gesprochen hatte, bereute er, ihn gesagt zu haben. Verwirrt und ohne genau zu wissen, was er eigentlich wollte, legte er dem Mädchen den Arm um die Schulter und streichelte ihren Nacken. Ohne lange nachzudenken, beugte Montse sich vor und hauchte ihm einen Kuss auf den Mund. Aber als Santiago versuchte, sie an sich zu ziehen und fester zu küssen, schob sie ihn, scheinbar entrüstet, weg.

»Ich muss gehen«, sagte sie, »ich bin spät dran.« Sie öffnete die Wagentür und stieg aus. Erst als ihr Santiago San Román verzweifelt hinterrief: »Wollen wir uns irgendwann wieder sehen?«, blieb sie stehen. Wie ein trotziges kleines Mädchen drehte sie sich noch einmal um, legte die Bücher auf der Motorhaube ab, schrieb etwas in ein Heft, riss das Blatt heraus und klemmte es unter den Scheibenwischer. Dann nahm sie ihre Bücher und ging. Nach ein paar Schritten drehte sie sich um und rief: »Ruf vorher an. Da steht die Nummer. Ich hab dir auch die Adresse, das Stockwerk und die Wohnungsnummer aufgeschrieben, damit du nicht bei den Nachbarn fragen musst.«

Mehr sagte sie nicht, sondern ging zum Hauseingang und lehnte sich gegen das riesige, schwere Eisentor. Santiago San Román hatte nichts erwidern können.

Noch nachdem Montse im Hauseingang verschwunden war, folgte er mit Blicken der Spur, die sie hinterlassen hatte.

Das Mädchen hatte nicht die Geduld, auf den Fahrstuhl zu warten. Sie stürmte die Treppe hinauf, schloss hastig die Tür auf, warf die Bücher in die Ecke und rannte in ihr Zimmer, ohne Mari Cruz, das Dienstmädchen, zu beachten.

Vom Fenster ihres Zimmers aus sah sie nur noch, wie sich der Wagen in den Verkehr einfädelte und in Richtung Hafen davonfuhr. Aber sie sah, dass die Seite aus dem Schreibheft nicht mehr unter dem Scheibenwischer klemmte. Sie stellte sich vor, dass es doppelt gefaltet in der Brusttasche von Santiago San Románs Hemd steckte: ein makellos weißes, faltenfreies Hemd, die Ärmel bis zum Ellenbogen aufgekrempelt, das so gar nicht zu der sozialen Schicht passte, die dieser Junge zu verbergen versuchte.

Doktor Montserrat Cambra ging durch den Flur der Notaufnahme. Sie war furchtbar verwirrt. Sie hatte die Hand auf die Tasche ihres Kittels gepresst, als fürchtete sie, jemand könne ihr das Foto wegnehmen, das sie soeben einer Toten entwendet hatte.

Für einen kurzen Moment wusste sie nicht einmal, wo sie war. Dann wieder dachte sie, alle Blicke seien auf sie gerichtet. Aber niemand vom Personal, der ihr im Flur begegnete, sah sie an. Sie ging ins Arztzimmer und schloss die Tür hinter sich, als würde sie verfolgt. Ihr Atem ging schwer. Sie setzte sich und schluckte eine Tablette. Es war die letzte in der Packung. Auf dem Tisch stand noch der Kaffee, den ihr Belén vor Stunden gemacht hatte. Sie trank ihn in einem Schluck aus, ohne auch nur zu merken, dass er kalt war. Dann hob sie den Hörer des Telefons ab, das auf dem Tisch stand, wählte die Nummer der Aufnahme und sagte mit zitternder Stimme:

»Hier spricht Doktor Cambra. Hör genau zu. Ich möchte, dass du mir Bescheid gibst, wenn der Ehemann der Frau kommt, die sie vom Flughafen hergebracht haben. Vergiss es nicht, auch wenn du viel zu tun hast. Es ist wichtig. Danke.«

Als sie aufgelegt hatte, schob sie ihre Hand in die Kitteltasche und berührte die Fotografie. Dann setzte sie sich, ohne die Hand aus der Tasche zu nehmen. Sie hatte das absurde Gefühl, das Foto könne jeden Moment verschwinden und alles werde sich in Luft auflösen wie ein Traum.

Ein weiterer Traum, der sich in einen Albtraum verwandelte.

UM VIER UHR nachmittags wirkt das Krankenhaus von Smara gespenstisch. Draußen legen die sengende Sonne und der trockene, schneidende Wind alles Leben lahm. Drinnen führen leere, düstere Flure wie ein Spinnennetz immer tiefer ins Gebäude hinein. Aus der Ferne wirkt das Krankenhaus von Smara wie eine Fata Morgana, die in der schrecklichen *hammada* der Sahara flimmert.

In einer olivgrünen Uniform betritt Oberst Mulud Lahsen den Sanitätsposten. Er klopft den Staub aus den Kleidern und nimmt den Turban vom Mund. Der Chauffeur wartet draußen im Toyota in der prallen Sonne. Mulud Lahsen nimmt die Sonnenbrille auch in den dunklen Gängen nicht ab. Sobald man die Schwelle überschritten hat, ist die Wüste plötzlich weit weg. Es riecht nach Desinfektionsmitteln. Der Oberst rümpft die Nase, als hätte er sich nach all den Jahren immer noch nicht an diesen intensiven Geruch gewöhnt. Er kennt das Krankenhaus wie seine Westentasche. Er hat es von den Grundmauern auf entstehen sehen, als hier nur Sand und Steine gewesen waren. Sicher bewegt er sich durch das Gewirr verwaister Flure. Ohne jemandem zu begegnen, erreicht er das Büro des Direktors und tritt ein, ohne anzuklopfen. Der Direktor ist ein kleiner, quirliger Mann. Über einen Stapel Papiere gebeugt, sitzt er an seinem Schreibtisch. Er trägt eine Hornbrille. Die wenigen Haare, die ihm geblieben sind, sind ergraut. Seine Haut ist sonnengegerbt. Als er den Oberst in der Tür stehen sieht, zeigt sich ein breites Lächeln auf seinem Gesicht. Es folgt ein langer Austausch von arabischen Begrüßungsformeln, während sie sich in die Augen schauen und an den Händen fassen.

Oberst Mulud Lahsen ist groß und sehr korpulent. Neben ihm wirkt der Krankenhausdirektor von Smara wie ein Kind.

»Mulud, Mulud, Mulud«, sagt der Direktor, als die Begrüßung schließlich vorbei ist und sie ihre Hände loslassen.

»Mit dem Kittel und der Brille siehst du wie ein Arzt aus.«

Der Direktor grinst. Sie kennen sich seit Kindertagen, lange bevor sie ihre Heimat verlassen mussten.

»Du bist der Letzte, mit dem ich heute gerechnet habe«, sagt der Direktor.

»Ich wäre gerne schon früher gekommen, aber ich bin lange draußen gewesen.«

»Ich hab so was gehört. Wie geht's dem Minister?«

»Er hat Fieber«, erklärt der Oberst mit einem breiten Lächeln.

»Der Gesundheitsminister, Fieber? Weiß er nicht, dass wir in unserem Krankenhaus Betten im Überfluss haben?«

Die beiden lachen los. Der Oberst nimmt die Sonnenbrille ab und legt sie auf den Schreibtisch. Seine Augen sind stark entzündet.

»Er ist so ein Sturschädel. Du kennst ihn ja.«

»Ja. Ich kenne ihn sehr gut …«

Während er spricht, nimmt der Direktor Gläser aus einer Schublade und stellt sie auf den Tisch. Dann entzündet er einen Gaskocher, füllt einen Teekessel mit Wasser und stellt ihn auf die Flamme.

»Wie läuft's hier?«, fragt der Oberst.

»Gut, gut. Wie immer. Wir schließen gerade die letzten Geräte an. Alle versuchen, sie zum Laufen zu bringen.«

»Deshalb ist es im Krankenhaus so ruhig, oder?«

»Ja. Heute ist jedenfalls niemand eingeliefert worden. Die Krankenschwestern richten die Bibliothek ein und versuchen mit dem neuen Analysegerät klarzukommen. Alle Gebrauchsanweisungen sind auf Deutsch.«

»Es ist niemand eingeliefert worden?«

»Heute Morgen haben wir einen Jungen entlassen, der Zahnschmerzen hatte.«

»Sonst nichts?«

»Doch, eigentlich schon. Ich hatte es beinahe schon vergessen. Seit über drei Wochen haben wir eine Ausländerin hier. Weil ich sie jeden Tag sehe, hatte ich fast vergessen, dass sie nicht zum Personal gehört. Sie wäre fast gestorben.«

»Eine Frau? Eine Ausländerin?«

Der Direktor lässt den Tee stehen und geht zum Oberst. Ganz vorsichtig hebt er seine Augenlider an.

»Lass mich mal deine Augen ansehen.«

Oberst Mulud lässt sich geduldig untersuchen. Der Direktor zieht die Augenlider hoch und betrachtet die Bindehaut.

»Am Tag nach ihrer Einlieferung habe ich euch eine Nachricht geschickt. Darin habe ich die genauen Umstände ihrer Ankunft erklärt. Ich habe mich gewundert, dass ich nichts von euch gehört habe, aber es gehen so viele Schreiben unterwegs verloren.«

Der Direktor betrachtet eingehend Muluds Augen, während er spricht.

»Du hast eine starke Bindehautentzündung.«

»Das kommt vom Wind.«

»Und von der Sonne. Gestern hätte ich dir Augentropfen geben können, aber heute sind keine mehr da. Wenn du in vierzehn Tagen nochmal kommst, kann ich vielleicht was für dich tun. Deine Augen gefallen mir ganz und gar nicht.«

Der Oberst sucht etwas in seiner Jacke, zieht einen Brief heraus und breitet ihn auf dem Tisch aus. Der Direktor betrachtet das Schriftstück und erkennt sofort seine eigene Handschrift.

»Also habt ihr die Nachricht in Rabuni bekommen.«

»Ich habe den Brief vorgestern zwischen den Papieren gefunden, die im Ministerium auf mich warteten. Wie gesagt, ich war eine Weile draußen. Aber was du mir da erzählst, interessiert mich sehr.«

»Ich finde auch, dass es ein ungewöhnlicher Fall ist. Deshalb wollte ich wissen, wie ich mich verhalten soll.«

»Die Frau lebt, sagst du?«

»Ja, aber bis vor einer Woche hätte ich das nicht so ohne weiteres bejaht.«

Die beiden Männer schwiegen. Der Direktor poliert mit einem Baumwolltuch die beiden Gläser, bis sie blitzen.

»Schwer zu sagen, was da passiert ist. Ich bin froh, dass du hier bist und ich mit jemandem darüber sprechen kann.«

»Erzähl mir, was passiert ist. Ich bin neugierig.«

»Vor etwa einem Monat ist eine Armeepatrouille mit einer todkranken Frau hier aufgekreuzt.«

»Eine Patrouille, sagst du?«

»Zwei Männer in einem Jeep. Sie erzählten, sie hätten am Morgen gemeinsam mit einem weiteren Trupp Smara in Richtung Muro verlassen.«

»Erinnerst du dich an ihre Namen?«

»Nein. Ich hatte sie noch nie gesehen, und sie haben sich nicht ausgewiesen.«

»Sehr seltsam. Keine Patrouille hat gemeldet, dass sie diese Frau gefunden oder hierher ins Krankenhaus gebracht haben.«

»Sie sagten, sie gehörten zu einem Konvoi, der auf dem Weg in die befreiten Gebiete sei. Aus den wenigen Erklärungen, die sie gaben, konnte ich schließen, dass sie am frühen Morgen aufgebrochen waren und etwa dreißig Kilometer von hier eine Frau mitten in der Wüste fanden. Eine Saharaui. Sie winkte von weitem, um auf sich aufmerksam zu machen. Sie erzählte den Männern, sie habe eine Tagesreise weiter nördlich eine todkranke Frau zurückgelassen. Ihren Erklärungen zufolge war die Frau von einem Skorpion gestochen worden.«

»Eine unserer Frauen, allein, mitten in der Wüste?«

»So haben sie erzählt.«

»Hast du mit ihr gesprochen?«

»Sie saß nicht in dem Jeep. Sie war an der Stelle zurückgeblieben, wo man sie gefunden hatte, etwa dreißig Kilometer von Smara. Und zwar allein, denn die Männer sagten, der Konvoi sei nach Muro weitergefahren.«

»Das klingt alles sehr sonderbar.«

»Das fand ich auch. Deshalb habe ich diesen Brief ans Ministerium geschickt. Ich dachte, ihr würdet viel früher reagieren.«

Oberst Mulud übergeht diese Bemerkung. Er versucht, eine Erklärung für all das zu finden. Schließlich fragt er:

»Und keiner der Soldaten konnte dir mehr über die beiden Frauen sagen?«

»Sie hatten es eilig, weiterzukommen. Für sie war die ganze Angelegenheit nur eine lästige Verzögerung. Als ich ihnen sagte, dass sie einen Bericht über den Vorfall verfassen müssten, töteten sie mich fast mit Blicken.«

»Sie waren dazu verpflichtet.«

Der Direktor schenkt den Tee ein. In dem Zimmer ist nur das Geräusch zu hören, mit dem er sich in die Gläser ergießt. Für eine Weile verstummen die Worte, und die beiden Männer betrachten in sich gekehrt das glänzende Tablett.

Aza war sicher, dass sie sterben würde. Sie versuchte, nicht geradeaus zu laufen. Sie hatte die Sonne vor sich, was ihr einen leichten Vorteil verschaffte, aber ihre Beine waren langsamer als ihr Kopf. Mühsam lief sie im Zickzack vorwärts, suchte nach einer Erhebung im Gelände, einem kleinen Hügel, einer Senke, in die sie sich kauern konnte. Kopflos vor Angst rannte sie in die ungünstigste Richtung. Vor Aufregung war sie unfähig, eine Entscheidung zu treffen. Sie merkte es erst, als sie schon durch den tiefen Sand lief. Ihre Schritte wurden immer kürzer und schwerfälliger. Bei jedem Schritt sank sie bis zu den Knöcheln ein. Sie wusste, dass ihr Vorsprung sehr klein war. Sie brauchte sich gar nicht umzudrehen, um es zu sehen. Schließlich stapfte sie geradeaus weiter, den Blick auf den Boden geheftet. Sie spürte das Gewicht ihrer Schultern, ihre Beine brannten. Außerdem war ihr die *melfa* im Weg, aber sie wollte sie nicht abnehmen und wegwerfen. Plötzlich hörte sie ganz deutlich ein metallisches Klicken, das ihr bekannt vorkam. Jemand lud ein Gewehr durch, und er tat es ohne Eile. Sie nahm all ihre Kräfte zusammen und rannte wieder los, nur ein paar Meter weit. In diesem Augenblick kam plötzlich Wind auf. Trotzdem hörte sie den Gewehrschuss, als wäre es direkt neben ihr. Die *melfa* wickelte sich um ihre Beine, und sie fiel der Länge nach in den Wüstensand. Das alles geschah so schnell, dass sie zuerst nicht wusste, ob sie gestolpert war oder ob die Kugel sie getroffen hatte.

Dann hörte sie nur noch das Pfeifen des Windes, der riesige Staubwolken aufwirbelte. Ihr ganzer Körper schmerzte, aber langsam begann sie wieder einen klaren Gedanken zu fassen. Solange sie flach auf dem Boden lag, konnte sie ihre Verfolger nicht sehen, also konnten diese auch sie nicht sehen. Sie bewegte sich ein wenig und betastete ihren Rücken, ohne jedoch aufzustehen. Sie fand kein Blut und keine Verletzungen: Die Kugel hatte sie verfehlt. Fast instinktiv presste sie sich gegen den Boden und begann mit beiden Händen zu graben. Der Sand war sehr locker, und der Wind tat seines dazu. Sie war selbst erstaunt, wie schnell ihr Verstand zu arbeiten begonnen hatte. Sie grub nun auch mit den Füßen, den Beinen, dem ganzen Körper. In wenigen Minuten hatte sie eine ordentliche Mulde in den Sand gegraben. Sie drehte sich in der Mulde um und scharrte Sand über sich. Dann zog sie die *melfa* übers Gesicht und bedeckte auch dieses mühsam mit Sand. Der Wind erledigte den Rest. Nach einer Weile war sie vollständig eingegraben, ihr Gesicht befand sich wenige Zentimeter unter der Oberfläche. Sie konnte deutlich den Wind hören, und wenn er drehte, hörte sie auch die Stimmen des Monsieurs und seiner Männer.

Aza hatte oft zugehört, wenn die alten Leute vom Krieg erzählten. Je öfter sie die Geschichten hörte, desto weniger Aufmerksamkeit schenkte sie ihnen, aber ganz vergessen hatte sie sie nie. In den Siebzigerjahren hatten sich viele Nomaden den Kämpfen angeschlossen und dabei auf die Kriegsmittel ihrer Vorfahren zurückgegriffen. Bei Hinterhalten der Marokkaner hatten die Saharauis häufig die Technik des Eingrabens angewendet. Azas Onkel hatte ihr oft erzählt, wie ein feindlicher Panzer über ihn hinweg gerollt sei, als er unter dem Sand gelegen habe. Aber man musste sehr nervenstark sein. Auch das hatte ihr Onkel oft gesagt. Aza versuchte sich an diese Geschichten zu erinnern, während sie unter dem Sand vergraben lag. Jetzt bereute sie es, nicht genauer hingehört oder die Nützlichkeit dieser Guerillataktik nicht erkannt zu haben.

Ihr Herz klopfte rasend schnell, wie eine Bombe kurz vor der Explosion. Aza wusste, dass die Nerven ihr ärgster Feind waren. Sie versuchte an angenehme Dinge zu denken. Sie dachte an ihren Sohn, an ihre Mutter. Sie erinnerte sich an den Malecón in Havanna mit diesen alten Autos, die wie durch ein Wunder noch fuhren. Der Wüstenwind wurde zu einer karibischen Brise, die riesige Wellen gegen die Klippen des Malecón schlagen ließ. Sie dachte an den Tag ihrer Hochzeit. Das Atmen fiel ihr schwer, aber nach und nach wurde sie ruhiger – bis ihre Gedanken von den Stimmen dieser furchtbaren Männer durchdrungen wurden, die davon ausgingen, sie getötet zu haben. Sie erkannte sofort die Stimme des Monsieurs, der auf Französisch mit den Söldnern redete, die immer in seiner Nähe waren. Manchmal stieß er ein paar Flüche auf Spanisch aus. Sie wusste, dass die Männer nach ihr suchten. Sie gingen mit Sicherheit davon aus, dass sie getroffen worden war, und gaben sich gegenseitig die Schuld, dass die Leiche der Saharaui nicht aufzufinden war. So nahe kamen sie, dass sie ihren keuchenden Atem hören konnte. Und über ihren Stimmen lag die Stimme des Monsieurs, der sie beschimpfte und drohte, ihnen die Kehle durchzuschneiden. Aza hatte Angst, ihr rasendes Herz könnte sie verraten. Sie versuchte, tief, aber langsam durchzuatmen. Manchmal rieselte Sand durch den Stoff der *melfa*, die ihr Gesicht bedeckte. Sie wusste, dass sie es nicht mehr lange in dieser beklemmenden Lage aushalten würde. Aber lieber wollte sie im Sand ersticken als diesen Verbrechern in die Hände zu fallen.

Jedes Mal, wenn Aza die Stimme des Monsieurs in der Nähe hörte, spannte sich ihr Körper an und ihre Kiefer verkrampften. Er kam so nahe, dass sie für einen Moment dachte, er werde auf sie treten. Dann entfernten sich die Stimmen, um wenig später wieder näher zu kommen. Die Männer bildeten Kreise um die Stelle, an dem sie die Saharaui zuletzt gesehen hatten. Als die Söldner zu diskutieren begannen, spannte sich die Lage an. Aza kannte diese Typen. Sie wusste, dass sie fähig waren, sich wegen einer

Beleidigung oder eines harmlosen Wortwechsels gegenseitig umzubringen. Aber die Stimme des Legionärs übertönte alle anderen. Er war schon ganz heiser vom vielen Schreien. Unterdessen arbeitete der Wind zu Azas Vorteil. Er hatte nicht nur ihre Spuren beseitigt, sondern wehte immer neuen Sand auf die kaum merkliche Erhebung, unter der sich ihr Körper auf der Oberfläche der Wüste abzeichnete.

Während sich die Stimmen entfernten, begann Aza ihre Überlebenschancen abzuwägen. Seit mehr als zehn Stunden hatte sie kein Wasser mehr getrunken, was ihre Situation erschwerte. Außerdem hatte sie auf ihrer verzweifelten Flucht vor den Söldnern zu schwitzen begonnen, und das Wasser strömte unkontrolliert aus ihren Poren. Trotz des Windes glühte der Sand in der Sonne. Jeder Saharaui wusste, was es bedeutete, ohne Wasser in der Wüste zu bleiben. Sie hatte einige Male erlebt, dass Menschen verdurstet waren. Es war der schlimmste aller Tode. Für einen Moment überlegte sie, was schlimmer war: durch eine Kugel zu sterben oder zu verdursten. Aber sie hatte solche Angst, dass sie keine Entscheidung treffen konnte. Wenn diese Männer mit den beiden Autos wegfuhren, waren ihre Überlebenschancen sehr gering. Verzweifelt dachte sie an die Schüssel mit schmutzigem Wasser, die in der Hölle der Oase zurückgeblieben war. Aber als sie die aufgeregten Stimmen ihrer Verfolger erneut ganz in der Nähe hörte, kam sie zu dem Schluss, dass sie lieber die furchtbaren Folgen des Dursts ertrug, als ihnen in die Hände zu fallen. Ihr Mund war trocken und voller Sand. Trotzdem versuchte sie, nicht die Kontrolle über ihren Körper und ihren Verstand zu verlieren. Sie schloss die Augen und stellte sich vor, sie wäre in der *jaima*, bei ihrem Sohn. Sie versuchte sich mit allen Mitteln abzulenken. Eine Zeitlang schlug ihr Herz fast normal.

Als sie die Motoren des Lastwagens und des Jeeps hörte, spannte sich ihr Körper wieder an. Es konnten Stunden vergangen sein. Sie war sich nicht sicher. Der Wind hatte sich gelegt. Doch lange Zeit später hörte sie das Brummen der Motoren noch immer. Es hörte sich an, als führen sie im Kreis herum, in immer enger werdenden Kreisen, bis sie ganz nah waren. Aza dachte an die Spanierin, die in dem Toyota zurückgeblieben war. Sie hatte zwar keine weiteren Schüsse gehört, doch sie war sicher, dass die Frau bald sterben würde. Sie hatte den Skorpion gesehen, der sie gestochen hatte, aber sie hatte keine Zeit gehabt, die Frau zu warnen. Wenn diese Männer sie noch nicht umgebracht hatten, würde sich das Gift in ihrem Blut ausbreiten, bis schließlich ihr Herz stehen blieb. Das Dröhnen der Fahrzeuge zerrte an ihren Nerven. Je nervöser sie wurde, desto stärker fühlte sie den Durst in ihrer Kehle brennen. Manchmal spürte sie, wie ihr der Schweiß aus den Poren trat. Sie konnte sich nicht erinnern, jemals solchen Durst gehabt zu haben. Sie versuchte, nicht daran zu denken, was geschehen würde, wenn diese Banditen sie nicht fanden und sie alleine in der Wüste zurückblieb. Sie wusste, dass das Durstgefühl einsetzte, wenn der Körper einen halben Liter Wasser verloren hat. Nach zwei Litern schrumpfte der Magen und war nicht mehr in der Lage, das Wasser aufzunehmen, das der Körper brauchte. Sie kannte viele solcher Fälle, vor allem bei alten Menschen. Die Betroffenen hörten auf zu trinken, lange bevor der Bedarf des Körpers gedeckt war. Die Ärzte nannten das »absichtliche Dehydrierung«. Aber das war nicht das Schlimmste, was ihr passieren konnte. Wenn der Körper fünf Liter verlor, würde die Erschöpfung einsetzen, das Fieber, der Puls raste und die Haut wurde knallrot. Aza wusste genau, dass danach die Übelkeit und die Kopfschmerzen anfingen, der Speichel versiegte und es kam zu Kreislaufproblemen. In einer weniger feindseligen Umgebung zog sich dieser Zustand bis zu drei Tagen hin, je nach Größe der Person, aber in der Sahara reichten zwölf Stunden sengende Hitze. Unter dem Sand vergraben, spürte sie den ausgetrockneten Mund. Es war ihr unmöglich, sich auszurechnen, wie viel Wasser ihr Körper verloren hatte. Panik ergriff sie. Sie hatte das Gefühl, dass die Haut an ihren Knochen klebte und langsam schrundig wurde. Schließlich glaubte sie sogar, ihre Augen würden im Lauf der Stunden allmählich in den Augenhöhlen versinken. Was sie beruhigte, war, dass sie nach wie vor jedes Geräusch aus großer Entfernung ganz deutlich hörte. Vor dem Delirium fürchtete sie sich am meisten. Sie versuchte sich erneut zu beruhigen, um die Hitze nicht so stark wahrzunehmen. Aza konnte nicht vergessen, dass der Tod nicht durch den Durst eintrat, sondern durch die sengende Hitze: Das Blut in den Adern verdickte sich und konnte die Körperwärme nicht mehr nach außen transportieren. In Wirklichkeit war es am Ende die Hitze, die tödlich war, indem die Körpertemperatur plötzlich erschreckend anstieg.

Sie war kurz davor, einzuschlafen, als sie plötzlich erstaunt die Augen aufriss. Was sie erschreckt hatte, war die Stille. Plötzlich war der Wind nicht mehr zu hören, genauso wenig wie die Stimmen der Söldner und das Brummen der Motoren. Diese vollkommene Stille war beängstigend. Sie hatte das furchtbare Gefühl, seit Tagen unterm Sand begraben zu liegen. Es kam ihr so vor, als wäre das Licht, das zu ihr durchsickerte, nicht mehr so aggressiv. Sie zog das Kinn zur Brust und hob mühsam den Kopf aus dem Sand. Sandkörner rieselten an ihr herab. Sie hatte Schmerzen in den Schultern und Armen. Mit einer erneuten Anstrengung befreite sie den Oberkörper. Dann nahm sie die *melfa* vom Gesicht und betrachtete die leere, stille *hammada*. Es waren noch zwei Stunden, bis die

Sonne hinterm Horizont versank, und die Hitze war nicht mehr so intensiv. Es kostete Aza große Mühe, aufzustehen. Sie hatte solche Angst, dass sie sich nicht einmal traute, die Kleider abzulegen, um den Sand auszuschütteln, der an ihrem Körper herunterrieselte. Es dauerte lange, bis sie ganz sicher war, dass die Söldner weg waren. Aber sie wusste, dass diese Männer trotz der Endlosigkeit der Wüste in der Lage waren, sie zu finden. Überall um sie herum waren Reifenspuren; man sah auf einen Blick, dass sie stundenlang im Kreis gefahren waren, wahrscheinlich bis das Benzin im Tank knapp zu werden begann. Obwohl sie das dringende Bedürfnis hatte, diesen Ort zu verlassen, versuchte sie, vernünftig zu sein und zu warten, bis die Sonne ganz untergegangen war. Sie dachte, dass es vielleicht einfacher wäre, sich zu orientieren, wenn die Sterne am Himmel zu sehen waren, und außerdem würde ihr Körper natürlich weniger Wasser verlieren. Sie hatte sich bereits hingesetzt, um zu warten, alle Sinne angespannt, als sie plötzlich glaubte, weit weg einen Schatten zu erkennen, der sich vom Boden abhob. Ihre erste Reaktion war, sich zu ducken und ganz still zu verharren, aber dann begriff sie, was es war. Sie ging auf den Schatten zu, wobei sie in alle Richtungen spähte, um zu sehen, ob es eine Falle war. Aber es war keine Falle. Als sie noch hundert Meter entfernt war, erkannte sie, dass es die Spanierin war. Sie erinnerte sich nicht einmal an ihren Namen. Sie ging zu ihr und kniete sich neben sie. Vermutlich hatte sie über fünf Stunden dort gelegen. In einer Wortkaskade, die sie von klein auf gelernt hatte, verfluchte sie die Männer, die sie dort liegen gelassen hatten. Sie drehte sie um und versuchte sie ein wenig aufzurichten, aber die Ausländerin reagierte nicht. Voller Angst presste sie das Ohr an ihre Brust. Es dauerte lange, bis sie den Herzschlag hörte. Er war schwach und unregelmäßig, stolpernd, als wollte das

Herz darauf aufmerksam machen, dass es bald stehen bleiben würde. Aza suchte verzweifelt nach der Stichstelle des Skorpions. Aber es war schon zu spät, um das Gift auszusaugen. Sie wusste, dass diese Frau sterben würde, und sie war unfähig, es zu verhindern. Der Gedanke an den Tod jagte ihr erneut furchtbare Angst ein. Sie versuchte, Ruhe zu bewahren. Bald würde es Nacht werden, und ihre Chancen, aus der Wüste zu entkommen, würden steigen.

Als die gleißend helle Sonnenscheibe hinterm Horizont versunken war, ging Aza los, ohne zurückzublicken. Nur Minuten später begann der Wüstenboden rasch auszukühlen. Bei jedem Windhauch merkte Aza, wie sie fror. Sie verlor keine weitere Zeit. Nachdem sie sich ein letztes Mal vergewissert hatte, dass das Herz der Spanierin noch schlug, ging sie in Richtung Südwesten. Sie überschlug ihre Überlebenschancen. Es fiel ihr schwer, die Entfernung zu einem der Camps abzuschätzen. Die Saharauis konnten sich auch nachts sehr genau in der Wüste orientieren, aber sie hatte kaum Gelegenheit gehabt, es zu lernen. Ihr halbes Leben hatte sie als Studentin in Kuba verbracht. Manchmal kam ihr die Wüste so feindlich vor wie einem Fremden, obwohl sie in den letzten drei Jahren nicht von hier weggekommen war. Sie wusste, dass man sich sehr genau orientieren musste und niemals von der direkten Linie abweichen durfte, um an einen bestimmten Punkt zu gelangen. Die kleinste Abweichung konnte bedeuten, dass man den Ort, den man erreichen wollte, um viele Kilometer verfehlte. Sie verausgabte sich nicht beim Laufen, um ihre Kräfte nicht zu verschwenden. Sie versuchte, nicht an den Durst zu denken. Wenn sie nicht zu viel schwitzte und sich bei Tagesanbruch ausruhte, konnte sie vielleicht noch eine Nacht marschieren. Aber das waren alles nur Vermutungen. Unterdessen wurden ihre Schritte immer schwerer. Oft stolperte sie und fiel hin. Allmählich ließen ihre Augen sie im Stich. Obwohl Vollmond war, konnte sie kaum weiter als fünf oder sechs Meter sehen. Sie hatte seit über einem Tag nichts mehr gegessen. Schließlich, es waren noch ein paar Stunden bis Tagesanbruch, fiel sie hin und hatte nicht mehr die Kraft, aufzustehen.

Sie wurde von einem Geräusch geweckt, einem Vibrieren fast. Azas Augenlider waren verklebt, und sie konnte sich nicht erinnern, wo sie war. Sie hatte sich in die *melfa* gewickelt, um sich vor Insektenstichen zu schützen. Ihr war sehr kalt. Als sie das Geräusch noch deutlicher hörte, befürchtete sie, es könnte der Anfang der Halluzinationen sein. Sie hatte rasende Kopfschmerzen. Sie stand auf und spähte in alle Himmelsrichtungen. Nichts zu sehen. Die Sonne würde in frühestens zwei Stunden aufgehen. Sie legte sich wieder hin, doch diesmal ließ das Geräusch sie aufspringen. Es gab keinen Zweifel mehr: Es war der Motor eines Lastwagens. Sie lauschte angestrengt, doch der Wind hatte gedreht. Aber die Staubwolke, die sich am Horizont abzeichnete, verriet ihr, dass dort mehrere Fahrzeuge waren. Sie kam gar nicht auf den Gedanken, dass es sich um den Monsieur und seine Söldner handeln könnte. Obwohl sie das glänzende Blech der Wagen noch nicht erkennen konnte, ging sie aufgrund der Höhe, in die der Staub aufgewirbelt wurde, davon aus, dass sie sehr langsam fuhren. Sie zog eine gedankliche Linie in Verlängerung ihrer Fahrtrichtung und ging dann genau darauf zu, um ihnen den Weg abzuschneiden. Es waren vielleicht zwei Kilometer. Es war schwierig, Entfernungen abzuschätzen. Im Gehen schüttelte sie den Staub aus den Kleidern und befeuchtete Augen und Mund mit Spucke. Sie entfernte den Sand aus den Ohren und legte die *melfa* um, als sei sie gerade aufgestanden. Als sie noch fünfhundert Meter entfernt war, begann sie die Arme zu schwenken, wobei sie versuchte, ihre Verzweiflung nicht zu zeigen. Sie sahen sie sofort. Es waren vier Lastwagen mit einer Plane über der Ladefläche und zwei Jeeps. Von weitem konnte sie die überraschten Gesichter der jungen Soldaten sehen. In einem Anflug von Scham betete sie zu Gott, dass keiner dieser Männer sie kannte.

Der Konvoi änderte seine Richtung, als sie mitten in der unwirtlichsten *hammada* eine Frau entdeckten, die mit den Armen winkte. Während sie auf sie zu fuhren, konnten die Fahrer und ihre Beifahrer nicht glauben, was sie da sahen. Aber alle starrten auf dieselbe Stelle. Einer der Jeeps fuhr voran und hielt wenige Meter vor der Frau an. Ein Soldat stieg aus. An den Tressen war zu erkennen, dass er einen hohen Rang hatte. Als er zu der Frau trat, nahm er die Sonnenbrille ab und lüftete den Turban ein wenig. Er begann eine lange, förmliche Begrüßung, während er die Frau von oben bis unten musterte. Hätten seine Männer nicht jede seiner Bewegungen beobachtet, er hätte sie am Arm gefasst, um sich zu vergewissern, dass sie keine Fata Morgana war. Als die Begrüßung vorbei war, veränderte sich sein neutraler Ton und er zeigte zum ersten Mal seine Überraschung. »Was machst du hier? Wo kommst du her?«, fragte er, und es klang vorwurfsvoll. »Ich habe mich verlaufen.« »Du hast dich verlaufen?«, fragte er ungläubig. »Was heißt das, verlaufen?« »Das ist eine lange Geschichte, und ich habe keine Zeit«, sagte die Saharaui so würdevoll wie möglich. Der Kommandeur sah fassungslos aus, als spräche er mit einer von den Toten Auferstandenen. »Wie hast du es bis hierhin geschafft? Wie lange irrst du schon hier herum?« »Ich brauche Wasser, ich halte es nicht länger aus.« Der Rest des Konvois war in einer langen Reihe stehen geblieben, die Soldaten sprangen von den Fahrzeugen. Der Kommandeur öffnete die Tür des Jeeps und nahm eine Korbflasche heraus. Aza trank bis zur Erschöpfung. Das Wasser rann durch ihren Mund

und trat in Bächen aus den Poren wieder aus. Dann setzte sie sich in den Schatten eines Lastwagens. Die Soldaten starrten sie an, ohne zu begreifen, was da passierte. Der Kommandeur brüllte, alle sollten in die Fahrzeuge zurückkehren. »Jetzt erklär mir, was das heißen soll: du hast dich verlaufen.« »Das ist eine lange Geschichte, und es gibt Wichtigeres zu tun.« »Wichtigeres?« »Ja. Ich habe irgendwo dort drüben eine Frau zurückgelassen, die im Sterben liegt. Eine Ausländerin. Sie wurde vor fast vierundzwanzig Stunden von einem Skorpion gestochen. Wahrscheinlich ist sie schon tot.« Der Soldat wurde nervöser. Er rief den Fahrer des Jeeps zu sich und bat Aza, ihm den genauen Ort zu nennen. »Es ist in diese Richtung. Ich bin etwa acht Stunden immer geradeaus gegangen. Ihr könnt in zwanzig Minuten dort sein.« Der Fahrer und zwei weitere Soldaten machten sich sofort auf den Weg. Unterdessen kamen die übrigen möglichst unauffällig erneut näher. Der Kommandeur begann ungeduldig zu werden, als er nicht mehr aus der Frau herausbekam. »Ich muss sofort zu meinem *wilaya*«, sagte Aza. »Ich habe einen zweijährigen Sohn, der mich braucht.« »In welchem *wilaya* lebst du?« »In Daijla«, log sie. »Gott sei mit dir, Frau. Du wirst nie dort ankommen.« »Woher kommt ihr?« »Aus Smara.« »Ist das weit?« »Zwanzig Kilometer.« Aza erschien all das wie ein Fingerzeig Gottes. Sie sah sich um und überschlug die Richtung, in die sie gehen musste, um zum Camp Ausserd zu kommen. »Ich habe Verwandte in Ausserd«, versuchte sie die Wahrheit zu verschleiern. »Wir bringen dich nach Smara. Sobald wir diese Frau gefunden haben, wird euch ein Fahrzeug zum Krankenhaus bringen. Jemand wird deiner Familie in Dajla Bescheid geben.« Aza wusste nicht, wie sie aus dieser Situation herauskommen sollte. Sie schämte sich so, die Wahrheit zu sagen, dass sie lieber in die Wüste gelaufen und dort gestorben wäre, bevor diese Männer auch nur erahnten, was ihr widerfahren war. »Ich kann nicht nach Smara mitkommen«, erklärte sie wie selbstverständlich. »Meine Schwester in Ausserd heiratet in vier Tagen, und sie braucht mich.« Diese Lüge brachte den Soldaten erneut zur Weißglut. »Du kommst mit nach Smara, und dort wirst du alles erklären, was es zu erklären gibt.« »Wenn du mich nach Smara mitnimmst, werde ich dich beim *wali* wegen illegalen Festhaltens einer Person und Entführung anzeigen.« Der Soldat ballte die Fäuste und setzte die Sonnenbrille auf, um seine Wut zu verbergen. Er blickte sich um, dann stapfte er mit großen Schritten in die Weite der Wüste. Aza trank immer noch Wasser, aber jetzt in kleineren Schlucken. Die jungen Rekruten starrten sie unverwandt an. Zweifellos kam ihnen das Erscheinen einer so schönen Frau in der einsamsten Gegend der *hammada* wie ein Wunder vor. »Habt ihr etwas zu essen?«, fragte die Frau frei heraus. Wie auf Befehl begannen die Soldaten in ihren Rucksäcken zu wühlen und holten Brotfladen, Ziegenkäse und Zucker hervor. Aza setzte sich in den Schatten eines Lastwagens und begann in aller Seelenruhe zu essen, jeden Bissen genießend.

Es war noch keine Stunde vergangen, als der Jeep mit der Ausländerin zurückkehrte. Der Kommandant des Konvois sah fassungslos in den Wagen. Die Tatsache, dass diese Saharaui die Wahrheit gesagt hatte, machte seine Hypothese zunichte, dass es sich um eine Geistesgestörte handelte. »Ist sie tot?«, fragte er den Fahrer des Toyota. »Ich kann es nicht genau sagen.« Der Kommandeur ging zu Aza und deutete energisch auf das Auto. »Steig ein. Meine Männer bringen dich nach Smara. Danach kannst du hingehen, wo du willst.« Aza stand auf, nahm das Essen, das noch übrig war, trank noch einen Schluck Wasser und sagte: »Ich muss wissen, in welche Richtung ich gehen muss, um nach Ausserd zu kommen.« Der Soldat war kurz davor, die Fassung zu verlieren. Er biss sich so fest auf die Lippe, dass es blutete. Er hatte Angst, dass diese Frau ihn vor der ganzen Truppe lächerlich machte, wenn er stur blieb. »In Ordnung. Wenn du es so willst. Geh immer in diese Richtung. In zehn Stunden bist du in Ausserd. Wenn du zügig gehst.« Den letzten Satz betonte er in der vagen Hoffnung, die Frau würde es sich anders überlegen. Aber Aza lud sich die Wasserflasche auf den Kopf und ging dann zu dem Jeep, in dem die Ausländerin lag. »Beeil dich«, sagte sie zu dem Fahrer. »Sie liegt seit vielen Stunden im Koma.« Dann ging sie schnurgerade davon, ohne den Punkt am Horizont aus den Augen zu verlieren, zu dem der Soldat gedeutet hatte und den Aza sich als einzig mögliche Rettung eingeprägt hatte. Die Soldaten blickten ihr unverwandt hinterher. Sie hörten nicht einmal das Gebrüll des Kommandeurs.

Das Krankenhauszimmer der Ausländerin liegt im Halbdunkel, trotz der gleißenden Sonne, die draußen vom Himmel brennt. Layla hockt auf einem Teppich auf dem Fußboden, die Hitze hat sie schläfrig gemacht. Der Krankenhausdirektor betritt das Zimmer vor seinem Freund Mulud. Als die Krankenschwester sie sieht, steht sie auf und knöpft den Kittel zu. Es folgt eine lange, förmliche Begrüßung mit dem Oberst. Dann betrachten die drei schweigend die Patientin. Layla nutzt die Gelegenheit, um die *melfa* zurechtzuziehen und ihren Kopf zu bedecken. Die Ausländerin schläft. Sie atmet tief und fest.

»Sie hat etwas gegessen«, erklärt die Krankenschwester dem Direktor. »Die meiste Zeit schläft sie.«

»Layla ist den ganzen Tag hier«, sagt der Direktor.

»Ich hab ja sonst nichts zu tun«, entgegnet Layla.

Der Oberst lächelt. Er ist sehr neugierig auf die Geschichte dieser Ausländerin.

»Geht es ihr besser?«, fragt Mulud Lahsen.

»Sie hat kein Fieber mehr«, antwortet Layla. »Manchmal leidet sie an Halluzinationen, aber Fieber hat sie nicht. Ich weiß nur, dass sie Montse heißt und aus Spanien kommt. Sie ist wie besessen von irgendetwas, aber ich bekomme nicht heraus, was es ist.«

»Besessen?«, fragt der Oberst.

»Sie spricht im Schlaf und wiederholt immer wieder den Namen Aza.«

»Sie ist besessen von diesem Namen«, setzt der Direktor hinzu.

»Wenn sie wach ist und ich sie frage, sagt sie, Aza sei ermordet worden. Aber dann wird sie so unruhig, dass sie nicht mehr erklären kann.«

Oberst Mulud sieht die Fremde unverwandt an. Diese Sache interessiert ihn, aber er hat zuviel zu tun und wenig Zeit.

»Wir müssen herausfinden, wie sie hierher gekommen ist«, sagt Mulud Lahsen. »Sie ist bestimmt nicht alleine unterwegs gewesen. Jemand muss sie vermisst gemeldet haben.«

»Sie ist bald einen Monat hier«, sagt der Direktor. »Eine zu lange Zeit, als dass sie noch jemand vermissen könnte.«

»Ja, das stimmt. Je länger ich darüber nachdenke, desto weniger Erklärungen finde ich.«

»Ich kann versuchen, mehr herauszubekommen«, sagt Layla. »Es geht ihr jeden Tag besser, aber sie ist völlig verängstigt. Ich weiß nicht, was ihr zugestoßen ist, aber sie hat große Angst. Wenn es uns gelingt, dass sie wieder Vertrauen fasst, wird sie mir alles erzählen.«

»Und bis dahin?«, fragt der Direktor mit einem Sinn fürs Praktische.

»Bis dahin können wir nichts tun«, sagt der Oberst.

»Wir werden uns bei den spanischen Behörden erkundigen. Wenn die nichts wissen, werden wir abwarten müssen, bis es ihr besser geht, um sie in ihr Land zurückzubringen.«

Als er zu Ende gesprochen hat, steht Mulud Lahsen schon neben der Tür. Der Krankenhausdirektor folgt ihm. Sie verabschieden sich mit einem kurzen Gruß, und die Krankenschwester ist wieder mit der Patientin allein. Sie setzt sich auf die Bettkante. Für Layla ist die Anwesenheit der Fremden zu einer Konstante ihrer Arbeit geworden. Sie ist neugierig auf die Geschichte, die diese Frau womöglich erlebt hat. Sie legt ihr eine Hand auf die Stirn und betrachtet wieder einmal ihr wirres Haar, die weiße Haut und die gepflegten Hände. Plötzlich zuckt die Fremde zusammen und reißt erschrocken die Augen auf.

»Aza!«, ruft sie im Delirium. »Sie haben Aza erschossen. Du musst es allen sagen.«

»Wer ist Aza?«, fragte die Krankenschwester und versucht, die Frau nicht zu erschrecken.

»Aza? Sie ist mit mir geflohen, aber sie haben uns erwischt. Dieser Mörder hat sie umgebracht. Es war meine Schuld. Ich hätte alleine gehen sollen.«

»Wer hat sie umgebracht?«, hakt Layla nach.

Die Ausländerin schließt die Augen und schweigt. Ihr Atem verrät die Qualen, die sich in ihrem Kopf abspielen. Layla drückt ihre Hand. Sie wird ihr nicht von der Seite weichen, bis sie sich beruhigt hat.

FÜR SANTIAGO SAN Román war das *Oasis* der Mittelpunkt des Universums. Wenn er an der Bar lehnte oder an einem der mit Wachstuch bezogenen Tische saß, hatte er das Gefühl, dass sich die Welt um ihn drehte. Noch nie zuvor hatte er so etwas empfunden. Er brauchte nur ein Glas Cognac in der Hand und Guillermos Gesellschaft, um den Stachel in seinem Herzen zu vergessen, den er aus Spanien mit hierher gebracht hatte.

Die Offiziere trafen sich im Militärcasino und im Hotel Parador von El Aaiún. Das *Oasis* hingegen war der Truppe vorbehalten. Samstags abends gab es nirgendwo in der Stadt und der ganzen Provinz ein Lokal, das besser besucht war. Der Wirt des *Oasis* hieß Pepe *El Boli*, ein Andalusier, dem so ziemlich alles egal war. Sein Lokal war das einzige, wo die Prostitution stillschweigend geduldet wurde. Im *Oasis* gab es Nutten, Bingo, Poker, Wetten, Schlägereien und den billigsten Cognac in der ganzen Westsahara. Samstagabends ging es in der Kneipe von Pepe *El Boli* hoch her. Die Prostituierten, die sich als Kellnerinnen ausgaben, kamen mit der Arbeit nicht nach, und das Geschrei der Spieler vermischte sich mit dem Plärren aus dem Fernsehen. Keine andere Kneipe in der Stadt hatte so treue Gäste wie das *Oasis*. Früher oder später kamen alle, die für einen Abend oder ein Wochenende Ausgang hatten, hier vorbei.

Für Santiago San Román bedeutete das *Oasis*, dass er für ein paar Stunden seine quälenden Gedanken vergessen konnte. Und seine Gedanken galten damals nur Montse, der treulosen Montse. Wenn das zweite Glas Cognac wie

Feuer durch seine Adern rann, fühlte er sich wie der tollste Kerl der Welt. Dann trat Montse in den Hintergrund, und er hatte nur Zeit für seinen Freund Guillermo und jeden, der seinen Ausgang mit den beiden verbringen wollte. Guillermo war nicht nur ein vertrauter Freund geworden, er war auch der treueste Mensch, den er je kennengelernt hatte. Er schrieb die Briefe, die Santiago dann an Montse schickte, hörte ihm zu, wenn er sein Herz ausschütten musste, saß schweigend neben ihm, wenn er keine Lust zum Reden hatte. Guillermo war vorläufig als Verstärkung zum 9. Gemischten Pionierregiment gekommen, wo er tagein, tagaus Gruben und Gräben für den Bau des zoologischen Gartens von El Aaiún schaufelte. Wie alle Legionäre hatte er nicht gerne mit der regulären Armee zu tun. Santiago war Mechaniker beim 4. Regiment der Legion Alejandro Farnesio, einer Kraftfahrzeugbatterie. Aber der Zufall wollte es, dass sich sein weiteres Schicksal mit den Nomadeneinheiten unter dem Kommando von Javier Lobo verband.

Die Nomadentruppen bestanden wie die Territorialpolizei hauptsächlich aus Saharauis; die Offiziere allerdings waren Spanier. Vom ersten Tag an war Santiago San Román von ihnen fasziniert. Für einen Neuankömmling aus Spanien waren diese jungen Männer mit der dunklen Haut, dem gekräuselten Haar und den ungewohnten Gebräuchen ein erstaunlicher Anblick. Er hatte zum ersten Mal näher mit ihnen zu tun, als vier saharauische Soldaten einen Landrover der Nomadentruppe auf die Grube schoben, in der Santiago San Román arbeitete. Die Saharauis, von Kopf bis Fuß mit Öl beschmiert, stellten den Wagen ab und öffneten die Motorhaube. Als Santiago einen Blick auf den Motor des Fahrzeugs warf, stieß er einen Pfiff aus, der die übrigen Mechaniker aufhorchen ließ. Durch ein Gewirr von Kabeln, Klemmen und Flickstellen war der

Motorblock des Landrovers kaum noch zu sehen. »Kommandeur Lobo schickt uns«, sagte einer der Soldaten und nahm Haltung an wie beim Appell. Die Mechaniker taten so, als hätten sie nicht verstanden. Nur Santiago San Román zeigte Interesse für die vier Männer. »Er springt einfach nicht an«, erklärte der Saharaui. »Wenn wir das nicht hinkriegen, werden sie uns arrestieren.« Santiago konnte den Blick nicht von den Vieren abwenden. Kurz darauf ließen die anderen Mechaniker das Werkzeug fallen, um zum Mittagessen zu gehen. An ihren Gesten sah man, dass sie nicht bereit waren, sich mit der Sache zu befassen. Santiago war wütend über das Verhalten seiner Kameraden, aber er hatte keine Lust, einen Streit vom Zaun zu brechen. Andererseits sahen ihn diese Saharauis an wie Schiffbrüchige auf hoher See. Ohne ein Wort steckte er den Kopf in die Tiefen des Wagens und begann sich durch das Kabelgewirr zu kämpfen.

Als die Kameraden aus der Mittagspause zurückkamen, steckte Santiago immer noch bis zur Taille in den Innereien des Landrovers. Die vier Saharauis sahen ihm schweigend zu. Sie trauten sich nicht, ihn in seiner Konzentration zu stören. Santiago sprach wie in Trance mit dem Motor des Wagens. Gelegentlich richtete er auch das Wort an die Männer von der Nomadeneinheit. Diese sahen sich fragend an, als wüssten sie nicht, ob dieser Legionär womöglich verrückt war. Nachdem er stundenlang Teile ausgetauscht, Muffen überprüft und auf den Motor eingeredet hatte, stieg Santiago San Román in den Wagen und drehte den Zündschlüssel. Der Motor spotzte, es hörte sich an wie ein übler Husten. Nachdem er das Gaspedal mehrmals ganz durchgetreten hatte, begann sich der schwarze Qualm zu lichten, und der Landrover hörte sich ganz normal an. Der Legionär fuhr den Wagen aus der Werkstatt und blieb vor dem Tor stehen. »Einsteigen«, sagte er. Die vier Männer gehorchten, als handelte es sich um einen Befehl ihres Kommandeurs. Santiago San Román drehte ein paar Runden zwischen den Baracken, um die Spur und die Bremsen zu prüfen. Schließlich hielt er vor dem Tor der Nomadeneinheiten. Er stieg aus, ohne den Motor abzustellen, und sagte: »Hier, ist eurer. Ihr könnt Kommandant Lobo sagen, der Landrover hält die nächsten zehn Jahre.« Dann ging er davon. Die Saharauis wussten nicht, was sie sagen sollten. Als er schon ein ganzes Stück gegangen war, hörte er, wie jemand nach ihm rief. Er blieb stehen. »Danke, mein Freund. Danke.« Santiago machte eine abwehrende Handbewegung, aber einer der Saharauis kam ihm hinterhergelaufen, ergriff seine Hand und hielt sie fest. »Ich bin Lazaar.« Santiago San Román stellte sich ebenfalls vor. »Wir sind in dem Gebäude hier stationiert. Komm uns mal besuchen; du bist herzlich willkommen. Wann immer du willst. Du wirst viele Freunde haben.« Als Santiago an diesem Tag in den Speisesaal ging, hatte er das Gefühl, dass die Worte dieses Soldaten aufrichtig gemeint waren.

Als Santiago San Román das erste Mal das Gebäude der Nomadentruppe betrat, kam es ihm vor, als beträte er eine andere Welt. Unbeobachtet von ihren Vorgesetzten, verhielt sich die Truppe, als sei die Kaserne eine große *jaima*. Ein Dutzend einfacher Soldaten saß im Eingang des Gebäudes rund um einen Spirituskocher auf dem Fußboden, unterhielt sich auf Hassanniya und trank Tee, so zwanglos, dass man nicht glaubte, in einer Kaserne zu sein. Als sie Santiago eintreten sahen, wurden ihre Gesichter ernst, und das Gespräch verstummte. Fast hätte San Román auf dem Absatz kehrtgemacht und wäre dorthin zurückgegangen, wo er herkam, doch Lazaars Gegenwart beruhigte ihn. »Ich wollte nicht stören«, entschuldigte sich Santiago. »Ich wusste nicht …« Lazaar sagte etwas auf Arabisch zu seinen Kameraden, und die Unterhaltung folgte wieder der gewohnten Bahn. Der Saharaui fasste ihn bei beiden Händen und lud ihn ein, sich zu der Teerunde zu setzen. Es dauerte nicht lange, bis Santiago sich nicht mehr fremd fühlte. »Spielst du Fußball?«, fragte ihn einer der Saharauis. »Klar. Ich hab Cruyff das Fußballspielen beigebracht.« Lazaar sagte ernst: »Ich bin Fan von Madrid.« »Du wirst es nicht glauben, aber ich hab auch Amancio das Fußballspielen beigebracht.« Von diesem Tag an stand Santiago San Román jeden Abend für die Mannschaft der Nomadentruppe im Tor, und jedes Mal, wenn sie die Spanier schlugen, wurde er von seinen Bataillonskameraden als Verräter beschimpft.

Jetzt lehnte Santiago San Román an der Theke des *Oasis* und sah die Soldaten der Nomadentruppe an der Kneipe vorbeigehen, während sie mit einer Mischung aus Neugier und Verachtung durchs Fenster sahen. Er trank seinen Cognac aus und nahm sich fest vor, nicht mehr zu trinken, wenn ihn ein Saharaui sehen konnte. Er schämte sich wie noch nie zuvor. Sergeant Baquedano, der einzige Unteroffizier der Legion, der im *Oasis* verkehrte, schäkerte mit den Kellnerinnen, tätschelte ihnen den Hintern und griff ihnen an die Brüste. Seine Schnapsfahne verriet jederzeit, wo er war. Man erzählte sich schreckliche Dinge über Baquedano. Er war um die vierzig, und es war nicht zu übersehen, dass die Legion, der Schnaps und die Nutten sein ganzer Lebensinhalt waren. Es hieß, einmal hätte er einem Rekruten in den Fuß geschossen, weil der sich beim Marschieren verstolpert hatte. Wenn man sah, wie er besoffen sein Gemächt an den Prostituierten rieb, glaubte man sofort, was über ihn erzählt wurde. Die meisten Soldaten mieden ihn, aber ein paar Wichtigtuer scharwenzelten um ihn herum und liefen ihm hinterher, um ihm für seine Sprücheklopferei zu applaudieren und ihm einen auszugeben. Später mussten sie dann kleinlaut seine Beleidigungen ertragen und sich von ihm demütigen lassen wie geprügelte Hunde. Die Prostituierten, die ihn nur zu gut kannten, machten einen großen Bogen um ihn. Unteroffizier Baquedano war die einzige Person in dem Lokal, die sie verunsicherte und einschüchterte. Sie wussten genau, dass sie ihre Arbeit verlieren oder gar aufgeschlitzt in einem Straßengraben an der Ausfallstraße von Smara enden konnten, wenn sie sich mit diesem Grobian anlegten. Sergeant Baquedano war so etwas wie der Pate, der für Kommandeur Panta arbeitete. Die gesamte Prostitution im *Oasis* musste von Kommandant Panta überwacht werden, aber kein Offizier hätte es gerne gesehen, wenn ein höherrangiger Militär ein derartiges Etablissement betreten hätte. Die Offiziere teilten sich nie die Nutten mit der Truppe. Nicht einmal die Korporale und Sergeanten. Aber man konnte nicht zulassen, dass sich die Mafia in El Aaiún breitmachte und Frauen aus Spanien, Marokko oder Mauretanien einschleuste. Kommandant Panta wachte über die Gesundheit der Legion und achtete darauf, dass sich niemand in ihre Angelegenheiten einmischte. Aber der Kommandant hatte nie gesehen, wie Baquedano betrunken zwischen den Tischen herumtaumelte, sich mit beiden Händen an die Eier griff und die Brüste der Nutten angeiferte.

Santiago San Román sah weg, als sich ihre Blicke zwei- oder dreimal kreuzten. Als Baquedano das Lokal verließ, fühlte er sich viel entspannter, obwohl die Truppe einen Heidenlärm veranstaltete. Die Musik mischte sich mit dem Ton des Fernsehers, den niemand beachtete, dem Klirren der Flaschen auf der Marmortheke, dem Geschrei der Pokerspieler, den Bingozahlen und den lautstark geführten Unterhaltungen. Plötzlich kulminierten all diese Geräusche in einer Sekunde der Stille, und die Militärmärsche gingen in *Las Corsarias* über, den Lieblings-Pasodoble von Pepe *El Boli*. Sobald Santiago die ersten Takte hörte, hatte er das Gefühl, die Decke würde über ihm zusammenbrechen. Sofort erschien Montses Bild vor seinem inneren Auge. Alle Geräusche klangen mit einem Mal auf unerklärliche Weise feindselig.

»Noch ein Glas Cognac?«, fragte Guillermo.

»Nein, ich will nichts mehr. Ich hab Sodbrennen.«

»Dann ein Bier.«

»Trink du eins, ich hab Magenschmerzen«, log Santiago.

»Du willst den ganzen Abend nichts mehr trinken? Es ist Samstag.«

Santiago San Román sah seinen Freund ganz ernst an, und Guillermo wusste sofort, was los war. Er sagte nichts mehr. Er kannte diese melancholischen Anwandlungen seines Freundes. Die beiden verließen das *Oasis*. Auf der Straße schlug ihnen der kalte Februarwind entgegen. Sie gingen schweigend, ohne festes Ziel. Bis zur Plaza de España waren die Straßen außergewöhnlich ruhig. Auf der Plaza jedoch schien sich die ganze Stadt zu tummeln. Der Lärm aus den Kneipen drang bis auf die Straße. Die Territorialpolizei fuhr Streife und patrouillierte auf und ab, darum bemüht, keine große Aufmerksamkeit zu erregen. Vor dem Kino blieben die beiden stehen. Von einem Plakat mit dem Schriftzug *Serpico* sprang ihnen eine kolorierte Zeichnung von Al Pacino entgegen. Guillermo stellte sich davor und imitierte breitbeinig die Haltung eines Polizisten aus der Bronx. Er sah aus wie der Schatten des Schauspielers. Er schob die Mütze in die Augen und klemmte sich den Sturmriemen unters Kinn. Die Mädchen, die an der Kasse anstanden, sahen ihn an und kicherten hinter vorgehaltener Hand.

»Hör auf, den Clown zu spielen«, herrschte Santiago ihn an. »Siehst du nicht, dass dich alle anstarren?«

Guillermo hakte die Daumen in die riesige silberne Gürtelschnalle ein und warf den Mädchen, die nicht aufhörten zu lachen, einen Kuss zu.

»Du musst mir einen Gefallen tun, Guillermo. Ich schwöre dir, es ist das letzte Mal.«

Sofort verging Guillermo die Lust an der Alberei. Diese Sätze kannte er nur zu gut. Santiago ging langsam weiter, ohne die Brust herauszudrücken und die Schultern nach hinten zu nehmen.

»Verschwinden wir, hier wimmelt es von Sergeanten.«

Jeder Rang hatte seine eigene Zone in der Stadt. Normalerweise versuchten die Sergeanten und Korporale die Gegend rund um den Parador und das Militärcasino zu meiden, um nicht ständig ihre Vorgesetzten grüßen zu müssen. Die einfachen Soldaten wiederum gingen nicht in die Hauptstraßen, wo die Unteroffiziere ihre Lieblingslokale hatten.

Die beiden Freunde bogen schweigend in die Avenida de Skaikima. Sie wussten, dass sie dort weit weg von den Blicken der Legionäre waren. Sie gingen schweigend, als läsen sie die Gedanken des anderen. Vor einer Telefonzelle blieben sie stehen, und Santiago kramte alle Münzen hervor, die er in den Taschen hatte. Aus irgendeinem seltsamen Grund lag der Geruch von Thymian in der Luft. Er reichte Guillermo die Münzen.

»Ich möchte, dass du Montse anrufst. Also, zuerst sagst du …«

»Ich weiß, ich weiß«, unterbrach ihn Guillermo ungeduldig.

»Du sagst, du seist ein Studienkollege und wolltest mit ihr sprechen …«

»Santi!«, schrie Guillermo. Er hatte Lust, ihn zu ohrfeigen.

»Was ist?«

»Weißt du eigentlich, wie oft ich dein Mädchen schon angerufen habe?«

»Sie ist nicht mein Mädchen, Guillermo, das hab ich dir doch gesagt. Aber wenn du mir diesen Gefallen nicht tun willst …«

Guillermo legte versöhnlich die Hand auf seine Schulter und versuchte ihn zu beruhigen.

»Ich werd sie anrufen, okay? Ich werd sie anrufen. Aber erklär mir nicht, was ich zu sagen habe. Das hast du nämlich schon tausendmal getan. Ich rufe sie an, ich schreibe ihr, und am Ende werde ich derjenige sein, der …«

Guillermo verstummte. Er bereute seine Worte. Sein Freund war so durcheinander, dass er gar nicht verstand, was er sagte.

Schließlich steckte er das Geld ein und betrat die Telefonzelle. Santiago ging ein paar Meter weiter, als schämte er sich für das, was er tat.

Der letzte Anruf war ein Drama gewesen. Auch damals hatte er sie aus einer Telefonzelle angerufen, nur ein paar Meter von dem Hauseingang in der Vía Layetana entfernt. Als Montse endlich abhob, war es fast zehn Uhr abends gewesen. Santiago stand seit vier Stunden vor dem Haus des Mädchens. Die feuchte Kälte der ersten Dezembertage war ihm bis in die Knochen gedrungen. Als er schließlich ihre Stimme am anderen Ende der Leitung hörte, wusste er nicht, was er sagen sollte. Dann überwand er sich und versuchte, ganz ruhig zu bleiben. »Ich bin's, Santi«, sagte er mit zitternder Stimme. »Ich weiß, das hat man mir gesagt. Was willst du?« »Ich hab den ganzen Abend versucht, dich anzurufen.« »Ich war in der Bibliothek. Ich bin gerade erst nach Hause gekommen.« »Lüg mich nicht an, Montse, das lasse ich nicht zu.« »Du rufst an, um mich als Lügnerin zu bezeichnen? Du bist wirklich unverschämt, weißt du das?« »Nein, ich wollte dich nicht als Lügnerin bezeichnen, aber ich stehe seit sechs Uhr hier unten vor deiner Haustür und habe dich nicht hineingehen sehen.« Es entstand eine lange, dramatische Pause. »Hast du geglaubt, ich bin dir Rechenschaft schuldig?« »Nein, Montse, du bist mir keine Rechenschaft schuldig. Ich wollte dir nur sagen, dass ich weggehe.« »Dann mach's gut.« »Ich gehe nach Zaragoza.« Erneutes Schweigen. »Ich habe den Einberufungsbescheid bekommen. Übermorgen muss ich in der Kaserne sein.« Montse schwieg immer noch, und das machte Santiago Mut. »Hast du schon mit deinen Eltern gesprochen?«, fragte der Junge. »Mit meinen Eltern? Über was sollte ich mit meinen Eltern sprechen?« Da brach es aus Santiago heraus: »Über das Kind, verdammt nochmal. Unser Kind.« Sie ließ ihm keine Zeit, noch mehr zu sagen. »Hör zu, das Kind ist meine Sache. Einzig und allein meine Sache.« »Aber da habe ich auch noch ein Wörtchen mitzureden, finde ich.« »Das hättest du dir vorher überlegen müssen.« Jetzt war Montse den Tränen nahe. »Bevor du mit dieser Blonden in der Diskothek herumgemacht hast, bevor du mit ihr rumgeknutscht …« »Ich habe mit niemandem rumgeknutscht.« »Ich lasse mich nicht länger von dir anlügen.« »Ich lüge dich nicht an, Montse, ich schwöre es bei meiner Mutter, bei allem, was mir heilig ist. Sie ist nur eine gute Freundin.« »Und so küsst du eine gute Freundin?« »Ich hab dir schon hundertmal gesagt, dass wir mal zusammen waren. Aber da waren wir fast noch Kinder. Ich scheiß auf …« »Ich bin so dumm gewesen. So dumm!« »Montse, das Kind …« »Es ist mein Kind, hörst du? Mein Kind. Ich will, dass du vergisst, dass du mich gekannt hast, dass du das Kind vergisst, dass du alles vergisst.« Plötzlich war es still in der Leitung. Dann verkündete ein schriller Dauerton, dass auf der anderen Seite niemand mehr war. Santiago schlug den Kopf gegen die Scheibe der Telefonzelle. Aus einer Platzwunde an der Stirn lief Blut über sein Gesicht. Die Leute auf der Straße gingen schnell weiter, als sie den Schlag hörten. Er wusste nicht, was er mit dem Hörer machen sollte. Schließlich warf er ihn mit aller Kraft gegen den Telefonapparat, sodass er zerbrach. Dann stürzte er aus der Telefonzelle, sah sich wutentbrannt um. Noch nie hatte er sich so gedemütigt gefühlt, so ohnmächtig. Er konnte niemanden verprügeln, er konnte niemanden mit Vorwürfen überschütten, er wusste nicht, wohin mit dieser ganzen Wut.

Guillermo kam mit bedrücktem Gesicht auf ihn zu. In der Hand hielt er die restlichen Münzen.

»Sie ist nicht da.«

»Ist sie nicht da oder will sie nicht rangehen?«

»Was macht das für einen Unterschied?«

»Keinen, aber ich muss die Wahrheit wissen. Wer ist rangegangen?«

»Ich weiß es nicht. Ihre Schwester wahrscheinlich.«

»Was hast du zu ihr gesagt?«

»Dass ich ein Studienkollege bin.«

»Und was hat sie geantwortet?«

»Dass sie nicht in Barcelona sei. Sie hat um meinen Namen und meine Telefonnummer gebeten, falls sie zurückrufen wolle. Daraufhin habe ich gesagt, es sei nicht so dringend, ich würde ein andermal wieder anrufen.«

Je weiter sie die Avenida hinter sich ließen, desto leiser wurde das Geräusch der Autos und machte dem Plärren der Fernseher in den Erdgeschosswohnungen Platz. Die Nacht war mild. Nur der böige Februarwind war unangenehm. An einer Ecke weit weg vom Zentrum blieben sie stehen. Es fuhren kaum Autos. In der Ferne spiegelte sich der Mond im seichten Wasser der Saguía. Sie rauchten schweigend. Guillermo traute sich nicht, die Gedanken seines Freundes zu entweihen.

»Nie wieder, ich schwör's dir, nie wieder«, sagte Santiago San Román plötzlich. »Ich will nichts mehr von ihr wissen.«

»Nimm's nicht so schwer.«

Aber Santiago schien seinem Freund nicht zuzuhören.

»Noch nie hat mich jemand so behandelt. Scheiß drauf. Ab heute ist Montse für mich gestorben. Für immer. Hast du gehört?«

»Ja.«

»Wenn ich je wieder ihren Namen erwähne oder dich bitte, sie anzurufen oder ihr zu schreiben, will ich, dass du mir die Fresse polierst. Aber so richtig, verstehst du?«

»Wie du willst.«

»Schwör's mir.«

»Ich schwöre.«

In einem Anflug aufrichtiger Zuneigung umarmte Santiago seinen Freund und drückte ihn, so fest er konnte. Dann küsste er ihn auf die Wange.

»Was machst du da? Lass mich los, Mann. Wenn uns einer sieht, wird er denken, dass wir Schwuchteln sind.«

Santiago ließ ihn los und lächelte zum ersten Mal an diesem Abend.

»Von wegen Schwuchteln. Heute Nacht lassen wir es krachen. Und wenn wir im Bau schlafen.«

Guillermo ließ sich vom plötzlichen Enthusiasmus seines Freundes anstecken.

»Gehen wir ins *Oasis*«, sagte er.

»Scheiß drauf. Da ist es wie jeden Samstag. Gehen wir zu den Nutten. Aber richtig geilen Nutten.«

»Und das Geld?«

»Wir sind Bräutigame des Todes. Scheiß auf das Geld!«

Am Ende der Straße erschien ein Wagen der Territorialpolizei. Die beiden Legionäre erstarrten, als könnten diese Saharauis ihre Gedanken lesen. Der Streifenwagen fuhr ganz langsam an ihnen vorbei, hielt aber nicht an.

»Warst du mal da oben?«, fragte Santiago und deutete auf das Stadtviertel Casas de Piedra.

»Natürlich nicht. Hältst du mich für verrückt? Außerdem gibt es da weder Bars noch Nutten.«

In Zemla, in der Oberstadt, lebten fast ausschließlich Saharauis. Das Viertel hieß auch Casas de Piedra oder Hata-Rambla, »Dünenlinie«. Außer den Saharauis lebten nur ein paar Kanaren dort.

»Sag schon, bist du nicht neugierig, was da oben ist?«

»Überhaupt nicht. Du?«

»Lass uns eine Runde drehen. In der Legion hat keiner den Mumm, da hinzugehen.«

»Aber du.«

»Na klar.«

»Du bist völlig durchgeknallt, Kumpel.«

»Ich glaub's nicht. Du hast Angst.«

»Ich hab keine Angst, Santi, verdammte Scheiße. Aber du weißt genauso gut wie ich, was man sich über dieses Viertel erzählt.«

»Alles gelogen, Guillermo. Kennst du jemanden, der schon mal dort oben war?«

»Nein.«

»Ich schon.«

»Die Saharauis zählen nicht. Sie leben dort. Hast du nicht von den Demonstrationen gehört? Diese Teufel vom Polisario hetzen die Leute auf. Sie haben zwei Lastwagenfahrer entführt. Und dann Agyeyimat. Da sind eine Menge aus der Legion gestorben.«

Die Ausflüchte seines Freundes ernüchterten Santiago ein wenig. Seit er zum ersten Mal durch El Aaiún geschlendert war, hatte ihn die Oberstadt trotz ihres heruntergekommenen Zustands magisch angezogen.

»Das war weit weg von hier. Hier ist die Zivilisation. Hier gibt es keine Verräter. Aber wenn du dich nicht traust oder Angst hast …«

»Leck mich. Ich geh ins *Oasis* zurück.«

Guillermo stapfte wütend los, sein Freund folgte ihm grinsend. Santiago hatte das Gefühl, schon immer in dieser Stadt gelebt zu haben, sie besser zu kennen als seine Heimatstadt. Er versuchte an sein Viertel zu denken, an sein Haus, den Tabakladen seiner Mutter, aber die Bilder blieben verschwommen. Er dachte wieder an Montse, aber er konnte sich plötzlich nicht mehr an ihr Gesicht erinnern.

UM ACHT UHR abends herrschte auf der Via Layetana ein Gewimmel von Menschen und Autos. Es war, als hätte das neue Jahrhundert mit einem Wettrennen begonnen. Es war unmöglich, ein Taxi zu bekommen. Die Geschäfte waren überfüllt und die Schaufenster waren von innen beschlagen. Die Metrostation Jaume I. spuckte Menschenströme aus, die sich sofort in alle Richtungen zerstreuten. Das Barri Gotic saugte die Touristen auf wie ein trockener Schwamm. Auf den Bürgersteigen mischten sich die Weihnachtslieder aus den Geschäften mit der Heizungsluft, die beim Öffnen und Schließen der Türen auf die Straße strömte. Montse musste warten, bis alle die Metrostation verlassen hatten, bevor sie weitergehen konnte. Sie lief seit über einer Stunde, und die Füße taten ihr weh. Sie wusste genau, wo sie hinwollte, aber sie versuchte den Moment der Begegnung mit den Gespenstern ihrer Vergangenheit hinauszuzögern.

Das Wohnzimmer sah aus wie das Szenario eines Horrorfilms. Nach zehn Jahren kam ihr alles uralt und viel kleiner vor als damals. Selbst das Licht der Lampen wirkte fahl. Die Möbel waren größtenteils mit Laken verhängt, die dem Raum ein unheimliches Aussehen verliehen. Es roch abgestanden. Die eingerollten Teppiche verströmten einen muffigen Geruch. Die Vorhänge kamen ihr verblichen und sehr altmodisch vor. Sie öffnete die Fensterläden, versuchte, das Tageslicht und den Straßenlärm hereinzulassen. Doch die Holzrahmen einiger Fenster waren aufgequollen und ließen sich nicht öffnen. Als Montse sich lange genug umgesehen hatte, fühlte sie sich leer. Nichts war so, wie sie es in Erinnerung hatte. In den letzten Jahren hatte sie versucht, so wenig wie möglich an dieses Haus zu denken, und nun kam es ihr unwirklich vor, wie eine Pappkulisse in verblichenen, falschen Farben. Sie überlegte, wie viel Zeit vergangen war. Es war einfach. Das letzte Mal war beim Tod ihrer Mutter gewesen, vor genau zehn Jahren. Sie begann die Laken von den Möbeln zu nehmen und legte sie auf einen Sessel. Als sie die Anrichte aufdeckte, warf der Spiegel ihr Bild zurück, und sie erschrak. Sie fühlte sich fehl am Platze, wie ein Eindringling, der sich durch ein Zeitloch in dieses Heiligtum geschlichen hatte. Wie oft hatte sie vor diesem Spiegel den Haarreif zurechtgeschoben, bevor sie das Haus verließ. Wie oft hatte sie den Blusenkragen gerichtet oder den Pony geglättet. Wie oft hatte sie sich angesehen, nur um des Ansehens willen, jung, schön, voller Pläne oder voller Zorn. Sie schloss die Augen und warf fahrig einen der Bilderrahmen um. Die ganze Anrichte stand voller Fotografien, als wäre es ein Altar. Sie betrachtete eine nach der anderen. Da waren ihr Vater, ihre Mutter, die Großeltern, ihre Schwester, ihre Schwager, die beiden Nichten. Ihre Tochter. Sie nahm einen der Bilderrahmen, ein Foto ihrer Tochter im Kommunionkleid. Sie empfand nichts. Enttäuscht lächelte sie, als ihr bewusst wurde, dass ihre Mutter kein einziges Foto von ihr gehabt hatte. Während sie sich im Spiegel in die Augen schaute, versuchte sie sich einzureden, dass es ihr absolut nichts ausmachte. Dann drehte sie ihrem eigenen Spiegelbild den Rücken zu.

Ihr Schlafzimmer hingegen sah genauso aus, wie sie es in Erinnerung hatte. Als sie sich auf ihr Jugendbett setzte, überkam sie eine schmerzliche Wehmut. Sie wusste, dass sie nicht weinen konnte. Seit über zwei Monaten konnte sie das nicht mehr. Sie ließ sich nach hinten fallen, legte den Kopf aufs Kissen und stellte die Füße auf die Matratze. Kurz dachte sie daran, wie sehr ihre Mutter sich immer darüber geärgert hatte. Sie lächelte bei der Vorstellung, was sie wohl sagen würde, wenn sie sie jetzt sehen könnte. Sie erkannte sofort die Risse in der Decke wieder, als hätte sie sie in den vergangenen zwanzig Jahren ständig vor Augen gehabt. Der Kronleuchter, der in der Mitte hing, erweckte sie zum Leben. Ein Fischernetz neben dem Fenster. Eine Schnecke in der Zimmermitte. Das Profil des Caudillo. Sie lächelte bewegt. Aus ihrer Erinnerung tauchten Bilder und Empfindungen auf, die sie nicht unter Kontrolle hatte. Mit einem Lächeln auf den Lippen schloss sie die Augen, während sie sich vorzustellen versuchte, dass die Zeit stehen geblieben war, dass sie immer noch achtzehn war und ihr Leben noch nicht aus der Spur geraten war. Das Rauschen des Verkehrs begleitete sie in ihre Träume und wirkte wie ein starkes Schlafmittel.

Sie schreckte hoch. Im Traum klingelte unentwegt das Telefon, und niemand ging ran, um den Hörer abzunehmen. Sie hielt den Atem an, während sie versuchte, zwischen Traum und Wirklichkeit zu unterscheiden. Sie wusste nicht, wie lange sie geschlafen hatte. Noch immer hallte das Klingeln des Telefons in ihrem Kopf wider, aber es war nicht real. Für einen Augenblick hatte sie das Gefühl, dass gleich Mari Cruz die Tür öffnen und missmutig zu ihr sagen würde: »Telefon, gnädiges Fräulein. Es ist für Sie.« Aber die Tür ging nicht auf, konnte nicht aufgehen. Das Telefon war seit zehn Jahren abgemeldet. Sie selbst hatte die vierzig überschritten, und die Toten konnten nicht einfach so aus ihren Gräbern ins Leben zurückkehren, als ob nichts gewesen wäre. Sie setzte sich auf und nahm ein Zigarrenkistchen aus der Nachttischschublade. Sie stellte es aufs Bett und nahm eine Haarspange heraus, eine Streichholzschachtel, alte Briefmarken, eine Münze, eine Eintrittskarte fürs Museum, einen Lippenstift. Die Briefe waren mit einem roten Bändchen verschnürt.

So hatte sie sie im Schmuckkästchen ihrer Mutter gefunden. Sie erinnerte sich genau. Gegenüber, am anderen Ende des Tisches, ihre Schwester. In der Mitte das Schmuckkästchen, wie ein exhumierter Sarg. Sie wussten, dass keine von ihnen den Schmuck ihrer Mutter tragen würde, aber dalassen konnten sie ihn auch nicht. Dafür war er zu wertvoll. Schließlich öffnete ihre Schwester das Kästchen und verteilte den Inhalt auf zwei Häufchen. Sie wirkte wie eine professionelle Taxatorin. Sie hatte die Schmuckstücke so oft gesehen, dass sie jedes einzelne aufzählen und sogar seinen Wert nennen konnte, ohne das Kästchen zu öffnen. Als sie die letzte Perlenkette herausnahm, blieb ihr Blick am Boden des Kästchens hängen. »Das wird dir gehören, schätze ich«, sagte ihre Schwester. Montse sah sie an. Sie war sehr blass, als erwartete sie, den unversehrten Finger eines Heiligen in dem Kästchen vorzufinden. Dann griff sie hinein und nahm einen Stapel Briefe heraus, der von einem roten Band zusammengehalten wurde. »Das sind nicht meine«, sagte sie, ohne aufzusehen. Ihre Schwester lehnte sich auf dem Stuhl zurück und zündete sich eine Zigarette an. »Jetzt sind es deine.« Montse lief es kalt den Rücken hinunter. Sie löste das Band und erkannte sofort ihren eigenen Namen und ihre alte Anschrift in der Vía Layetana. Die Umschläge waren im Laufe der Jahre vergilbt. Es waren etwa fünfzehn oder zwanzig Briefe, die mit einer Franco-Briefmarke zu drei Peseten frankiert waren. Sie begriff gar nichts. Sie breitete die Briefe fächerförmig auf dem Tisch aus. Alle waren ungeöffnet. Als sie einen nahm und ihn umdrehte, um nach dem Absender zu schauen, fiel ihr der Umschlag aus der Hand. Ihre Schwester sah sie gleichgültig an. Sie sah nicht überrascht aus. Montse drehte alle Briefe um. Auf allen stand derselbe Absender: Santiago San Román Chacón, 4. Regiment der Legion Alejandro Farnesio, El Aaiún, Westsahara. Zuerst blieb ihr die Luft weg, dann begann sie leicht zu zittern. Es kam ihr vor, als stiegen die Toten aus ihren Gräbern, um sie zu quälen. Sie sah ihre Schwester an, auf der Suche nach einer Erklärung, aber Teresa zuckte nicht einmal mit der Wimper. Es war nicht Santiagos Schrift, da war sie sich sicher. »Was hat das zu bedeuten, Teresa? Du willst doch nicht sagen, dass du von diesen Briefen wusstest?« Teresa antwortete nicht; sie fuhr immer wieder über die Schmuckstücke ihrer Mutter, als streichelte sie eine Katze. Schließlich sagte sie: »Doch, Montse, ich wusste von ihnen. Ein paar davon hat der Pförtner mir gegeben. Andere hat Mama direkt abgefangen. Aber ich wusste nicht, dass deine Mutter sie nach all der Zeit immer noch hatte.« Montse schwieg. Nach all den Jahren konnte sie diese Sache nicht als Verrat empfinden, aber sie begann ihre Schwester als eine Fremde zu sehen. Sie betrachtete die Stempel. Die Briefe waren nach Datum geordnet: von Dezember 1974 bis Februar 1975. Sie traute sich nicht, sie vor ihrer Schwester zu öffnen. »Du warst in Cadaqués. Du weißt, wovon ich spreche. Jedes Mal, wenn einer dieser Briefe ankam, war hier im Haus die Hölle los.« »Ja, aber du hast immer ...« Teresa schlug so heftig auf den Tisch, dass die beiden Schmuckhäufchen in sich zusammenfielen. »Nein, Montse, nein. Ich habe nicht immer. Du bist durch die Hölle gegangen, aber ich habe mein persönliches Fegefeuer durchlitten«, sagte sie wütend. »Dabei hatte ich gar nichts getan. Hör mir zu und spiel dich nicht auf, als wärst du die Hauptperson einer Tragödie. Während du in Cadaqués warst, um die Schande deiner Mutter zu verbergen, musste ich sie tagtäglich ertragen. Jeden einzelnen Tag, verstehst du? Jedes Mal, wenn einer dieser Brief eintraf oder ein Anruf kam, war ich diejenige, die den Zorn deiner Mutter aushalten musste. Ich musste auf Zehenspitzen gehen, um unbemerkt zu bleiben. Ich ging um neun Uhr schlafen, um ihre schlechte Laune nicht ertragen zu müssen. Ich ging nicht länger mit meinen Freundinnen aus, um deine Mutter nicht um Erlaubnis fragen zu müssen. Ich war es leid, das Geschrei zu ertragen, die unberechtigten Vorwürfe. Ich war es leid, die perfekte Tochter zu sein, die für die Sünden ihrer Schwester büßen sollte.« Plötzlich verstummte sie, das Gesicht verzerrt vor unterdrückter Wut. Jetzt war es Montse, die völlig reglos dasaß. Es war das erste Mal, dass sie ihre Schwester außer sich sah, wütend, aufgelöst. Diese Tatsache erschütterte sie mehr als die Entdeckung der Briefe. Teresa, die Jüngere, hatte immer die Rolle der älteren Schwester innegehabt. Teresa hatte immer als Puffer zwischen ihrer Mutter und ihr gedient. Teresa, das war messerscharfe Intelligenz, Kälte, Gelassenheit in dramatischen Momenten. Sie in dieser Verfassung zu sehen, gab Montse das Gefühl, dass der Boden unter ihren Füßen nachgab. »Entscheide dich«, sagte Teresa schließlich. »Was meinst du?« »Entscheide dich, welches Häufchen mit Schmuckstücken du haben willst.« »Sollen wir nicht lieber losen?« Teresa nahm ihren Kalender, riss ein Blatt heraus und zerriss es in zwei Stücke. Dann kritzelte sie Zahlen darauf, zerknüllte die Papierchen zu Kugeln und ließ Montse die Wahl. Ihre Schwester nahm eine Kugel. Dann legte Teresa ihren Teil des Schmucks auf ein Taschentuch, knotete es zu und steckte es in ihre Handtasche. Sie stand auf. Montse fühlte sich unbehaglich. Sie traute sich nicht, weitere Fragen zu stellen. »Kommst du?«, fragte Teresa. »Ich bleibe noch ein bisschen.« »Dann vergiss nicht, die Sicherung rauszudrehen, wenn du gehst. Und schließ zweimal ab.«

Nachdem sie die Briefe ein paar Mal gelesen hatte, hatten sie zehn Jahre mit einem roten Bändchen verschnürt in der Nachttischschublade in der Wohnung ihrer Mutter gelegen. Jetzt lagen sie erneut vor ihr wie vergilbte, muffige, anachronistische Gespenster. Sie löste das Band und breitete sie auf dem Bett aus. Dann griff sie willkürlich einen heraus. Trotz der langen Zeit erinnerte sie sich an jeden einzelnen Satz, als hätte sie ihn erst gestern gelesen. Montse wusste, dass es nicht Santiagos Handschrift war, aber die Sätze klangen, als wären sie von ihm. Bestimmt hatte sich ein Kamerad bereit erklärt, sie für ihn zu schreiben. In den meisten Umschlägen befand sich neben dem Brief auch eine Fotografie. Alle waren sehr ähnlich: Santiago in Uniform vor einem Panzer, auf einem Lastwagen, mit geschulterter Waffe, beim Fahneneid. Wenn sie sein Gesicht betrachtete, kam es ihr vor, als wäre seit dem letzten Mal nicht mehr als ein Monat vergangen. Jahrelang hatte sie jede Nacht von diesem Gesicht geträumt, wie unter Zwang, fast bis zum Wahnsinn.

Jetzt konnte sie sich plötzlich an Details erinnern, Gesten, Gerüche, von denen sie glaubte, sie völlig vergessen zu haben. Für einen Moment glaubte sie sogar, die trippelnden Schritte von Mari Cruz, dem Dienstmädchen, auf dem Parkett im Flur zu hören. Dieses Trippeln war ein Teil ihrer Jugend gewesen, genau wie die Aussicht aus ihrem Schlafzimmerfenster. Dieselben Schritte, die sie an jenem heißen Juliabend immer wieder den Gang entlangklappern hörte, während sie auf dem Bett saß und wartete, an den Nägeln kaute und so tat, als würde sie eifrig lesen. Es war das erste Mal in ihrem Leben, dass sie unentschuldigt im Unterricht fehlte. Sie war zwar am Morgen in die Academia Santa Teresa gegangen, aber nach dem Essen sagte sie Mari Cruz, dass sie sich nicht wohlfühle, sie habe schreckliche Kopfschmerzen. Sie schärfte ihr ein, sofort Bescheid zu geben, wenn jemand für sie anrief. Aber die Stunden vergingen, und niemand rief an. Montse war nicht sicher, ob sie das Telefon in ihrem Zimmer hörte; deshalb belauerte sie die Schritte des Dienstmädchens, achtete auf jedes Geräusch, auf jede Bewegung. Durch das offene Fenster hörte sie jede Stunde die Glocken im Barrio Gotic schlagen. Sie konnte an nichts anderes denken als an den Jungen, der sie tags zuvor nach Hause gebracht hatte. Jetzt kam es ihr unterkühlt vor, wie sie sich vor der Haustür von ihm verabschiedet hatte. Vielleicht hätte sie noch etwas sagen sollen, als sie ihm die Telefonnummer gegeben hatte. Vielleicht hatte sie ihn falsch eingeschätzt und die falschen Schlüsse aus seinen dunklen, geheimnisvollen Augen gezogen. Vielleicht konnte Santiago San Román jedes Mädchen haben, das er wollte, indem er es in seinem weißen Cabrio mitnahm, wie er es mit ihr getan hatte. Zweifel und Angst quälten sie. Sie suchte den Namen San Román im Telefonbuch. Selbst wenn sie seine Telefonnummer gehabt hätte, hätte sie ihn nicht angerufen, aber es war eine beruhigende Vorstellung, dass sie ihn finden konnte, wenn sie wollte. Manchmal fuhr sie hoch, wenn sie Mari Cruz' Absätze hörte. Über zehnmal trat sie erwartungsvoll ans Fenster. Vielleicht lachte der Junge jetzt über sie. Bestimmt hatte er eine Freundin und hatte seinem Freund Pascualín nur beweisen wollen, dass er Schlag bei den Frauen hatte. Vielleicht hätte sie nicht die Initiative beim Küssen übernehmen dürfen. Vielleicht hätte sie sich küssen lassen sollen. Je später es wurde, desto gefangener war sie in ihrer Nervosität. Sie ärgerte sich darüber, dass sie für diesen Aufschneider den Unterricht geschwänzt hatte, aber sie konnte an nichts anderes denken als diesen Nichtsnutz, der versucht hatte, sie zu blenden. Aber als sie Mari Cruz' Absätze schneller trippeln hörte als gewöhnlich und die

Schritte vor der Tür verstummten, bevor es leise anklopfte und eine Stimme sagte »Fräulein Montse, Telefon für Sie«, musste sie sich zusammenreißen, damit ihr das Herz nicht aus der Brust hüpfte. Sie rannte wie eine Irre ins Wohnzimmer, schloss die Tür hinter sich und packte atemlos den Hörer mit beiden Händen. »Hier ist Santiago San Román«, hörte sie am anderen Ende der Leitung. »Ich weiß nicht, ob du dich an gestern Nachmittag erinnerst.« »Santiago San Román?«, fragte Montse, bemüht, sich die Aufregung nicht anmerken zu lassen. Es entstand eine lange Pause, als sei das Ganze ein Missverständnis. »Ich habe dich gestern nach Hause gefahren, und du hast mir deine Telefonnummer gegeben. Na ja, du hast sie mir nicht gegeben, ich hab dich danach gefragt …« »Ach ja! Du bist der mit dem weißen Cabrio.« Santiago geriet ins Stocken. »Ja, genau, der. Also, Santiago. Ich wollte dich fragen, ob du Lust auf eine kleine Tour hast.« »Eine kleine Tour? Wohin?« Es tat Montse leid, so grausam zu sein, aber sie konnte nicht anders. »Na, irgendwohin, wo du willst. Was trinken und so.« »Dein Freund, du und ich?« »Nein, nein. Nur du und ich. Pascualín ist bei der Arbeit.« Montse zählte langsam bis sieben, bevor sie antwortete. »Ich muss lernen. Ich hab Nachholbedarf in Deutsch.« Mit dieser Antwort hatte Santiago nicht gerechnet. Er wusste nicht, was er noch sagen sollte. »Tja dann, schade. Ich ruf dich ein andermal wieder an.« Das Mädchen schluckte, dann tat es etwas, das gegen seine Prinzipien verstieß. »Warte. Wo bist du jetzt?« »Vor deinem Haus, in einer Telefonzelle.« »Bleib, wo du bist, ich komme gleich runter.«

Das war der letzte Tag, an dem Montse den Unterricht in der Privatschule Santa Teresa besuchte. Ab da wurde aus dem Sommer Frühling, aus den Büchern trockene Blumen, aus der stickigen Hitze eine sanfte Brise, die viele

Monate lang ihre Haut liebkoste, selbst dann noch, als die feuchte Kälte von der Küste die Ramblas hinaufkroch und sich über alle Straßen der Stadt legte.

An jenem Abend war der Himmel von einem leuchtenden Rot, wie es Montse noch nie zuvor gesehen hatte. Santiago San Román trug dasselbe makellos weiße Hemd, die Ärmel bis zum Ellbogen hochgerollt. Er kam ihr größer vor als tags zuvor, dunkler, schöner. Sie brauchte eine Stunde, um sich zurechtzumachen und nach unten zu gehen, aber der Junge machte ihr keinen Vorwurf. Er hatte sich nicht von der Telefonzelle wegbewegt. »Wohin entführst du mich?«, fragte Montse aufreizend, als sie vor ihm stand. »Würdest du gerne einen Spaziergang machen?« »Zu Fuß?« Mit dieser Frage hatte der Junge nicht gerechnet. »Bist du nicht mit dem Auto da?« Santiago wurde rot. Zum ersten Mal sah er verletzlich aus. Er nahm Montses Hand, und sie schlenderten die Straße hinunter wie ein Liebespaar. »Heute habe ich nicht das Cabrio«, sagte er zu dem Mädchen, während er einen gelben Seat 850 aufschloss. »Der ist in der Werkstatt.« Montse stieg ein, ohne etwas zu entgegnen. Im Inneren des Wagens roch es nach Tabak und Fett.

Als Montse im Seat saß, die Fenster heruntergekurbelt, um den Fahrtwind hereinzulassen, fühlte sie sich genauso wohl wie am Abend zuvor in dem weißen Cabrio. Sie sah unauffällig zu Santiago hinüber, der fuhr, als hätte er nie etwas anderes getan. Sie fuhren durch das Barri Gotic bis zu den Ramblas. Dort stieg San Román aus und ging um den Wagen herum, um Montse die Tür zu öffnen. Sie konnte nicht verhehlen, wie sehr ihr diese Geste gefiel. Ohne zu fragen, deutete Santiago auf ein Lokal und ließ ihr den Vortritt. Montse kannte das Lokal, war aber noch nie dort gewesen. Sie setzten sich an den Tresen und Santiago bestellte zwei Bier, ohne sie zu fragen, was sie trinken wolle. Er benahm sich ganz ungezwungen, als sei er hier zu Hause. Montse hingegen fiel es schwer, unbefangen zu wirken. Sie hatte das Gefühl, dass alle sie anstarrten: die Kellner, die Gäste, die Passanten, die an den großen Glasfronten vorbeigingen. Sie versuchte sich vorzustellen, was ihre Freundinnen wohl sagen würden, wenn sie sie jetzt sehen könnten. Sie konnte kaum auf das achten, was Santiago sagte, der jetzt redete wie ein Wasserfall und ihr keine Zeit zum Antworten ließ. Während sie das erste Bier ihres Lebens trank, versuchte Montse zu ergründen, was sich hinter den Worten dieses Jungen verbarg. Sie tat so, als würde ihr das bittere Getränk schmecken. Sie nahm eine Zigarette und rauchte, ohne den Rauch zu inhalieren, damit sie nicht husten musste. Alles an diesem Abend erschien ihr magisch. Sie ließ Santiago erzählen und stellte keine einzige Frage. Als sie sich gegen zehn Uhr verabschiedeten, ließ Montse sich küssen. Zum ersten Mal jagten ihr die Zärtlichkeiten eines Jungen einen Schauder über den Rücken. Als sie ausstieg, hatte sie noch den Geschmack des Biers, des Tabaks und von Santiagos Küssen auf der Zunge. Ihr war schwindlig. Als sie die Tür aufschloss, sah sie San Románs Spiegelbild in der Glasscheibe. Er lehnte an seinem Auto und sah ihr andächtig, vielleicht mit einem Lächeln, hinterher. Sie schwor sich, nie wieder zu ihm ins Auto zu steigen, ihn nie wiederzusehen. Was sie an diesem Abend erlebt hatte, reichte aus, um ihren Freundinnen monatelang davon zu erzählen. Keiner von ihnen war jemals so etwas passiert. Sie drehte sich noch einmal um, um ihm ein letztes Mal zuzuwinken, und ihr blieb fast die Luft weg, so aufmerksam verfolgte er ihre Bewegungen, so schön, so männlich.

Am nächsten Morgen stand Montse schon vor acht Uhr vor dem Schuhgeschäft an der Ecke der Vía Layetana und wartete auf das gelbe Auto von Santiago. Aber diesmal kam er mit einem roten Wagen. Am Abend zuvor hatte sie kaum die Wohnungstür aufgeschlossen, als das Dienstmädchen ihr sagte, da sei ein Anruf für sie. Es war Santiago San Román aus der Telefonzelle gegenüber. »Sind wir jetzt zusammen?«, fragte er ohne Umschweife. Montse spürte ein Kribbeln am ganzen Körper. Sie war beschwipst und glücklich. »Ja«, antwortete sie bemüht zurückhaltend. »Dann erwarte ich dich morgen früh um acht an der Ecke vor dem Schuhgeschäft.« Sie sagte nichts, sondern legte einfach auf. Sie wusste, dass es schwer werden würde, diesen Jungen aus dem Kopf zu kriegen.

Nun drückte sie die Bücher und die Schulmappe fest an sich wie ein Kissen. Im Federmäppchen hatte sie außer den Stiften noch einen Lippenstift und Wimperntusche. Sie hatte sich nicht getraut, die Lippen zu Hause zu schminken. Sie war so nervös, dass sie sich gegen die Schaufensterscheibe des Schuhgeschäfts lehnen musste, weil ihre Beine zitterten. Ihr war bewusst, dass sie sich nicht richtig verhalten hatte. Sie hätte sich bitten lassen müssen, aber sie hatte ihre Gefühle nicht unter Kontrolle. Als sie ein rotes Auto hupen hörte und sich Santiago aus dem Fenster lehnte, rannte sie quer über die Straße, ohne auf die Autos zu achten, die von beiden Seiten heranbrausten. Sie öffnete die hintere Autotür, warf die Bücher auf den Rücksitz und stieg dann vorne ein. »Gehört das Auto auch deinem Vater?« Sie fragte ganz ohne Boshaftigkeit oder Ironie, aber Santiago errötete beschämt. »Was hast du da?«, fragte er dann. »Die Bücher. Ich konnte zu Hause nicht sagen, dass ich nicht zur Akademie gehe.« Santiago grinste. »Du bist ein sehr kluges Mädchen.« »Musst du heute nicht arbeiten?« Diesmal war in der Frage eine Spitze verborgen, aber Santiago merkte es nicht. »Ich habe Urlaub.« An diesem schwülen Julimorgen fuhren sie kreuz und quer durch Barcelona. Im Laufe der Stunden versengte die Sonne die Farbe der Straßen und Häuser. Santiago hatte es nicht eilig; er fuhr ganz gemächlich, als säße er gemütlich in einer Kneipe. An diesem Tag war es Montse, die redete. Sie war euphorisch. Keine Kleinigkeit entging ihr: die Sirene eines Krankenwagens, ein Bettler, der über einen Zebrastreifen ging, ein Liebespaar, ein Mann, der ihrem Onkel ähnlich sah. Santiago hörte ihr lächelnd zu, ohne sie zu unterbrechen. Sie fuhren von Süd nach Nord und von Nord nach Süd durch die Stadt. Sie frühstückten auf der Außenterrasse eines Touristenlokals. Als Santiago ihr vorschlug, zum Vergnügungspark hinaufzufahren, war Montse Feuer und Flamme.

Vom Aussichtspunkt des Montjuic sah sie auf den Hafen hinunter wie eine Königin auf ihr Reich. Bevor sie aus dem Auto ausstieg, zog sie sich vor dem Rückspiegel die Lippen nach und legte Wimperntusche auf. »Du siehst aus wie eine Prinzessin«, sagte Santiago San Román. Und Montse hatte Schmetterlinge im Bauch. Sie ließ sich umarmen, und während ihr Blick über die Schiffe dahinglitt, dachte sie an die Jungs, die sie bisher gekannt hatte. Keiner war wie Santiago. Jetzt erschienen sie ihr kindlich, unreif. Sie ließ sich drücken. Hätte sie nicht dieser wohlige Schauder durchlaufen, sie hätte das alles für einen Traum gehalten. Aber es war kein Traum. Niemand konnte verstehen, was sie in diesem Augenblick empfand. Wie ein flüchtiges Bild tauchte das Häuschen in Cadaqués vor ihr auf. Jetzt kam es ihr so vor, als hätte sie viele Sommer dort verschwendet, während sie geglaubt hatte, das sei der Mittelpunkt der Welt. »Kannst du schwimmen?«, fragte Montse unvermittelt. »Nein, ich hatte keine Zeit, es zu lernen. Und du?« »Ich auch nicht«, log Montse.

Sie aßen Zuckerwatte im Vergnügungspark. Gingen zum Schießstand. Fuhren Autoscooter. Wie ein Liebespaar schlenderten sie zwischen den Attraktionen herum. Santiago machte Vorschläge, und Montse ließ sich führen. Auf der Berg- und Talbahn umarmten sie sich so fest, dass nachher ihre Arme eingeschlafen waren. Sie mischten sich unter die Leute, versuchten zwischen den wenigen Touristen nicht aufzufallen. Montse redete in einem fort. Die Aufregung löste ihre Zunge. »Ich möchte eine rauchen«, sagte sie. Und Santiago rannte, um an einem Kiosk ein Päckchen Chester zu kaufen. Jedes Mal, wenn er zahlen musste, zückte er ein Bündel Hundert-Peseten-Scheine, das er so geübt handhabte, als wäre er Kassierer bei der Bank. »Sag mal, bist du wirklich reich?« »Klar. Der reichste Mann der Welt. Wie sollte es anders sein, wenn ich mit dir zusammen bin?«

Gegen Mittag rief Montse zu Hause an, um dem Dienstmädchen zu sagen, dass sie zum Essen bei ihrer Freundin Nuria blieb. »Und du? Rufst du deine Eltern nicht an?« »Nein, nie. Ich brauche ihnen keine Erklärungen zu geben. Ich bin unabhängig.« »Hast du ein Glück!« Sie aßen in einem teuren Restaurant. Santiago tat alles, damit Montse sich so wohlfühlte wie noch nie zuvor. Als das Mädchen, die Bücher an sich gepresst, die Eingangstür ihres Hauses aufdrückte, hatte sie das Gefühl, dass die Welt sich drehte. Als sie sich zu Santiago umwandte, um sich von ihm zu verabschieden, merkte sie, wie er sie sanft in den Hauseingang schob. »Was machst du da?« »Was denkst du wohl?« Sie küssten sich. Montse spürte zum ersten Mal, wie Hände Stellen ihres Körpers erkundeten, die noch nie zuvor jemand berührt hatte. Die Bücher fielen mit einem dumpfen Knall zu Boden. Es fiel ihr schwer, sich loszureißen, um nach oben zu gehen. Trotz der Müdigkeit brauchte sie lange, um einzuschlafen. Sie nahm sich vor, nicht die Zähne zu putzen, um Santiagos Kuss so lange wie möglich zu schmecken, doch der Nachgeschmack des Tabaks war unerträglich. Sie schrieb in ihr Tagebuch. Träumte mit offenen Augen. Am nächsten Morgen war ihre einzige Sorge, dass ihre Familie nichts erfuhr.

Ganz früh am Morgen telefonierte sie mit ihrem Vater. Auch mit ihrer Schwester Teresa und ihrer Mutter sprach sie. Sie erzählte ihnen, wie langweilig der Unterricht in der Akademie sei, und log, sie käme gerne nach Cadaqués. Um halb neun stand sie an der Ecke vor dem Schuhgeschäft, die Bücher nervös an sich gepresst. Diesmal kam Santiago mit einem weißen Auto, aber es war nicht das Cabrio. Montse stieg lächelnd ein, als täte sie das jeden Tag. Sie hatte solche Lust, Santiago nahe zu sein. »Ich glaube nicht, dass du in einer Bank arbeitest, und dein Vater ist auch nicht der Direktor.« Der Junge war angespannt, trat aufs Gaspedal und fädelte sich in den Verkehr ein. »Santi, du bist ein Lügner. Ich habe dich nicht angelogen.« »Nein, Montse, nein. Ich bin wirklich kein Lügner.« Das Mädchen merkte, in welche Bedrängnis sie den Jungen brachte. Sie lehnte den Nacken gegen die Kopfstütze und legte sanft die Hand auf sein Bein. »Sag mir eins, Santi: Hast du viele Frauen geliebt?« Santiago San Román lächelte, während er versuchte, die Anspannung abzuschütteln. »Keine so wie dich, Prinzessin.« Montse hatte das Gefühl, als regneten Blütenblätter auf sie herab. Ihre Ohrläppchen glühten, und ihre Knie zitterten. »Du bist ein Lügner«, sagte sie noch einmal, während sie sein Bein drückte, »aber es gefällt mir.« »Ich schwöre dir, ich lüge nicht. Ich schwöre es bei ...« Er verstummte mitten im Satz. Seinen zusammengekniffenen Augenbrauen nach zu urteilen, ging ihm ein finsterer Gedanke durch den Kopf.

Eine Woche lang wurden Montses Bücher auf dem Rücksitz unterschiedlicher Autos spazieren gefahren. Sie hatte das Gefühl, die Welt von oben zu betrachten. Besonders wenn sie nach Hause kam, schwebte sie über der Stadt, ohne die Erde zu berühren. Jeden Abend beim Abschied drängte Santiago sie in die geräumige Nische unter der Wendeltreppe, und Montse ließ ihn ihren Körper erkunden. Sie küssten sich stundenlang, bis sie Magenschmerzen hatten. Montse hatte Tausende von Fragen, aber sie wagte es nicht, den Zauber zu brechen. Es war offensichtlich, wo Santiago herkam. Er redete wie die Einwanderer aus dem Süden, war impulsiv, widersprach sich dauernd. Seine Hände mit den abgebrochenen, ölverschmierten Fingernägeln, die er immer zu verstecken versuchte, ließen eher auf einen Job an der Drehbank als auf einen Schreibtischberuf schließen. Aber jedes Mal, wenn Montse ihn darauf ansprach, litt er, und sie brachte es nicht fertig, ihm das lange anzutun. Später dann, wenn sie zu Hause auf ihrem Bett lag, versuchte sie das Ganze mit mehr Abstand zu sehen. Jeden Abend nahm sie sich vor, mit Santiago zu sprechen, sobald sie ihn wiedersah, aber wenn es dann so weit war, hatte sie Angst, ihn zu vergraulen.

Als sie nun, fast sechsundzwanzig Jahre später, wieder auf demselben Bett lag, kam es ihr vor, als hätte sich nichts an ihren Empfindungen geändert. Die Fotografien von Santiago in Uniform hatten die Zeit stillstehen lassen. Es war, als hätte sie diesen Blick erst vor wenigen Stunden gesehen, als sie sich im Treppenhaus verabschiedeten. Als sie ihre Hände betrachtete, fühlte sie sich alt. Es war, als sähe sie eine Tote vor sich. Sie nahm die Fotografie, die sie im Krankenhaus gefunden hatte, und legte sie auf die Matratze zu den anderen Fotos. Es war Santiago San Román, daran bestand kein Zweifel. Sie versuchte sich zu erinnern, was sie empfunden hatte, als man ihr sagte, dass er tot sei. Sie sah noch die Gesichter der Frau im Tabakladen und ihres Mannes vor sich. War es Santiagos Idee gewesen? Wollte er sich rächen, indem er seinen eigenen Tod erfand? War es ein makabrer Scherz gewesen oder nur ein Gerücht, das nie bestätigt wurde? Montses Augen tränten, so lange hatte sie die Fotografien angestarrt. Sie war entschlossen, den Schritt zu machen, den sie schon den ganzen Tag plante. Sie kramte das Mobiltelefon aus der Handtasche und suchte nach einer Telefonnummer, die sie hastig in ihr Notizbuch gekritzelt hatte. Als sie wählte, hatte sie ein flaues Gefühl im Magen. Es war, als höbe sie die Platte von einem Grab, um sich zu vergewissern, dass sich der Leichnam noch dort befand. Ungeduldig wartete sie, während es klingelte. Dann hob jemand ab. Es war eine gebrochene Männerstimme.

»Herr Ayach Bachir?«

»Wer spricht da?«

»Doktor Montserrat Cambra. Kann ich mit Herrn Ayach Bachir sprechen?«

»Das bin ich. Ich bin Ayach Bachir.«

»Hören Sie, ich rufe aus dem Krankenhaus Santa Creu an.«

»Aus dem Krankenhaus? Was ist denn jetzt wieder passiert?«

»Nichts, beruhigen Sie sich, es ist nichts passiert. Ich wollte mit Ihnen über Ihre Frau sprechen.«

»Meine Frau ist tot. Wir haben sie vor zwei Tagen beerdigt.«

»Ich weiß, Herr Bachir. Ich habe den Totenschein ausgestellt.«

Am anderen Ende der Leitung herrschte Schweigen. Montse fiel das alles sehr schwer. Sie atmete tief ein, bevor sie weitersprach.

»Ich wollte Ihnen nur mitteilen, dass etwas im Krankenhaus liegen geblieben ist, als wir Ihnen die persönlichen

Dinge Ihrer Frau ausgehändigt haben. Ein Foto. Ich würde es Ihnen gerne persönlich zurückbringen und mit Ihnen sprechen.«

»Ein Foto? Was für ein Foto?«

»Eins von denen, die Ihre Frau in der Handtasche hatte.«

»Die hat man mir schon im Krankenhaus gegeben.«

»Verzeihen Sie, wenn ich Ihnen lästig falle, aber eines ist abhandengekommen«, log Montse und versuchte, überzeugend zu wirken. »Ich weiß, es ist vielleicht nicht der beste Zeitpunkt, aber wenn es Ihnen nichts ausmacht, könnte ich mich mit Ihnen treffen, um es Ihnen zurückzugeben. Wenn Sie wollen, kann ich es Ihnen nach Hause bringen.«

Wieder Schweigen, wieder Warten.

»Zu mir nach Hause? Wie hießen Sie noch gleich?«

»Montserrat Cambra. Ich habe Ihre Adresse aus der Krankenakte. Sie liegt hier vor mir«, log sie weiter. »Carrer de Balboa. Das stimmt doch, oder?«

»Ja, da wohne ich.«

»Also, wenn es Ihnen nichts ausmacht …«

»Es macht mir nichts aus. Das ist sehr freundlich von Ihnen.«

Montse atmete erleichtert auf. Ihr war, als befreite sie sich aus tiefem Treibsand.

»Dann komme ich gleich morgen vorbei. Wenn es Ihnen recht ist, natürlich.«

»Ja, es ist mir recht. Wann immer Sie wollen. Sie sind herzlich willkommen.«

Montse schaltete das Handy aus und steckte es in die Handtasche. Dann verschnürte sie die Briefe mit dem roten Bändchen und legte sie wieder an ihren Platz. Als sie mit der Hand in die Schublade griff, berührte sie etwas. Es war ein Silberring. Er war schwarz angelaufen. Sie nahm ihn heraus und betrachtete ihn im Gegenlicht, als wäre es ein Prisma. Ihr Herz schlug wieder schneller, und erleichtert spürte sie, wie ihr eine Träne die Wange hinunterrann und in ihrem Mundwinkel verschwand.

ANFANG MÄRZ HERRSCHT in den Mittagsstunden eine Gluthitze in den Camps. Zwischen den Krankenzimmern und dem Patio des Krankenhauses gibt es einen beträchtlichen Temperaturunterschied. Die Ausländerin mag es, die Gegenstände im Sonnenlicht zu betrachten. Sie genießt es, die Wärme auf der Haut zu spüren. Morgens, wenn die eisige Kälte nachlässt, beginnt sie sich ganz langsam zurechtzumachen, wie in einem Ritual, das befolgt werden muss. Sie hat gelernt, sich mit einem knappen Liter Wasser vollständig zu waschen. Sie tut es langsam, als bereite sie sich auf ein großes Ereignis vor. Über eine Stunde dauert es, bis sie fertig ist. Ihre Bewegungen sind stockend, sie wird rasch müde. Es fällt ihr schwer, den Arm zu heben, um sich zu kämmen. Als sie schließlich angezogen ist, setzt sie sich auf einen Stuhl. Erst jetzt schaut sie in den Spiegel. Sie erkennt sich nicht wieder. Sie sieht furchtbar aus, aber sie amüsiert sich über das unbekannte Bild, das der Spiegel zurückwirft. Die Haare sind strohig, die Haut ist sonnenverbrannt, sie hat Schrammen im Gesicht, die Lippen sind aufgesprungen, die Augen gerötet. Sie ist stark abgemagert. Trotzdem ist sie glücklich. Alles um sie herum kommt ihr sehr vertraut vor: der abgeblätterte Putz an der Decke, das kleine Fensterchen, das Bett ohne Matratze gegenüber von ihrem, der metallene Nachttisch, der irgendwann einmal weiß gewesen ist. Es ist der dritte Tag, an dem sie in den Patio des Krankenhauses geht, nachdem die Leere des riesigen Raumes sie in Begeisterung versetzt hatte. Sie kennt den Weg genau. Heute muss sie niemand begleiten. Die Einsamkeit in den leeren Gängen erstaunt sie. Aber der Geruch kommt ihr sehr vertraut vor. Sie hat das Gefühl, zu Hause zu scin.

Als sie in den Patio tritt, kommt eine Krankenschwester auf sie zu. Sie kennt sie, kann sich aber nicht an ihren Namen erinnern. Dankbar nimmt sie den Stuhl an, den diese ihr anbietet. Es ist derselbe wie die letzten beiden Tage. Die Krankenschwester spricht nur arabisch, aber die Fremde versteht sofort, dass sie ihr einen guten Morgen wünscht und sich erkundigt, wie es ihr geht. Sie ist genauso glücklich wie sie selbst. Die Saharaui lächelt die ganze Zeit. Von der anderen Seite des Patios grüßt ein junger Bursche, an dessen Namen sie sich ebenfalls nicht erinnern kann. Sie ist sich nicht einmal sicher, ob sie ihn schon einmal gesehen hat, aber er kommt ihr irgendwie bekannt vor. Die Fremde setzt sich. Das Anziehen und der Weg in den Patio haben sie sehr angestrengt. Die Sonne tut gut. Sie weiß, dass es in zwei Stunden zu heiß sein wird, um sich noch länger dort aufzuhalten. Sie blickt in den Himmel. Der morgendliche Wind hat sich gelegt. Sie versucht sich zu erinnern, welcher Wochentag heute ist. Gestern hat sie Layla danach gefragt, aber heute hat sie es schon wieder vergessen. Dann fällt ihr der Monat wieder ein: März. Heute hat Layla zum ersten Mal nicht an ihrem Bett gesessen, als sie aufwachte. Es kommt ihr ungewohnt vor. Das Gesicht der Krankenschwester ist ihr so vertraut, dass sie es heute vermisst. Dann schließt sie die Augen und schläft ein.

Auch diesmal rettet sie jemand aus dem Albtraum. Kurz bevor sie wieder den Stachel des Skorpions spürt, der sich in ihren Hals bohrt, bemerkt sie eine kühle Hand auf ihrem Gesicht. Layla ist da, lächelnd wie immer. Die Krankenschwester trägt keinen grünen Kittel, und das irritiert sie.

»Ich habe gehört, du hast dich alleine angezogen.«

»Ganz allein. Und ich bin bis hierhin gelaufen.«

Layla ist begeistert über die Neuigkeiten. Sie geht in die Hocke und nimmt die Hand der Frau.

»Das hätte ich gerne gesehen.«

»Morgen wirst du es sehen, versprochen. Wo bist du gewesen?«

Laylas Lächeln verschwindet. Sie wirkt verstimmt.

»Aber Montse, das habe ich dir doch gestern gesagt. Erinnerst du dich nicht?«

Montse lässt sich von der Niedergeschlagenheit der Krankenschwester anstecken. Plötzlich fühlt sie sich nutzlos, überflüssig. Diese Löcher in ihrer Erinnerung machen sie fertig. Es beängstigt sie, keine Erinnerung zu haben oder sich nur verschwommen an einen bestimmten Satz, ein einzelnes Bild zu erinnern. Layla versucht, ihre Enttäuschung zu verbergen. Sie geht darüber hinweg, als wäre nichts gewesen.

»Ich habe mit dem Rat gesprochen. Sie haben Kontakt nach Rabuni aufgenommen.«

Montse hört aufmerksam zu und tut so, als verstünde sie, was sie hört.

»Und was sagen sie in Rabuni?«

»Gute Neuigkeiten. Du bist kein Phantom mehr. Sie haben die Flüge der letzten Monate überprüft und sind auf dich gestoßen. Du stehst auf der Passagierliste eines Flugs vom 31. Januar aus Barcelona. Montserrat Cambra Boch.«

»Ich hab's dir doch gesagt.«

»Ja, hast du, das stimmt. Aber es war sehr merkwürdig, dass niemand dich vermisst gemeldet hat.«

Ein Schatten huscht über Montses Gesicht.

»Das ist nicht merkwürdig. Ich wollte niemandem erzählen, dass ich die Camps besuche. Nur Ayach Bachir weiß Bescheid. Er hat alles für mich in die Wege geleitet.«

Layla versucht, sich ihre Verwunderung nicht anmerken zu lassen. Die Fremde überrascht sie immer wieder.

»Der *wali* hat mir gesagt, dass sich alles regeln wird. In zehn Tagen geht ein Flug von Tindouf nach Spanien. Man wird dir Dokumente und einen Pass ausstellen, damit du ausreisen kannst. Sie haben schon mit deiner Botschaft in Algier gesprochen. Morgen kommt jemand aus Rabuni, um Fotos von dir zu machen und deine Daten aufzunehmen.«

Montse sagt nichts. Ihr Gesicht ist völlig teilnahmslos. Layla fragt sich, was sie alles noch nicht über diese Frau weiß, die zufällig in ihr Leben getreten ist. Wie im Reflex legt sie ihr die Hand auf die Stirn, um sich zu vergewissern, dass sie kein Fieber hat.

»Wie alt bist du, Layla?«, fragt Montse, als erwache sie aus ihrer Lethargie.

Dieselbe Frage hatte auch die Krankenschwester stellen wollen, wenn sich die Gelegenheit dazu bot.

»Fünfundzwanzig.«

»Meine Güte, wie jung du bist.«

Layla lächelt sie mit ihren blendend weißen Zähnen an.

»Und du?«

»Vierundvierzig.«

»Vierundvierzig! Du schwindelst mich an.«

Montse lächelt vergnügt.

»Sehr nett von dir, aber glaub mir, es ist die Wahrheit.«

»Wo ist dein Mann?«

Sie zögert mit der Antwort.

»Wäre es nicht möglich, dass ich nicht verheiratet bin?«

»Schon, aber das glaube ich nicht«, antwortet Layla ehrlich.

»Er hat mich vor ein paar Monaten wegen einer anderen verlassen. Sie ist Radiologin, blond, jung und hübsch. Wir leben getrennt. Demnächst lassen wir uns scheiden. Blondinen haben mir immer Pech gebracht.«

Layla sieht sie ernst an, während sie zu ergründen versucht, was sich hinter den glänzenden Augen der Fremden verbirgt. Montse bemüht sich, ihren Worten die Bedeutung zu nehmen.

»Ich werde drüber wegkommen. Vor allem nach der Sache hier.« Layla lächelt. »Und du? Bist du verheiratet?«

»Noch nicht. Nach dem Sommer werde ich heiraten. Ich bin mit elf Jahren nach Kuba gegangen, um zu lernen, und erst vor sieben Monaten zurückgekehrt.«

Jetzt versucht Montse zu ergründen, was diese wunderschönen dunklen Augen verbergen.

»Aza ist auch in Kuba gewesen«, sagt Montse vor sich hin.

Layla hat diesen Namen so oft gehört, dass er ihr schon vertraut ist. Sie setzt sich auf den Boden und wartet darauf, dass Montse mehr über diese Frau erzählt, die für sie ein Rätsel ist. Doch Montse starrt ins Leere, als wäre sie zu erschöpft, um weiterzusprechen.

»Gibt es diese Frau wirklich?«, fragt Layla. Sie hat Angst, ihre Frage könne zu aufdringlich sein.

Montse blickt sie an. Layla sieht Aza ähnlich. Vielleicht war Aza ein bisschen dunkler. Aber beide strahlen dieselbe innere Ruhe aus.

»Ich weiß es nicht. Ich bin mir bei nichts mehr sicher. Manchmal denke ich, das alles ist nur ein Albtraum und nicht wirklich passiert. Ich meine Aza, den Flughafen, all diese Menschen, die ich immer wieder in meinen Träumen sehe. Wäre ich nicht körperlich so schwach, ich würde glauben, ich sei verrückt geworden.«

»Ich glaube nicht, dass du verrückt bist. Niemand glaubt das. Aber das mit dieser Frau ist verwirrend für uns. Du hast uns selbst erzählt, du hättest gesehen, wie sie starb.«

Montse sucht im Blick der Krankenschwester nach Verständnis.

»Warum erzählst du mir nicht, woran du dich erinnerst?«, schlägt Layla schließlich vor. »Vielleicht tut es dir gut.«

»Gut möglich, aber vieles ist wie ausgelöscht aus meinem Kopf …«

»Erinnerst du dich an den Tag, als du in Tindouf gelandet bist? Hast du Aza auf der Reise kennengelernt? Erinnerst du dich an das Flugzeug, an den Flughafen?«

Es war schwer zu vergessen. Noch nie hatte sie so etwas empfunden. Sie trat als Erste auf die Gangway des Flugzeugs hinaus. Ein trockener, sehr trockener Wind schlug ihr ins Gesicht wie eine Ohrfeige. Sie musste sich anstrengen, um ihre Lungen zu füllen und zu atmen. Der Himmel war bleigrau. Es sah aus, als würde er einstürzen und auf die Flugzeuge herabfallen, die am Ende der Landebahn standen. Für einen Moment verlor sie das Zeitgefühl. Es hätte Morgen oder Abend sein können, Mittag oder Nachmittag. All ihre Zeitbezüge lösten sich auf, als sie die Landebahn betrat. Ein Soldat zeigte ihnen, wo sie entlanggehen sollten. Montse hatte es eilig, ohne genau zu wissen, warum. Der Flughafenterminal war ein ockerfarbenes Gebäude im Kolonialstil. Es waren kaum zweihundert Meter vom Flugzeug zur Zollabfertigung. Die Passagiere drängten sich vor einem schmalen Eingang, den sie nicht alle gleichzeitig passieren konnten. Gegen die Hauswand gelehnt oder auf dem Bürgersteig hockend, betrachteten die Algerier die Neuankömmlinge mit mürrischen Blicken. Die schwarzen und blauen Turbane, die langen Gewänder, die verhüllten Gesichter, die Uniformen, die militärisch knappen Beamten und die Waffen verliehen dem Ganzen etwas Unheimliches. Montse war nervös. Es war ihr lästig, in dieser langen, langsamen Schlange anstehen zu müssen. Sie kannte niemanden, und sie hatte auch keine Lust auf ein Gespräch. Sie hatte das Gefühl, dass die Zeit stehen blieb. Das Warten kam ihr länger vor als der Flug. Als schließlich ein flaumbärtiger Soldat ihren Pass entgegennahm, begann sie zu begreifen, dass dies hier kein Ort war, wo man Urlaub machte. Der Soldat musterte immer wieder das Passfoto, um festzustellen, ob es wirklich dem Gesicht dort auf der anderen Seite der Glasscheibe entsprach. Dann prüfte er, ob die Angaben auf dem Formular, das Montse für die algerische Polizei ausgefüllt hatte, mit denen im Pass übereinstimmten. Er nahm jeden i-Punkt in Augenschein, jedes Komma, jeden Bindestrich. Manchmal notierte er sich die Angaben, damit es bloß nicht zu einer Verwechslung kam. Es waren über fünfzehn Minuten angespannten Wartens, ohne dass ein Wort gewechselt wurde, nur Blicke, ohne dass sie wusste, was in seinem Kopf eigentlich vorging.

Als sie schließlich mit dem Koffer in der Hand auf dem Vorplatz stand, war sie völlig erschöpft. Sie war wie betäubt von dem Geschrei der spanischen Fluggäste, den Bergen von Rucksäcken, dem Gerenne von einer Seite zur anderen. Sie suchte in der Handtasche nach dem Zettel, auf dem der Name der Person stand, die sie am Flughafen abholen sollte. In diesem Gewimmel würde es schwierig sein, sie zu finden. Die Saharauis, die mit dem Flugzeug aus Barcelona gekommen waren, bemühten sich, die Leute auf zwei Lastwagen und einen Bus zu verteilen. Allmählich leerte sich der Eingangsbereich des Flughafens. Die Ausländer warteten bereits in den Fahrzeugen. »Señora, fahren Sie nicht mit?« Es war ein Saharaui, der vor einem Lastwagen stand und nach ihr rief. Montse schüttelte den

Kopf. Der Saharaui wirkte ungeduldig. Er ließ alles stehen und liegen und kam auf die Spanierin zu. »Ich warte auf jemanden«, erklärte Montse, bevor er fragen konnte. »Sie werden abgeholt?« »Ja, ich sollte eigentlich abgeholt werden.« »In welches Camp wollen Sie?« Montse hielt ihm den Zettel hin. Für sie klangen alle Namen und Orte gleich. Der Saharaui entzifferte mühsam die Buchstaben. »Das ist weit weg von uns. Wir fahren nach Dajla. Wenn Sie mitfahren wollen, können wir Sie morgen oder übermorgen zu Ihrem Ziel bringen.« »Und wenn ich doch abgeholt werde?« Der Saharaui sah zu dem Lastwagen hinüber. Der Fahrer rief nach ihm und drückte in einem fort auf die Hupe. Alles war zur Abfahrt bereit. »Hören Sie, Señora, vielleicht waren diese Leute hier, um sie abzuholen, und sind wieder gefahren. Das Flugzeug hatte zwölf Stunden Verspätung. Vielleicht wurden die Pläne geändert und sie haben es nicht mitbekommen.« Montse war wie betäubt von dem Geschrei, das von dem Lastwagen herüberdrang. »Gehen Sie, lassen Sie die anderen nicht länger warten. Ich bleibe hier. Wenn es länger dauert, werde ich sehen, was ich mache.« Der Saharaui ging, nicht sehr überzeugt. Er kletterte auf den Lastwagen, und der Wagen fuhr los.

Montse stand reglos auf dem Gehsteig, den Koffer dicht neben sich. Sie spürte, dass all diese Männer, die keiner offensichtlichen Beschäftigung nachgingen, sie unablässig anstarrten. Zwei Stunden blieb sie so stehen, an einer gut sichtbaren Stelle, ohne dass jemand sie ansprach. Schließlich setzte sie sich erschöpft auf den Koffer. Die Müdigkeit hinderte sie daran, darüber nachzudenken, was sie jetzt tun sollte. Es wurde allmählich dunkel, und immer weniger Fahrzeuge hielten vor dem Eingang zum Terminal. Es gab keinen Ort, an dem man fragen konnte. In der Ferne waren die Lichter einer Stadt zu sehen, aber der Flughafen war verschlossen, seit die Passagiere des letzten Fluges das Gebäude verlassen hatten. Verzweifelt und ohne den Koffer loszulassen, ging sie zu einem der wenigen Autos, die noch dort parkten. Der Fahrer saß im Wagen, die Tür geöffnet, als wartete er auf jemanden. Montse versuchte ihn zu fragen, wo sie ein Hotel für die Nacht finden könne. Der Mann verstand nicht. Er sprach französisch, dann wieder arabisch. Montse sagte ein paar Wörter auf Englisch, aber der Algerier verstand nicht. Sie versuchte sich durch Gesten verständlich zu machen, und plötzlich riss der Mann die Augen auf und stieß einen Ausruf aus. Es schien, als betete er. Dann nahm er Montses Koffer, warf ihn auf den Rücksitz und bedeutete Montse, sich auf den Beifahrersitz zu setzen. Sie war nicht sicher, ob dieser Mann überhaupt verstanden hatte, was sie gefragt hatte, aber sie stieg ohne Widerrede ein. Der Mann rief laut, und es erschien ein Junge, der sich wortlos auf die Rückbank neben den Koffer setzte. Dann fuhren sie los. Alle vier Fensterscheiben waren heruntergekurbelt. Die beiden Algerier unterhielten sich lautstark. Montse verstand kein Wort. Ihre Verwirrung wuchs. Sie hatte Angst, aber sie versuchte, gelassen zu wirken. Auf einer Straße, die aussah, als sei sie auf den Wüstensand gezeichnet, fuhren sie nach Tindouf.

Es war ein altes Auto, das eine Wolke schwarzen Rauchs hinter sich ließ. Der Motor spotzte und stotterte. Die Windschutzscheibe war voller Sand. Als sie durch die ersten Straßen der Stadt fuhren, verließ Montse der Mut. Mittlerweile war es dunkel geworden, und im Licht der wenigen Straßenlaternen sahen die Gebäude unheimlich aus. Es fuhren kaum Autos. Auf den Straßen waren nur wenige Leute unterwegs. Hin und wieder begegnete ihnen ein Fahrrad oder ein Eselskarren. Montse hatte das Gefühl, durch eine Stadt zu fahren, die erst kürzlich bombardiert worden war. Die beiden Männer unterhielten sich noch immer so laut, als ob sie aufgebracht wären. Manchmal war von weitem ein Gebäude zu sehen, das etwas besser erhalten schien.

Als sie das Stadtzentrum von Tindouf hinter sich gelassen hatten, wirkten die Viertel noch heruntergekommener. Sie fuhren durch eine Gegend, in der die Laternen erloschen von den Holzmasten baumelten. Überall standen Rohbauten aus Backstein. Anstelle von Türen und Fenstern klafften leere Öffnungen in den Wänden. Aber dort lebten Menschen. Dann folgten Häuser, die nur aus Steinblöcken bestanden, ohne Gips oder Zement aufeinandergefügt. Zwei Meter hohe Würfel mit einem Vorhang anstelle einer Tür. Vor einem dieser unzähligen Würfel hielt das Auto an. Die Straße war unbeleuchtet. Ein Hund bellte wie von Sinnen. Montse sah, wie der Junge den Koffer nahm und eines der improvisierten Häuser betrat. Der andere forderte sie auf, ihm zu folgen. Sie gehorchte einfach. Fragen zu stellen, traute sie sich nicht. Hinter dem Vorhang erwartete sie ein erschütternder Anblick. Auf dem Boden hockten sechs oder sieben Kinder und starrten sie an wie eine Erscheinung. In der Mitte des Verschlages brannte eine kleine Gasfunzel. Zwei Frauen bereiteten auf einem verblichenen Teppich das Essen vor. Im Hintergrund saß eine alte, schwerhörige Frau, die das alles nichts anzugehen schien. Die Kinder der Nachbarn liefen herbei, aber der Mann scheuchte sie davon wie Hühner. Die beiden Frauen standen auf und hörten zu, was der Fahrer erzählte, ihre Augen auf die Fremde gerichtet. Sie sagten nichts, sondern setzten sich wieder hin und bereiteten weiter das Essen zu.

Montse versuchte den beiden Männern begreiflich zu machen, dass sie ein Hotel für die Nacht brauchte. Die beiden Algerier sprachen gleichzeitig auf sie ein, und sie fühlte sich immer verwirrter. Die Frauen hockten auf dem Boden, als ginge sie das alles nichts an. In ihrer Hilflosigkeit nahm Montse ihren Koffer und versuchte das Haus zu verlassen. Der ältere Mann packte sie am Arm und riss sie grob zurück. Sie stolperte über eines der Kinder und fiel hin. Die Männer redeten weiter auf sie ein, deuteten auf die Straße, deuteten auf das Essen, schienen wütend. Montse biss sich auf die Lippen, um nicht loszuheulen, bemüht, nicht die Kontrolle zu verlieren. Sie blieb auf dem Boden sitzen und versuchte nicht mehr, sich verständlich zu machen. Ein halbwüchsiger Bursche kam herein und setzte sich zu den Frauen. Er schien nicht überrascht zu sein, die fremde Frau zu sehen. Mit den beiden Männern wechselte er kaum ein Wort. Bevor Montse begriff, was los war, stellte ihr eine der beiden Frauen einen Teller mit Datteln und eine Tasse Milch hin. Der Rest der Familie aß aus einer Schüssel, die in der Mitte stand. Montse wusste nicht, was sie machen sollte. Sie hatte keinen Hunger, aber sie nahm eine Dattel und kaute darauf herum. Die Frau nahm ebenfalls eine Dattel und tunkte sie in die Milch, sodass Montse zusehen konnte. Sie machte es ihr nach. Ihr Magen revoltierte, aber sie befürchtete, dass man es als Beleidigung auffassen würde, wenn sie nicht aß. Sie war so müde, dass ihr der Kiefer beim Kauen wehtat. Niemand sprach ein Wort mit ihr, keiner beachtete sie. Draußen auf der Straße war nur das Kläffen der Hunde und das Weinen eines Kindes zu hören. Ohne zu begreifen, was da mit ihr geschah, ließ sich Montse von der Müdigkeit davontragen, bis sie nicht mehr wusste, wo sie war.

Als sie die Augen wieder öffnete, war sie sicher, dass es nur ein Albtraum gewesen war. Aber es war die Wirklichkeit. Durch den Vorhang, der als Tür diente, fielen zaghaft die ersten Sonnenstrahlen. Die alte Frau, die sie am Abend zuvor gesehen hatte, hockte nun in der Mitte des Raumes und bereitete mit leerem Blick den Tee zu. Neben ihr erkannte sie den halbwüchsigen Jungen, der sie nun unablässig ansah. Er trat zu Montse und bot ihr ein Stück Brot an, das steinhart war. Sonst war niemand da. Der Koffer stand unverändert an seinem Platz, die Handtasche lag daneben. Sie öffnete sie, um nachzusehen, ob der Pass noch da war. Dann stand sie auf. Ihr ganzer Körper schmerzte. Montse trat auf die Straße hinaus, und was sie sah, ließ sie erneut zusammenzucken. Alle Häuser sahen gleich aus, nackter Stein, fensterlos und mit einem Vorhang anstelle einer Tür. Die Kinder spielten halb nackt zwischen Schrottautos, Motoren und Anhängern ohne Rädern. Gleich neben dem Eingang war eine Ziege mit einem Bein an einem Stück Metall festgepflockt. Die Ziege hustete, als ginge es mit ihr zu Ende. Ihr Fell war grindig. Vor dem Haus gegenüber begann ein Hund Montse anzukläffen. Sie tastete sich ein paar Schritte an der Hauswand entlang, bis sie eine Frau mit verschleiertem Gesicht auf sich zulaufen sah, die sie anschrie und sich mit den Händen an den Kopf fasste. Sie packte Montse am Arm und zog sie wieder in die Hütte. Es war eine der beiden Frauen, die am Vorabend das Essen zubereitet hatten. Sie verstand nichts von dem, was sie sagte. Plötzlich fühlte sie sich wie eine Gefangene in diesen vier endlosen Wänden. Sie versuchte zu erklären, dass sie ein Telefon finden müsse. Die Frau redete auf arabisch und französisch auf sie ein. Verzweifelt stürzte Montse zur Tür und rannte auf die Straße. Sie wollte laut um Hilfe schreien, aber als sie die ganzen Nachbarinnen sah, die sie ernst anstarrten, ließ sie es bleiben. Die Hausherrin kam unablässig schimpfend hinter ihr hergerannt. Montse umklammerte ihre Handtasche und ging los. Den Koffer gab sie verloren. Sie tröstete sich mit dem Gedanken, dass sie das

Geld und die Papiere bei sich hatte. Sie ging mit großen Schritten, so schnell sie nur konnte, während das wütende Geschrei der Frau zurückblieb. Sämtliche Kinder der Straße folgten Montse wie in einer Prozession. Sie schrien und lachten, während sie den Gang der Fremden nachzuahmen versuchten. Sie brauchte lange, um aus diesem Labyrinth von Ruinen herauszufinden, weil alle Straßen gleich aussahen.

Als sie nach langem Umherirren auf eine asphaltierte Straße stieß, war sie sehr erleichtert. Die Kinder blieben zurück. Jetzt folgten ihr nur noch drei Mädchen. Sie drehte sich um, um mit ihnen zu sprechen, und erkannte sofort eines der Gesichter vom vergangenen Abend. »Nach Hause!«, rief sie ihnen zu. »Geht nach Hause!« Die Mädchen sahen sie ernst an. Sie blieben stehen, um nach einer Weile wieder hinter ihr herzulaufen. Die Größte war nicht älter als zehn. Verzweifelt setzte sich Montse auf den Bordstein. Die Mädchen blieben auf der anderen Straßenseite stehen. Sie machte ihnen Zeichen, näher zu kommen. Nach langem Zögern taten sie es. »Ich will telefonieren, versteht ihr? Te-le-fo-nie-ren.« Die Mädchen sahen sie aus großen Augen an. Die Autofahrer, die vorbeikamen, fuhren langsamer, um sich das ungewöhnliche Spektakel anzusehen. »Telefon, wo Telefon?« Das älteste Mädchen deutete die Straße hinunter. Die anderen beiden taten es ihr nach. Montse stand auf und ging in die angegebene Richtung. Plötzlich spürte sie, wie das kleinste Mädchen ihre Hand umklammerte. Die anderen beiden folgten in geringem Abstand. Je weiter sie kamen, desto belebter wurden die Straßen. Die Leute beobachteten Montse. Die Männer blieben stehen und drehten sich nach ihr um. Die Frauen zogen das Tuch über den Mund, das sie über dem Kopf trugen. Nirgendwo waren Telefonzellen oder ein öffentlicher Fernsprecher zu sehen. Ein Mann, der auf der Kruppe eines Esels saß, schrie Montse an, ohne dass sie wusste, warum.

Vor einer Kneipe, einer schäbigen Baracke, blieb sie stehen. Vor der Tür standen schmutzige weiße Plastiktische. Dort saßen zwei alte Männer und rauchten, ohne die Frau aus den Augen zu lassen. Einer der beiden trug eine Brille, der ein Glas fehlte. Er kniff ein Auge zu, um Montse besser sehen zu können. Schließlich nahm sie ihren Mut zusammen und betrat die Kneipe. Drinnen saß ein Dutzend Männer, die schwatzten und rauchten. Als sie Montse sahen, verstummten sie. Sie versuchte, ihnen nicht in die Augen zu schauen. Die beiden Alten, die vor der Tür gesessen hatten, kamen von Neugier getrieben hinter ihr her. An einem Pfosten hing ein uraltes Telefon. Montse versuchte herauszufinden, wer der Wirt war, aber es war unmöglich. »Telefon«, sagte sie mit brüchiger Stimme und deutete auf den Apparat. »Ich muss telefonieren.« Einer der Männer kam auf sie zu, packte sie am Arm und schob sie zur Tür. Montse wehrte sich. Plötzlich herrschte große Aufregung, und sie verstand gar nichts mehr. Die Männer begannen miteinander zu diskutieren. Es herrschte ein schrecklicher Lärm. Sie gestikulierten, brüllten und machten sogar Anstalten, sich zu prügeln. Auch die beiden Alten mischten sich in die Diskussion ein und begannen die Ausländerin anzuschreien. Montse hatte solche Angst, dass sie den Ausgang nicht mehr fand. Sie spürte, wie sie von zwei Männern an den Armen gepackt wurde. Jeder zog in eine andere Richtung. Ihre Handtasche fiel auf den Boden. Sie begann zu schreien vor Angst, ihre Nerven machten einfach nicht mehr mit. Sie war kurz davor, sich kraftlos zu Boden sinken zu lassen, als die beiden Männer sie losließen. Jemand fasste sie um die Taille und zerrte sie davon. Bevor sie sich versah, stand sie auf der Straße. Der Halbwüchsige, den sie in dem Haus gesehen hatte, gab ihr einen Stoß, damit sie losrannte. Montse rannte los, als ob dieser Junge ihr Schutzengel wäre. Hinter ihr waren noch immer die Schreie der Männer zu hören, die sich vor der Tür der Kneipe gegenseitig beschimpften. An der nächsten Straßenecke blieb sie stehen und setzte sich wieder auf den Bordstein. Der Junge hatte die Handtasche über der Schulter hängen. Mit spitzen Fingern gab er sie Montse zurück. Die drei Mädchen hockten auf der gegenüberliegenden Straßenseite und machten große Augen, damit ihnen bloß nichts entging. Der Junge sprach mit ihr, aber Montse hatte nicht einmal die Kraft, ihn anzusehen.

Als sie wieder zu dem Haus kamen, saß die Frau mit der Großmutter in der Mitte des Raumes. Sie sah Montse vorwurfsvoll an, sagte aber nichts. Der Koffer stand unverändert an seinem Platz. Montse ließ sich auf den Teppich sinken und nahm die Handtasche ab. Der Junge berichtete den Frauen wahrscheinlich, was passiert war. Ein paar Nachbarinnen kamen herein. Die Kinder spähten durch den Vorhang, trauten sich aber nicht hinein. Montse begann hemmungslos zu weinen. Sie hatte die Tränen heruntergeschluckt, seit sie alleine am Flughafen von Tindouf zurückgeblieben war.

Layla hält Montses Hand. Die Sonne wärmt mittlerweile kräftig. Überraschenderweise hat die Krankenschwester nach wie vor ein Lächeln auf den Lippen, nachdem sie die Geschichte gehört hat. Sie sehen sich an.

»Du bist nicht in deinem Land, aber du hast nichts zu befürchten«, sagt Layla mit einer gewissen Bitterkeit.

»Was willst du damit sagen?«

»Es ist nicht einfach, die Lebensweise der Muslime von außen zu verstehen. Diese Leute haben wahrscheinlich gedacht, dass du um einen Platz zum Schlafen gebeten hast, und haben dir, obwohl sie arm waren, angeboten, was sie hatten. Für manche ist es nicht leicht, unsere Gewohnheiten zu begreifen. Aber die Gastfreundschaft ist den Muslimen heilig.«

»Soweit verstehe ich.«

»Wenn du die Gastfreundschaft akzeptierst, musst du auch ihre Regeln akzeptieren.«

»Wie meinst du das?«

»Die Algerierinnen sind nicht wie wir. Sie sind ein bisschen von vorgestern. Sagt man das so? Sie können nicht verstehen, dass eine Frau alleine auf der Straße unterwegs ist, erst recht nicht, wenn sie ein Gast ist oder aus einem anderen Land stammt. Und in ein Männerlokal zu gehen … Für manche ist das ein ebenso schweres Vergehen, wie mit unbedeckten Armen herumzulaufen.«

Montse denkt über das nach, was Layla gesagt hat. Sie versinkt zunehmend in einen Zustand tiefer Traurigkeit. Die Krankenschwester merkt sofort, dass etwas nicht stimmt. Sie legt ihr die Hand auf die Stirn, obwohl sie weiß, dass sie kein Fieber hat.

»Sei nicht traurig. Bald bist du wieder zu Hause und kannst deiner Familie alles erzählen, als ob es ein Film wäre.«

Montses Gesicht verzieht sich zu einem schmerzlichen Lächeln. Layla ist verwirrt. Sie kann sich nicht an diese plötzlichen Stimmungsschwankungen gewöhnen.

»Geht es dir gut, Montse?«

»Nein, es geht mir nicht gut. Ich kann es mir selbst nicht erklären.«

»Versuch es. Vielleicht verstehe ich es.«

Montse schluckt mühsam. Dann fährt sie sich mit den Händen durchs Haar.

»Ich habe keine Lust, in mein Land zurückzukehren. Schon bei dem Gedanken habe ich das Gefühl, in ein dunkles Loch zu fallen, aus dem ich nicht mehr herauskomme.«

»Hast du keine Kinder?«

»Eine Tochter. Aber sie braucht mich nicht mehr«, sagt Montse, ohne zu zögern.

»Hast du eine Arbeit?«

»Ja, aber ich habe mich beurlauben lassen. Auf mich wartet niemand. Wenn ich für immer verschwinde, wird mich keiner vermissen.«

Sie schweigen wieder. Ein paar Krankenschwestern gehen durch den Innenhof und grüßen. Layla wechselt ein paar Worte auf arabisch. Dann sind sie wieder allein.

»Würdest du gerne mit zu mir nach Hause kommen?«, fragt Layla. »Ich kann dich offiziell einladen. Nächste Woche feiern wir das Opferfest. Das sind Tage, um mit den Menschen zusammen zu sein, die man mag. Du könntest meine Familie kennenlernen.«

Ein Lächeln huscht über Montses Gesicht. Die Worte der Krankenschwester geben ihr neue Hoffnung.

»Meinst du das ernst? Ich meine, geht das?«

»Natürlich geht das. Ich muss es nur beantragen. Du kannst mit dem nächsten Flug in deine Heimat zurückkehren oder mit dem übernächsten. Ganz wie du willst. Meine Familie würde sich sehr freuen.«

Montse umarmt sie unter großer Anstrengung. Sie ist immer noch erschöpft.

»Würdest du mir die Haare schneiden?«, fragt sie mit der Begeisterung eines Teenagers.

»Dir die Haare schneiden?«

»Ja. Sie sehen furchtbar aus. Siehst du das nicht? Würdest du sie mir schneiden?«

»Wenn du willst. Und ich kann sie dir rot färben, wenn du möchtest. Ich habe reichlich Henna im Haus wegen des Opferfests. Also nimmst du die Einladung an?«

»Ja, Layla. Es ist die schönste Einladung, die ich je bekommen habe.«

Als sie das sagt, kann sie nicht verhindern, dass sich erneut eine dunkle Wolke der Traurigkeit über sie senkt.

SANTIAGO SAN ROMÁN schaute immer wieder auf die Uhr, als würde durch seine Ungeduld die Zeit schneller vergehen. Die letzte halbe Stunde war die längste seines Lebens gewesen. Er fragte sich immer wieder, was zum Teufel ihn geritten hatte, dass er samstagnachts nach zwei Uhr am Steuer eines Seat 124 saß, um sofort loszufahren, wenn man ihm das Zeichen gab. Je länger er darüber nachdachte, desto weniger verstand er, wieso er sich in eine so dumme Sache hatte verwickeln lassen. Er war sicher, dass man ihn reingelegt hatte wie einen Anfänger. Er war wütend und verzweifelt. Die Waffe unter seiner Jacke brannte wie Feuer. Er hatte Lust, sie ins Gebüsch zu werfen und wegzurennen. Dann dachte er an Sergeant Baquedano und war wie gelähmt vor Angst.

Entgegen den Anweisungen stieg er aus dem Wagen und lief hin und her, um seine Nerven zu beruhigen. Er fühlte sich unwohl in seiner Zivilkleidung. Ihm war klar, dass er damit gegen die Vorschriften verstieß, aber zu diesem Zeitpunkt war das seine geringste Sorge. Er wanderte auf und ab, ohne sich mehr als fünfzig Meter von dem Seat zu entfernen. Der Wagen hatte das Kennzeichen SH, es gab nichts, was auf die Armee hinwies. Als er nervös das Handschuhfach durchsuchte, fand er den Führerschein und den Ausweis eines saharauischen Händlers, den er nicht kannte. Er war auf der Hut. Er begann zu argwöhnen, das alles sei ein Scherz der altgedienten Legionäre, um ihm den Wochenendausgang zu versauen. Aber jedes Mal, wenn er die Pistole unter der Jacke betastete, löste sich seine Vermutung in Luft auf. Weshalb sollten sie ihm eine Waffe geben, wenn sie sich nur einen Spaß mit ihm erlaubten?

Er setzte sich wieder hinters Lenkrad, kurbelte die Scheibe herunter, zündete sich die letzte Zigarette an und warf das leere Päckchen auf den Rücksitz. Er widerstand dem Impuls, erneut auf die Uhr zu schauen. Stattdessen blickte er zu der Straßenecke hinüber, hinter der vor einer halben Stunde Baquedano und die beiden anderen Soldaten verschwunden waren. Für ihn gab es keinen Zweifel mehr, dass diese drei Kerle nichts Gutes im Schilde führten. Er malte sich aus, welche Konsequenzen es für ihn haben würde, wenn er aus der ganzen Sache ausstieg und einfach abhaute. Er sah sich schon mit aufgeschlitztem Bauch in einem einsamen Straßengraben liegen. Nur Guillermo würde ihn vermissen, und bis man nach ihm suchen würde, wäre er schon in der Wüstensonne verfault. Er hatte definitiv nicht den Mumm, einfach zu verschwinden. Er fühlte sich beschissen. Er hatte nicht den Mut gehabt, Sergeant Baquedano eine Absage zu erteilen, als der ihn am Freitag vor der Ausgangszeit abgepasst hatte und angefangen hatte, ihn zu bequatschen. An ein Entkommen war nicht zu denken gewesen.

Freitags und samstags abends herrschte in der Kaserne eine andere Betriebsamkeit als an den übrigen Tagen. Die Aussicht auf Ausgang sorgte für eine besondere Stimmung in der Truppe. An diesem Abend war Santiago San Román der Letzte im Gebäude. Schließlich wusste er, dass er sich sowieso vor dem Schlagbaum am Eingangstor anstellen musste, um seinen Passierschein zu zeigen, ganz gleich, wie sehr er sich beeilte. Er legte das ganze *Varon Dandy* auf, das noch in der Flasche war, schob das Käppi in die Stirn und zog den Kinnriemen fest. Als er hörte, wie jemand nach ihm rief, dachte er, es wäre ein Kamerad, der ihn zur Eile antrieb. Doch als er sich umdrehte und Sergeant Baquedano sah, versteinerte seine Miene. Noch nervöser als die Anwesenheit des Unteroffiziers machte ihn die Tatsache, dass er ihn beim Namen genannt hatte. Er hatte noch nie ein Wort mit ihm gewechselt. Selbst Blickkontakt vermieden sie. »San Román, sofort angetreten.« Santiago nahm Haltung an, Brust raus, Bauch rein, schlug die Hacken zusammen und legte die Hand an die Stirn, um zu grüßen, seinen Namen zu nennen und sich zu Befehl zu melden. Der Sergeant stand ein paar Meter vor ihm, breitbeinig, die Hände in der Gürtelschnalle eingehakt. »Rühren, Soldat. Was ich Ihnen zu sagen habe, ist streng vertraulich.« Santiago nahm erneut Haltung an. Baquedano musterte ihn von oben bis unten, dann räusperte er sich, bevor er weitersprach. Es war das erste Mal, dass Santiago ihn nüchtern sah. »Es heißt, Sie seien der beste Fahrer im Regiment. Stimmt das?« »Mechaniker, Herr Sergeant. Ich bin Mechaniker.« »Egal, unterbrechen Sie mich nicht. Ich habe gehört, Sie könnten eine Vollbremsung hinlegen, ohne von der Spur abzukommen.« Er machte eine Pause, ohne den Soldaten aus den Augen zu lassen. »Kommandant Panta hat von Ihnen gehört. Er benötigt Ihre Dienste.« Ein Schweißtropfen lief Santiago über die Stirn. Er fand es unangenehm und gefährlich, dass Baquedano von ihm gehört hatte. »Herr Sergeant, die Leute übertreiben. Außerdem fahren sich die Autos leichter, wenn sie einem nicht selbst gehören.« »Nicht so bescheiden, Soldat, das ist bei mir nicht nötig.« Der Sergeant trat auf ihn zu, legte ihm die Hand auf die Schulter und ging zum Du über. »Weißt du, San Román, ich bin zu dir gekommen, statt dich ins Büro von Kommandant Panta rufen zu lassen, weil wir dich brauchen, ohne dass jemand davon erfährt. Verstehst du?« Er ließ Santiago keine Zeit, zu antworten. »Ich freue mich, dass du mich verstehst. Die

Legion braucht dich, Junge, und das ist eine große Ehre für einen Bräutigam des Todes. Sollte allerdings ein Wort von dem, was wir hier reden, diese vier Wände verlassen, schneide ich dir die Eier ab und schicke sie deinem Vater per Einschreiben mit der Post. Verstanden?« Santiago verstand gar nichts. Er brachte kein Wort heraus. »Morgen ist der Ausgang gestrichen. Wir brauchen einen erfahrenen, kaltblütigen Fahrer. Ich muss dir nicht erklären, dass es sich um eine geheime Mission von größter Wichtigkeit handelt. Je weniger du weißt, desto besser für alle. Alles, was du wissen musst, ist, dass ich dich morgen Abend um zehn Uhr in tadelloser Uniform im Hangar erwarte. Ich möchte nicht, dass du irgendwelche Papiere oder Dokumente bei dir trägst, die dich identifizieren könnten. Du wirst eine Tüte mit ortstypischer Kleidung dabeihaben, um unerkannt zu bleiben. Den Rest erfährst du morgen, wenn ich die anderen tapferen Legionäre informiere, die uns begleiten werden. Stell keine Fragen und sprich mit niemandem darüber, absolut niemandem, nicht mal mit Kommandant Panta. Verstanden?« Santiago konnte nicht antworten. »Verstanden?« »Ja, Herr Sergeant. Zu Befehl, Herr Sergeant.« Baquedano strich ihm über das stoppelkurze Haar, als erteilte er eine Art Segen. »Du wirst stolz sein auf die Uniform, die du trägst. Außerdem gibt Kommandant Panta denen, die sich freiwillig zu dieser Mission gemeldet haben, sieben Tage Urlaub. Sieben Tage, San Román, sieben Tage, an denen du tun kannst, wonach dir die Eier stehen. Und das nur, weil du deine Pflicht erfüllst.« »Zu Befehl, Herr Sergeant.« Baquedano wollte sich umdrehen, hielt aber noch einmal inne. »Ach, noch etwas, San Román: Wenn kein Offizier dabei ist, brauchst du mich nicht Sergeant zu nennen. Nenn mich einfach Señor. Hier bin ich ›der Señor‹. Verstanden?« »Ja, Señor. Zu Befehl, Señor.«

Am Eingang des Gebäudes traf Baquedano mit Guillermo zusammen. Der nahm Haltung an und grüßte. Als er zu Santiago kam, war der leichenblass. Er lehnte am Spind, mit weggetretenem Blick und schwer atmend. »Ist was, Santi?« »Nichts, mein Magen ist wieder mal im Arsch.« Guillermo glaubte ihm. »Wir sind die Letzten, Santi, sonst ist keiner mehr da. Wenn wir zu spät kommen, gibt es kein Bier mehr im *Oasis*.« »Wir gehen ja schon.«

Guillermo stellte keinen Zusammenhang zwischen seiner Begegnung mit Baquedano und dem sonderbaren Verhalten seines Freundes her. Widerspruchslos ging er neben Santiago her, als der ihm mitteilte, er habe keine Lust, ins *Oasis* zu gehen. Sie gingen bis zur Baustelle des zoologischen Gartens. Guillermo war so stolz darauf, als wäre er ganz alleine dafür verantwortlich. Er hatte zwar schon in Barcelona auf dem Bau gearbeitet, aber das hier war das größte Projekt, an dem er je mitgearbeitet hatte. Die beiden Freunde saßen rauchend auf ein paar Backsteinen und stellten sich vor, wie der Zoo wohl aussehen würde, wenn er erst einmal fertig war. Das Reden fiel Santiago schwer. Er bekam Sergeant Baquedano nicht aus dem Kopf. Er befürchtete, dass diese Sache nicht gut für ihn ausgehen würde. Wenn Kommandant Panta hinter der Sache steckte, ging es mit Sicherheit um Prostituierte. Wenn das Ganze auf Baquedanos Mist gewachsen war, konnte es alles Mögliche sein: Hasch, Tabakschmuggel, LSD. »Morgen habe ich keinen Ausgang«, sagte er unvermittelt zu Guillermo. »Ich muss Dienst schieben.« Sein Freund wirkte nicht sonderlich betroffen. »Na, da haben sie dich ja schön drangekriegt.« »Nein, nein. Danach bekomme ich sieben Tage Urlaub.« Jetzt war Guillermo doch überrascht. »Hast du ein Schwein, Junge, ich sag's ja immer. Ich kenne keinen, der so eine Sonne hat wie du.« San Román hätte gerne über die Sache gesprochen, aber er konnte Guillermo nicht von seinem Gespräch mit Sergeant Baquedano erzählen. Im Grunde hoffte er, dass sein Freund nachfragen würde, misstrauisch wurde, merkte, dass an der Sache etwas faul war. Aber das geschah nicht. »Lass uns was trinken gehen, bevor es zu spät ist.« Santiago lief plötzlich los, nervös, unkontrolliert. »Gehen wir rauf nach Casas de Piedra.« San Román meinte das Zemla-Viertel, das Viertel der Saharauis. »Fängst du schon wieder damit an? Du spinnst, Santi. Lass mich mit deinen Saharauis in Ruhe.« Santiago ging einfach weiter. Dann blieb er stehen und drehte sich um. »Du bist eine Flasche, Guillermo. Mit dir kann man nichts anfangen.« Der Satz war für Guillermo ein Schlag in die Magengrube. Er wurde knallrot und presste wütend die Kiefer aufeinander. Er wollte seinem Freund noch etwas hinterher schreien, ließ es aber bleiben. Santiago stapfte davon, ohne sich noch einmal umzudrehen. Er war fest gewillt, ein für allemal seine Faszination für die Oberstadt aus dem Kopf zu bekommen.

Er erschrak, als er plötzlich Guillermos Stimme hinter sich hörte. »Du bist ungerecht, Santi. Wie schnell du vergisst, was ich alles für dich getan habe.« Santiago drehte sich um. Guillermo war ihm eine Viertelstunde lang nachgelaufen wie ein Hund. Eigentlich wusste Santiago San Román, dass sein Freund diese Abfuhr nicht verdient hatte. Er bereute sein Verhalten. Er umarmte ihn und zog ihn an sich. »Lass die Schwuchtelei, Santi. Du weißt, dass ich das nicht mag.« Santiago tat so, als wollte er seinen Freund küssen, dann rannte er davon und Guillermo hinterher, der versuchte, ihm einen Fußtritt zu verpassen.

Das Zemla-Viertel, von den Saharauis Hata-Rambla genannt, war wie eine Halbinsel, die sich über den modernen Teil mit seinen vierstöckigen Gebäuden erhob. Von weitem sahen die Steinhäuser wie eine Pappkulisse aus.

Die Häuser waren größtenteils eingeschossig. Während die beiden Legionäre die steilen Gässchen hinaufgingen, blieben die halbrunden Häuser mit den weißen Dächern zurück, wie umgedrehte Schalen, damit die Hitze in den Räumen nach oben stieg. Es war Festtag für die Muslime, und in den Straßen war es an diesem Abend ungewöhnlich ruhig. Wo das Gelände es zuließ, spielten die Kinder Fußball. Als sie die beiden Soldaten sahen, stoben sie davon, als hätten sie so etwas noch nie gesehen. Die Frauen verschwanden in den Häusern, als sie vorübergingen, und man sah nur noch das eine oder andere neugierige Gesicht hinter den Vorhängen hervorspähen, mit denen die Türöffnungen und einige Fenster verschlossen waren. Die Männer kamen aus den Häusern, um sie zu sehen. Sie starrten sie mit unverhohlener Geringschätzung an, als wollten sie durch ihre zudringlichen Blicke ihre feindselige Haltung zeigen. Die beiden jungen Legionäre fühlten sich unwohl, aber Santiago überspielte es besser. Er unterhielt sich mit Guillermo, ohne die Saharauis zu beachten, die jeden ihrer Schritte verfolgten. Er kannte ihre Gewohnheiten schon ein wenig und wusste, dass man sich am besten ganz ungezwungen verhielt. Ein Mann mit Turban kam auf sie zu und blieb vor ihnen stehen. Er hatte eine auffällige Kupferpfeife zwischen den Zähnen. »Habt ihr mal Feuer, Jungs?«, fragte er vertrauensselig, als sei es nichts Besonderes, in diesen engen Gassen einem Legionär zu begegnen. Santiago San Román reichte ihm eine Streichholzschachtel. Als er den Mann hörte, wusste er, dass er einer der Kanaren war, die im Viertel lebten, meistens Lastwagenfahrer oder Legionäre, die nach ihrer Entlassung nicht auf ihre Inseln zurückgekehrt waren. Der Kanare hielt das Feuer an seine Pfeife. Es war ein Kupferrohr, das zum Ende hin breiter wurde. Es war mit Linien verziert, die wie Intarsien aussahen. »In der Legion ist vieles besser geworden, seit ich gedient habe, Kameraden. Damals hatten wir nicht solche Uniformen, und wir hatten auch kein Geld für Rasierwasser.« Santiago kapierte sofort, dass er von dem *Varon Dandy* sprach. »Die Zeiten ändern sich, sogar bei der Armee.« Guillermo fühlte sich unbehaglich unter den prüfenden Blicken dieses Mannes, der die Kleidung der Saharauis trug. Seine verfaulten Zähne und sein schleppender Tonfall wirkten nicht eben vertrauenerweckend auf ihn. Der Mann bemerkte es sofort und gab Santiago die Streichholzschachtel zurück. »Ich glaube schon, dass sich die Dinge verändern. Vor ein paar Jahren hätte sich keiner von uns an einem Feiertag in dieser Kleidung hierher getraut.« Guillermo zupfte seinen Freund am Ärmel. Der Kanare merkte, mit welchem Argwohn ihn der junge Legionär betrachtete. »Nehmt einen Rat an von einem, der auch einmal die Uniform der Legion trug: Wenn ihr nicht vorhabt, hier oben zu leben, dann spaziert nicht so durch die Straßen von Hata-Rambla. Die Leute hier sind sehr empfindlich, versteht ihr? Sie könnten es als Provokation auffassen. Es ist nicht der richtige Augenblick dafür. Die Mauren sind nicht wie ihr, Kameraden.« Der Mann verschwand genauso unauffällig, wie er gekommen war. So wie er gekleidet war, und so bedächtig, wie er davonging, hätte niemand daran gezweifelt, dass er ein Saharaui war.

Santiago zog seinen Freund am Arm weiter. Er versuchte, sich nicht wie ein Tourist zu benehmen, aber es gab so viel zu sehen. Viele Türen waren in einem leuchtenden Indigoblau umrandet, das sich von den meist weiß gekalkten Fassaden abhob. »Lass uns Zigaretten kaufen.« San Román wollte einmal einen dieser Läden sehen, von denen die Nomaden in der Truppe so oft sprachen. Er wusste, dass man dort alles kaufen konnte, so ausgefallen es auch sein mochte, und dass die Läden das ganze Jahr hindurch Tag und Nacht geöffnet waren. Bald entdeckte er einen und winkte Guillermo, ihm zu folgen. Sie betraten einen Raum, der bis unter die Decke mit Waren aller Art vollgestapelt war. Ein intensiver Geruch nach Leder und Hanfstricken schlug ihnen entgegen. Die beiden standen etwas ratlos herum. Ein Saharaui erhob sich vom Boden, als er sie eintreten sah. »*Salama aleikum*«, grüßte Santiago. »*Aleikum salama*«, antwortete der Händler überrascht. »*Asmahlin*«, sagte der Legionär entschuldigend, während sein Freund ihn ungläubig anstarrte. Der Saharaui hieß ihn in seinem Laden willkommen: »*Barjaban*«. San Román bedankte sich mit einem »*Shu-cran*«. »Dafür, dass du kein Saharaui bist, sprichst du meine Sprache sehr gut.« Guillermo überlegte, ob das alles nur ein Scherz war, um sein dummes Gesicht zu sehen. »Ich habe saharauische Freunde«, erklärte San Román. »Außerdem lerne ich schnell.« »Dann sag mir, womit ich euch dienen kann.« Eigentlich war der Tabak nur ein Vorwand gewesen, um den Basar zu betreten, aber Santiago wollte nicht wie ein zudringlicher Gaffer erscheinen. »Ein Päckchen Tabak.« Der Händler nahm eines von der anderen Seite des Ladentischs. »Probier mal den hier, der ist sehr gut. Amerikanischer Tabak, gerade eingetroffen.« Der Händler lächelte unentwegt. Santiago reichte ihm, gleichfalls lächelnd, einen Hundert-Peseten-Schein und wartete auf das Wechselgeld. Dann wollte er sich verabschieden, doch der Händler kam hinter dem Ladentisch hervor und verstellte ihm den Weg. »So einfach kommt ihr nicht aus Sid-Ahmeds Haus.« Santiago verstand, was er ihnen sagen wollte, aber Guillermo begann nervös zu werden. »Raucht mit mir und trinkt mit mir einen Tee.« Sid-Ahmed verließ den Laden durch eine versteckte Tür hinter einem Vorhang. »Lass uns abhauen, Santi. Bist du verrückt geworden?« Guillermo war sehr aufgebracht. »Dieser Kerl will uns Haschisch verkaufen.« »Sei still, du

Schwachkopf. Was glaubst du, mit wem du es zu tun hast? Sehe ich so dämlich aus?« Guillermo verstummte. Er wusste nicht, was er entgegnen sollte. Dann erschien Sid-Ahmed mit einem Teekessel und kleinen Kristallgläsern. Er räumte die gebrauchten Gläser, die auf einem Silbertablett standen, beiseite und forderte die beiden Legionäre auf, sich zu ihm auf den Teppich zu setzen, während er das Wasser im Teekessel aufkochte. Guillermo machte den Mund nicht mehr auf. Santiago und Sid-Ahmed bestritten die gesamte Unterhaltung. Sie rauchten dünne, lange Zigaretten. Während das Wasser kochte, sprach der Saharaui über das Geschäft, über Fußball, darüber, wie teuer das Leben sei. Er zeigte den beiden Freunden das Foto einer Fußballmannschaft, das im Laden hing. »Von Santillana unterschrieben«, erklärte Sid-Ahmed. »Mein Herz schlägt für Madrid. Dieser Miljanic ist ein schlauer Fuchs. Wenn wir hier so einen Trainer hätten, wären wir in der ersten Liga, *fahem*? Ja, ihr versteht mich. Wir haben hier genauso gute Spieler wie Armancio oder Gento, aber uns fehlt ein guter Trainer.« Sid-Ahmed reichte ihnen ein erstes Glas Tee. »*Menfadlak*. Kostet. Meine Frau ist Expertin darin, aber sie hilft gerade bei einer Geburt und kann euch nicht bewirten.« Sid-Ahmed redete in einem fort. Guillermo versuchte seinen Unmut zu verbergen, während seinem Freund das alles zu gefallen schien. Er wartete nur darauf, dass der Saharaui das Haschisch auspackte, um es ihnen, verpackt in schöne Worte, anzudrehen. Deshalb war Guillermo sehr überrascht, als sie irgendwann in der Tür standen und sich mit Handschlag verabschiedeten. »Wir sehen uns wieder, Sid-Ahmed«, sagte Santiago. »*Inschallah*. Ich würde mich sehr freuen.«

Es war stockdunkel, als sie Sid-Ahmeds Laden verließen. Sie hatten über zwei Stunden mit dem Händler geplaudert. Am Ende der Straße war das schwache Licht einer Straßenlaterne zu sehen. Die Straße war nicht gepflastert. Im Mondlicht gingen sie auf die Straßenlaterne zu. Guillermo wirkte jetzt beruhigter. »Und wo hast du gelernt, diese ganzen Sachen auf maurisch zu sagen?« »Das ist nicht maurisch, Guillermo, das ist Hassanniya.« »Für mich klingt es maurisch.« Santiago lachte über seinen Freund, als Guillermo plötzlich von etwas am Kopf getroffen wurde. Er griff sich mit beiden Händen an den Kopf, die Legionärsmütze rollte über den Boden. San Román drehte sich um, ohne recht zu begreifen, was geschehen war, als sein Freund plötzlich in die Knie ging und sich mit einer Hand auf dem Boden abstützte. Es war sehr dunkel. Alles geschah ganz schnell. Guillermo nahm die Hand vom Kopf. Blut lief ihm übers Gesicht und den Hals hinab. »Scheiße, Guillermo, was ist mit dir?« Aber Guillermo konnte nicht antworten; er brach zusammen und blieb bewusstlos liegen. Die Straßenlaterne war nur noch wenige Meter entfernt. Santiago sah einen Schraubenschlüssel neben seinem Freund auf dem Boden liegen. Er blickte sich um, aber es war niemand auf der Straße zu sehen. Wahrscheinlich hatte jemand den Gegenstand aus einem Fenster nach ihnen geworfen, aber in keinem der Häuser brannte Licht. Ohne seine Umgebung aus den Augen zu lassen, versuchte Santiago herauszufinden, wie schwer die Verletzung war. Es war eine stark blutende Platzwunde über der Schläfe. Er versuchte Guillermos Kopf hochzuheben, damit kein Schmutz in die Wunde kam. Guillermo schlug die Augen auf, konnte aber nicht sprechen. Santiago packte ihn wie einen Sack und schulterte ihn. Dann schleppte er ihn bis zur nächsten Ecke, aber er war zu schwer. Wieder flogen Gegenstände auf die Straße. Jetzt waren es Steine und ein Blumentopf, der an einem Stein zerschellte.

Santiago hatte höllische Angst. In Panik begann er seinen Freund zur nächsten Straßenecke zu schleifen. Seine Hände und die Uniform waren voller Blut. Als er Guillermo im Licht der nächsten Straßenlaterne betrachtete, erschrak er. Verzweifelt begann er um Hilfe zu rufen, außer sich vor Angst. Niemand war auf der Straße, niemand sah aus dem Fenster. Für Sekunden verfluchte er den Moment, in dem er auf die Idee gekommen war, ins Zemla-Viertel zu gehen. Als er erneut versuchte, Guillermo hochzuheben, um ihn auf seiner Schulter weiter zu tragen, hörte er einen Pfiff von einer Tür her. Er erkannte die Umrisse eines Mannes mit Turban, traute sich aber nicht, ihn um Hilfe zu bitten. Der Mann pfiff erneut und winkte ihn heran. Santiago war unfähig, sich zu rühren. Schließlich wurde die Tür ganz geöffnet und zwei Jungen kamen heraus. Sie packten Guillermo und baten Santiago, ihnen ins Haus zu folgen. Als sie drinnen waren, schloss ein weiterer Mann die Tür und schob einen Riegel vor. Ein halbes Dutzend ernster Gesichter musterte die beiden Legionäre, als handelte es sich um eine Erscheinung. Es waren zwei junge Burschen und vier ältere Männer mit schwarzen Turbanen und zerfurchten, ernsten Gesichtern. Keiner sagte ein Wort. Sie schauten Santiago San Román an, dann legten sie Guillermo in die Mitte des Zimmers. Es war ein rechteckiger Raum mit nackten weißen Wänden; ein Teppich bedeckte den gesamten Boden. Ringsum lief in etwa einem halben Meter Höhe eine mit Kissen bedeckte Bank. Das einzige Licht kam aus einer Leuchtstoffröhre. Santiago konnte seine Angst nicht verhehlen. Er brachte nur einen Satz heraus: »Helfen Sie mir, bitte, mein Freund ist verletzt.« Die Männer sahen Santiago und Guillermo mit unverhohlener Neugier an. Der Älteste begann Anweisungen zu erteilen, aber niemand hörte auf ihn. In seiner Hilflosigkeit kniete Santiago neben seinem Freund nieder. Er erschrak, als er sein blutverschmiertes Gesicht und seine verdrehten Augen sah. Für einen Moment dachte er, er sei tot. Er warf den sechs Männern flehende Blicke zu. Die Saharauis redeten alle durcheinander in Hassanniya. Offensichtlich diskutierten sie.

Plötzlich wurde heftig an die Tür geklopft. Jemand hämmerte von außen mit aller Kraft dagegen. Die sechs sahen sich an, die Diskussion verstummte. Von dem Klopfen aufgeschreckt, erschien eine Frau im Zimmer. Sie sagte etwas zu den beiden Jungen, und einer von ihnen öffnete die Tür einen Spaltbreit. Draußen stand Sid-Ahmed, der Händler. Er sah zornig aus. Wortlos sah er Santiago an, dann kniete er neben Guillermo nieder und hielt das Ohr an seine Brust. Als er sich wieder aufrichtete, war seine Wange voller Blut. Er begann zu brüllen. Es klang wie Befehle. Die übrigen setzten sich diesmal widerspruchslos in Bewegung. Zwei weitere Frauen kamen herein. Sid-Ahmed schrie auch sie an. Santiago sah sich das Schauspiel an, ohne sich von der Stelle zu rühren. Er konnte nicht glauben, dass dieser Mann der Händler war, der sie vorhin in seinem Laden zu Tee und Tabak eingeladen und dabei unentwegt gelächelt hatte.

»Er hat einen Schraubenschlüssel an den Kopf bekommen, Sid-Ahmed. Jemand hat ihn in der Dunkelheit geworfen, aber ich konnte nichts sehen. Es hört einfach nicht auf zu bluten.« Sid-Ahmed bedeutete ihm, nicht so laut zu sprechen, dann wendete er sich an die Saharauis. Er wirkte sehr wütend. Er schrie sie auf Hassanniya an, und die anderen entgegneten ihm genauso aufgebracht. Für einen Moment glaubte San Román, sie würden aufeinander losgehen, aber nichts dergleichen geschah. Sid-Ahmed nahm Santiago bei der Hand und zog ihn zur Hintertür. »Keine Sorge, er wird wieder gesund. Sie werden seine Wunde versorgen und nähen.« Während er so auf ihn einredete, führte er Santiago in einen kleinen Patio, der von einer

Lehmmauer umgeben war. Es roch nach Stall und Pisse. Sie kletterten über die Mauer, die an einer Stelle eingestürzt war, in den Patio des Nachbarhauses. Das wiederholten sie noch bei zwei oder drei anderen Häusern. »Wohin gehen wir, Sid-Ahmed? Ich kann Guillermo nicht dort zurücklassen.« Der Händler machte eine beschwichtigende Geste. »Sei unbesorgt. Dein Freund ist in guten Händen. Sie werden sich um ihn kümmern.« Santiago wagte es nicht, weitere Fragen zu stellen oder zu widersprechen. Er befürchtete, dass er sich gerade in große Schwierigkeiten brachte. Plötzlich fiel ihm ein, dass ihm nur noch eine Stunde blieb, um in die Kaserne zurückzukehren. Da er keine Erlaubnis hatte, der Kaserne über Nacht fernzubleiben, konnte man ihn der Desertion beschuldigen. Er wurde so nervös, dass er beim Sprung in einen Patio stolperte und hinfiel. Sid-Ahmed half ihm auf. Schließlich betraten sie ein Zimmer, in dem eine Familie vor einem Fernseher saß, dessen Bild rauschte und flimmerte. Niemand erschrak, als plötzlich der Legionär und der Händler aus der Dunkelheit auftauchten wie Gespenster. Sid-Ahmed, der erneut wütend wirkte, wechselte ein paar Worte mit dem Ältesten des Hauses. Dieser zeigte auf die Tür, die zur Straße führte. Sie gingen hinaus und über die Straße zu dem gegenüberliegenden Haus. Santiago trottete wie ein verängstigtes Kind hinter dem Händler her. Sid-Ahmed blieb vor einer Tür stehen und trommelte mit den Fäusten dagegen. Ein kleiner Junge öffnete. Der Saharaui stieß die Tür auf und zog den Soldaten ins Haus. Hier geriet Santiago vollends durcheinander. Unter den Leuten, die vor dem Fernseher saßen und Tee tranken, sprang ein junger Mann auf und trat dem Legionär entgegen. »Was ist passiert, Santiago? Was machst du hier?« Es dauerte eine Weile, bis Santiago begriff, dass dieser Saharaui mit der blütenweißen *derraha* und dem blauen Turban Lazaar war. Er bekam kein Wort heraus. Sid-Ahmed zog die Schuhe aus und setzte sich. Er redete so schnell, dass Lazaars Familie Mühe hatte, ihn zu verstehen. Santiago kniete sich auf den Teppich. Seine Beine zitterten. Nachdem der Händler alles erzählt hatte, schwiegen die anderen. Einer der Älteren wies die Frauen an, die Kinder herauszubringen. Nur fünf Personen blieben im Raum zurück. Jemand drückte dem Legionär ein Glas Tee in die Hand. Nach dem ersten Schluck fühlte er sich gestärkt. »Ich muss mit Guillermo zurück, aber ich werde den Weg nicht finden.« Lazaar dachte nach, bevor er antwortete. »Dein Freund ist gut aufgehoben. Bestimmt. Mach dir keine Sorgen«, sagte er und legte ihm beide Hände auf die Schultern. »Aber ihr hättet nicht in Uniform hierher kommen dürfen. Es gibt sehr schlechte Menschen.« »Wir haben nur einen Spaziergang gemacht …« »*Al-la yarja mmum*!«, fluchte der Saharaui. »Weißt du wirklich nicht, was zwischen deinem und meinem Volk geschieht?« Es war das erste Mal, dass Santiago Lazaar wütend sah. Er war beeindruckt. »Zieh die Sachen aus«, befahl ihm Sid-Ahmed. Santiago begriff nicht. »Gib mir die Kleider«, drängte auch Lazaar. »Die Frauen werden das Blut auswaschen.« »Aber ich muss in die Kaserne zurück.« »So? Sie würden dich festnehmen und dir tausend Fragen stellen.« Santiago begann sich auszuziehen. Er vertraute diesem jungen Mann blind. »Morgen früh sind die Sachen sauber und trocken. Dann bringen wir dich in die Kaserne.« »Morgen? Wer bringt mich morgen zurück? Wir müssen in einer halben Stunde da sein.« Lazaar wurde zum ersten Mal laut: »Red keinen Unsinn. Willst du uns alle ins Verderben stürzen? Heute Nacht schläfst du in meinem Haus.«

Santiago zog sich aus, ohne weitere Fragen zu stellen. Alle verließen das Zimmer und ließen ihn allein. In Unterhosen und Socken kam er sich lächerlich und hilflos vor. Er wusste nicht, wohin mit den Händen. Der Vorhang öffnete sich, und ein Mädchen mit dunklem Haar und tiefschwarzen Augen kam herein. Sie musterte den Legionär von oben bis unten, als wäre es die normalste Sache der Welt. Dann lächelte sie, dass ihre weißen, sehr großen Zähne aufblitzten. Wortlos reichte ihm das Mädchen eine blaue Tunika und trat dann zwei Schritte zurück. Lazaar kam wieder herein, in der Hand einen Turban für Santiago. »Andía, was machst du hier?« Das Mädchen wirkte jetzt scheu und verlegen. Es deutete auf die *derraha*, die Santiago in der Hand hielt. »Ich habe dem Spanier etwas zum Anziehen gebracht.« »Dann kannst du ja jetzt wieder gehen. Er ist mein Gast, nicht deiner.« Andía zog den Kopf ein und verließ beschämt das Zimmer. Santiago fand Lazaars Verhalten ungerecht, aber er wagte es nicht, ihm einen Vorwurf zu machen. »Wer war das?« Der Saharaui verstand die Frage zunächst nicht, aber Santiago sah unverwandt zur Tür. »Meine Schwester. Sie ist neugierig und vorlaut, wie alle Frauen in meiner Familie.« »Du hast mir nie erzählt, dass du eine Schwester hast. Du hast mir nur von deinen Brüdern erzählt.« Lazaar wunderte sich über diese Bemerkung. Er sah Santiago an. »Es gibt vieles, was du nicht von mir weißt.« Santiago zog die *derraha* an und wickelte sich den Turban um den Kopf. Er hatte so oft dabei zugesehen, dass er die Bewegungen wie im Schlaf konnte. »Ich wollte immer mal so einen Turban tragen.« »Du wirst ihn von nun an jederzeit tragen können. Alles, was du anhast, gehört dir«, sagte Lazaar und lächelte zum ersten Mal. »Auch diese Babouches. Ein Geschenk von einem Freund. Und jetzt wird geschlafen, es ist schon spät.« Santiago schaute auf die Uhr. Es war erst neun. Der Saharaui schaltete die Neonröhre aus und legte sich auf den Teppich. Santiago folgte seinem Beispiel. »Und deine Familie?« Lazaar ließ sich Zeit mit der Antwort. »Die

Frauen reinigen deine Uniform, und die Männer schlafen.« »Hoffentlich habe ich ihnen nicht ihren Schlafplatz weggenommen.« »Nein, nein. Du bist mein Gast und sollst es bequem haben. Mein Großvater schnarcht furchtbar. Du würdest kein Auge zutun.« Die beiden begannen zu lachen, als hätte die Mannschaft der Nomadentruppe ein Tor geschossen.

Santiago machte trotzdem kein Auge zu. Es war zu viel Neues an einem Tag gewesen, und alles war so schnell gegangen. Er war so müde, dass er nicht klar denken konnte. Er versuchte sich vorzustellen, wie es Guillermo gerade ging. Santiago war unsicher, ob es richtig gewesen war, ihn bei Unbekannten zurückzulassen. Außerdem machte er sich Gedanken, was passieren würde, wenn man sie vor dem Wecken vermisste. Und das alles mischte sich mit dem Bild von Sergeant Baquedano und seinen rätselhaften Worten. Für einen Moment wünschte er, man würde sie verhaften, weil sie nicht in der Kaserne erschienen waren. So hätte er eine Ausrede, um nicht an der Mission teilnehmen zu müssen, für die Baquedano ihn vorgesehen hatte. Die Stunden verstrichen sehr langsam im Vakuum der Nacht. Manchmal schreckte ihn das ferne Heulen eines Hundes auf. Sobald er das Tageslicht durch einen Spalt im Vorhang sickern sah, stand er auf und ging in den Patio. Die Morgenröte tauchte die Dächer in rotes Licht. Nur eine Ziege streckte sich in ihrem Drahtverhau. Er war froh über die morgendliche Kühle. Unter einem Wellblechverschlag sah er seine Uniform hängen. Sie erschien ihm wie der einzige Zeuge dafür, dass das alles wirklich geschah. Er hatte große Lust zu rauchen. Auf der rechten und der linken Seite des Patios waren zwei niedrige, mit Vorhängen verschlossene Türen, hinter denen wahrscheinlich Lazaars Familie schlief. Er versuchte sich zu erinnern, wie viele Brüder der Saharaui hatte, als Andías Kopf hinter einem der Vorhänge erschien. Ihre Augen sahen verschlafen aus, und ihr Haar war zerwühlt. Als sie den Spanier sah, lächelte sie ihm zu. Santiago wünschte ihr leise einen guten Morgen, um niemanden zu wecken. Andía kam zu ihm. »Stehst du immer so früh auf?«, fragte San Román und versuchte, charmant zu sein. »Immer. Ich bin die Älteste von uns Schwestern und habe viel zu tun.« Sie sagte das stolz, und für einen kurzen Augenblick verschwand ihr Lächeln. Dann hängte sie Santiagos Kleider ab und legte sie sorgfältig zusammen. »Sie sind schon trocken«, sagte sie, nachdem sie den Stoff mit den Lippen berührt hatte. »Wenn die anderen wach werden, kannst du gehen.« »Willst du, dass ich schon gehe?« Andía lächelte, ihre weißen Zähne blitzten. »Das habe ich nicht gesagt. Du bist der Gast meines Bruders.« »Wie alt bist du, Andía?« Das Mädchen überlegte, bevor es antwortete. »Siebzehn.« Dann hörte sie auf zu lächeln. Sie drückte Santiago die Kleider in die Hand und verschwand hinter dem Vorhang. Der Legionär blieb zurück. Er überlegte, ob er das Mädchen beleidigt hatte. Bestimmt hatte sie mit dem Alter gelogen, um nicht als Kind dazustehen. Plötzlich erschien Andía erneut, nun wieder mit einem Lächeln auf den Lippen. Sie nahm Santiagos Hand und ließ eine Kette in seine Handfläche gleiten. Er war verwirrt. »Das ist für deine Freundin. Ein Geschenk von Andía.« »Ich habe keine Freundin.« »Du hast keine Freundin in Spanien?« »Weder in Spanien noch sonstwo.« »Ich glaube dir nicht. Alle Soldaten haben eine Freundin.« »Nein, Andía, nicht alle.« Jetzt lächelte Santiago über die Naivität des Mädchens. »Es sei denn, du möchtest die Freundin eines Legionärs sein.« Andía wurde ganz ernst, so ernst, dass Santiago seine plumpe Bemerkung bereute. Er legte die Kette um den Hals, um Lazaars Schwester eine Freude zu machen, doch ihr Lächeln kehrte nicht wieder. Eine Frau tauchte hinter dem Vorhang auf und begann Andía auszuschelten. Die beiden zuckten zusammen. Andía verschwand in dem Räumchen, und Santiago ging zu Lazaar zurück.

Es war kaum hell geworden, als sie von dem durchdringenden Klang einer Hupe aufgeschreckt wurden. »Das ist Sid-Ahmed«, verkündete Lazaar, nachdem er auf der Straße nachgesehen hatte. »Dein Freund ist bei ihm.« Sofort liefen Frauen und Kinder wild durcheinander. Santiago stürzte auf die Straße. Guillermo saß mit verbundenem Kopf auf dem Rücksitz eines Renault 12. Er umarmte ihn durch das offene Fenster. Guillermo sah mitgenommen aus, aber offensichtlich ging es ihm gut. Lazaar, der nun seine Uniform trug, setzte sich hinters Steuer, Sid-Ahmed rutschte auf den Beifahrersitz. Die Familie hatte sich fast vollzählig auf der Straße versammelt. Einer von Lazaars Brüdern setzte sich nach hinten neben Guillermo und forderte Santiago auf, ebenfalls einzusteigen. San Román fasste sich an den Kopf und vermisste etwas. »Die Mütze, Lazaar. Meine Mütze ist nicht da.« Ohne eine Antwort abzuwarten, ging er ins Haus zurück. Im Patio traf er auf Andía, die der Ziege rohe Linsen zu fressen gab. Aus ihrem strengen Gesicht schloss Santiago, dass sie wütend war. »Mein Mütze, Andía. Hast du meine Mütze gesehen?« Das Mädchen zeigte unwillig auf die Leine, auf der über Nacht seine Kleider gehangen hatten. Santiago hängte hastig die Mütze ab und setzte sie auf. Andía kam aus dem Verschlag und stellte sich Santiago in den Weg. »Ja, das möchte ich«, sagte das Mädchen ganz ernst. »Was möchtest du?« »Deine Freundin sein. Ich möchte deine Freundin sein.« Trotz der Eile musste der Legionär lächeln. »Das freut mich. Das freut mich sehr. Die ganze Legion wird mich beneiden. Kein Legionär hat so eine hübsche Freundin wie ich.« Jetzt lächelte Andía zum ersten Mal wieder. Santiago gab ihr einen flüchtigen Kuss und verabschiedete sich, aber bevor er ging, hörte er noch einmal die Stimme der Saharaui: »Wirst du mich besuchen kommen?« »Natürlich, Andía. Ich werde wiederkommen.«

An diesem Morgen waren Guillermo und Santiago San Román die Ersten beim Appell. Auf den ersten Blick konnte niemand ahnen, dass sie die Nacht außerhalb der Kaserne verbracht hatten. Ihre Kameraden gaben ihnen Rückendeckung und vertuschten ihr nächtliches Ausbleiben, wie auch sie es andere Male getan hatten. Trotzdem stellte keiner von ihnen eine einzige Frage. Sie waren durch ein Loch in der Mauer in die Kaserne geschlüpft, das die Saharauis kannten. Lazaar sagte ihnen, was sie tun sollten. Sie schlichen hinter dem Gebäude der Nomadeneinheit vorbei und erreichten die Truppe, als gerade zum Appell geblasen wurde. Alles ging so schnell, dass sie keine Zeit hatten, darüber nachzudenken. Später, im Speisesaal, fragten sich die beiden Legionäre, wieso es so einfach war, in die Kaserne und wieder heraus zu kommen und wieso die Saharauis Geheimnisse kannten, von denen sie keine Ahnung hatten.

Santiago San Román stockte der Atem, als er Baquedano aus der Dunkelheit auftauchen sah. Ohne seine Uniform verlor der Sergeant die Autorität und das Ansehen, die er in der Kaserne besaß. Er trug einen blauen Blouson mit hochgeschlagenem Kragen und eine weite Schlaghose aus Kunstfaser. Hinter ihm kamen die beiden Legionäre, die mit ihm gegangen waren. Sie rannten nicht, aber sie gingen mit zügigen Schritten. Als er sie sah, straffte sich San Román. Zum Glück saß er im Wagen, wie Baquedano befohlen hatte. Als der Sergeant einstieg, hatte Santiago den Motor schon gestartet.

»Fahr schon, San Román! Jetzt fahr schon los!«, schrie Baquedano ihn an.

Santiago gab Gas und löste gleichzeitig die Handbremse. Mit quietschenden Reifen fuhr der Wagen los, es roch nach verbranntem Gummi. Santiago wusste nicht, wohin.

»Nicht da lang, du Idiot. Zur Plaza«, brüllte Baquedano. »Fahr zweimal rund, damit dich jeder sieht. Ich will, dass du die Reifen qualmen lässt.«

Zum ersten Mal sah Santiago zu dem Sergeanten hinüber. Er bemerkte eine blaue Reisetasche, die zwischen seinen Beinen stand.

»Und ihr bedeckt eure Gesichter!«, befahl Baquedano den beiden Legionären, die auf der Rückbank saßen.

San Román sah im Rückspiegel, wie sich die beiden Taschen vors Gesicht hielten, die genauso aussahen wie die von Baquedano. Auch der Sergeant verbarg sein Gesicht, um nicht erkannt zu werden. Während Santiago mit quietschenden Reifen eine Vollbremsung auf der Plaza de España hinlegte, fühlte er sich schutzlos den Blicken einer Gruppe von Jugendlichen ausgesetzt, die im Park saßen. Er begriff nicht, was los war. Als der Sergeant die Tasche im Fußraum des Seat verstaute, war ein metallisches Klirren zu hören.

»Zur Straße nach Smara!«, brüllte ihn Baquedano erneut an. »Lass die Reifen durchdrehen!«

Santiago gehorchte, ohne lange zu überlegen, und fuhr in Richtung Smara. Als er am Parador Nacional vorbeifuhr, stieg gerade ein Oberstleutnant aus seinem Wagen. Er traute sich nicht, Sergeant Baquedano zu fragen, was hier eigentlich los war. Die Angst, die dieser Mann ihm einflößte, hinderte ihn daran, irgendetwas zu tun.

Die Lichter der Stadt blieben hinter ihnen zurück. Die Straße wirkte wie eine Verlängerung der Wüste. Santiago spürte, wie ihm der Sergeant auf die Schulter klopfte.

»Gut gemacht, mein Junge. Du hast Eier in der Hose.«

Nach etwa vier Kilometern bog Santiago auf einen unbefestigten Feldweg ab. Nach kurzer Fahrt sah er den Landrover, in dem sie die Kaserne Alejandro Farnesio verlassen hatten. Er schaltete die Scheinwerfer aus und stellte den Motor ab. Der Sergeant musste ihm für jeden einzelnen Handgriff Anweisungen geben. Es dauerte eine Weile, bis sie sich an das Mondlicht gewöhnt hatten.

»Zieht die Uniformen an und macht euch zurecht, als wärt ihr auf Ausgang.«

Während sie sich umzogen, beobachtete San Román aus dem Augenwinkel die beiden Legionäre. Der eine wirkte aufgekratzt, der andere hingegen war sehr ernst und sagte kein Wort. Baquedano trat von hinten zu dem Mann und hob sein Kinn an.

»Bist du eine Memme?«

»Nein, Señor. Natürlich nicht.«

»Was bist du dann?«

Der Legionär zögerte, dann warf er sich in die Brust und sagte:

»Ich bin ein Bräutigam des Todes, Señor.«

»So gefällt es mir. Du sollst wissen, wer deine Mutter ist« – er tippte auf die Fahne an der Uniform – »und wer deine Braut.«

»Señor …«, setzte der Legionär an. Dann verstummte er.

»Was ist los mit dir? Hast du noch nie gesehen, wie jemand umgelegt wird?«, brüllte Baquedano.

»Nein, Señor, noch nie. Das ist das erste Mal …«

»Dann sei froh. Jetzt kennst du das Gesicht deiner Braut.« Baquedano schrie so laut, dass die Adern an seinem Hals anschwollen. Dann atmete er tief durch und begann zu summen: *»Als Fremder kam er zur Legion / ein tapfrer, furchtloser Soldat / Niemand wusste, welches Schicksal / ihn hierher verschlagen hat.«*

Ermuntert durch das Verhalten des Sergeanten, stimmten die Legionäre in das Lied ein.

»*Keiner kannte deine Gründe / doch ging die Rede von einem tiefen Schmerz / der wie ein Wolf zerriss dein Herz.*«

»Mit mehr Schmiss!«, brüllte Baquedano. »*Und fragte einer, wer er sei / so antwortete er mit wildem Schmerz.*«

Zaghaft stimmte Santiago in den Gesang ein.

»*Ich bin ein Mann, dem des Schicksals Klauen / bohrten sich ins tiefste Herz / Ein Bräutigam des Todes bin ich / der nun sich mit seiner treuen Gefährtin vereint / auf immer und ewiglich.*«

Während sie die Uniformen anzogen und dabei aus voller Kehle sangen, verfrachtete Baquedano die drei Reisetaschen hinten im Landrover. Er nahm etwas aus einer der Taschen heraus und stellte es auf den Wagen. San Román begriff gar nichts. Es war ein silberner Becher. Dann händigte der Sergeant jedem von ihnen ein Schreiben aus.

»Hier habt ihr, was ich euch versprochen habe: eine Woche Urlaub. Ich will euch nächste Woche nicht in der Kaserne sehen. Wir sitzen alle in einem Boot, und dem Ersten, der quatscht, ziehe ich das Fell über die Ohren.«

Santiago wollte die Schlüssel unter dem Beifahrersitz hervorfischen, aber Baquedano kam ihm zuvor. Er führte ihn von dem Landrover weg und flüsterte ihm beinahe ins Ohr:

»Du bleibst hier und wartest, bis wir weg sind. Dann nimmst du den Seat und stürzt ihn in die Schlucht da drüben. Du zündest ihn an und haust ab. Aber rühr dich nicht hier weg, bis er vollständig ausgebrannt ist. Verstanden? In spätestens einer Stunde bist du wieder in El Aaiún.«

Santiago traute sich nicht, etwas zu erwidern. Im Grunde war er erleichtert, von diesem Kerl wegzukommen. Bevor er sich ans Lenkrad setzte, drückte ihm der Sergeant den Silberbecher in die Hand, den er aus der Tasche genommen hatte.

»Den legst du auf den Rücksitz. Vergiss es nicht.«

Santiago fand, dass der Becher wie ein Kelch aussah. Er hielt ihn mit den Fingerspitzen, fuhr über die Verzierungen, als glühten sie unter seinen Händen. Der Landrover fuhr los, und von Baquedano angefeuert, grölten die beiden Legionäre:

»*Um stets an deiner Seite zu stehn/du meine treue Gefährtin/ein Bräutigam des Todes bin ich/band mich auf ewig fest an dich/und deiner Liebe Fahne.*«

Santiago war versucht, den Kelch wegzuwerfen und einfach davonzulaufen, aber die Angst lähmte ihn. Er atmete tief durch und hielt im Mondschein Ausschau nach der Schlucht, von der der Sergeant gesprochen hatte. Wie ein Roboter stieg er in den Wagen, warf den Kelch nach hinten und ließ den Wagen bis auf einen kleinen, von Büschen bestandenen Vorsprung rollen. Die feuchte Nachtluft roch intensiv nach Erde. Ein Hase blieb geblendet vor den Scheinwerfern des Autos sitzen. Es kam Santiago vor, als sähe er sich selbst in den verängstigten Augen des Tieres. Er löschte die Scheinwerfer, ohne genau zu wissen, was er machen sollte. Die Uniform brannte auf seiner Haut. Langsam zog er sich aus und schlüpfte wieder in die Kleider der Einheimischen. Dann öffnete er den Tankdeckel und warf ein Streichholz hinein. Die Stichflamme ließ ihn zurückweichen.

Er lief querfeldein bis zur Straße. Der Widerschein des brennenden Autos war bis hierhin zu sehen. Er ging in Richtung El Aaiún. Auf dem ganzen Weg begegnete ihm kein einziges Auto. Als er ankam, war es nur noch eine Stunde bis Tagesanbruch. Es war Sonntag, und er fühlte sich verloren. Er ließ sich auf eine Holzbank unter einer Palme auf der Plaza de España fallen. Und dann wurde ihm klar, was passiert war. Vor der Kirche befand sich ein Menschenauflauf. Die Leute drängten sich wie vor dem Kino. Neugierig und zugleich ängstlich ging Santiago näher heran. Er erfuhr, dass die Kirche ausgeraubt worden war. Während die Polizei die Menschenmenge aufzulösen versuchte, wurde eine Bahre mit einem verhüllten Körper aus der Kirche gebracht.

»Ist es der Pfarrer?«, fragte eine Frau.

»Nein, der Küster. Angeblich ist es der Küster. Sie haben alle Wertgegenstände aus der Sakristei gestohlen. Der Ärmste muss dort geschlafen haben. Er hat nichts mehr davon gemerkt.«

Santiago schlich sich davon. Er versuchte, nicht zu rennen. Er fühlte sich hintergangen, er war wütend und hatte Angst. Er wusste weder, wohin gehen, noch, was er mit seinen sieben Tagen Urlaub anfangen sollte. Ohne lange nachzudenken, ging er zum Zemla-Viertel. Als er die steilen Gassen hinaufstieg, öffnete er die Tasche, in der sich die Uniform befand, und nahm den Turban heraus, den Lazaar ihm geschenkt hatte. Er legte ihn an und wanderte weiter durch die noch leeren Gassen, ziellos, ohne zu wissen, was er tat. Niemand achtete auf ihn. Er ging in einen Laden und kaufte Tabak. Er versuchte über die Ereignisse der vergangenen Nacht nachzudenken. Irgendwann am späten Vormittag erkannte er den Renault 12 und Lazaars Haus. Er wollte anklopfen, aber die Tür stand offen. Zwei Frauen saßen auf dem Teppich und bemalten ihre Hände mit Henna.

»*Salama aleikum*«, grüßte Santiago.

Sie erwiderten den Gruß, ohne Überraschung über den unerwarteten Besuch zu zeigen, und baten ihn herein. Er hatte den Eindruck, dass eine von ihnen Lazaars Mutter war, aber unter der *melfa* sahen sich die Frauen so ähnlich, dass er nicht sicher war. Plötzlich kam Andía herein.

Sie war gerannt und ganz außer Atem. Offenbar hatte sie Santiago von weitem gesehen. Sie lächelte, dann ging sie in den Patio und begann laut zu rufen. Die Männer der Familie kamen herein und gaben Santiago nacheinander die Hand. Andía fachte das Kohlebecken an und setzte einen Teekessel mit Wasser auf.

»Lazaar ist nicht da«, erklärte sie, immer noch lächelnd. »Heute bist du mein Gast.«

DIE STADT HATTE sich in einen riesigen Stau verwandelt, der sämtliche Verkehrsadern verstopfte. Ampeln sprangen nutzlos von Rot auf Grün, und die städtische Polizei war nicht in der Lage, Ordnung in das Chaos zu bringen. Überall zerrten Ströme von Kindern an ihren Eltern, um sie zum Dreikönigsumzug zu schleifen. Die Geschäfte schienen sich auf den letzten Metern eines Wettlaufs gegen die Zeit zu befinden. Doktor Montserrat Cambra verursachten die Menschenmassen und die begeisterten Kinder lediglich ein Schwindelgefühl. Sie hatte fast eine Stunde gebraucht, um ein freies Taxi zu finden, und als sie schließlich eines aufgetrieben hatte, musste sie einen kilometerweiten Umweg fahren, um zur Barceloneta zu gelangen. Dort angekommen, merkte sie, wie ihr Mund trocken wurde und sich ihr Magen zusammenkrampfte. Obwohl sie die Symptome schon kannte, erschrak sie, als wäre es das erste Mal.

Vor Jahren hatte die Stadt an der Estación de Francia geendet. Das stählerne Netz der Eisenbahnschienen war wie ein kalter, trostloser Vorhang gewesen, hinter dem sich die Lagerhallen verbargen, die riesigen Depots und vielleicht das Meer. Jetzt hatte sie das Gefühl, durch eine andere Stadt zu gehen. Sie kannte die Carrer de Balboa, aber ein beklemmendes Gefühl in der Brust hinderte sie daran, dorthin zu gehen. Stattdessen betrat sie den Palau del Mar. Sie war nur ein einziges Mal dort gewesen, bei der Eröffnung vor neun Jahren. Damals noch mit ihrer Tochter Teresa und Alberto, ihrem Mann: die perfekte Familie. Teresa war noch keine zehn Jahre alt gewesen. Ihr war, als sähe sie sie noch zwischen den Tischen des Restaurants herumlaufen. Das Bild tat ihr weh, sehr weh. Sie fuhr mit dem Aufzug in den obersten Stock. Je weiter es nach oben ging, desto größer wurde der Druck in der Brust. Sie hatte das Gefühl, sich übergeben zu müssen. Sie setzte sich vor den Eingang des Historischen Museums und versuchte den Brechreiz unter Kontrolle zu bekommen. Sie bemühte sich, ruhig zu atmen und sich nicht von der Panik mitreißen zu lassen, die in ihr hochkroch. Sie schloss die Augen, öffnete sie aber sofort wieder, weil ihr schwindlig wurde. Ihr Puls raste. Sie hatte Angst, ohnmächtig zu werden. Sie öffnete die Handtasche, nahm ein Pillendöschen heraus und schob sich zwei Tabletten in den Mund.

Auf der anderen Seite der riesigen Fensterfront lag Barcelona wie auf einer großen Kinoleinwand. Montserrat Cambra öffnete die Augen und versuchte die Bruchstücke der Landschaft ihrer Erinnerung zusammenzusetzen. Vor sechsundzwanzig Jahren war dieses Gebäude noch eine baufällige Lagerhalle gewesen, die ins Meer zu stürzen drohte. Nicht selten begegneten einem riesige Ratten, die keine Angst vor Menschen hatten. Aus den Häusern der Barceloneta drang damals das Gedudel der Radios und das Trällern der Frauen. Die Dächer waren ein Wald aus windschiefen Antennen und trocknender Wäsche.

Auf einmal war es ihr, als sähe sie erneut ihre Tochter mit Alberto aus dem Museum kommen. Das Bild war so real, dass sie die Augen schloss, um es nicht mehr zu sehen. Sie brauchte frische Luft. Montse flüchtete förmlich aus dem Gebäude. Die Januarkälte brachte sie wieder zur Besinnung. Sie machte sich auf den Weg zu Ayach Bachirs Haus. Obwohl sich das Viertel stark verändert hatte, kam ihr alles vertraut vor. Sie fand die Adresse ohne Probleme. Als jemand das Haus verließ, schlüpfte sie in den Eingang. Der Geruch brachte ihr viele Erinnerungen zurück. Diese

Häuser sahen immer noch eines aus wie das andere. Sie setzte sich auf die Treppe und wartete, dass das Licht ausging. Dann legte sie den Kopf auf die Knie und erinnerte sich daran, als sie zum ersten Mal in diesem Viertel gewesen war.

Eines Morgens kam Santiago San Román ohne Auto zu dem Treffen an der Ecke vor dem Schuhgeschäft. »Heute hätte ich Lust auf einen Spaziergang«, sagte er zu Montse. Das Mädchen hatte nichts dagegen. Sie umklammerte die Bücher und ging bereitwillig neben Santiago her. Zum ersten Mal seit vielen Wochen war der Junge ernst. Sie traute sich nicht, zu fragen, aber sie vermutete, dass ihn etwas bedrückte. Als sie an einem Papierkorb vorbeikamen, warf sie die Schreibmappe und die Bücher weg. Santiago sah sie an, als hätte sie ein Verbrechen begangen. »Was machst du da?« »Schluss mit der Lernerei.« Sie nahm seine Hand, und so gingen sie die Vía Layetana entlang. »Ich werde ein paar Tage zu meinen Eltern nach Cadaqués fahren«, log Montse. »Sie wollen mich unbedingt sehen.« Santiago runzelte die Stirn und blieb stehen. »Wann?« »Am Samstag. Mein Vater kommt mich abholen.« San Román konnte nichts sagen. Seine bestürzte Miene spiegelte seine Gedanken wider. Er wirkte hilflos. »Am Samstag? Du fährst am Samstag? Und bis wann?« Montse ließ sich bitten. »Ich weiß nicht. Bis September vielleicht. Mal sehen.« Santiago starrte sie fassungslos an. Er bekam beinahe einen Herzanfall. »Es sei denn …«, setzte Montse hinzu. »Es sei denn was?« »Es sei denn, du sagst mir die Wahrheit.« San Román sank in sich zusammen wie ein Ball, dem die Luft ausging. Er wurde rot. Sein Puls war genauso zittrig wie seine Stimme. »Welche Wahrheit?« Montse ging schneller. Santiago lief hinter ihr her, versuchte mit dem Mädchens Schritt zu halten. »Warte doch, lass mich nicht einfach so stehen. Ehrlich, ich weiß nicht, wovon du redest. Ich belüge dich nicht …« Als sie stehen blieb und ihn wütend ansah, verstummte er.

Sie tranken das letzte Bier des Sommers draußen auf einer Terrasse. Santiago bezahlte mit dem letzten Hundert-Peseten-Schein, der ihm geblieben war. Er reichte ihn dem Kellner, als ginge es um Leben und Tod. »Wirst du ehrlich sein?« Santiago betrachtete seine Fingernägel, dann trank er einen Schluck Bier. »Also gut, du hast recht. Ich arbeite gar nicht in einer Bank. Das hab ich mir nur ausgedacht.« »Das wusste ich schon«, bemerkte Montse. »Ich will wissen, was du arbeitest. Ich beginne nämlich langsam zu glauben, dass diese ganzen Autos geklaut sind.« Santiago wurde wütend. »Sie sind nicht geklaut. Ich schwör's dir bei meiner Mutter. Sie sind aus der Werkstatt. Ich hole sie morgens ab und bringe sie wieder zurück, wenn du zu Hause bist.« »Auch das weiße Cabrio?« »Ja.« »Also arbeitest du in einer Autowerkstatt.« »Ich habe dort gearbeitet.« Montse hakte weiter nach. »Hast du die Arbeit gewechselt?« »Mehr oder weniger. Na ja, nein. Sie haben mich entlassen.« Es war an der Zeit, ihm eine Verschnaufpause zu geben. Montse nahm seine Hand und küsste ihn zärtlich. Santiago sprach weiter, als ob ihm das alles unter den Nägeln brenne. »Gestern ist der Chef zurückgekommen und hat gemerkt, dass ein Auto fehlt. Das hatte natürlich ich. Er hat vor der Werkstatt auf mich gewartet. Er sagt, dass er mich anzeigen wird, und will mir nicht den vollen Lohn ausbezahlen. Dieser Typ ist ein Riesenarschloch. Ich hab seit Januar kein Geld mehr gesehen.« »Und das Geld, das du dabeihattest?«, fragte Montse misstrauisch. »Ich weiß, wie man sich durchschlägt. Was denkst du denn? Ich repariere Sachen vom Schrottplatz, die sind nachher wie neu. Alte Ersatzteile, die man sonst nirgendwo mehr findet. Pascualín, dieser Arsch, hat sich verquatscht.« »Pascualín arbeitet auch da?« »Klar.« »Ich fand auch nicht, dass er wie ein Bankangestellter aussieht«, sagte Montse, um ihm ein Lächeln zu entlocken. »Der und Bankangestellter? Der kann gerade mal bis vier zählen, und das nur mit Müh und Not. Er hat dem Chef das mit den Autos gesteckt. Er hat ihm erzählt, dass ich schon lange nur noch in die Werkstatt komme, um die Autos abzuholen und abends wieder zurückzubringen.« »Und der Chef ist in dieser ganzen Zeit nicht in der Werkstatt gewesen?« »Ach, woher! Dieser Verbrecher kauft geklaute Autos, schlachtet sie aus und verkauft die Einzelteile nach Marokko. Mit Haschisch und Nutten kann man sich in Tanger ein gutes Leben machen.« Santiago merkte, dass er zuviel quatschte. Jetzt war Montse ernst geworden. Sie wollte Santiago blind glauben, aber diese ganze Geschichte war zu weit weg von ihrer eigenen Welt. »Was ist? Du wolltest, dass ich dir die Wahrheit sage. Das ist die Wahrheit.« Montse versuchte, etwas zu erwidern. »Das alles ist mir egal. Ich wollte nichts weiter, als mit dir zusammen sein. Aber es tut mir weh, dass du gelogen hast.« San Román vergrub die Hände in den Hosentaschen. Er bereute das alles sehr, dachte aber, dass es womöglich zu spät war. »Du fährst also am Samstag nach Cadaqués?« Das Mädchen versuchte, seinen Vorteil auszuspielen. »Das hängt ganz von dir ab. Wenn du mir beweist, dass es dir leidtut, bleibe ich hier bei dir.« »Sag mir, wie ich es dir beweisen soll.« »Stell mich deinen Eltern vor.« San Román blieb stumm. Das war das Letzte, was er erwartet hätte. Montse stand auf, beleidigt wegen des Schweigens des Jungen. »Hab ich mir schon gedacht. Viele Worte und nichts dahinter.« Dann ging sie rasch davon. Sie war so sauer, dass sie zu allem fähig gewesen wäre. San Román lief hinter ihr her und hielt sie an den Schultern fest. »Warte, ich habe noch nicht nein gesagt.« Montse verschränkte die Arme und sah den Jungen misstrauisch an. »Ich hab auch nicht das Gegenteil gehört. Außerdem spricht dein Gesicht Bände.« »Also gut. Meinem Vater kann ich dich nicht vorstellen, weil ich ihn nie gesehen habe. Ich glaube, er ist tot. Na ja, ich weiß es nicht. Ich bringe dich zu meiner Mutter. Aber meiner Mutter geht es nicht gut. Sie hat es an den Nerven und vergisst Dinge.«

Es war das erste Mal, dass Montse die andere Seite des Vorhangs betrat, den die Estación de Francia darstellte. Hätte es Santiago nicht gegeben, sie hätte niemals das Bedürfnis gehabt, dieses Viertel zu betreten, das wie eine andere Stadt war. Aus den Radios drangen die Lieder von Antonio Molina auf die Straße. Der Geruch nach Essen mischte sich mit dem Dieselgeruch aus den Tanks und dem Gestank verfaulender Algen vom Hafen. Santiago nahm sie nicht ein einziges Mal bei der Hand. Zum ersten Mal sah sie ihn geduckt gehen, den Kopf zwischen die Schultern gezogen, immer einen Schritt vor Montse. Grüße erwiderte er lustlos.

Santiagos Mutter hatte einen Tabakladen ganz in der Nähe der Calle de Balboa. Hier schnürten die Tanks der Gas- und Elektrizitätswerke das Leben im Viertel ab. Es war ein kleiner, heruntergekommener Laden mit abgetretenen Steinfliesen. Die Theke und die Regale waren uralt und von so vielen Lackschichten überzogen, dass sie fast schwarz waren. Die Glasscheiben in der Tür waren unsauber eingesetzt. Santiago gab seiner Mutter einen Kuss und sagte lustlos: »Mama, das ist Montse.« Die Frau sah das Mädchen an wie aus einem dunklen Loch. Dann wandte sie sich ihrem Sohn zu. »Hast du schon gegessen, Santi?« »Nein, Mama, es ist nicht mal zwölf. Ich werde schon was essen.« Santiago nahm sich ein Päckchen Chesterfield und steckte es ein. Montse versuchte, sich nichts anmerken zu lassen, aber sie konnte den Blick nicht von dieser kränklich aussehenden, ganz in Schwarz gekleideten Frau wenden. Santiagos Mutter setzte sich an einen Tisch mit Kohlebecken und nahm eine Strickarbeit und ein Wollknäuel hervor. Der Junge gab Montse ein Zeichen, auf ihn zu warten, und verschwand im Hinterzimmer. Montse war angespannt. Sie wusste nicht, was sie machen oder zu dieser Frau sagen sollte, die nun strickte, ohne von den Maschen aufzusehen. Sie schwieg, betrachtete die aufgestapelten Tabakpäckchen. Die Zeit verging sehr langsam. Schließlich sagte sie: »Heute scheint es nicht so heiß zu werden.« Santis Mutter hob den Kopf, legte das Strickzeug auf den Tisch und stand auf. »Entschuldigung, ich habe dich nicht hereinkommen hören«, sagte die Frau, als sähe sie Montse zum ersten Mal. »Was möchtest du?« Montse erstarrte. Sie wusste nicht, wie sie sich verhalten sollte. »Ich möchte nichts. Ich bin Montse, Santis Freundin.« Die Frau sah sie fragend an, als versuchte sie, sich zu erinnern. »Ach ja, Montse, natürlich. Santi ist noch nicht da. Er ist in der Werkstatt. Wenn du willst, kann ich ihm heute Mittag ausrichten, dass du hier gewesen bist.« Montse nickte. Die Frau setzte sich wieder hin und strickte weiter. Kurz darauf erschien Santiago, eine Hand in der Hosentasche. Er gab seiner Mutter einen Kuss. »Mama, ich gehe.« Sie sagte »Bis später«, ohne hochzusehen.

Draußen auf der Straße versuchte Montse zu lächeln. »Deine Mutter ist sehr hübsch.« »Du hättest sie vor ein paar Jahren sehen sollen. Ich habe ein Foto aus der Zeit, als sie nach Barcelona kam und mit meinen Vater …« Santiagos Miene verdüsterte sich. Er zog die Hand aus der Tasche und zeigte ihr einen silbernen Ring. Dann nahm er Montses Hand und steckte ihr den Ring an den Finger, an dem er am besten passte. Montse schenkte ihm ein Lächeln. »Ist der für mich?« »Klar doch. Ist ein Familienstück. Vor meiner Mutter hat er meiner Großmutter gehört, und jetzt ist er für dich.« Montse packte Santiago bei beiden Händen. »Was ist mit deiner Mutter los, Santi? Ist sie krank?« »Ich weiß es nicht. Der Arzt sagt, es sind die Nerven. Ich kenne sie nicht anders. Ich bin daran gewöhnt.« Santiago war nervös, er wippte auf den Zehenspitzen. »Gehen wir. Hier im Viertel ist es sehr heiß«, sagte er dann zu Montse.

Als Santiago San Román die Augen öffnete, schien schon die Sonne in Montses Schlafzimmer. Es dauerte eine Weile, bis er wieder wusste, wo er war. Als er den Körper des Mädchens neben sich spürte, erschrak er. Dann bemerkte er einen süßen Geschmack im Mund. Die Bettlaken und das Kopfkissen rochen nach Montse. Er sog den Duft tief ein. Sie war so schön, wie sie dort lag und schlief, dass er es nicht über sich brachte, sie zu wecken. Er schlüpfte aus dem Bett und zog sich an, ohne den Blick von ihr zu wenden. In der Wohnung herrschte völlige Stille. Es war noch sehr früh am Morgen. Santiago wusste, dass das Hausmädchen nach seinem freien Tag nicht vor zehn Uhr morgens kommen würde, nachdem sie auf dem Markt gewesen war. Santiago wanderte durch den Flur und betrachtete die Bilder und die Möbel, als befände er sich in einem Museum. Er war zum ersten Mal in einer Wohnung mit Teppichen. Im Wohnzimmer roch es nach dem Leder der Sessel und dem Samt der Vorhänge. Er sah sich in einem Arbeitszimmer um, wo die Bücher eine ganze Wand einnahmen und Urkunden und Diplome eine andere. Plötzlich fühlte er sich fehl am Platz. Er lief erneut durch den Flur, suchte nach der Wohnungstür und rannte die Treppe hinunter. Auf der Straße wühlte er in den Hosentaschen: er hatte nur noch sechs Peseten. Santiago ging die Straße entlang bis zu einem Papierkorb. Er griff mit beiden Händen hinein und zog Montses Bücher und ihre Schreibmappe heraus.

Als Montse die Tür öffnete, hatte sie verweinte Augen. Sie sah Santiago an wie eine Erscheinung. »Du bist ein Mistkerl«, sagte sie und lehnte den Kopf gegen den Türrahmen. Santiago wusste nicht, was mit Montse los war. Er zeigte ihr die Bücher. »Das gehört dir. Ich will nicht, dass meine Frau so ungebildet ist wie ich.« Montse war gerührt. Sie nahm seine Hand und zog ihn in die Wohnung. »Los, komm rein, wir müssen frühstücken, bevor Mari Cruz kommt.«

Das Geräusch des Türschlosses überraschte sie in der Küche, als sie gerade einen Topf mit Milch aufwärmten. Montse spitzte die Ohren wie ein Jagdhund. Santiago blieb fast das Herz stehen. »Das Dienstmädchen?« »Ja«, sagte Montse und versuchte, gelassen zu wirken. »Aber sie ist zu früh dran. Es ist erst neun.« Mehr Zeit blieb ihnen nicht. Plötzlich erschien Mari Cruz, verschwitzt und mit einem Einkaufskorb in der Hand. Sie blieb wie angewurzelt in der Tür stehen und starrte Santiago an. »Das ist Santiago, ein Klassenkamerad aus der Akademie. Er ist mich abholen gekommen, weil wir mit demselben Bus fahren.« Mari Cruz stellte den Korb auf dem Tisch ab, sagte aber nichts. Dann verließ sie die Küche. »Sie hat's dir nicht abgenommen«, sagte der Junge. »Mir egal. Sie kann nichts sagen, glaub mir.« Als Montse ging, um sich zurechtzumachen, kam das Dienstmädchen wieder herein. Sie schien vor der Tür gewartet zu haben. »Ich kenne dich«, sagte Mari Cruz in drohendem Ton. »Ich bin das erste Mal hier.« »Mag sein. Aber ich kenne dich aus dem Viertel.« Santiago stockte der Atem. Er wagte es nicht, den Blick abzuwenden. »Bist du nicht der Enkel der Culiverde?« Der Junge überlegte, einfach davonzurennen, aber etwas lähmte ihn. »Der Sohn von Maravillas aus dem Tabakladen?« »Ich weiß gar nicht, wer das ist.« Mari Cruz baute sich im Türrahmen auf, die Hände in die Hüften gestemmt. »Hör mal gut zu, Bürsch-

lein: Ich weiß nicht, was du hier willst, aber ich kann's mir denken. Du bist auf der Suche nach süßen Bienchen, um von ihrem Honig zu naschen. Aber hier beißt du Granit. Bei der kleinsten Kleinigkeit verpfeife ich dich. Hast du verstanden? Das hier ist ein anständiges Haus. Du würdest besser deiner Mutter zur Hand gehen, die könnte Hilfe nämlich gut gebrauchen.« Als Mari Cruz Montses Schritte hinter sich im Flur hörte, verstummte sie. Das Mädchen nahm die Bücher und die Mappe vom Küchentisch und bedeutete Santiago, ihr zu folgen. Dann verabschiedete sie sich von dem Dienstmädchen. »Auf Wiedersehen, gnädiges Fräulein. Kommen Sie heute wieder nicht zum Essen?«
»Nein. Ich esse bei Nuria.«

Doktor Cambra erschrak, als plötzlich das Licht im Hausflur anging. Sie hob den Kopf und öffnete die Augen. Eine ältere Frau kam vorsichtig näher.

»Alles in Ordnung, Señora?«

Montserrat Cambra stand auf und versuchte, unbefangen zu wirken.

»Alles in Ordnung, danke. Ich warte nur auf jemanden.«

Die alte Frau ging mühsam die Treppe hinauf, wobei sie sich am Handlauf festklammerte. Aus ihrem schweren Atem schloss Montse, dass sie Asthmatikerin war. Das Beklemmungsgefühl war verschwunden. Obwohl sie die Nummer von Ayach Bachirs Apartment auswendig wusste, sah sie noch einmal auf die Adresse, die sie in der Handtasche hatte.

Der Saharaui war ein schlanker Mann mit scharf geschnittenen Gesichtszügen und dunkler Haut. Er trug das Haar sehr kurz und hatte einen Dreitagebart. Er war um die fünfundzwanzig. Seine Kleidung war unauffällig, Jeans und ein altmodischer Wollpulli. Als er Montse die

Hand gab, war sein Händedruck kaum zu spüren. Dann bat er sie herein. Es war eine bescheidene Wohnung, mit alten Böden und kahlen Wänden. Sie gingen in ein großes Wohnzimmer, in dem kaum Möbel standen: ein Sessel, zwei Stühle, ein Couchtisch, eine Schrankwand aus den Siebzigern und eine Lampe, die noch älter war als der Rest der Einrichtung. Auf dem Fußboden lag ein großer, bunter Teppich. Das Zimmer hatte einen kleinen Balkon. An dem zu kleinen Fenster hingen keine Gardinen. Der Raum wirkte, als wäre er mit Sperrmüll eingerichtet. Die Schrankwand war leer, als wären die Besitzer gerade eingezogen. In der Mitte des Zimmers stand ein Gaskocher und daneben ein Tablett mit kleinen Gläsern und einem Teekessel. Als sie hereinkamen, stand dort ein Junge und schaute auf die Straße. Er war jünger als Ayach und noch viel dünner. Er stellte sich vor, aber Montse konnte seinen Namen nicht verstehen. Sie setzte sich in den Sessel, Ayach Bachir nahm auf einem Stuhl Platz. Der Junge hockte sich auf den Teppich, entzündete wortlos den Gaskocher und setzte einen Teekessel auf. Montse hörte die ganze Zeit ein Kind weinen. Das Weinen schien von der anderen Seite der Wand zu kommen.

Nach einigen Höflichkeitsfloskeln nahm Montserrat Cambra das Foto aus der Tasche und gab es Ayach. Der Saharaui betrachtete es reglos. Dann fuhr er mit den Fingern darüber, als könnte er durch das Papier die Berührung seiner Frau spüren. Montse schwieg respektvoll. Sie wusste nicht, wo sie anfangen sollte.

»Wissen Sie, ich habe Ihnen am Telefon nicht alles erzählt. Ich wollte nämlich mit Ihnen über die Fotografie sprechen. Ehrlich gestanden weiß ich nicht, wie ich es sagen soll.«

Ayach sah sie verständnislos an. Der zweite Saharaui bereitete den Tee zu, ohne auf Montses Worte zu achten.

»Ich verstehe nicht«, sagte der Saharaui schließlich.

»Ich werde versuchen, es Ihnen zu erklären, ohne lange darum herumzureden. Ich kannte vor langer Zeit diesen Mann auf dem Foto. Den mit der Dschellabah.«

»Ja. Den mit der *derraha*.«

»Aber dieser Mann ist vor vielen Jahren in der Sahara gestorben. Beim Grünen Marsch. So hat man mir zumindest erzählt. In der Nacht, als Ihre Frau den Unfall hatte, habe ich zufällig diese Fotografie bei ihren Sachen gefunden. Ich wusste gleich, dass er es ist. Nach dem Datum auf der Rückseite müsste er schon tot gewesen sein, falls es stimmt, was man mir erzählt hat. Aber ich weiß, dass Tote nicht wieder auferstehen.«

Montse bereute ihre unsensiblen Worte sofort. Ayach Bachir bemerkte ihre Verlegenheit. Sie sahen sich wortlos an, dann betrachtete der Saharaui wieder die Fotografie.

»Dieser Mann ist nicht tot«, sagte er. »Ich kenne ihn. Er war auf meiner Hochzeit vor drei Jahren.«

Montse holte tief Luft und bat Ayach Bachir, sich das Foto noch einmal anzusehen. Das tat er.

»Ja, das ist ein Onkel meiner Frau.«

»Von Mamía Salek?«

Er dankte ihr mit einem Lächeln, dass sie sich an den Namen der Toten erinnerte. Er wirkte gerührt.

»Ja, natürlich. Das letzte Mal habe ich ihn bei unserer Hochzeit gesehen. Meine Frau hat ihn geliebt wie einen Vater. Er lebte in der *daira* Bir Gandús, in der *wilaya* Ausserd.«

Montse konnte die Enttäuschung nicht verbergen, die diese Worte in ihr hervorriefen. Sie senkte den Kopf und betrachtete den Jungen, der den Tee zubereitete.

»Dann ist es eine Verwechslung«, sagte sie mit tonloser Stimme. »Der Mann, von dem ich spreche, ist Spanier. Aber sie sehen sich so ähnlich ...«

»Ich habe nicht gesagt, dass er ein Saharaui ist. Ich habe gesagt, er ist der Onkel von Mamía. Meine Frau hätte Ihnen viel über ihn erzählen können. Aber ich weiß mit Sicherheit, dass dieser Mann in Spanien geboren wurde.«

»Erinnern Sie sich an seinen Namen?«

»Yusuf. Er wurde Yusuf genannt. Aber seinen christlichen Namen kenne ich nicht. Der andere Mann auf dem Foto ist Lazaar Baha, sein Schwager. Er ist bei dem Angriff auf die Hauptstadt von Mauretanien gestorben, zusammen mit unserem Präsidenten. Das war in dem Jahr, als ich geboren wurde.«

»Sagt Ihnen der Name Santiago San Román etwas?«

»Nein, nie gehört.« Ayach Bachir betrachtete erneut die Fotografie. »Ich hatte nicht viel mit ihm zu tun. Wir haben nur ein paar Worte miteinander gewechselt. Ich erinnere mich nicht. Meine Frau hatte neuere Fotos von ihm. Er hat sich sehr verändert, nachdem er im Krieg schwer verwundet wurde. Er war anders als die anderen. Es heißt, seit dem Tod seiner Frau habe er den Verstand verloren.«

Der zweite Saharaui reichte Montse ein kleines Tablett. Sie nahm sich ein Glas, Ayach Bachir tat es ihr nach. Der Ärztin zitterten die Hände, als sie das Glas an die Lippen setzte. Das Weinen des Kindes war lauter geworden. In diesem Moment wusste sie, dass es falsch gewesen war, hierher zu kommen. Die Vergangenheit ließ sich nicht ändern. Auch ihre nicht. Dennoch konnte sie nicht anders, als zu fragen:

»Er war verheiratet?«

»Ja, mit der Tante meiner Frau. Eine seiner Töchter studiert in Libyen, der Sohn ist durch eine Mine in Muro ums Leben gekommen.«

Muro? Wo war Ausserd? Was war eine *wilaya*? Montse wollte nicht länger darüber nachdenken, aber sie konnte nicht aufhören, sich Fragen zu stellen. Eine Frau betrat das Zimmer und blieb wie angewurzelt stehen, als sie Montse sah. Sie hatte sehr langes, schwarzes Haar und trug ebenfalls Jeans. Sie entschuldigte sich und wechselte einige Worte mit Ayach Bachir. Der zweite Saharaui mischte sich ebenfalls ein. Er schien aufgeregt zu sein. Die Frau wirkte sehr besorgt. Die drei sprachen sehr leise, als wollten sie nicht stören. Ayach verließ den Raum. Der andere Saharaui bereitete ein zweites Glas Tee. Er blickte auf und lächelte ihr zu, dann widmete er sich wieder ganz seiner Aufgabe. Als Ayach zurückkam, entschuldigte er sich.

»Fatmas Kind ist krank. Sie macht sich Sorgen, weil sie nicht weiß, was es hat.«

»Ist das Fatmas Kind, das man weinen hört?«

Der Saharaui nickte. Montse stand auf und stellte die Handtasche auf dem Sessel ab. Die beiden Männer sahen sich ratlos an. Das Gesicht der Frau war plötzlich ganz ernst und angespannt. Ihr Blick wirkte, als sei sie wütend.

»Wo ist das Kind?«

»Im Zimmer der Frauen.«

Montse trat in den Flur und folgte dem Weinen, bis sie das Zimmer gefunden hatte. Fatma und eine ältere Frau saßen auf dem Boden und versuchten das Kind zu trösten. Die Ärztin trat zu ihnen und bat sie um Erlaubnis, das Kind nehmen zu dürfen.

»Hab keine Angst. Ich bin Ärztin.«

Fatmas Miene hellte sich auf. Sie stand auf und legte ihr das Kind in die Arme. Montse legte den Kleinen auf eine Matratze. Es war ein vier- bis fünfmonatiges Baby.

»Er weint seit heute Mittag. Er verweigert die Brust«, erklärte Fatma schluchzend.

»Wann hat er zum letzten Mal getrunken?«

»Um zehn«, sagte die andere Frau, ohne zu zögern.

Die beiden Männer sahen von der Tür aus verlegen zu, ohne sich einzumischen.

Es herrschte andächtige Stille, während die Ärztin das Kind untersuchte. Sie schob die Kleider zur Seite, zog die Windel aus und betastete die Leistengegend, den Bauch und die Brust.

»Das Kind braucht Flüssigkeit. Es wird dehydrieren.«

»Aber er macht den Mund nicht auf«, sagte Fatma und brach in Tränen aus.

Die Ärztin drehte ihn auf den Bauch und begutachtete den Inhalt der Windel.

»Er hat starke Koliken. Weine nicht, es ist nichts Schlimmes. Man muss ihm einen Tee aus Fenchel, Kamille und Anis geben. Bei so kleinen Kindern ist der Verdauungstrakt noch nicht ausgereift, da kann so etwas schnell vorkommen. Fürs Erste hilft ihm ein bisschen Kamillentee, mit einer Einwegspritze eingeflößt. Was bei Kätzchen funktioniert, sollte auch bei Kindern funktionieren«, sagte sie, um die Stimmung aufzulockern und die Mutter zum Lächeln zu bringen.

Fatma hatte aufgehört zu weinen. Ayach Bachir sah Montse unbeholfen an. Er wusste nicht, was er sagen sollte. In der Hand hielt er die Fotografie. Er versuchte sich die Geschichte vorzustellen, die sich hinter dieser Frau verbarg.

»Morgen werde ich in Rabuni anrufen«, sagte er. »Wenn dieser Mann Spanier ist, wie Sie sagen, muss mein Vater davon wissen. Er hat ein Elefantengedächtnis: Er kann die Namen aller Toten auswendig aufsagen, deren Gräber er in unserer Heimat zurückließ, als er fliehen musste.«

Doktor Cambra lächelte ihm mit einer Mischung aus Dankbarkeit und Unsicherheit zu.

DER LASTWAGEN SCHAUKELT durch die Wüste wie ein Schiff auf Rädern kurz vor dem Kentern. Die Fahrt vom Krankenhaus in Smara zur *daira* Bir Lehlu ist nicht sehr lang, aber Montse kommt sie wie eine Ewigkeit vor. Sie sitzt in der Kabine zwischen dem Fahrer und Layla. Auf der Ladefläche hocken drei Jungen, die eine Ziege festhalten. Der Saharaui hat während der ganzen Fahrt kein Wort gesprochen. Als jetzt Bir Lehlu in Sicht kommt, wechselt er ein paar Wörter mit Layla. Die Krankenschwester scheint wütend zu sein, aber der Mann bleibt unbeeindruckt von ihren Vorwürfen. Es sieht fast aus, als genösse er ihren Ärger. Montse versteht nichts, und sie traut sich nicht, zu fragen.

Der Lastwagen fährt eine kleine Anhöhe hinauf und hält dann vor einem einfachen, weiß gekalkten Haus aus Backstein und Beton. Layla steigt aus und hilft Montse aus dem Wagen. Der Fahrer grinst, während er auf seiner Pfeife kaut. Die Krankenschwester knallt die Tür zum Abschied und ruft noch einen Satz, der wie eine Beleidigung klingt.

»So ein Idiot«, sagt sie zu Montse. »Er will uns nicht bis zu meiner *jaima* bringen. Er sagt, dann wird es zu spät für ihn, um nach Hause zu fahren. Er ist ein Freund meines Vaters, aber ich habe mich geweigert, ihn zu heiraten, als ich in die Sahara zurückgekommen bin.«

»Macht nichts«, tröstet Montse sie. »Es ist wunderschön hier.«

Tatsächlich wirken die Häuser von Bir Lehlu bei Sonnenuntergang wie mit blassen Farben auf das intensive

Ocker der Wüste getupft. Der kleine Hügel, auf dem eine Sonderschule gebaut wurde, ist wie ein Aussichtsturm, von dem aus man die schier endlose Wüste überblicken kann. Die Dächer der *jaimas* unterbrechen die Monotonie des Horizonts. Die Wassertanks glänzen in den letzten Sonnenstrahlen. Es weht nur ein schwacher, warmer Wind, der den Ausblick auf die Viertel der *daira* angenehmer macht. Hin und wieder unterbricht das Blöken einer Ziege die nahezu sakrale Stille. Das Blaugrün der *jaimas* hebt sich von den ärmlichen Lehmhütten ab.

Montse atmet tief ein. Sie ist erschöpft. Die Schönheit dieser kargen Landschaft berührt sie zutiefst. An einer kaum merklichen Linie verschmelzen die Wüste und der Himmel in eins.

»Schau, da unten wohne ich«, sagt Layla und streckt die Hand aus.

Montse folgt ihrem Blick. Aber alle *jaimas* sehen gleich aus.

»Warte, ich will noch ein bisschen diese Luft atmen«, sagt Montse.

Layla zupft die *melfa* zurecht und setzte sich auf den Boden. Montse folgt ihrem Beispiel. Neben dem Camp steht eine Lehmmauer, die fast vollständig von Sand bedeckt ist. Dahinter befinden sich auf zwei oder drei Hektar Bäume und Tomatenpflanzen. Montse ist überrascht, inmitten dieser lebensfeindlichen Wüste eine solche Oase zu entdecken.

»Diesen Garten haben wir angelegt. Er sieht aus wie gemalt, aber er ist echt. Das Wasser ist sehr salzig, aber es reicht für Tomaten und ein bisschen Salat.«

»Und diese Schule?« Montse deutet auf das Backsteingebäude.

»Sie ist für kranke Kinder. Geistig zurückgebliebene Kinder.«

»Aber wenn ihr Krankenhäuser und Schulen gebaut habt, warum lebt ihr dann nach fünfundzwanzig Jahren immer noch in Zelten?«

Layla lächelt. Offenbar hat sie mit der Frage gerechnet.

»Wir könnten Fundamente legen, Häuser und Straßen bauen, eine Kanalisation anlegen. Aber das würde bedeuten, dass wir uns geschlagen geben. Wir sind nur vorübergehend hier, weil unser Land besetzt ist. Sobald der Krieg vorbei ist, werden wir zurückkehren. Und das alles hier wird die Wüste wieder verschlucken. Die Zelte können in zwei Tagen abgeschlagen werden, und in einer Woche wären wir wieder mit allem Hab und Gut in unserer Heimat.«

Montse weiß nicht, was sie sagen soll. Sie hätte nicht vermutet, dass hinter einer so zart anmutenden Frau plötzlich eine solche Courage und Entschlossenheit zum Vorschein kommen könnte. Sie zwinkert ihr zu und nimmt ihre Hand. Layla ist nun wieder die Sanftmut in Person.

»Heute Nacht hast du wieder im Schlaf gesprochen«, sagt die Saharaui, während sie die *melfa* zurückschiebt. »Du hast nichts mehr zu befürchten. Wahrscheinlich war diese Frau nur eine Täuschung. Hätte es sie wirklich gegeben, hätten unsere Soldaten sie gefunden. Tote verschwinden nicht einfach so in der Wüste, auch wenn es den Anschein hat. Außerdem ruft ein Skorpionstich Halluzinationen hervor.«

Montse schaut reglos auf die Reihe der *jaimas* hinunter.

»Du hast recht. Ich möchte auch glauben, dass sie eine Halluzination war. Aber ich habe auch keine Antwort auf den Albtraum von Tindouf. Trotzdem ist es wirklich geschehen. Und jetzt komme ich mir so dumm vor …

Schließlich hatte die Ausländerin nachgegeben und ihren Kopf bedeckt, um auf die Straße zu gehen. Aber als sie sich auf den Weg machte, folgte ihr die Frau aus dem Haus und ließ sie nicht aus den Augen, obwohl Montse alleine sein wollte, um ein Telefon zu suchen. Die Algerierin machte ein mürrisches Gesicht. Es schien sie zu ärgern, dass die Fremde alleine aus dem Haus ging. Manchmal kam ihr die Situation so absurd vor, dass sie am liebsten laut losgelacht hätte. Dann wieder musste sie sich zusammenreißen, um nicht mitten auf der Straße in Tränen auszubrechen. Auch die Kinder liefen ein paar Schritte hinter ihr her. Wenn Montse stehen blieb, folgte die Frau ihrem Beispiel. Ging sie schneller, beschleunigte auch die Frau ihre Schritte. Beide wirkten verstimmt und verärgert. Sie hatte beschlossen, nicht mehr mit ihr zu reden. Die Algerierin sprach kaum französisch, und Montse war nicht in der Lage, mehr als ein Dutzend Sätze zu radebrechen.

Nachdem sie an jeder Straßenecke stehen geblieben war, um sich nach einer Telefonzelle oder einem öffentlichen Fernsprecher umzusehen, glaubte sie auf einmal, jemanden auf Spanisch fluchen zu hören. Sie drehte sich um. Neben einer Zapfsäule stand ein Lastwagen. Es war ein alter Lastwagen mit einer löchrigen Plane über der Ladefläche. Ohne lange zu überlegen, ging sie auf die Zapfsäule zu. Die Rufe der Algerierin ließen sie diesmal völlig kalt. Ein Mann in einer abgerissenen Armeeuniform unterhielt sich mit dem Tankwart. Er war um die sechzig. Sein grauer Bart reichte ihm bis auf die Brust, und beide Arme waren mit Tätowierungen übersät. Montse erkannte die Mütze der Legion und bemerkte eine aufgenähte spanische Fahne auf beiden Ärmeln. Sie stürzte auf den Mann zu wie eine Schiffbrüchige, die sich mitten im Meer an einer Planke festklammert. »Sind Sie Spanier?« Der Mann wandte sich überrascht um, als traue er seinen Ohren nicht. Montse nahm das Tuch vom Kopf. Er musterte die Frau von oben bis unten und legte beide Hände auf die Gürtelschnalle. Er antwortete nicht sofort. »Wo um Himmels willen kommen Sie denn her?«, sagte er schließlich. Montse war so aufgewühlt, dass ihre Erklärungen keinerlei Sinn ergaben. Sie wollte diesem Unbekannten alles erzählen, war aber nicht in der Lage, zusammenhängend zu reden. Die Algerierin beobachtete die Szene von der anderen Straßenseite aus, als könnte sie nicht glauben, was sie da sah, traute sich aber nicht über die Straße. »Ich muss dringend telefonieren. Ich hätte gestern am Flughafen abgeholt werden sollen, aber es kam niemand. Mein Koffer steht im Haus dieser Frau, aber sie lassen mich nicht von dort weg.« Der Spanier sah in die Richtung, in die Montse deutete. Als die Algerierin merkte, dass sie über sie sprachen, verhüllte sie ihr Gesicht und ging rasch davon. »Keine Angst, Señora, bei mir sind Sie in Sicherheit. Ich bin ein echter Legionär. Sie haben großes Glück gehabt, dass Sie mir begegnet sind. Glauben Sie mir, Sie hatten großes Glück.« Trotz des durchdringenden Geruchs, den der Mann verströmte, hätte Montse ihn am liebsten umarmt. »Können Sie mir sagen, wo ich ein Telefon finde?« »Ich weiß etwas Besseres. Ich werde Sie zum spanischen Konsul bringen. Der wird sich um alles Weitere kümmern.« Montse konnte nicht glauben, dass sich nach all den Ängsten, die sie ausgestanden hatte, alles so leicht lösen ließ. Sie hätte sich am liebsten gekniffen, um sich zu vergewissern, dass sie nicht träumte. »Mein Koffer steht bei dieser Frau, die gerade weggegangen ist«, erklärte Montse noch einmal. »Ich weiß, wie man hinkommt, aber ich wäre Ihnen sehr dankbar, wenn Sie mich begleiten würden. Ich verstehe nicht, was diese Leute von mir wollen.« »Sind Wertgegenstände in dem Koffer?« Montse dachte nach, bevor sie antwortete. Ihr Instinkt riet ihr zur Vorsicht. »Ich habe nichts Wertvolles dabei. Geld habe ich nicht viel, und den Pass trage ich immer bei mir.« Der Mann überlegte. Dann drückte er dem Tankwart ein paar schmutzige, zerknitterte Geldscheine in die Hand und sagte etwas auf Französisch. »Steigen Sie ein, Señora. Wir fahren los.« Montse kletterte in die Fahrerkabine, und sofort wurde ihr klar, dass alles nicht so einfach war, wie es ausgesehen hatte.

Als der anachronistische Legionär die Hände ans Lenkrad legte, sprangen zwei weitere Männer in die Fahrerkabine. Es waren Muslime mit Turban und Armeestiefeln. Aus den Geräuschen schloss Montse, dass weitere Männer auf die Ladefläche kletterten. »Es sind gute Kerle, Señora. Echte Patrioten«, sagte der Legionär. Der Lastwagen fuhr los, und die Frau war zwischen dem Fahrer und den beiden anderen Männern gefangen. Es stank entsetzlich. Trotz des lauten Motors war das Lärmen der Männer auf der Ladefläche zu hören. »Das Haus ist am Ende dieser Straße. Dort links, die grauen Quader«, erklärte Montse. Der Legionär steckte sich eine erloschene Zigarre in den Mund, kaute darauf herum und sah stur geradeaus. Als sie an der Straße vorbeifuhren, bekam es Montse mit der Angst. »Da hinten ist es. Diese kleinen Häuser.« Der Legionär lächelte. »Keine Sorge, Señora: Es lohnt sich nicht, in dieses Viertel zu fahren. Dort wohnen Leute der übelsten Sorte, Diebe und Huren. Wenn nichts Wertvolles in dem Koffer war, dann vergessen Sie ihn lieber. Glauben Sie mir.«

Als die letzten Häuser von Tindouf hinter ihnen zurückblieben, war Montse erneut hin und hergerissen. Einerseits war sie froh, endlich dieser Hölle zu entkommen; andererseits überlegte sie, dass sie vielleicht lieber nicht in den Lastwagen hätte einsteigen sollen, ohne sich vorher zu vergewissern, dass dieser Mann vertrauenswürdig war.

Während sie zunehmend misstrauisch wurde, redete der Legionär in einem fort. Offenbar genoss er es, alte Kriegsgeschichten zum Besten zu geben. Die beiden anderen Männer saßen teilnahmslos da und rauchten schweigend. Montse nutzte einen kurzen Moment, in dem der Legionär nicht redete, um ihn zu fragen: »In welcher Stadt gibt es denn ein spanisches Konsulat?« Der Legionär antwortete nicht gleich. Es kam Montse vor, als wollte er Zeit gewinnen. Dann nannte er einen arabischen Namen, den sie nicht verstand. »Ist das weit von Tindouf?« »In der Wüste weiß man nie, was weit ist und was nah. Hängt davon ab, womit man es vergleicht. Und Sie sind aus Madrid, sagten Sie?« »Nein, das habe ich nicht gesagt.« »Ach so. Ich dachte.« »Ich bin aus Barcelona.«

Der Legionär versuchte, Details über Montses Reise herauszubekommen. Sie wurde zunehmend vorsichtiger, als sie merkte, dass sich die Fragen zu einem regelrechten Verhör entwickelten. Sie versuchte nur die halbe Wahrheit zu erzählen, aber dieser Mann war sehr geschickt und verwickelte sie in Widersprüche. Schließlich ging Montse dazu über, nur noch einsilbig zu antworten oder so zu tun, als könne sie ihn wegen der Motorengeräusche nicht verstehen.

Es war schwer zu sagen, ob sie zwei oder drei Stunden unterwegs waren. Der Asphalt war einer trockenen, staubigen Piste gewichen, die sich nach wenigen Kilometern im Nichts verlor. Der Lastwagen folgte nun alten Reifenspuren oder grub sich in unberührte Erde. Aber als Montse bereits jede Hoffnung verloren hatte, glaubte sie in der Ferne ein Dorf zu sehen. Dunkle Flecken hoben sich von dem Ocker der Wüste ab. In der gleißenden Mittagssonne konnte sie es nicht genau erkennen, aber sie war sicher, dass am Horizont Spuren von Zivilisation zu sehen waren. Sie glaubte sogar, die Dächer in der Sonne blitzen zu sehen. »Ist es dort?«, fragte Montse mit neuem Mut. »Ja, Señora, gleich dort drüben. In fünf Minuten können Sie sich ausruhen.«

Je näher sie dieser Luftspiegelung kamen, desto mehr stieg Montse das Blut ins Gesicht. Als sie nur noch ein paar Kilometer entfernt waren, begriff sie, dass dies weder eine Stadt noch ein Dorf oder Ähnliches war. Die dunkle Farbe und das Blitzen kam von Tausenden von Autos, die wie auf einem Schrottplatz mitten in der Sahara standen. Es waren so viele, dass zwischen ihnen Straßen verliefen, wie auf einem riesigen Friedhof.

Montse brachte kein Wort heraus. In Gedanken malte sie sich aus, was gleich passieren würde. Sie verschränkte die Arme, als wollte sie sich an etwas festhalten, das nur in ihrer Vorstellung existierte. Als die Männer aus dem Lastwagen sprangen, stieg auch sie verängstigt aus, während sie versuchte, sich nicht von der Angst lähmen zu lassen. »Sie haben mir versprochen, mich zum Konsulat zu bringen.« »Alles zu seiner Zeit, Señora, alles zu seiner Zeit. Sobald wir ein paar Dinge hier geklärt haben, bringe ich Sie zum Botschafter.« »Mein Mann muss mittlerweile in Tindouf eingetroffen sein. Mit Sicherheit hat er sich schon an die algerische Polizei gewandt.« Montses Worte klangen wie die Lügen eines verzweifelten Kindes. Mit einer raschen Handbewegung griff der Legionär in Montses Hosentasche und zog ein paar Papiere hervor. Die Frau versuchte sich zu entwinden, aber zwei Männer packten sie grob an den Armen und hielten sie fest. Sie wollte schreien, aber ihre Stimme versagte. Ein dritter Mann durchsuchte sämtliche Taschen und förderte eine Briefmappe und den Pass zutage. Er reichte sie dem Legionär wie ein Hund, der sein Stöckchen apportiert. Der Legionär warf einen raschen Blick darauf und steckte sie dann in eine der vielen Taschen seiner Uniformjacke. »Mach jetzt keinen Unsinn.

Selbst wenn wir dich freiließen, würdest du nirgendwohin kommen. Du würdest vorher verhungern und verdursten.«

Der Legionär ging davon, und die beiden Männer schleiften Montse hinter ihm her. Zwischen den Schrottautos stand ein elender Verschlag, dessen Fenster mit Brettern vernagelt war. Er öffnete die beiden Vorhängeschlösser, mit denen die Tür verschlossen war, und die beiden Söldner stießen Montse hinein. Sie fiel der Länge nach hin und stieß sich die Nase. »Hier kannst du schreien, soviel du willst. Niemand wird dich hören.« Montse unterdrückte einen Schmerzensschrei. Sie war sicher, dass körperlicher Widerstand sinnlos war, aber sie konnte nicht einmal schreien. Sie stöhnte leise und hob den Kopf. Blut rann aus ihrer Nase. »Bitte, bitte, bitte«, wimmerte sie fast unhörbar. Die Tür fiel ins Schloss. Montse richtete sich auf und begann leise um Hilfe zu flehen. Sie hatte Angst, lauter zu sprechen. Dann bemerkte sie, dass sie nicht allein war. Trotz des schwachen Lichts erkannte sie im Halbdunkel drei Frauen, die auf dem Boden hockten. Mit Sicherheit waren sie genauso erstaunt wie sie selbst. Plötzlich empfand Montse unerklärlicherweise eine große Scham. Sie versuchte ihre Würde zu bewahren, aber sie konnte nicht aufhören zu schluchzen. Sie kam zu dem Schluss, dass es nichts nutzen würde, zu schreien und gegen die Tür zu treten. Sie sah die Frauen an. Allmählich nahmen ihre Gesichter Konturen an. Sie waren genauso gekleidet wie die Frauen, die sie in Tindouf gesehen hatte. Auch sie waren verängstigt, aber ihre Mienen waren wie versteinert. Montse versuchte, sich auf Spanisch zu verständigen. Dann versuchte sie es mit ein paar Brocken Französisch, erhielt aber keine Antwort. Eine der Frauen bedeutete ihr, sich hinzusetzen. Montse sank auf die Knie und verbarg das Gesicht in beiden Händen. Nach allem, was ihr passiert war, konnte es nur noch schlimmer kommen. Sie weinte haltlos, bis sie keine Tränen und keine Kraft mehr hatte. Als sie sich schließlich damit abzufinden versuchte, dass nichts an der Situation zu ändern war, merkte sie, wie sich eine der Frauen neben sie setzte und ihr eine Hand auf die Schulter legte. »Hier«, sagte sie auf Spanisch. Montse hob den Kopf, als hätte sie soeben eine Offenbarung gehört. Die Frau reichte ihr einen Schöpflöffel mit Wasser. »Du verlierst seit fast einer Stunde Wasser. Wenn du nicht trinkst, wirst du dehydrieren.« Montse nahm den Schöpflöffel und führte ihn an die Lippen. Sie trank einen Schluck. Das Wasser schmeckte salzig und roch widerlich. »Trink«, ermunterte die Frau sie. »Besser Durchfall als zu dehydrieren.« Sie trank alles aus und versuchte, sich den Ekel nicht anmerken zu lassen. »Danke.« Die Frau kehrte an ihren Platz zurück und hockte sich wieder hin. »Sprecht ihr spanisch?« »Die anderen nicht.« Montse bemerkte, dass sich die Kleidung der Frau von jener der anderen beiden unterschied. »Bist du Algerierin?« »Saharaui.« Montse setzte sich neben sie, um sich ein wenig abzulenken. »Aus den Flüchtlingscamps?« »Bist du dort gewesen?« »Nein, ich konnte nicht. Ich hatte Probleme bei der Ankunft in Tindouf.« Montse begann dieser Unbekannten alles zu erzählen, was geschehen war. Die Saharaui hörte reglos zu und schnalzte zwischendurch mit der Zunge. Als Montse die ganze Geschichte erzählt hatte, fühlte sie sich besser. Die Frau sah sie unverwandt an, als wollte sie den Sinn jedes ihrer Worte ergründen, nachdem sie das alles gehört hatte. »Ich heiße Montse«, sagte die Spanierin schließlich in das Schweigen hinein. »Ich heiße Aza.« »Und wie bist du hierher gekommen?« Aza machte eine verzweifelte Geste. Die Saharaui war seit zwei Tagen zusammen mit den beiden Algerierinnen auf diesem Schrottplatz eingesperrt. Sie war nach Tindouf gefahren, um nach Spanien anzurufen und Kugelschreiber zu kaufen. Auf der Rückfahrt ins Camp hatte der Jeep eine Panne gehabt. Die beiden Jungen, die mit ihr gefahren waren, hatten beschlossen, die zwanzig Kilometer zu ihrem *wilaya* zu Fuß zu gehen. Sie war beim Fahrzeug geblieben und hatte gewartet, dass sie mit Hilfe zurückkamen. Sie hatte Wasser und etwas zu essen, hatte also nichts zu befürchten. Aber dann war der Lastwagen des Spaniers vorbeigekommen, und der hatte ihr angeboten, sie mitzunehmen. Den Rest der Geschichte konnte man sich denken. »Was glaubst du, werden sie mit uns machen?«, fragte Montse naiv. Aza sah besorgt aus und zog die *melfa* vors Gesicht. Sie sagte nichts.

In dem Verschlag war die Zeit stehen geblieben. Die ersten beiden Tage vergingen so langsam, dass es schien, als gingen sie nie vorüber. Sie hörten die Männer draußen reden, aber durch die Fensterritze konnten sie nichts sehen. Montse musste ein paar Mal nach draußen, weil ihr Magen verrückt spielte. Die Sonne zu sehen und die frische Luft zu atmen, war der einzige Luxus, den sie hatten. Aza und die beiden anderen Musliminnen ertrugen die Gefangenschaft wesentlich besser als Montse. Sie konnten stundenlang schweigen, ohne sich zu bewegen, ohne Wasser zu trinken, ohne zu essen. Montse klammerte sich an die Saharaui, um nicht den Verstand zu verlieren. Sie tat alles, was Aza sagte: Verseuchtes Wasser trinken, verfaultes Obst essen, sich in den heißesten Stunden möglichst nicht bewegen. Es kam ihr so vor, als ginge die Leidensfähigkeit dieser drei Frauen über das menschliche Maß hinaus. Wenn sie merkte, dass sie nicht mehr konnte, versuchte sie mit Aza zu reden. So erfuhr sie, dass ihr starker karibischer Akzent aus den Jahren kam, die sie auf Kuba studiert hatte. Doch wenn Montse versuchte, Näheres über ihr Leben zu erfahren, wurde die Saharaui verschlossen und wechselte das Thema. »Wer sind diese Männer, Aza?«

»Böse Menschen, meine Freundin, böse Menschen.« »Was mögen sie von uns wollen?« »Ich weiß es nicht, und ich will mir keine Gedanken darüber machen, bis es so weit ist.« Dann schnalzte sie mit der Zunge und verscheuchte mit eleganten Bewegungen die Fliegen.

Am dritten Tag war erneut der Motor des Lastwagens zu hören. Die vier Frauen hatten Angst, die Männer würden sie zurücklassen. Doch dann öffnete sich die Tür und sie brachten sie auf die Ladefläche des Wagens. Trotz der schlechten Bedingungen war die Fahrt eine Erholung im Vergleich zu den Tagen in Gefangenschaft. Durch die Bretter, die nicht von der Plane bedeckt waren, betrachtete Montse ergriffen die endlose Weite der Sahara. Die Fahrt dauerte über drei Stunden. Als der Lastwagen anhielt, befanden sie sich an einem Wasserloch mit ein paar Bäumen ringsum. Es war das einzige Leben, das sie auf vielen Kilometern gesehen hatten. Die Steine glühten.

Layla ist sehr ernst, konzentriert sich auf das, was Montse erzählt. Nach einer Weile schnalzt sie mit der Zunge und blickt zu den *jaimas*, die mittlerweile kaum noch zu sehen sind.

»Weshalb machst du das?«

»Was?«

»Dieses Geräusch mit der Zunge.«

»Eine Angewohnheit.«

»Aza hat dasselbe Geräusch gemacht. Das kann unmöglich eine Halluzination gewesen sein.«

»Nein, wahrscheinlich war es keine. Aber jetzt lass uns gehen, es wird dunkel.«

Die einzelnen *jaimas* liegen ein gutes Stück auseinander. Sie bilden keine Straßen. Die Lehmhäuser haben keine individuellen Merkmale, sie sehen eines aus wie das andere. Layla bewegt sich in der Dunkelheit, als wäre es heller

Tag. Sie gehen sehr langsam. Als sie ihre *jaima* erreichen, beginnt Layla zu rufen. Eine Frau kommt heraus und beginnt ebenfalls zu schreien. Sie scheint wütend zu sein. Montse erschrickt.

»Das ist meine Tante. Hab keine Angst. Sie schimpft mit mir, weil wir so spät kommen. Sie halten mich immer noch für ein kleines Mädchen.«

Sie betreten das Zelt. Die Welt, die sich vor ihnen öffnet, versetzt Montse in Staunen. Die Männer und Frauen sitzen oder hocken auf bunten Teppichen. In der Mitte der *jaima* hängt eine Neonröhre, die an eine Autobatterie angeschlossen ist. Ein paar Kinder laufen herum. Die *melfas* der Frauen und die Kleider der Kinder sind wie Farbtupfer, die im Gegenlicht aufleuchten. Montse ist fasziniert. Sie zieht die Schuhe aus und beginnt zu grüßen. Fast alle sprechen Spanisch mit einem starken arabischen Akzent. Die Kinder wollen sie berühren und neben ihr sitzen. Layla stellt die Anwesenden vor. Die Fremde kann sich die Namen nur ein paar Sekunden merken. Sie versucht sich die Blicke einzuprägen, das Lächeln, die Gesten. Sie ist müde. Schließlich setzt sie sich.

Layla spricht in ihrem Namen. Montse gefällt es, sie Hassanniya sprechen zu hören. Jemand bietet ihr ein Glas Tee an, das sie gerne annimmt. Immer mehr Kinder aus anderen *jaimas* kommen vorbei. Laylas Tante versucht sie zu verscheuchen wie Hühner, aber die Kinder weigern sich. Ein alter Mann hält ihnen eine Standpauke, und schließlich ziehen sie widerwillig ab, um sich nur ein paar Meter vom Eingang entfernt in den Sand zu setzen. Montse kommt mit der Aufmerksamkeit der vielen Leute nicht zurecht. Sie fühlt sich überfordert. Als Layla sie ansieht, bemerkt sie ihre Erschöpfung. Die Krankenschwester steht auf und beginnt zu gestikulieren. Wahrscheinlich bittet sie die anderen, zu gehen. Montse will sie davon abhalten, aber Layla ist entschlossen. Alle stehen widerspruchslos auf. Die Männer reichen der Spanierin einer nach dem anderen die Hand und gehen dann. Die Frauen gehen als Letzte. Laylas Tante bleibt zurück. Sie gibt ihrer Nichte unaufhörlich Anweisungen. Als sie schließlich alleine sind, ist Montse am Ende.

»Du hättest sie nicht wegschicken müssen. Ich habe mich gefreut.«

»Sie reden viel. Wenn du sie lässt, bleiben sie die ganze Nacht. Sie haben keine Eile. Manchmal sitzen sie vier Tage zusammen, plaudern und trinken Tee, nur weil Besuch aus einer anderen *daira* gekommen ist.«

Montses Lächeln verrät ihre Müdigkeit. Layla nimmt zwei Decken aus einem Schrank und breitet sie auf dem Teppich aus.

»Heute Nacht wird dich niemand stören.«

»Nein, Layla, ich fühle mich nicht gestört. Jetzt sag nicht, du hast deine Tante weggeschickt.«

»Sie fühlt sich überall wohl. Du bist mein Gast.«

Montse hat weder Kraft noch Lust, um zu diskutieren. Gleichmütig beobachtet sie Layla, die etwas im Schrank sucht. Schließlich zeigt sie ihr eine Stoffschere. Sie setzt sich neben die Fremde und bittet sie, den Kopf zu senken.

»Was hast du vor?«

»Dir die Haare schneiden. Das wolltest du doch?«

Montse lächelt Layla an. Sie versucht dieselbe innere Ruhe zu empfinden, die sich in Laylas Gesicht spiegelt. Dann senkt sie den Kopf und lässt Layla gewähren. Die Saharaui schneidet einzelne Strähnen ab, die auf dem Teppich ein kleines Häufchen bilden. Das gleichmäßige Klappern der Schere und Laylas Hände machen sie müde. Aber Montse will keinen einzigen Moment verpassen. Sie kämpft gegen den Schlaf an.

»Layla?«

»Ja?«

»Ich hab dich angelogen.« Layla sagt nichts. »Na ja, eigentlich habe ich dich nicht angelogen, aber ich habe auch nicht die Wahrheit gesagt.«

Obwohl Montse nun verstummt, scheint die Krankenschwester nicht neugierig zu sein.

»Ich habe eine Tochter. Aber sie ist letztes Jahr im August gestorben.«

Es ist das erste Mal, dass Montse über ihren Tod spricht. Sie ist erleichtert. Layla schnalzt mit der Zunge und schweigt.

»Es war ein Motorradunfall. Sie war neunzehn Jahre alt und hieß Teresa, wie meine Schwester.«

Dann ist nur noch das Klappern der Schere zu hören und der Wind, der gegen die Plane der *jaima* schlägt. Das Letzte, was Montse hört, bevor sie einschläft, ist Laylas Stimme:

»Danke.«

VIELE SOLDATEN, DIE noch nie eine Zeitung gelesen hatten, standen nun Schlange, um die Nachrichten zu lesen, oder bildeten Grüppchen, während der Gebildetste die Meldungen vorlas, die aus Spanien kamen. In El Aaiún wurde erst spät bekannt, dass die spanische Regierung den Hauptanteil des Phosphatunternehmens Fos Bu Craa an Marokko verkauft hatte. Als sich die Nachricht unter den Beamten verbreitete, war die öffentliche Stimmung schon auf dem Nullpunkt. In den Kasernen sprachen die Offiziere kaum mit der Truppe über die einschneidenden Ereignisse und die Unabhängigkeitsbestrebungen auf den Straßen. Der Kirchenraub und die Ermordung des Küsters zerstörten den letzten Rest des fragilen Gleichgewichts zwischen den Saharauis und den Spaniern.

Außer Sergeant Baquedano gab es nur wenige Dinge, die Santiago San Román beunruhigten oder um den Schlaf brachten. Irgendwie trug die Unruhe in den Kasernen dazu bei, dass er sich noch euphorischer fühlte. Gespräche über Politik fand er häufig ermüdend und schwer verständlich. Die Monate April und Mai waren ein einziges Hin und Her von Truppenbewegungen, Fahrten, Befehlen und Gegenbefehlen, Manövern und nächtlichen Einsätzen. Zahlreiche Stimmen gaben dem Polisario die Schuld an den Ausschreitungen; die Schändung der Kirche war der Tropfen, der das Fass zum Überlaufen brachte. In der Presse war von einem Terrorakt die Rede. Aber schon die Erinnerung an diese Nacht versetzte San Román in solche Angst, dass er es krampfhaft vermied, über seine Beteiligung daran nachzudenken. Er versuchte sein

Gewissen zu beruhigen, indem er sich nicht an den Parolen gegen den Frente Polisario und seine Anhänger beteiligte.

Guillermo erlebte die Situation anders. Die Bauarbeiten am Zoo wurden eingestellt, und der größte Teil seiner Kompanie wurde abkommandiert, um die Grenze zu Marokko zu verminen. Als es keine Minen mehr gab, legten sie Minenattrappen aus Plastik, die so täuschend echt aussahen, dass es beim Hantieren manchmal zu tödlichen Verwechslungen kam.

Unterdessen fuhr San Román Landrover, Offiziersautos, Lastwagen, Bagger – alles, was einen Motor und ein Lenkrad besaß. Tagtäglich begegneten ihm unterwegs Bataillone, die zum Manöver ausrückten oder erschöpft in die Stadt zurückkehrten. Mindestens dreimal in der Woche musste er Wachmannschaften zur Phosphatmine von Bou Craa bringen. Die Angst vor Sabotage ging nicht nur unter den Minenarbeitern um, sondern auch bei den Beamten des staatlichen Unternehmens, die in der Stadt wohnten. Erst ein halbes Jahr zuvor hatten ein paar junge saharauische Arbeiter, die jetzt auf den Kanaren im Gefängnis saßen, das Förderband in Brand gesetzt, auf dem das Phosphat zum Meer transportiert wurde. Armeesoldaten und Legionäre standen endlose Stunden in der sengenden Saharasonne, damit sich nicht einmal ein Fuchs dem Förderband oder der Förderanlage näherte. Auch in den Büros und den Unterkünften der Beamten herrschte erhöhte Alarmbereitschaft.

Auf den Straßen herrschte eine angespannte Atmosphäre, die Santiago San Román absurd vorkam. Soldaten bewachten zu Schulbeginn und Unterrichtsende die Mittelschule, den Parador, die Generalverwaltung der Westsahara und das Gebäude der Heeresleitung. Oft mussten sie sich, mit dem Sturmgewehr oder einer Maschinenpistole bewaffnet, unter die Bevölkerung mischen und jedes außergewöhnliche Vorkommnis argwöhnisch beobachten. Aber für Santiago war in El Aaiún alles außergewöhnlich. Wenn er den Ausweis eines Saharaui verlangte oder ein Auto anhielt, warf er einen achtlosen Blick auf die Papiere, wechselte einen Gruß in Hassanniya und winkte die überraschten oder verärgerten Leute weiter. Ihm waren die Leibesvisitationen und die Kontrollen an den Straßensperren unangenehm. Dagegen war er glücklich, wenn er eine Patrouille auf dem Straßenmarkt oder dem Basar leiten sollte. Er hielt immer Ausschau nach Andía, ihrer Mutter, ihren Cousinen oder einer anderen Frau aus ihrer Familie.

Lazaar nahm ihn einfach nicht ernst. Der Saharaui lachte nur, wenn San Román auf seine Schwester zu sprechen kam. Santiago war verärgert über die Leichtfertigkeit, mit der sein Freund die Sache mit Andía behandelte.

»Hast du dich in Andía verliebt? Sie ist doch noch ein Kind.«

»Sie ist sechzehn.«

»Hat sie das gesagt?«, fragte Lazaar, immer noch lachend. »Du wirst deinen Abschied nehmen, in deine Stadt zurückkehren und nie wiederkommen. Falls du nicht schon eine Freundin in Barcelona zurückgelassen hast.«

»Ach was. Du bist verrückt, Mann.«

Mit der Familie war das eine andere Sache. Beschämt stellte Santiago fest, dass Andías Mutter, ihre Tanten und ihre kleinen Schwestern alles taten, um es ihm recht zu machen. Im Haus gab es Veränderungen, die San Román nicht sofort bemerkte. An den zuvor schmucklosen Wänden hingen auf einmal Fotografien und Drucke, die sich der Legionär zunächst nicht erklären konnte. Manchmal waren es Zeitungsausschnitte von berühmten Persönlichkeiten oder Karten von Spanien, Fotografien von Franco,

Carmen Sevilla bei ihrem Besuch zu Weihnachten 1957, Manuel Fraga Iribarne bei der Einweihung des Parador Nacional, Kunstdrucke von Julio Romero de Torres und Kalenderblätter von Stierkämpfern oder Fußballspielern. Am Anfang achtete er gar nicht darauf, bis er irgendwann begriff, dass sie das alles nur taten, um ihm einen Gefallen zu tun. Anstelle saharauischer Musik hörten sie nun Pasodobles oder Boleros von Antonio Machín. Santiago revanchierte sich auf seine Weise.

Die familiären Bande waren so undurchschaubar und kompliziert, dass Santiago nie wusste, bei wem es sich um Cousins und Cousinen, Schwager und Schwägerinnen, entfernte Verwandte oder Geschwister handelte. Er versuchte, allen irgendeinen Gefallen zu tun. Den Männern der Familie brachte er bei, wie man einen Vergaser ausbaute und reinigte, Muffen austauschte oder Motorschäden am Geräusch erkannte. Andías kleine Brüder folgten ihm auf Schritt und Tritt. Aber seit dem Tod des Vaters war Lazaar der Mann im Haus. Nicht nur die Familie, auch die Nachbarn bewunderten ihn. Was Lazaar sagte, wurde widerspruchslos akzeptiert. San Román wusste, solange der Saharaui ihn nicht ernst nahm, war bei seiner Schwester nichts zu machen.

Andía wiederum verhielt sich manchmal wie eine Frau und dann wieder wie ein Kind, aber Santiago störte diese Sprunghaftigkeit nicht. Wenn er sich ein paar Stunden freimachen konnte, ging er ins Zemla-Viertel hinauf, um mit denen, die gerade zu Hause waren, Tee zu trinken. Das Mädchen begrüßte ihn ganz ungezwungen, als wäre seine Gegenwart nichts Besonderes, wich aber seinen verstohlenen Blicken, den Annäherungsversuchen und versteckten Komplimenten aus. Manchmal verschwand Andía in einem anderen Raum und kam nicht einmal heraus, um sich von ihm zu verabschieden. Santiago ärgerte sich über ihr Verhalten und schwor sich jedes Mal, nicht wieder herzukommen. Aber die Geschenke, die Andía ihm heimlich zusteckte, die flüchtigen Blicke, bei denen er sie ertappte, ihre liebenswürdige Art ihm gegenüber und ihre Nervosität, wenn sie mit ihm sprach, machten ihm erneut Hoffnung, und so kam er wieder, sobald er konnte.

Als er Guillermo erzählte, was sich da mit Andía anbahnte, wusste sein Freund nicht, ob er sich freuen oder versuchen sollte, ihm die Sache auszureden. Wenigstens sprach er nicht mehr von Montse und bekniete ihn nicht länger, sie anzurufen oder ihr zu schreiben. Er war überzeugt, dass diese Beziehung zu einer Saharaui keine Zukunft hatte, aber als er sah, wie glücklich sein Freund war, brachte er es nicht übers Herz, ehrlich zu ihm zu sein. Anders als San Román machte sich Guillermo Sorgen wegen der Lage in der Saharakolonie. Auch wenn er nicht in der Lage war, sich eine eigene Meinung zu bilden, ließ er sich von Kantinengesprächen und Gerüchten leiten und von dem, was er auf der Straße sah. Die Arbeit als Minenleger fand er furchtbar. Auch die Offiziere schienen nicht genau zu wissen, was vor sich ging. Wenn er einen Sergeanten oder einen einfachen Korporal fragte, wie es weitergehen sollte, fuhren sie ihm über den Mund oder stauchten ihn zusammen. Aber die Besorgnis in den Gesichtern der Befehlsträger war unübersehbar.

San Románs einzige Sorge waren sein Gewissen und Sergeant Baquedano. Er war froh, wenn er für mehrere Tage ausrücken konnte, auf Patrouille durch die Straßen geschickt wurde oder die neuen Rekruten zum Ausbildungsbataillon bringen sollte, das sich zwanzig Kilometer außerhalb der Stadt, direkt am Meer, befand. Aber früher oder später war es unvermeidlich, dass er ihm begegnete, Haltung annehmen und seinen Gruß erwidern musste. Und das geschah an dem Morgen, als Sergeant Baquedano in einem Lastwagen in die Kaserne Alejandro Farnesio kam. Als er San Román sah, sprang er ab und kam auf ihn zugeschlendert. Der Soldat nahm Haltung an.

»San Román, ich hab was für dich.«

Santiago brach der Schweiß aus. Er versuchte, sich nicht anmerken zu lassen, dass seine Beine zitterten.

»Zu Befehl, Señor.«

»Ich will, dass du die Prüfung zum Korporal machst.«

»Zum Korporal?«

»Ja. Weißt du nicht, was das ist?«

»Doch, selbstverständlich, Señor. Aber dafür muss man lernen und viele Dinge wissen.«

»Willst du damit sagen, du kannst nicht lesen und schreiben?«

»Nein, Señor. Ich meine, doch, Señor. Lesen und schreiben schon, aber auf meine Weise. Und im Rechnen bin ich auch nicht besonders gut.«

»Ich will keine schwuchteligen Ausreden hören. Du bist Legionär, kapiert? Du musst nicht lesen oder schreiben können. Du musst nur Eier in der Hose haben. Oder willst du mir weismachen, dass du die nicht hast?«

»Nein, Señor. Ich meine, doch, Señor. Klar hab ich die.«

»Dann geh zu den Prüfungen, verdammte Scheiße nochmal. Das ist ein Befehl! Die Prüfungen sind am Samstag. Am Freitag wird nicht gesoffen und gehurt. Samstagmorgen um acht bist du im Offiziersgebäude. Die Legion braucht Patrioten wie dich.«

Am Montag darauf war Santiago San Román Korporal der Legion. Die Kameraden, auch Guillermo, behandelten ihn plötzlich anders. Er ging zu den Nomadentruppen, um Lazaar zu beeindrucken, aber der Saharaui betrachtete lediglich seine Streifen, dann sah er ihm in die Augen und sagte spöttisch:

»Jetzt kannst du dir richtige Freundinnen angeln.«

Dieser Satz traf ihn wie ein Schlag in den Nacken. Er war so verletzt, dass er sich an diesem Tag weigerte, für die Saharauis im Tor zu stehen.

Aber alles hatte sich sehr schnell zu ändern begonnen. Als er einige Tage später von einer Beobachtungsfahrt zurückkam, wartete Lazaar auf dem Fußballplatz auf ihn. Er war ernst, sehr ernst. Santiago erschrak, als er den ersten Satz sagte.

»Hör zu, San Román, ich weiß nicht, wie ich es sagen soll, um dich nicht zu beleidigen.«

Der Korporal wusste nicht, was er davon halten sollte. Ihm schossen die schlimmsten Gedanken durch den Kopf, aber keiner war so schlimm wie die Wirklichkeit.

»Sprich einfach, Lazaar. Ich bin dein Freund. Du kannst mir alles sagen.«

»Du bist mein Freund?«

»Klar bin ich dein Freund. Das weißt du. Weshalb fragst du das?«

»Dann weißt du auch, dass Freunde manchmal Dinge machen müssen, die ihnen nicht gefallen, obwohl sie für den anderen gut sind.«

»Du kannst alles von mir verlangen. Ich werde nicht erschrecken.«

Lazaar sah Santiago an, als wollte er auf den Grund seiner Augen blicken. Er nahm seine Hand und legte die andere Hand auf seine Schulter.

»Ich will, dass du nicht mehr zu mir nach Hause kommst. Fürs Erste zumindest.«

Korporal San Román schluckte. Er hatte das Gefühl, dass ihm das Blut in die Beine sackte.

»Sicher. Klar«, sagte er, ohne Lazaars Hand loszulassen. »Es ist wegen deiner Schwester, stimmt's?«

»Nein, es ist nicht wegen Andía. Ich weiß, dass sie dich

mag, auch wenn sie noch ein Kind ist. Sie ist erst fünfzehn. Es ist meinetwegen.«

»Habe ich dich beleidigt?«

»Im Gegenteil. Es macht mich stolz, dein Freund zu sein. Es ist nicht alles so einfach, wie es aussieht. Eines Tages wirst du verstehen, aber ich kann es dir jetzt nicht erklären.«

Die Worte des Saharaui verwirrten San Román. Er konnte nicht glauben, dass es einen anderen Grund dafür geben sollte als Andía, dass er in Lazaars Haus nicht erwünscht war. Er hätte nie gedacht, dass dieser junge Saharaui ihn so aus der Fassung bringen könnte. Und in diesem Moment glaubte er auch nicht, dass er irgendwann hinter all dem einen Sinn erkennen würde. Er war einfach nur verzweifelt.

In den nächsten zwei Wochen ging er nicht mehr zu Lazaar nach Hause. Wenn er auf Patrouille in der Stadt war, sah er zu den steinernen Häusern hinauf und stellte sich vor, was Andía wohl gerade machte. Er schlief schlecht, und er aß nicht mehr. Erneut brachte eine Frau sein Leben durcheinander und wurde schließlich zu einer Obsession. Seine freie Zeit verbrachte er mit seinen Freunden von der Nomadentruppe, aber seine Beziehung zu Lazaar war nicht mehr dieselbe. Er empfand eine Mischung aus Bewunderung und Neid für diesen Saharaui. Wenn er sah, wie er sich zwischen den Dromedaren bewegte, erschien er ihm ganz besonders. Lazaar kannte die Geheimnisse der Wüste, die Sprache der Dromedare. Er wusste so viel über das Klima und die Geländebeschaffenheit der Sahara, dass er wie ein weiser alter Mann in der Gestalt eines Zwanzigjährigen wirkte. Binnen zwei Wochen kühlte ihr Verhältnis so ab, dass es nicht mehr über einen höflichen Gruß und ein paar pflichtbewusste Worte hinausging.

Doch Anfang Mai geschah etwas, das San Román aus seinem Tief herausholte. Er war mit einem Lastwagen mit Proviant im Colomina-Viertel unterwegs. Auf dem Beifahrersitz saß ein bewaffneter Soldat und auf der Ladefläche ein weiterer. Santiago hörte sich das ständige Gequatsche des Soldaten an, als er plötzlich Andía unter den Passanten auf dem Gehsteig zu erkennen glaubte. Er bremste. Fast hätte er laut nach ihr gerufen, doch die Vernunft hielt ihn davon ab. Er wusste, dass er den Lastwagen nicht verlassen und auch nicht von der vorgegebenen Route abweichen durfte. Der andere Legionär erschrak, als der Wagen hielt.

»Was ist los, Korporal? Was hast du gesehen?«

Santiago streckte den Kopf aus dem Seitenfenster, um sich zu vergewissern, dass es wirklich Andía war. Es war das erste Mal, dass er dem Mädchen außerhalb ihres Viertels begegnete.

»Bewegt euch nicht vom Laster weg. Ich glaub, da vorne ist was los. Ich trau der Sache nicht.«

Der Soldat neben ihm wurde blass. An sein Gewehr geklammert, spähte er in alle Richtungen, um Ausschau nach der Gefahr zu halten. Korporal San Román sprang vom Lastwagen.

»Ich geh mal nachsehen«, rief er betont autoritär. »Bewegt euch nicht vom Laster weg, es sei denn, ihr werdet beschossen.«

Santiago rannte den Gehsteig entlang, um das Mädchen einzuholen. Er erreichte sie, als sie gerade um die Ecke bog. Er war sehr erleichtert, als er sah, dass er sich nicht getäuscht hatte. Andía war mit einem anderen Saharaui-Mädchen unterwegs. Als sie den Legionär sah, zog sie instinktiv die *melfa* vors Gesicht und begann aufgeregt in Hassanniya zu sprechen. Santiago verstand nichts. Aber die Worte waren eigentlich auch an ihre Freundin gerichtet, die unentwegt kicherte, während sie ebenfalls ihr Gesicht verhüllte. Nach einer Weile wurde das Mädchen ernst und verstummte.

»Was machst du hier, Andía? Wohin gehst du? Ist das eine Freundin von dir?«

»Mein Bruder hat gesagt, du hättest den Dienst quittiert und seist nach Spanien zurückgegangen.«

»Das stimmt nicht, Andía. Ich würde niemals weggehen, ohne mich zu verabschieden. Außerdem bist du meine Freundin; ich würde nicht ohne dich gehen.«

Das Lächeln kehrte auf das Gesicht der Saharaui zurück, und auch ihre Freundin lächelte. Santiago war so nervös, dass er auf der Stelle wippte und immer wieder die Hände in den Hosentaschen versenkte.

»Ich will dich nicht belügen: Es war Lazaar, der mich gebeten hat, nicht mehr zu dir nach Hause zu kommen. Er sagt, es ist nicht wegen dir, aber er hat mir auch keine andere Erklärung gegeben.«

Andía konnte nicht verstehen, warum ihr Bruder das getan hatte. Sie zog die Stirn kraus und nahm ihre Freundin bei der Hand.

»Mein Bruder mischt sich in alles ein. Er behandelt mich wie ein dummes, kleines Kind.«

Plötzlich zog sie Santiago hinter sich her. Die Freundin ging auf der anderen Seite. Sie überquerten die Straße, und Andía bat ihn, mit ihr in einen saharauischen Basar zu gehen. Der Laden ähnelte denen in Hata-Rambla: der gleiche Geruch, das gleiche Chaos.

»Magst du Datteln?«, fragte die Saharaui. »Nein, lieber Rosinen. Magst du Rosinen? Nein, nein, die nicht.«

Sie ließ sich von dem Händler eine Pfeife samt passendem Säckchen geben und reichte sie dann Santiago.

»Gefällt sie dir?«

»Sehr gut, Andía, sie gefällt mir sehr gut. Aber ich …«

»Ich möchte, dass du ein Geschenk von mir hast.«

Die Freundin ließ sich von dem Händler die Armbänder reichen und hielt sie Santiago an. Sie entschied sich für eines, das genau um sein Handgelenk passte.

»Haibbila will dir auch ein Geschenk machen. Sie ist meine beste Freundin.«

Santiago wusste nicht, wie er sich für diese Aufmerksamkeiten bedanken sollte. Er war verlegen und verwirrt. Es überraschte ihn, dass diese beiden jungen Mädchen einfach die Initiative ergriffen. Beim Abschied versprach er Andía, sie zu besuchen, sobald Lazaar zum Manöver ausrückte. In dieser Nacht schlief er mit dem Armband und der Pfeife in der Hand.

Das Manöver, von dem Santiago San Román gesprochen hatte, war in Wirklichkeit eine Spezialmission einer Nomadenpatrouille in Amgala. Aber das wurde erst Tage später bekannt. Wie fast alles in jenen Monaten waren die Truppenbewegungen zwar streng geheim, blieben es aber selten. Am Montag, den 5. Mai, einen Tag vor seiner Abreise, kam Lazaar zu San Román in den Speisesaal der Kaserne. Santiago war überrascht, weil er ihn zum ersten Mal dort sah. Deshalb und wegen der Worte, die sich der Saharaui vorher zurechtgelegt zu haben schien.

»Du weißt ja, dass ich morgen auf Patrouille gehe.« Santiago nickte, während er versuchte, Lazaars Gedanken zu erraten. »Ich weiß nicht, wann ich wiederkommen werde. Ich möchte dich um einen Gefallen bitten.«

»Was immer du willst.«

Der Saharaui ließ sich Zeit, bis er weitersprach.

»Ich möchte, dass du dich um meine Schwester und meine Familie kümmerst.« Er machte eine Pause, um Santiagos Reaktion zu beobachten. »Ich weiß, dass ihnen nichts geschehen wird, und wenn du auf sie aufpasst, bin ich ruhiger. Meine Brüder sind noch jung und haben andere Dinge im Kopf. Manchmal begreifen sie nicht richtig, was in der Sahara los ist.«

»Du redest, als würdest du nicht zurückkommen.«

»Natürlich komme ich zurück. Aber die Lage da draußen ist schlimmer, als sie es uns erzählen. Marokko wird wie eine Hyäne über uns herfallen.«

»Das wird nicht passieren. Wir sind hier, um das zu verhindern. Ihr gehört zu Spanien.«

»Du bist der einzige Optimist. Das ist gut. Trotzdem bin ich beruhigter, wenn ich weiß, dass du dich um meine Familie kümmerst, was auch immer geschieht.«

»Aber nur, bis du zurück bist«, sagte er lächelnd.

Sie umarmten sich und gaben sich lange die Hand, während sie sich tief in die Augen sahen.

Lazaars Worte hatten Korporal San Román beunruhigt. Ihre tiefere Bedeutung begriff er erst eine Woche später, als die Nachricht El Aaiún erreichte. Anfangs waren die Angaben konfus, sogar widersprüchlich. Schließlich räumten die Offiziere die Vorfälle der Truppe gegenüber ein. Am Samstag, den 10. Mai 1975 war eine Nomadenpatrouille mit dem Decknamen »Pedro« zu den Truppen des Frente Polisario übergelaufen. Sie hatten außerdem zwei spanische Oberleutnants, einen Sergeanten und fünf Soldaten als Geiseln genommen. Der Vorfall hatte in Amgala stattgefunden. Am nächsten Tag passierte das Gleiche mit einer weiteren Patrouille in Mahbes. Diesmal allerdings hatten die Spanier Widerstand geleistet, und ein Soldat und ein Sergeant waren ums Leben gekommen. Weitere sieben Soldaten wurden gefangen genommen und auf die andere Seite der algerischen Grenze verschleppt.

Als Folge der Feuergefechte und Desertionen verschärfte sich die Lage in El Aaiún zusehends. Die Kolonialbeamten hatten das Gefühl, dass ihre Tage in Afrika gezählt waren. Die Optimistischeren vertrauten auf die spanische Politik und versuchten ihr gewohntes Leben in der Stadt beizubehalten. Doch jeden Tag tauchten neue Parolen für den Polisario in den Straßen auf, in denen die Unabhängigkeit gefordert oder zum Widerstand gegen den marokkanischen König aufgerufen wurde, der auf internationaler Bühne die spanische Kolonie in Afrika lautstark für sich beanspruchte. Manchmal wurden die Proteste gewaltsam niedergeschlagen. Unterschiedliche Interessen standen zwischen Spaniern und Saharauis.

Santiago verfolgte die Diskussionen, ohne etwas zu begreifen. Jedes Mal, wenn Guillermo ihn davor warnte, nach Hata-Rambla zu gehen, bekamen sie Streit. Sooft es ging, besuchte er Andía zu Hause. Aber es dauerte einige Zeit, bis er begriff, dass alle in dieser Familie Anhänger des Polisario waren. Als einer von Lazaars Onkeln Santiago vor der ganzen Familie fragte, was er über die Vorgänge denke, kratzte sich der Legionär am Kopf und versuchte seine Gedanken laut zu formulieren:

»Wir Spanier mischen uns nicht in die Politik ein. Ich will nur das Beste für euch. Alles andere überlasse ich denen, die sich besser damit auskennen als ich.«

San Román bewies auf vielfältige Weise, dass seine Worte ernst gemeint waren. Wenn die Viertel abgeriegelt wurden, um Proteste zu ersticken, bediente er sich seiner Uniform und seines Rangs, um das Viertel zu betreten und zu verlassen, Nachrichten von draußen zu bringen, Lebensmittel zu besorgen, wenn die Vorräte knapp wurden, oder Briefe von saharauischen Soldaten einzuschmuggeln, die wegen erhöhter Alarmbereitschaft die Kaserne nicht verlassen durften.

Nur ganz selten musste er plötzlich an Montse denken. Sie war ein Phantom, das in den ungelegensten Momenten auftauchte. Ein Lied, das Gesicht eines Mädchens genügten, damit er sich an sie erinnerte. Die Erinnerungen schmerzten ihn. Manchmal überlegte er, wie lange es noch war, bis sie das Kind bekommen würde. Dieser Gedanke quälte ihn stundenlang; nur indem er Andía traf, bekam er ihn aus dem Kopf. Die Saharaui bemühte sich ihn in Gegenwart ihrer Familie gleichgültig zu behandeln. Sie wusste, wenn sie öffentlich Interesse an einem Mann zeigte, würden ihre Geschwister und ihre Mutter sie weiterhin wie ein kleines Mädchen behandeln. Sie kannte keine Frau, die ihre Gefühle vor den Leuten zeigte. Irgendwann sagte sie zu Santiago:

»Wann gehst du in dein Land zurück?«

»Das hier ist mein Land, Andía.«

Aber das Mädchen wusste genau, was es fragte.

»Irgendwann wirst du gehen, stimmt's?«

»Nein, werde ich nicht. Oder willst du, dass ich gehe?«

»Die Leute sagen, ihr Spanier wollt uns an Marokko verkaufen.«

Darauf wusste Santiago keine Antwort. Je mehr die Offiziere erzählten, desto verwirrter war er.

»Ich werde nicht weggehen. Nur wenn du mitkommst. *Jaif?*«

»Ich habe keine Angst. Aber ich weiß, dass du noch eine andere Freundin in deinem Land hast. Ich sehe es, wenn du mich ansiehst.«

»*Nibguk igbala.* Ich liebe nur dich.«

Andía tat beleidigt, aber über ihr ernstes Gesicht huschte ein verhaltenes Lächeln, und in ihren Augen lag ein ganz besonderer Glanz.

IN DIESER NACHT hatten die Tabletten nicht gewirkt. Sie war unruhig, als triebe sie etwas um, das ihr nun nicht mehr in den Sinn kam. Außerdem hatte der Tee bei Ayach sie angeregt. Aber es war eine andere Rastlosigkeit als in den vergangenen Monaten. Bis zwei Uhr nachts wälzte sie sich im Bett herum. Dann stand sie auf und setzte sich an den Computer. Die Erinnerungen an den vergangenen Tag waren konfus, verbanden sich mit Bildern und Details, die ihr nicht gleich aufgefallen waren.

Um acht Uhr morgens am Dreikönigstag schlief die Stadt noch oder legte sich gerade schlafen. Sie ging die Paralelo entlang in Richtung Hafen, genoss die leeren, stillen Straßen. Der Himmel war bewölkt, und die Luft war sehr feucht. Zum ersten Mal in ihrem Leben ging sie mitten über die Plaza del Portal. Schließlich blieb sie an der Mole stehen. Von der gegenüberliegenden Mole, am anderen Ende des schwimmenden Kais, drang die Musik aus den Kneipen herüber. Man sah die Menschen erschöpft nach draußen strömen, einige schwankten. Weiter draußen hing Nebel über dem Meer wie große, vom Himmel gefallene Wattebäusche. Die Landschaft an diesem Morgen erschien ihr wundervoll. Stundenlang hatte sie vor dem Computer gesessen und nach Informationen über die saharauischen Flüchtlingslager in Tindouf gesucht. Unzählige Fotografien der Wüste zogen an ihren Augen vorbei, Bilder der Camps, von El Aaiún und Smara. All diese Informationen kreisten nun in ihrem Kopf und kontrastierten mit dem blauen Fleck des Meeres und dem bleiernen Licht des frühen Tages, die sie nun vor sich sah.

Für Montse war Santiago San Román seit fast fünfundzwanzig Jahren tot. Das war die Realität gewesen, seit man ihr die Nachricht überbracht hatte. Nun fragte sie sich, warum sie damals geglaubt hatte, was ihr diese Unbekannten erzählten. Hätte sich etwas geändert, wenn sie sich die Mühe gemacht hätte, nachzuforschen? Sie glaubte nicht. Jetzt versuchte sie sich zu erinnern, wie lange sie gebraucht hatte, um ihn zu vergessen. Nicht lange. Ein paar Monate vielleicht. Die Spannungen in ihrer Familie zwangen sie damals, nach vorne zu blicken und nicht in der Sehnsucht zu verharren, die sie manchmal überkam. Santiagos Briefe, die sie damals nicht gelesen hatte, erschienen ihr nun, nach all der Zeit, wie ein Streich, den ihr das Schicksal spielte. Aber ihr brillanter Alberto hatte alle Lücken gefüllt, die Santiago hinterlassen haben mochte. Vielleicht gab es auch keine Lücken zu füllen. Sie wusste ja nicht, ob ihre Liebe zu Santiago gehalten hätte, wenn er nach Barcelona zurückgekehrt wäre. Plötzlich überkam sie der Gedanke, dass Santiago glaubte, er habe ein Kind in Spanien. Er erwähnte das Kind in jedem der Briefe, die er ihr aus El Aaiún geschickt hatte. Vielleicht war es das Einzige, was ihn an ihr interessierte. Aber Santiago entsprach nicht Montses Vorstellung von einem Vater. Hatte ihr wunderbarer Alberto diese Erwartungen erfüllt?

Das Lärmen der Leute, die aus den Kneipen strömten, brachte sie in die Wirklichkeit zurück. Es erschien ihr noch zu früh, um bei Ayach zu Hause zu erscheinen. Sie ging an der Mole entlang in Richtung Barceloneta. Die schlaflose Nacht begann sich bemerkbar zu machen. Ihre Beine zitterten, und ihr Magen revoltierte. Ohne lange nachzudenken, betrat sie das Viertel, das damals eine Entdeckung in der eigenen Stadt gewesen war. Jetzt waren die Fenster verschlossen, und aus den Häusern drang keine Musik nach draußen. Sie erinnerte sich sogar an den

Essensgeruch, der um die Mittagszeit durch die Straßen gezogen war. Vor einem Tabakladen blieb sie stehen. Er hatte sich sehr verändert. Sie ging hinein. Die alten Holzregale waren durch große Glasvitrinen ersetzt worden. Der Ladentisch war niedriger und kürzer. Außerdem gab es nun auch Zeitschriften und Süßigkeiten für die Kinder. Sie kaufte ein Päckchen Chesterfield. Sie hatte diese Marke nicht mehr geraucht, seit sie achtzehn war. Bei diesem Gedanken überlief es sie eiskalt. Der Ladenbesitzer war ein junger Mann. Sie war versucht, sich nach der Frau zu erkundigen, die den Laden '76 oder '77 geführt hatte, ließ es dann aber bleiben. Es war, als wühlte man in einem Grab. Sie entdeckte ein Plakat an der Wand, auf dem die nächste Notapotheke an der Plaça de la Font vermerkt war. Sie fragte den Ladenbesitzer, ob das in der Nähe sei, und er erklärte ihr den Weg.

Als sie zu dem Platz kam, schien es ihr, als hätte dieser Ort seit Jahren auf sie gewartet. Jetzt war er voller Autos, aber sonst hatte sich nicht viel verändert. Sie fröstelte. Eine alte Frau im rosa Kittel führte ihren Hund spazieren. Vielleicht hatte diese Frau schon vor sechsundzwanzig Jahren hier gelebt. Und wenn nicht sie, dann einer der anderen Anwohner, die bald auf den Platz kommen würden. Es war gut möglich, dass diese Frau auch in jener Augustnacht des Jahres '74 am selben Ort gewesen war, bei einem kleinen Fest, zu dem sich die ganze Nachbarschaft einfand. Montse wusste noch genau, wo die Bühne gestanden hatte. Sie erinnerte sich sogar an den Namen der Musikgruppe: Rusadir. Sie ging auf die Frau mit dem Hund zu. Als sie an ihr vorbeikam, grüßte sie. Die Frau grüßte zurück.

»Gibt es hier irgendwo eine Apotheke?«, fragte Montse. Sie wollte die Stimme der Frau hören.

»Gleich dort gegenüber.«

Montse bedankte sich. Die Frau ging weiter, während sie laut über den Abfall schimpfte, den die jungen Leute auf dem Platz zurückgelassen hatten.

»An jedem Feiertag das Gleiche. Ihnen ist es egal, ob wir im Dreck ersaufen, klar, sie gehen dann in ihre Viertel zurück, da ist es bestimmt schön sauber.«

Vielleicht konnte sich diese Frau nicht erinnern, dass auch sie vor sechsundzwanzig Jahren bei einem Fest auf diesem Platz gewesen war. Und dass der Platz, nachdem der Tanz vorbei gewesen war und die Musiker ihre Instrumente einpackten, wahrscheinlich genauso verwüstet ausgesehen hatte wie jetzt.

Es war Ende August gewesen. Santiago San Román hatte Montse gefragt: »Möchtest du tanzen gehen?« Und sie hatte geantwortet: »Klar. Führst du mich in eine Diskothek?« »Am Samstag gibt es ein Straßenfest bei mir im Viertel. Nichts Großes, aber weil du gesagt hast, ich würde mich schämen …« Es war das erste Mal, dass Montse hochhackige Schuhe anzog und mit rot geschminkten Lippen aus dem Haus ging. Wenn niemand zu Hause war, hatte sie oft in ihrem Zimmer geübt. Sie dachte, der Moment werde nie kommen, da sie beweisen konnte, was sie vor dem Spiegel gelernt hatte. Sie zog ein Kleid an, das ihre Mutter auf einigen Jugendfotos trug. Es war ein cremefarbenes, tailliertes Kleid mit U-Boot-Ausschnitt. Der gerade Rock war knielang und hatte aufspringende, mit Blumenmustern unterlegte Falten. Es passte ihr wie angegossen. Über den Schultern trug sie eine gelbe Strickweste und um den Hals eine doppelreihige Perlenkette mit passenden Ohrringen. Sie borgte sich auch die weiße Lackledertasche ihrer Mutter und die lackledernen Slingpumps. Die Haare fasste sie mit einer Spange zum Pferdeschwanz zusammen. Die roten Lippen machten die

Verwandlung perfekt. Sie war selbst erstaunt, als sie vor dem Spiegel das Ergebnis betrachtete. Sie überlegte, ob sie Puder auflegen sollte. Sie hatte zwar oft davon geträumt, aber am Ende schämte sie sich auch ein bisschen, so auf die Straße zu gehen.

Als Santiago San Román sie sah, blieb ihm die Spucke weg. Plötzlich kam er sich vor wie ein Kind. Das Mädchen wirkte auf einmal viel älter als er. Santiago trug das weiße Hemd vom ersten Tag, eine beige Schlaghose und dunkelbraune, spitze Lederschuhe. Sie ließ sich nur auf die Wange küssen, um den Lippenstift nicht zu verschmieren. Im letzten Moment hatte sie noch ein bisschen Wimperntusche und Lidschatten aufgelegt. »Du siehst aus wie eine Braut«, sagte Santiago. Das Mädchen war schier außer sich über diese Bemerkung. »Hast du etwas dagegen, wenn wir zu Fuß gehen? Ich will, dass jeder sieht, wie schön du bist.« Montse wusste, dass Santiago kein Geld für den Bus oder die U-Bahn hatte, deshalb nahm sie den Vorschlag als Kompliment.

An diesem Abend gab es kein eleganteres Paar als Montse und Santiago. Das Mädchen konnte die Augen nicht von ihm wenden. Er war dunkler als sonst, das Haar mit Brillantine nach hinten gekämmt. Sie hatte noch nie einen so gut aussehenden Jungen gesehen. Sie wusste, dass die anderen Mädchen sie neidisch beäugten, und das gefiel ihr. Sobald Santiago woanders hinsah, nahm sie sanft seine Hand, und der Junge lächelte. »Du bist auch sehr hübsch. Der hübscheste Junge auf dem ganzen Fest.« Montse musste sich durchsetzen, damit Santiago sich von ihr zu ein paar Bier einladen ließ. Man sah ihm an, dass er sich unwohl dabei fühlte. Vielleicht schämte er sich. Jedes Mal, wenn jemand Santiago grüßte, hatte Montse das Gefühl, taxiert zu werden. Unter anderen Umständen hätte sie das gestört, aber an diesem Abend fühlte sie sich geschmeichelt. »Sag mir eins, Santi: Liebst du mich?« »Ja, klar. Sonst wäre ich nicht mit dir zusammen.« Montse war verblüfft, dass für Santiago alles so einfach war. Aber genau das zog sie noch stärker zu ihm hin. »Wenn du mich liebst, warum sagst du es mir dann nie?«

Die Band Rusadir spielte die Hits des Sommers. Keiner der beiden achtete auf die Musik. Montse hatte diese Mädchen nie ausstehen können, die ständig an ihrem Freund hingen, ihm mit der Fingerspitze den Mundwinkel abwischten, ihm die Arme um die Schultern legten und die Hände in seinem Nacken verschränkten. Und jetzt machte sie genau das, worüber sie sich so oft lustig gemacht hatte. »Möchtest du tanzen, Santi?« »Ich bin ein ziemlicher Trampel.« Es gefiel Montse, dass er nicht tanzen konnte. Gute Tänzer fand sie nicht besonders männlich. Das Bier bestellte sie. Sie hatte Santiago ihre Geldbörse gegeben, damit er bezahlte. Jedes Mal, wenn der Junge sie öffnen musste, hatte er das Gefühl, dass die Münzen in seiner Hand brannten. Die Band stimmte den Pasodoble *Las Corsarias* an. San Román bekam ein Kribbeln im Bauch. *Dies ist das Lied des jungen Soldaten / dort drunten im Land der Mauren / in Afrikas Gefilden.* Die jungen Leute verließen die Tanzfläche, und die älteren Paare drehten, eng aneinandergeschmiegt, ihre Runden. *Golden wie Sherry und rot wie Riojawein / leuchtet Spaniens Fahne.* »Jetzt würde ich doch gerne tanzen«, erklärte Santiago. »Darauf willst du tanzen? Aber das ist ›Das Lied der Fahne‹.« »Na und? Es ist ein Pasodoble. Das ist alles, was ich tanzen kann. Meine Mutter mag dieses Lied sehr gerne.« Montse ließ sich in die Mitte des Platzes führen. *Und sollte ich eines Tages sterben / dort draußen, weit in der Ferne / dann soll die Flagge Spaniens / mich im Tod umfangen.* Sie hatte das Gefühl, dass alle Blicke auf sie gerichtet waren. Santiago hingegen wirkte entrückt. Er summte den Text mit. *Wenn fern der Heimat deine Farben wehen / und ich deiner Größe gedenke / Ach! Tiefer war nie meine Liebe.* »Was hast du gesagt?«, fragte sie ihn und sah ihm tief in die Augen. »Du bist alles für mich«, flüsterte Santiago ihr ins Ohr, und sie hauchte ihm einen Kuss auf die Lippen. »Ach! Tiefer war nie meine Liebe, tiefer war nie meine Liebe, tiefer war nie meine Liebe. Jetzt kannst du nicht mehr behaupten, dass ich es dir nie sage.« »Noch einmal.« »Tiefer war nie meine Liebe.« »Noch einmal.« »Tiefer war nie meine Liebe.« Als das Lied zu Ende war und die Jungen wieder die Tanzfläche stürmten, standen Santiago und Montse in der Mitte des Platzes und küssten sich, ohne auf die Musik, den Lärm, die Blicke zu achten. Als sie die Augen wieder öffneten, hörte die Erde sich auf zu drehen.

Allmählich leerte sich der Platz. Überall türmte sich der Abfall. Montse wollte sich nicht von Santiago trennen. »Bleib heute Nacht bei mir.« Der Junge erstarrte. Montse merkte es sofort. »Was ist? Möchtest du nicht mit zu mir kommen?« »Nein, nein. Darum geht's nicht. Na ja, eigentlich doch.« »Das musst du mir erklären, Santi. Gerade hast du noch gesagt, wie tief deine Liebe ist, und jetzt ...« »Es ist wegen des Dienstmädchens.« »Wir schleichen uns ganz leise rein. Sie schläft weit weg von meinem Zimmer. Wenn sie morgen zur Messe geht, verschwindest du.« »Sie kennt mich«, gab er geknickt zu. »Sie kennt meine Mutter. Ich will nicht, dass du meinetwegen Schwierigkeiten bekommst. Wenn dein Vater davon erfährt ... Du hast mir gesagt, wenn dein Vater ...« Montse brachte ihn mit einem Kuss zum Schweigen. »Das ist Ewigkeiten her. Es ist mir egal, ob mein Vater davon erfährt. Außerdem muss er nichts erfahren. Mari Cruz weiß, dass sie bei mir ihre Zunge im Zaum halten sollte.« Santiago ließ sich überreden.

Sie gingen durch die Barceloneta zum Paseo de Colón.

Montse war hundemüde. Ihre Füße schmerzten entsetzlich. Sie setzten sich in einen Hauseingang. »Diese Schuhe bringen mich um. Ich bin nicht daran gewöhnt.« »Ruh dich aus, solange du willst.« »Nein, lass uns lieber ein Taxi nehmen.« Die Straße war schlecht beleuchtet. Die Tanks im Hafen ragten hinter den Häusern unheimlich in den Nachthimmel. »Hier bekommen wir kein Taxi«, erklärte Santiago. »Dafür müssen wir bis zu der großen Straße gehen, sonst ist nichts zu machen.« »Ich kann keinen Schritt mehr laufen, Santi.« »Dann gehe ich, aber ich habe kein Geld.« »Ich bleibe nicht alleine hier.« Santiago San Román hatte eine Idee. Er hatte ein Fahrrad entdeckt, das an einer Straßenlaterne festgekettet war. »Gib mir deine Haarspange.« Montse gab sie ihm, ohne zu wissen, was er vorhatte. Santiago knackte das Fahrradschloss und schob es zu ihr. Montse redete auf ihn ein, es zurückzubringen. »Sagtest du nicht, deine Füße täten weh?« »Du bist verrückt. Willst du uns in Schwierigkeiten bringen?« »Ach was, nein. Gleich morgen bringe ich es zurück. Wirst sehen, wie sich der Besitzer freut, wenn er es wiedersieht.« Montse gab nach und kletterte auf den Gepäckträger. Bei der Vorstellung, wie sie dabei wohl aussah mit ihrem Kleid und ihrer Perlenkette, musste sie lachen.

Doktor Montserrat Cambra betrat die Wohnung in der Barceloneta wesentlich entschlossener als tags zuvor. Sie hatte sich bis elf Uhr vormittags die Zeit vertrieben. Nur die beiden Frauen waren zu Hause.

»Ayach ist heute Morgen weggegangen, um von der Vertretung aus zu telefonieren«, erklärte Fatma und bat sie herein.

»Macht nichts. Eigentlich bin ich gekommen, um nach dem Kind zu sehen. Wie war die Nacht?«

Fatma lächelte ihr zu.

»Er hat geweint, aber immerhin ein bisschen geschlafen.«

Montse betrat das Zimmer der Frauen. Das Kind quengelte. Sie nahm alles aus der Tasche, was sie in der Apotheke gekauft hatte, und legte es auf ein Tischchen.

»Wir machen ihm eine Flasche mit Anistee. Er braucht viel Flüssigkeit.« Sie zog ihm die Windel aus. »Und gegen die Wundrötung tragen wir diese Salbe auf.«

Die saharauischen Frauen nickten zu allem. Montse blieb fast eine Stunde bei dem Kind, bis es sich schließlich beruhigte und einschlief. Als sie gehen wollte, ließen die Frauen sie nicht, sondern führten sie ins Wohnzimmer und begannen Tee zuzubereiten, der ihre Lebensgeister weckte. Sie wollten sie nicht gehen lassen, bis Ayach Bachir zurück war.

»Ayach sagt, er wird versuchen, mehr über den Mann auf dem Foto herauszufinden. Bachir Baiba kennt alle und jeden.«

»Wer ist Bachir Baiba?«

»Ayachs Vater. Er arbeitet beim Ministerium in Rabuni. Er kennt jeden. Und er war spanischer Soldat.«

Der Saharaui freute sich, sie zu sehen. Er hatte mit den Flüchtlingslagern in Algerien telefoniert und alles auf einem Zettel notiert.

»Dieser Mann heißt Santiago San Román, wird aber Yusuf genannt. Mein Vater ist sich ganz sicher; eine Verwechslung ist ausgeschlossen.«

»Und warum wurde mir gesagt, er sei tot?«

»Ich weiß es nicht. Das sind die berühmten vier Finger.«

Montse verstand nicht, was er ihr sagen wollte. Der Saharaui lächelte.

»So sagen wir in meiner Heimat. Zwischen dem, was aus dem Mund herauskommt und ins Ohr hineingeht, liegen nur vier Finger, aber manchmal ist diese Entfernung größer als die Sahara.«

Montse lauschte gebannt den Erklärungen des Mannes. Die beiden Frauen ließen sich kein Detail entgehen.

»Dieser Santiago San Román hat die Tante meiner Frau geheiratet. Mein Vater kannte sie. Sie hieß Andía. Mein Vater sagt, sie war ein sehr hübsches Mädchen. Vor drei oder vier Jahren ist sie gestorben.«

»Und Santiago?«

»Er lebt noch. Mein Vater hat ihn vor einem Jahr in Ausserd gesehen. Mit seiner Gesundheit steht es nicht zum Besten, wie er erzählt. Dieser Mann ist sonderbar. Meinem Vater zufolge wäre Santiago beinahe in El Aaiún erschossen worden, weil er Sprengstoff aus einer Kaserne geschmuggelt hat. Die Geschichte, die er mir erzählte, ist filmreif. Mein Vater ist ihm sehr verbunden für seine Solidarität. Er hat sich den Saharauis gegenüber sehr gut verhalten.«

Montse schwieg. Es fiel ihr schwer, sich vorzustellen, dass Santiago genauso alt sein könnte wie sie, dass auch er gealtert war. Zu viele Jahre hatte sie ihn aus ihren Gedanken verbannt. Sie dachte an diese Andía, von der sie nur den Namen kannte. Sie empfand eine jugendliche Eifersucht, die ihr ein Lächeln entlockte. Fatma ließ sie nicht aus den Augen.

»War dieser Mann dein Freund?«

»Dieser Junge. Für mich ist er immer noch ein Junge. Ja, er war mein Freund. Eigentlich war er mehr als ein Freund.«

»So etwas vergisst man nie«, sagte Fatma überzeugt.

»Nein, nein. Ich habe seit Jahren nicht mehr an ihn gedacht. Es ist seltsam: Ich hätte beinahe ein Kind von ihm bekommen, und doch fällt es mir manchmal schwer, mich an sein Gesicht zu erinnern. Wir beide haben viele

Dummheiten begangen, aber keine war so groß wie die, die ich später alleine begangen habe. Ich frage mich, was er wohl gemacht haben mag, während ich das Leben an mir vorüberziehen ließ, als könnte ich jederzeit wieder von vorne beginnen.«

Montserrat Cambra setzte das Teeglas an die Lippen. Fatma sah sie schweigend an, wagte es jedoch nicht, sie aus ihren Gedanken zu reißen. Montse betrachtete die dunklen Augen der Saharaui. Sie war sehr schön. Ob Andía auch so schön gewesen war? Erneut machte die Eifersucht sie unerklärlicherweise lächeln.

LANGE VOR MORGENGRAUEN sind die Geräusche von Fahrzeugen zu hören, die zwischen den Zelten des Camps umherfahren. Die Fremde weiß, dass es ein besonderer Tag ist: der Tag des islamischen Opferfests. In der *jaima* liegen auf einer Anrichte, die aus einem Schiffbruch gerettet scheint, fein säuberlich die Kleider für die Kinder aus Laylas Familie bereit. Es sind so viele Kinder, dass sie nicht in der Lage ist, sich ihre Namen zu merken. Auch die Brüder und Schwestern der Krankenschwester kann sie nicht auseinanderhalten. Sie erkennt sie an einer gewissen Ähnlichkeit. Die Frauen sprechen kaum spanisch, verstehen es aber.

Am Vorabend hatten sich bis spät in die Nacht viele Menschen in der *jaima* versammelt. Die meisten waren Soldaten aus der Familie, die eine Woche Urlaub hatten, um das Opferfest zu feiern. Einige hatten ihre Kinder und Frauen seit zehn Monaten nicht mehr gesehen. Montse musste Layla wie ein Kind davon überzeugen, sie länger aufbleiben zu lassen. Sie amüsiert sich über die mütterliche Fürsorge, mit der die Krankenschwester sie behandelt.

Als sie aufwacht, ist Layla schon draußen, um den Haushalt zu organisieren und sich um die Neffen und Nichten zu kümmern. Obwohl Montse nicht viel geschlafen hat, fühlt sie sich sehr erfrischt. Das Licht, das durch den Vorhang dringt, fällt auf ihre Füße. Sie rekelt sich wohlig, wie sie es seit Jahren nicht mehr getan hat.

Als sie in den kleinen Hofraum tritt, schilt Layla sie aus, weil sie so früh aufgestanden ist.

»Der Tag ist zu schön, um im Bett zu liegen«, rechtfertigt sich Montse. »Außerdem will ich mit dir gehen, um die Feierlichkeiten zu sehen.«

»Nein, ich werde nicht hingehen. Brahim und meine Schwester werden dich mitnehmen. Ich muss das Essen vorbereiten und bei einer Beschneidung helfen.«

Montse nickt und versucht die Kinder zu beschwichtigen, die sich darum streiten, ihre Hand zu nehmen.

Brahim hat vom Tee verfärbte Zähne, seine Augen sind vom Saharawind gerötet. Obwohl er sehr schlecht spanisch spricht, redet er während der ganzen Fahrt. Er umklammert das Lenkrad ganz oben mit beiden Händen und hat, wie die meisten Saharauis, eine Pfeife zwischen den Zähnen. Er lächelt in einem fort. Montse versteht kaum, was er sagt, aber sie genießt den Wortschwall des jungen Mannes. Sie weiß nicht, ob er ein Bruder oder ein Schwager von Layla ist. Die Schwester sitzt zwischen ihnen, ohne etwas zu sagen. Montse fragt Brahim, ob sie seine Frau ist. Der Saharaui lächelt verwirrt, als hätte er die Frage nicht verstanden. Auf der Ladefläche hockt ein Dutzend Kinder aus dem Haus und der Nachbarschaft. Sie halten mühelos das Gleichgewicht und winken den Fahrzeugen, die sie überholen. Nach zehn Minuten sind sie am Ort der Festlichkeiten. Einen Kilometer vorher verwandelt sich die Wüste in ein metallisches Gleißen aus Autos und Lastwagen. Tausende von Menschen versammeln sich in einem riesigen Kreis. Die blauen und schwarzen Turbane leuchten im Ocker der Wüste.

Montse trägt Kleider von Layla. Sie hat ihr auch eine blaue *melfa* geliehen, damit sie keine Aufmerksamkeit erregt. Die Männer stehen beieinander, beten, unterhalten sich leise. Die Frauen stehen schweigend etwas abseits. Brahim und Laylas Schwester trennen sich. Montse geht zu den Frauen. Sie macht alles nach, was sie sieht. Sie hockt sich auf den Boden und schirmt die Augen mit der Hand ab, um sich nichts von dem, was um sie herum geschieht, entgehen zu lassen. Irgendwo in der Menge rezitiert jemand aus dem Koran; er benutzt ein Megaphon, das die Verse der Sure in den tiefblauen Himmel der *hammada* schickt. Montse gibt sich Mühe, zwischen den Frauen nicht aufzufallen, wird aber trotzdem von den Saharauis neugierig beäugt. Aber niemand stellt ihr Fragen. Obwohl die Feier bereits begonnen hat, treffen unaufhörlich Fahrzeuge ein.

Nach einer halben Stunde verstummt das Megaphon, und die Menschen beginnen sich laut zu unterhalten. Montse wartet und schaut, was Laylas Schwester macht. Gerade als diese aufsteht, entdeckt Montse in der Menge das Gesicht einer Frau, das sie erstarren lässt. Es sind nur ein paar Sekunden, dann kehrt die Frau ihr den Rücken zu und verschwindet in der Menge. Montse hat den Eindruck, dass es Aza war. Es ist nur ein flüchtiger Gedanke, der ihr Herz schneller schlagen lässt. Sie will nach ihr rufen, schluckt dann aber die Wörter im letzten Augenblick hinunter. Sie will kein Aufsehen erregen oder hysterisch erscheinen.

»Ich bin gleich wieder da«, sagt sie zu Laylas Schwester und unterstreicht das Gesagte durch Gesten, dann geht sie rasch davon.

Sie sieht die Frau nicht mehr, aber sie hat sich die Farbe der *melfa* gemerkt und die genaue Stelle, an der sie sie gesehen hat. Die Männer, die im Kreis oder an den Händen gefasst zusammenstehen, hindern sie am Vorwärtskommen. Montse geht immer geradeaus. Die Sonne blendet sie. Die Menge öffnet sich vor ihr und verschluckt sie wieder wie ein Schiff auf hoher See. Sie bleibt stehen. Kehrt um. Dreht sich im Kreis. Alle Frauen sehen aus wie Aza. Sie hat Angst, dass ihr Verstand ihr einen Streich spielt. Sie sucht nach einer Lücke, um Luft zu schöpfen. Bevor sie sich versieht, läuft sie zwischen den parkenden

Autos umher. Sie versucht sich zu beruhigen. Sicher ist, dass diese Frau Ähnlichkeit mit Aza hatte. So oft hat sie dieses Gesicht in ihren Träumen gesehen. Plötzlich denkt sie, dass Dienstag ist und sie sich mitten in der Sahara befindet. Es ist ein beruhigender Gedanke. Sie ist schon soweit, Aza zu vergessen, als sie einen Lastwagen entdeckt, der zwischen den Geländewagen parkt. Erneut beginnt ihr Herz zu rasen. Instinktiv duckt sie sich zwischen die Autos. Die Hölle von Tindouf ist plötzlich wieder präsent. Dieser Lastwagen gleicht dem des spanischen Legionärs, ›Le Monsieur‹, wie ihn die Algerierinnen nannten. Sie hat solche Angst, dass sie sogar den Atem anhält, um kein Geräusch zu machen. Sie sieht Gruppen von Menschen zwischen den Autos stehen, und das beruhigt sie. Sie hat Angst, der Monsieur könne in der Nähe sein.

Als Montse, Aza und die beiden Algerierinnen vom Lastwagen stiegen, glühten die Steine. Montses Vorstellung von der Wüste hatte nichts mit dem zu tun, was sich vor ihren Augen erstreckte. Die Wüste bestand weniger aus Sand, als vielmehr aus hartem Fels und vielen Steinen. Es war das erste Mal, dass sie Vegetation sahen, ein paar kahle Palmen, Akazienbüsche und Gestrüpp. Man konnte es eine Oase nennen, auch wenn es eher an einen Haufen dürrer Zweige erinnerte. In der Mitte befand sich ein tiefer Brunnen. Die Männer des Legionärs nahmen den spärlichen Mittagsschatten in Beschlag. Drei Stunden auf dem Lastwagen hatten genügt, um Montse das bisschen Kraft zu rauben, das sie noch besaß. Sie wollte die Männer anflehen, sie nach Tindouf zu bringen, brachte aber kaum einen Ton heraus. Aza ergriff ihre Hand, um sie zum Schweigen zu bringen. Sie führten sie zu einem Verschlag aus nackten Ziegelsteinen und einem Wellblechdach, das die gesamten Sonnenstrahlen schluckte. Sie öffneten die

Tür und stießen sie hinein. Der Raum war größer als der letzte Verschlag, in dem man sie eingesperrt hatte, aber hier waren noch siebzehn Frauen, die das gleiche Schicksal ereilt hatte. Der Gestank war ekelerregend. Es gab nur ein einziges Fenster, das mit einer alten Kühlerhaube verrammelt war. Die Furcht in den Gesichtern der gefangenen Frauen wich der Überraschung, als sie eine westliche Frau sahen, die genauso behandelt wurde wie sie selbst. Keine von ihnen sagte ein Wort. Sie rückten zusammen, damit sie sich auf den Boden setzen konnten. Aza hockte sich auf die Fersen und verbarg das Gesicht in den Händen, um sich ihre Verzweiflung nicht anmerken zu lassen.

Über eine Woche verbrachten sie in ihrem Gefängnis, das sie nur verließen, um ihre Notdurft zu verrichten. Am zweiten Tag nahm Montse den Gestank nicht mehr wahr. Morgens und abends bekamen sie Datteln. Montse probierte sie widerwillig. Sie sonderten eine weiße Flüssigkeit ab, die sie eine Botulismusvergiftung befürchten ließ. Aza ermunterte sie, zu essen. Die Schüssel mit brackigem Wasser wurde aufgefüllt, ohne zuvor die Neige auszuschütten. Draußen redeten und stritten die Männer zu jeder Tages- und Nachtzeit. Manchmal waren Schüsse zu hören, als hätte einer von ihnen den Verstand verloren. Morgens fuhr der Legionär mit einem Trupp auf dem Lastwagen davon und ließ zwei oder drei seiner Söldner zur Bewachung der Frauen zurück. Es waren Algerierinnen, die nur arabisch und ein sehr primitives Französisch sprachen. Sie brachten Montse einen Respekt entgegen, den diese mit Misstrauen verwechselte. Eine von ihnen bot ihr einige Nächte später ihren Burnus an, als die Temperaturen während der Nacht extrem sanken.

Aza wollte alles über diese Söldner in Erfahrung bringen, aber die Frauen waren sich nicht einig. Jede erzählte eine andere Version dessen, was ihnen widerfahren war.

Montse stellte viele Fragen, erhielt aber keine Antworten. »Dieser Mann wird ›der Monsieur‹ genannt, soviel steht fest«, erklärte ihr Aza. »Einige sagen, er kauft und verkauft Gefangene nach Mauretanien und Marokko. Andere glauben, er ist auf der Suche nach Frauen für die Prostitution ...« »Wir müssen hier raus, Aza, wie auch immer. Lieber tot, als hier zu bleiben.« Aza sagte nichts. Sie schien mit ihren Gedanken woanders zu sein. Wenn die Söldner schliefen, unterhielt sich Montse die ganze Zeit mit Aza. Es erleichterte sie, ihr alles mitzuteilen, was ihr durch den Kopf ging. Aza hörte zu, als läse sie ihr ein Buch vor. Nach und nach offenbarte sie der Saharaui Geheimnisse, die sie nicht einmal ihren engsten Freundinnen erzählt hatte. Als Aza erfuhr, warum diese Frau nach Algerien gereist war, starrte sie sie an wie eine Figur aus einem Film. Sie hätte gerne mehr erfahren, aber ihre Diskretion verbot ihr, Fragen zu stellen. Montse erzählte von ihrem Mann, von ihrer Jugend, von ihrer Arbeit, von Santiago San Román. Manchmal schwieg sie, aus Angst, aufdringlich zu wirken, aber Aza sah sie aufmerksam an, ermunterte sie mit Blicken, weiter zu reden.

Die Tage waren lang, genügend Zeit, um über alles nachzudenken. Im Laufe der Tage erkannte Montse jedes Geräusch in der Oase. Sie wusste, wann die Männer Wasser aus dem Brunnen schöpften, an den Motoren der Fahrzeuge herumschraubten, sich von der Oase entfernten, um auf die Felsen zu schießen, wann sie schliefen und wann sie um den Verschlag patrouillierten. Am zehnten Tag merkte sie irgendwann, dass völlige Stille in der Oase herrschte. Man konnte zwar noch ein Fahrzeug durch die Ritzen im unteren Teil der Tür sehen, aber von den Männern war nichts zu hören. Gegen Mittag war sie sicher, dass man sie alleine zurückgelassen hatte. Sie sagte zu Aza: »Ich werde versuchen, zu fliehen. Schau dir die Türbretter an. Die kann man mit einem Tritt durchtreten.« Aza sah verängstigt aus. Sie nahm ihre charakteristische Haltung an, das Gesicht in den Händen verborgen. »Du wirst es nicht schaffen. Selbst wenn du drei Tage laufen würdest, hätten sie dich in weniger als einer Stunde gefunden.« »Ich nehme den Wagen da draußen. Wenn wir mehrere sind, haben wir größere Chancen.« »Nein, so geht es nicht.« »Sag es ihnen.« Aza sprach mit den Algerierinnen, die sofort in Panik ausbrachen. Alle sprachen durcheinander, um Montse davon zu überzeugen, dass sie verrückt sei, wenn sie glaubte, sie könne von hier entkommen. »Und du würdest nicht mitkommen?« Aza antwortete ohne zu zögern. »Nein. Und wenn du bei klarem Verstand bist, solltest du es nicht einmal versuchen.« »Wenn ich noch länger hier bleibe, verliere ich wirklich den Verstand. Ich hätte zu Hause bleiben sollen, verdammt.« »Du hast Pech gehabt«, sagte Aza mit unbegreiflicher Gelassenheit.

Jetzt wird Montse von den Bildern förmlich überrollt. Dieser Lastwagen, der zwischen den anderen Wagen parkt, hat schlimme Erinnerungen in ihr geweckt. Als die Leute in ihre Jeeps und Pick-ups steigen, merkt sie, dass sie nicht in Gefahr ist. Der Lastwagen steht immer noch dort wie ein auf Grund gelaufenes Schiff. Plötzlich tippt ihr jemand von hinten auf die Schulter. Montse zuckt zusammen. Sie ist kurz davor, zu schreien, kann sich aber noch einmal zusammenreißen. Brahims Lächeln verschwindet. Er sieht jetzt genauso erschreckt aus wie sie. Laylas Schwester taucht hinter dem Saharaui auf. Sie scheint ebenso wenig zu begreifen, was los ist. Montse fällt ihr erleichtert in die Arme. Sie versucht sich zu erklären, aber die beiden verstehen nichts. Dann sieht sie misstrauisch zu dem Lastwagen hinüber, aber sie ist sich nicht einmal sicher, ob es überhaupt der des Monsieur ist.

Für die Muslime ist das Opferfest auch der Tag der Vergebung. Während der Festtage besuchen die Saharauis ihre Verwandtschaft, insbesondere die Alten. Es ist der Anlass, um Verzeihung für jene Verfehlungen zu bitten, mit denen man andere womöglich beleidigt hat. Montse lauscht aufmerksam Laylas Erklärungen über diesen Brauch. Während die Krankenschwester mit Hilfe der anderen Frauen das Mittagessen vorbereitet und die Männer die Schlachtabfälle des geopferten Tiers einsammeln, unternimmt Montse einen Spaziergang mit den Nichten der Saharaui. Brahim beobachtet sie von weitem, als sei das seine Aufgabe. Die Mädchen tragen an diesem Tag ihre besten Kleider. Einige haben zum ersten Mal seit Monaten Schuhe an. Sie gehen unsicher, beengt von dem Leder und dem Lack. Die Jungs sehen ihnen neidisch hinterher, weil sich die Spanierin von ihnen herumführen lässt. Sie bringen sie zu den Kamelpferchen, um ihr die Ziegen zu zeigen. Sie setzen sich auf ein paar kreisförmig angeordnete Steine auf einer Erhebung. Aus einigen Metern Entfernung werden sie von einem einäugigen Jungen beobachtet. Er steht da wie angewurzelt. Montse ruft ihn heran, aber der Junge reagiert nicht. Sie weiß nicht einmal, ob er zu Laylas Familie gehört.

Nach dem Couscous und dem Nachtisch ist Montse pappsatt. An so ein Festmahl kann sie sich nicht erinnern. Sie hat gegessen, bis es nicht mehr ging. Sie kann unmöglich ablehnen, was man ihr anbietet. Manchmal lächelt sie mit vollem Mund, weil sie einfach nichts mehr herunterbekommt. Alle kümmern sich um sie, ganz besonders Brahim. Er schenkt ihr Wasser oder Limonade nach, reicht ihr die Platten, Brot, eine Serviette, noch mehr Fleisch. Layla lächelt in einem fort. Montse fragt sie leise:

»Sag mal, Layla, ist Brahim eigentlich dein Bruder oder dein Schwager?«

Die Krankenschwester sieht sie aus großen Augen an. Die Frage scheint sie zu verwirren. Sie starrt auf das Essen, um sich nichts anmerken zu lassen. Montse begreift gar nichts. Sie wiederholt ihre Frage noch einmal, in dem Glauben, Layla hätte sie nicht verstanden.

»Nein, nein. Weder noch.«

»Was dann?«

»Er ist mein Verlobter. Nach dem Sommer heiraten wir.«

Montse hat einen Kloß im Hals. Sie ist kurz davor, loszulachen, doch Laylas ernstes Gesicht hält sie davon ab.

Nach dem Festmahl gehen die Männer nach draußen und setzen sich auf Matten rund um einen Gaskocher. Montse hat den Eindruck, dass die Frauen im Haus ungeduldig sind. Sie beeilen sich, tuscheln miteinander. Es sieht fast so aus, als störte es sie, dass die Männer so lange brauchen, um die *jaima* zu verlassen. Dann versteht sie, was los ist. Laylas Tante öffnet die Kommode und holt einen kleinen Fernseher heraus. Sie stellt ihn hin und schließt ihn an ein Stück Kabel an, das wohl mit einer Antenne verbunden ist. Dann schließt sie den Fernseher an eine Lastwagenbatterie an. Als Montse hinter das Geheimnis kommt, muss sie grinsen. Ein paar Nachbarinnen, die keinen Fernseher haben, kommen vorbei. Schließlich sitzen über zwanzig Frauen vor dem Bildschirm.

»Es ist eine Telenovela«, erklärt Layla. »Eine mexikanische, aber hier empfangen wir sie über das algerische Fernsehen. Wenn du willst, können wir rausgehen.«

Aber Montse will sich das Schauspiel nicht entgehen lassen.

»Warte. Vorher will ich ein bisschen schauen.«

Die mexikanische Telenovela mit arabischen Untertiteln ist ein Ereignis, das Montse in Erstaunen versetzt.

Die Frauen schweigen zutiefst andächtig. Wenn der Liebhaber auftritt, feuern sie ihn an wie einen Helden und rufen seinen Namen. Montse traut ihren Augen nicht. Immer wenn sie etwas zu Layla sagen will, werfen die Frauen ihr vorwurfsvolle Blicke zu. Schließlich geht sie mit der Krankenschwester nach draußen. Sofort hängen die Mädchen an ihrem Rockzipfel und streiten um ihre Aufmerksamkeit. Einige kennt Montse schon beim Namen. Es ist schön, zwischen den *jaimas* umherzuschlendern und zu spüren, wie ein warmer Wind aufkommt. In den Zelten ist mehr los als gewöhnlich. Verwandte, die auf Besuch sind, kommen und gehen. Die *derrahas* der Männer sind sauber und sehen aus wie frisch gestärkt. Die Frauen haben ihre schönsten *melfas* umgelegt. Layla und Montse spazieren von den *jaimas* weg.

»Es ist unglaublich, dass dein Volk inmitten all dieser Schönheit so schwer am Leid der Vertreibung zu tragen hat«, sagt Montse. Layla lächelt. Sie weiß, dass die Wüste jeden Fremden in ihren Bann zieht. »Es kommt mir so vor, als hätte ich die letzten Jahre in Gefangenschaft verbracht.«

»Genauso fühlt sich meine Familie hier. Ich hatte das Glück, lange von hier weg gewesen zu sein. Aber viele leben seit sechsundzwanzig Jahren hier, eingesperrt an einem Ort, der weder Mauern noch Türen hat.«

Sie bleiben stehen. Montse ist zurückgeblieben.

»Was hast du?«

»Kennst du diesen Jungen, Layla?«

Die Krankenschwester sieht in die Richtung, in die ihre Freundin zeigt. In gewissem Abstand folgt ihnen ein Junge, dem ein Auge fehlt. Sein Kopf ist kahl geschoren und voller kleiner Wunden. Layla betrachtet ihn, wobei sie die Augen mit der Hand abschirmt.

»Nein, den kenne ich nicht. Wahrscheinlich hat er das

Auge durch einen Steinwurf verloren. Das kommt hier sehr häufig vor.«

»Nein, das ist nicht der Grund, weshalb er mir aufgefallen ist. Ich habe ihn schon heute morgen bei den Kamelen gesehen. Er folgt mir überallhin, kommt aber nicht näher.«

Layla lächelt.

»Ich weiß nicht, was du daran erstaunlich findest. Du bist eine schöne Frau. Brahim war sehr angetan von dir.«

Montse ist verwirrt. Sie begreift das Verhalten der Saharauis gegenüber den Frauen nicht, aber sie will keine Fragen stellen. Das alles kommt ihr merkwürdig vor.

»Heute Abend sind wir zu einem Fest eingeladen«, sagt Layla. »Eine Arbeitskollegin aus dem Krankenhaus will uns alle einladen.«

»Mich auch?«

»Natürlich. Sie hat darauf bestanden, dass du mitkommst.«

Es ist ein langer Nachmittag. Brahim chauffiert Laylas Familie mit seinem Wagen in die Dünen. Die Abenddämmerung ist ein unvergleichliches Schauspiel. Von der höchsten Düne aus sieht man die Sonne auf die Wüste hinabsinken. Auf der anderen Seite scheint es schon Nacht zu sein. Montse lässt sich die Sanddüne hinunterrollen wie ein kleines Mädchen. Die Kinder machen es ihr nach. Unterdessen kochen die Männer Tee und machen Sandwiches.

Zurück in der *jaima*, ist Montse erschöpft, aber zugleich in einem Zustand der Euphorie. Sie würde gerne schlafen gehen und dem Wind lauschen, der gegen die Zeltplane schlägt, aber sie will keinen Augenblick von all dem verpassen, was sie hier erlebt. Alleine in einem kleinen Lehmverschlag, waschen sich Montse und Layla, machen sich zurecht und wechseln die Kleider. Sie tragen Parfüm auf und legen eine dunklere *melfa* um. Als es ganz dunkel ist, verabschieden sie sich von der Familie und verschwinden in den Gassen des Lagers.

Das Haus von Laylas Arbeitskollegin befindet sich in einem anderen Viertel der *daira*. Montse findet es erstaunlich, wie sie die Viertel, die Gassen, die *jaimas* unterscheiden können. Alles sieht gleich aus. Sie tappt ungeschickt durch die Dunkelheit, während Layla ihr den Weg zeigt. Die Saharaui hat schwarze Stiefel angezogen und trägt eine Tasche über der Schulter. Sie geht so elegant, als bewegte sie sich auf einem Laufsteg.

Als sie fast da sind, fährt Montse ein Schreck in die Glieder. Layla hat keine Zeit, sie zu warnen. Direkt neben dem Haus hockt ein Mann und verrichtet seine Notdurft. Als er die Frauen sieht, rennt er davon, mit nacktem Unterleib, die *derraha* geschürzt.

»Nicht erschrecken. Das ist nur ein alter Mann. Der Ärmste ist verrückt im Kopf. Er verrichtet überall seine Notdurft, wie ein kleines Kind.«

Montse geht vorsichtig weiter, um nicht in die Exkremente zu treten.

Die Krankenschwester lebt nicht in einer *jaima*, sondern in einem Haus aus Lehmziegeln. Als sie durch die Tür schauen, springt Laylas Arbeitskollegin auf, um sie willkommen zu heißen. Montse kennt sie aus dem Krankenhaus, weiß aber nicht mehr ihren Namen.

»Kennst du Fastrana?«

»Natürlich. Jetzt erinnere ich mich.«

Die meisten Frauen sind Krankenschwestern. Es sind fast keine Männer da. Montse lässt ihren Blick über die Anwesenden schweifen und entdeckt sofort Brahim, der in einer Ecke sitzt und ihnen zulächelt. Sie freut sich und ist verlegen zugleich.

»Du hast mir nicht gesagt, dass dein Verlobter auch kommt«, sagt Montse scherzhaft.

»Bei den Männern weiß man nie«, erklärt Layla knapp.

In einem Kassettenrekorder läuft Musik von Bob Marley. Montse nimmt zwischen den Krankenschwestern Platz. Sie glaubt, die meisten zu kennen. Die Frauen sprechen kubanisch gefärbtes Spanisch, die Männer Hassanniya. Plötzlich stürzt ein Mann in den Raum. Es ist derselbe, der sie in der Dunkelheit so erschreckt hat. Er baut sich vor Montse auf und brüllt, als könnte sie ihn verstehen:

»*Musso mussano? Musso mussano?*«

Als sie Fastranas Lächeln sieht, beruhigt sich Montse.

»Keine Angst. Der Alte ist verrückt.«

»Was schreit er da?«

»Er fragt, ob alles in Ordnung ist«, erklärt Layla.

»Sag ihm, es ist alles in Ordnung«, bittet Montse. »Frag ihn, wie er heißt.«

»Wir nennen ihn den Dämon«, erklärt Fastrana. »Die Kinder haben ihm diesen Namen gegeben. Der Mann hat kein Zuhause. Meine Mutter nimmt ihn nachts auf und lässt ihn in der Küche schlafen, wenn niemand mehr dort ist.«

Der Dämon nimmt die Banane, die Fastrana ihm hinhält. Dann schickt ihn die Krankenschwester aus dem Zimmer. Er hüpft mit großen Sprüngen hinaus.

Es herrscht ein ständiges Kommen und Gehen. Montse weiß nicht, wer wer ist. Sie lässt sich die Hände mit Henna bemalen. Die Prozedur dauert Stunden.

Als sie sich schließlich verabschieden, ist es schon spät. Brahim bleibt noch, um Tee zu trinken und mit den Krankenschwestern zu plaudern. Layla und Montse sind müde. Ein sternengesprenkelter Himmel beleuchtet das ganze Camp. Die Nacht ist sehr kalt.

»Wie lange kennst du Brahim schon?«

»Seit fünf Monaten. Aber er liebt mich. Es gefällt ihm, mich eifersüchtig zu machen. Er denkt, dann liebe ich ihn mehr.«

»Und liebst du ihn?«, fragt Montse und bereut ihre Worte gleich darauf.

Layla lächelt. Die Zähne heben sich von ihrer dunklen Haut ab. Sie ist wirklich eine schöne Frau.

»Schau mal dort«, sagt Montse und bleibt stehen. »Ist das nicht der Junge, dem ein Auge fehlt?«

»Ja, das ist er. Du scheinst ihm gefallen zu haben.«

»Wieso ist er um diese Uhrzeit noch auf? Muss er morgen nicht zur Schule?«

»Die Kinder haben zehn Tage Ferien.«

»Ruf ihn her. Frag ihn, wie er heißt.«

Layla winkt ihn heran, um nicht schreien zu müssen.

»*Esmak? Esmak?*«

Der Junge beobachtet sie von ferne, verrät aber nicht seinen Namen.

»*Eskifak?*«

Als Layla auf ihn zugeht, rennt der Junge los und verschwindet zwischen den *jaimas*. Montse ist hundemüde. Sie merkt, wie ihr Herz rast nach dem ganzen Tee.

»Dieser Junge ist nicht hier aus der *daira*. Sonst hätte ich ihn früher schon einmal gesehen«, erklärt Layla überzeugt.

KORPORAL SAN ROMÁN lag die ganze Nacht wach und betrachtete die Schatten an der Decke und das Licht vom Flugplatz. In der letzten Woche hatte er kaum mehr als ein oder zwei Stunden am Tag geschlafen. Der Raum in der Baracke, die als provisorisches Gefängnis diente, bereitete ihm Beklemmungen und verzerrte seine Wahrnehmung. Von einer Wand bis zur anderen waren es gerade einmal sechs Schritte. Die Latrine stank zum Gotterbarmen. Wenn ihn schließlich die Müdigkeit beinahe übermannte, setzte sich in der Stille der Nacht das stetige Tropfen des Wasserhahns in seinem Kopf fest, bis es seine Gedanken beherrschte und er nicht mehr schlafen konnte. Seit über einer Woche hörte er dieses Tropfen auf dem Beton, ein unaufhörliches Tropfen, das an seinen Nerven zerrte und ihn fertigmachte.

Nach Guillermos unerwartetem Besuch war er noch unruhiger. Er wusste, dass er seinen Freund nie wiedersehen würde. Jetzt tat es ihm leid, wie er ihn in den letzten Wochen behandelt hatte. Diese Geringschätzung hatte Guillermo nicht verdient. Aber nun war es für fast alles zu spät.

Er versuchte, nicht an Andía zu denken. Die Erinnerung an das Saharaui-Mädchen war eine schlimmere Folter als das Tropfen des Wasserhahns. Er fühlte sich verraten, und dieses Gefühl kam ihm bitter vertraut vor. Selbst mit geschlossenen Augen sah er das Gesicht des Mädchens vor sich, ihr Lächeln; er hörte ihre kindliche Stimme, ihr jugendliches Lachen. Es gelang ihm nur, sie aus seinen Gedanken zu vertreiben, wenn er an Montse dachte. Die Erinnerung an sie beruhigte ihn. Er hatte versucht, ihr einen Brief zu schreiben, aber er war unfähig, zwei Sätze hintereinander zu formulieren. Die Wörter flossen nicht aus ihm heraus. Er hätte niemals gedacht, dass es so schwer sein könnte, seine Gefühle auszudrücken. Dann versuchte er, sich Montse mit dem Baby vorzustellen, seinem Baby, und erneut packten ihn Verwirrung und Trauer. Die Erinnerungen, die er schon im Griff gehabt hatte, machten sich selbstständig und setzten sich in seinem Kopf fest wie eine Flamme, die sich nicht völlig ersticken ließ.

Plötzlich musste er an seine Mutter denken. Er dachte nur ganz selten an sie. Aber jetzt war er wie besessen von dem Gedanken, Montse könnte von ihrem Tod erfahren haben. Er hielt es zwar für unwahrscheinlich, aber manchmal wollte er einfach glauben, dass Montse mit dem Baby zu dem Tabakladen gegangen war, damit das Kind seine Großmutter kennenlernte. Wenn es so gewesen sein sollte, wusste sie mit Sicherheit, dass sie tot war. Für einen kurzen Moment sah er seine Mutter im schwarzen Kleid auf dem Bett liegen, die Hände über der Brust gefaltet, das Gesicht wachsbleich. Er fühlte sich schuldig: Schuldig, weit weg zu sein, schuldig, nicht zur Beerdigung gekommen zu sein, schuldig, geglaubt zu haben, sie werde trotz ihrer Krankheit ewig leben.

Guillermo hatte ihm die Nachricht von ihrem Tod überbracht. Es war Ende Mai gewesen. Er hatte Santiago den ganzen Morgen gesucht, bis er ihn schließlich in der Kaserne der Nomadentruppe fand. Er hatte es ihm ohne große Umschweife gesagt, als sei es die natürlichste Sache der Welt. Santiago hatte ihn angesehen, ohne den Sinn seiner Worte genau zu begreifen. Die Vergangenheit, auch seine Mutter, war ganz tief in seinem Gedächtnis vergraben. Er hatte sie nur zweimal angerufen, seit er in El Aaiún angekommen war. Jetzt war es zu spät, um sich Vorwürfe zu machen.

Die kritische Lage in der Sahara ließ alle Nachrichten, die von der Halbinsel kamen, unwirklich erscheinen. Als Kommandeur Panta Korporal San Román in sein Büro rufen ließ, wusste er schon, was dieser ihm mitteilen würde: Den Tod seiner Mutter. Er nahm die Nachricht gefasst entgegen. Der Kommandeur dachte, der Junge könne keine Regung zeigen, weil ihn die Nachricht niederschmetterte, aber in Wirklichkeit war Santiago mit den Gedanken woanders. »Die hiesigen Ereignisse sind sehr bedenklich, Korporal, Sie wissen das so gut wie ich«, erklärte der Kommandeur. »Aber die Armee sorgt dafür, dass der Kummer um den Tod Ihrer Mutter Vorrang vor allem hat, was sich hier an Problemen stellen mag.« Santiago nickte, ohne sich zu rühren. Der Kommandeur nahm ein paar Schriftstücke und reichte sie San Román. »Obwohl unter diesen Umständen völlige Urlaubssperre herrscht, wollen wir bei Ihnen eine Ausnahme machen. Sie haben vierzehn Tage, um nach Barcelona zu fliegen und bei Ihrer Familie zu sein. Der Verlust der Mutter ist ein schwerer Schlag, aber gemeinsam ist die Trauer leichter zu ertragen.« Es kam Santiago nicht für eine Sekunde in den Sinn, dem Kommandeur zu gestehen, dass er weder einen Vater noch Geschwister noch eine Familie hatte. Er nahm Haltung an und knallte die Hacken zusammen, um sich zu bedanken. »Morgen geht ein Flugzeug nach Gran Canaria«, erläuterte der Kommandeur die Papiere, die er ihm soeben ausgehändigt hatte. »Von dort fliegen Sie weiter zum Festland. Sie haben vierzehn Tage mit Ihrer Familie. Am 15. Juni sind Sie wieder hier. Weggetreten.« »Zu Befehl, Herr Kommandeur.«

Benommen und verwirrt trat Santiago San Román hinaus in das gleißende Licht. Er kannte keinen Soldaten, der nicht alles dafür gegeben hätte, einen solchen Urlaubsschein zu bekommen. Aber die Vorstellung, in ein Flugzeug zu steigen und ein halbes Jahr nach seiner Abreise wieder nach Barcelona zurückzukehren, machte ihm Angst. Am 24. Mai hatte der Militärgouverneur der Kolonie, General Gómez de Salazar, die ›Operación Golondrina‹ ins Leben gerufen, um die spanische Bevölkerung aus der Sahara zu evakuieren. Der Unterricht an mehreren Schulen und dem Gymnasium war einen Monat vor Ablauf des Schuljahrs beendet worden. Obwohl viele Beamten dieser Stadt nachtrauerten, die ihre Heimat gewesen war, gab es auch viele, die gingen, ohne noch einmal zurückzublicken, wissend, was nun bevorstand.

Immer öfter kam es zu Kundgebungen der Saharauis für die Unabhängigkeit der Westsahara. Bei jeder Gelegenheit wurden Fahnen gehisst und Parolen zugunsten des Frente Polisario gerufen. Als es zu den ersten Auseinandersetzungen kam, riegelten die Territorialpolizei und die Legionäre die aufständischen Viertel mit Stacheldraht ab. Aber die Nachrichten, die aus den anderen Städten eintrafen, waren nicht ermutigend für die Spanier. Im Gefängnis von El Aaiún begann es eng zu werden wegen der zahlreichen Festnahmen.

Am nächsten Tag schnürte Santiago seinen Rucksack und ging zu dem Fahrzeugpark, wo ein Wagen zum Flughafen bereitstehen sollte. Er war in Gedanken vertieft, ging im Geiste noch einmal alles durch, was er geplant hatte. Deshalb sah er Guillermo, der ihm hinterherrannte, erst, als er vor ihm stand. »Du gehst, ohne dich zu verabschieden?« Santiago sah ihn an wie einen Fremden. »Ich dachte, du seist auf Patrouille«, log er. »Ich hab nach dir gefragt, und man hat mir gesagt …« Guillermo ließ ihn nicht ausreden, sondern umarmte ihn und drückte ihn fest an sich. »He, lass mich los, die werden denken, wir sind schwul.« Guillermo grinste ihn an. Nach der Nachricht vom Tod seiner Mutter kam ihm das Verhalten seines Freundes nicht merkwürdig vor. Er wünschte ihm Glück und sah Santiago hinterher, während dieser davonging. Korporal San Román betastete die Brusttasche, in der sich das Geld und der Passierschein befanden. Die Vorstellung, die Sahara zu verlassen, erschien ihm nun erschreckend; er hatte andere Pläne. Ganz langsam änderte er die Richtung und ging nun nicht mehr zum Wagenpark, sondern in Richtung Ausgang. Er zeigte den Passierschein vor und verließ mit entschlossenen Schritten die Kaserne. Eine Stunde später betrat er Sid-Ahmeds Laden. Er trug die Kleidung der Saharauis und versuchte den Rucksack mit seiner Uniform zu verbergen.

Santiago verbrachte die vierzehn Tage Urlaub bei Andía zu Hause. Das Mädchen konnte seine Rührung nicht verbergen. Der Legionär setzte zwei Wochen lang keinen Fuß aus dem Viertel. Manchmal spazierte er durch die Gassen von Hata-Rambla oder verbrachte die Abende rauchend und Tee trinkend in Sid-Ahmeds Laden. Niemand wunderte sich über seine Gegenwart; die Nachbarn behandelten ihn wie einen Angehörigen von Lazaar. Aber wenn sich die Männer im Haus versammelten, fühlte sich Santiago fehl am Platz. Er war nicht Teil der Vertrautheit, die zwischen ihnen herrschte. Er schwieg, schenkte Tee nach, hörte ihnen beim Diskutieren zu. Er verstand fast nichts. Sie sprachen Hassanniya, und wenn sie sich auf Spanisch an ihn wandten, dann waren es unbedeutende Dinge, eher aus Höflichkeit. Santiago war sicher, dass sie untereinander über Politik sprachen. Für ihn bestand kein Zweifel daran, dass sie mit dem Polisario sympathisierten, aber trotz allem, was er für einige von ihnen getan hatte, war er weit davon entfernt, ihr Vertrauen zu genießen. Wenn er mit Sid-Ahmed allein war, erzählte ihm der Saharaui das eine oder andere, aber San Román hatte nach wie vor den Eindruck, dass man ihm nicht alles sagte.

Zwei Tage bevor sein Urlaub zu Ende ging, gestand Santiago Andía, dass er nicht in die Kaserne zurückkehren wollte. Das Mädchen sah ihn begeistert an und lief dann zu seiner Mutter, um es ihr zu sagen. Die Mutter erzählte es den Tanten des Mädchens, und keine Stunde später erschien ein aufgebrachter Sid-Ahmed im Haus. Zum ersten Mal schien er die Freundlichkeit abgelegt zu haben, mit der er den Legionär sonst stets behandelte. »Was soll das heißen, du desertierst?« »Ich desertiere nicht, ich gehe einfach nicht zurück.« »Das ist desertieren, mein Freund.« »Und?« »Du weißt, was dir blühen kann, wenn sie dich finden?« »Sie werden mich nicht finden. Niemand weiß, dass ich hier bin.« Sid-Ahmeds Gesicht verzog sich zu einem spöttischen Lächeln, das den Legionär entwaffnete. »Alle wissen, dass du hier bist. Alle außer deinen Freunden.« Der Saharaui klang so überzeugt, dass Santiago nicht eine Sekunde an der Wahrheit seiner Worte zweifelte. »Unsere Leute wissen über alles Bescheid, was innerhalb und außerhalb der Kasernen geschieht. Hältst du uns für Dummköpfe?« San Román fühlte sich hilflos. In diesem Moment bereute er es, nicht nach Barcelona geflogen zu sein. »Wenn du dieses Mädchen wirklich liebst« – Sid-Ahmed meinte Andía – »dann meldest du dich morgen in der Kaserne zurück. Andernfalls wird man ihr und ihrer Familie vorwerfen, einem Deserteur Unterschlupf zu gewähren. Weißt du, was mit ihnen geschehen würde?« Santiago hatte dem nichts zu entgegnen. Sid-Ahmeds Worte hatten ihn am Boden zerstört. Beschämt ließ er den Kopf hängen. Dieser Mann erteilte ihm unfreiwillig eine Lektion. Er nickte. Daraufhin verlor der Saharaui seinen drohenden Ton und war wieder

wie immer. »Andía hat einen Narren an dir gefressen. Du hast dich verhalten wie einer von uns. Mach jetzt nicht alles kaputt.« Dieser Mann hatte es geschafft, sein Herz zu erobern. Es war das erste Mal, das jemand seine Gefühle für Andía ernst nahm. Sie reichten sich die Hand und tranken schweigend Tee, ohne noch einmal auf die Sache zu sprechen zu kommen. In dieser Nacht war das Haus voller Männer. Sie redeten und tranken Tee bis zum Morgengrauen. Als sie gingen, sagte San Román zu Sid-Ahmed: »Trotz allem wirkt ihr Saharauis immer glücklich.«
»Nicht immer, mein Freund, nicht immer. Aber heute Nacht haben wir allen Grund, glücklich zu sein. Unsere Brüder in Guelta haben gesiegt.«

Santiago begriff den Sinn von Sid-Ahmeds Worten erst am nächsten Tag, als sein Urlaub zu Ende ging und er sich wieder zum Dienst melden musste. In der Kaserne herrschte heilloses Chaos. In all dem Durcheinander fiel niemandem auf, dass Santiago seinen Urlaub nicht genutzt hatte, um nach Spanien zu fahren. Die Nachrichten über den Polisario machten die Runde, angeheizt von allerlei Gerüchten und dem Schweigen der Offiziellen. Der Rückzug der Armee aus Guelta wurde als ein weiterer Schritt zum endgültigen Rückzug aus der Westsahara verstanden. Während der ersten beiden Juniwochen hatte sich das Gefängnis mit Saharauis gefüllt, die man bei Demonstrationen und Straßenkämpfen festgenommen hatte. An seinem ersten Tag wurde Santiago zum Wachdienst im öffentlichen Gefängnis eingeteilt. Das Gebäude, das bis vor ein paar Monaten kaum genutzt wurde, war nun überfüllt mit Männern, die nachts kaum ein Plätzchen zum Schlafen fanden. Es lag am Ende einer langen, geraden Straße, die nach Edchera führte. Schon von weitem war die scharfe Bewachung zu sehen, die die spanische Armee aufgestellt hatte. Die meisten Gefangenen mussten Tag und Nacht im Hof verbringen. Sergeanten überschlugen sich mit Befehlen und Gegenbefehlen, ohne zu wissen, wie sie der Situation Herr werden sollten, die sich ihnen hier Tag für Tag bot. Die Telefone klingelten ununterbrochen. Soldaten liefen hin und her, um Befehle auszuführen, die Minuten später ins genaue Gegenteil verkehrt wurden. Inmitten dieses Chaos erkannte Santiago sofort vertraute Gesichter unter den Saharauis. Er sprach mit einigen, wobei er darauf achtete, nicht von anderen Soldaten gesehen zu werden. An einem einzigen Vormittag hatte er versprochen, mit zwanzig Personen zu sprechen, um ihnen Nachrichten von festgenommenen Angehörigen zu überbringen.

Trotz der völligen Ausgangssperre fiel es Santiago nicht schwer, nach Hata-Rambla zu gelangen. Sobald die Leute dort erfuhren, dass viele ihrer Verwandten in El Aaiún im Gefängnis saßen, begannen sie ihnen Botschaften durch San Román zu überbringen. Dieses Hin und Her von Nachrichten wurde ganz alltäglich. Während die Kolonialbeamten in die Heimat ausgeflogen wurden, wurde dieser Sommer zum traurigsten der letzten Jahre. Im Juli machten viele Kneipen dicht. Die Bevölkerung vermutete, dass diese Ferien viele Jahre dauern würden, was sich schon bald bestätigte. Das *Oasis* wurde geschlossen. Das Freiluftkino machte erst gar nicht auf. Man sah immer weniger Kinder in der Stadt. Im August war nur noch die Hälfte der Bevölkerung da. Man merkte es in den Vierteln: Viele Häuser waren verrammelt, Läden und Geschäfte wurden geschlossen. Die Leute eilten hastig durch die menschenleeren Straßen. Der Wochenmarkt war ein Spiegelbild des Misstrauens und der Verzweiflung, die sich in der Stadt breitmachten. Obwohl die Evakuierung geordneter ablief als noch im Frühjahr, hatten es alle eilig, ihre Angelegenheiten zu regeln, Autos und Fernseher zu verkaufen, Schulden einzutreiben, Mietprobleme zu lösen.

Die Meldungen über die Erkrankung General Francos verstärkten die Ungewissheit noch. Obwohl viele nicht glauben wollten, dass der Caudillo im Sterben lag, versuchten selbst hochrangige Offiziere durch Telegramme und Telefonanrufe nach Spanien an Nachrichten aus erster Hand zu kommen. Aber sämtliche Informationen waren ein einziger Widerspruch, das machte alle nur noch skeptischer.

Es war Mitte Oktober, als aus einem Gerücht, das in gut informierten Kreisen kursierte, Gewissheit wurde. Eine Stunde vor dem Mittagessen flimmerte der marokkanische König über den Bildschirm des Fernsehers in der Kantine. Er hielt mit klarer Stimme eine Ansprache an sein Volk. Fast niemand schenkte ihm Beachtung, doch Santiago war wie hypnotisiert von der bedeutungsschweren Miene Hassans II. Er konnte nichts verstehen, nur einzelne Wörter, die keinen Sinn ergaben. Noch bevor die Ansprache zu Ende war, sagte er zu Guillermo: »Da ist etwas Ernstes im Gange, Guillermo, sieh mal.« Der Freund schaute ohne besonderes Interesse auf den Bildschirm. Er verstand nichts von den Problemen Marokkos und der Sahara. »Ich weiß nicht, was, aber irgendetwas ist da im Gange«, sagte Korporal San Román. Er stand auf und ging eilig zum Gebäude der Nomadentruppen. Die Wachen in und vor der Kaserne waren verdoppelt worden. Als er das Gebäude betrat, wusste er, dass seine Befürchtungen nicht unbegründet gewesen waren. Die Saharauis hatten den Fernseher eingeschaltet, aber keiner achtete auf die marokkanische Werbung, die gerade lief. Stattdessen hatten sie sich um einen antiquierten Radioapparat versammelt. Keiner bemerkte den Legionär, bis er fragte, was da vor sich ging. »Nichts, Korporal, nichts.«

»Behandle mich nicht wie einen Depp. Ich weiß, dass etwas passiert.« Die Soldaten kannten ihn gut. Viele von ihnen ließen ihren Familien durch den Korporal Botschaften zukommen. Seit vielen Monaten spielte er Fußball mit ihnen. Er kannte die zukünftigen Ehefrauen von einigen, ihre Eltern; bei vielen von ihnen war er zu Hause gewesen. Deshalb blieb er hartnäckig. »Was hat Hassan im Fernsehen gesagt?«, fragte er, nun verstimmt. »Er sagt, er will in die Sahara einmarschieren, um sie für Marokko zurückzugewinnen.« San Román begriff nicht gleich, was das bedeutete. »Das kann er nicht. Unsere Armee ist seiner überlegen«, sagte er naiv. »Er rekrutiert Freiwillige aus der Zivilbevölkerung, um sie in die Sahara zu schicken. Er sagt, es soll eine friedliche Invasion werden. Er ist verrückt.«

San Román blieb bis zum Zapfenstreich bei den Saharauis. Als er sich auf seine Pritsche legte, konnte er an nichts anderes denken. Ohne sich zu rühren, lag er wach auf der Matratze, bis zum Wecken geblasen wurde. An diesem Tag war die ganze Kaserne in Aufruhr. Lastwagen kamen und gingen. Die Befehle waren konfus und manchmal widersprüchlich. Gerüchte verbreiteten sich schneller als je zuvor. Manchmal sah es danach aus, als stünde ein Marsch an die Grenze im Norden bevor. Dann schien es, als wollte man sie noch am selben Tag aus Afrika evakuieren. In all dem Durcheinander gelang es Santiago San Román, am letzten Freitag im Oktober die Kaserne zu verlassen. Er hatte alles genau geplant, um ins Zemla-Viertel zu gelangen. Aber er kam nur mit Mühe durch.

Die Situation im Viertel war genauso unübersichtlich wie überall in der Stadt. Die Menschen horteten Lebensmittel. Die Geschäfte waren nahezu leergeräumt. Sein erster Weg führte ihn zu Sid-Ahmed. Der Saharaui wollte ihn beruhigen, aber auch ihm war eine Nervosität anzumerken, die für ihn ungewöhnlich war. Gemeinsam gingen sie zu Andía nach Hause. Dem Mädchen schien nicht ganz klar zu sein, was vor sich ging. Sie war abweisend und ungehalten, weil der Legionär sie seit fast drei Wochen nicht mehr besucht hatte. Über eine Stunde saßen sie zusammen und tranken Tee. Als es Zeit zum Verabschieden war, fiel San Román auf, dass die Familie versuchte, ihn mit Andía alleine zu lassen. Es war das erste Mal, dass sie so entgegenkommend waren; deshalb bemerkte er nicht, worum es wirklich ging. Das Mädchen setzte sich ihm gegenüber und ließ zu, dass er ihre Hände nahm. »Wenn ich von hier weggehe, nehme ich dich mit nach Barcelona. Es wird dir gut gefallen.« Andía lächelte. Es war nicht das erste Mal, dass Santiago ihr Versprechungen machte. »Und was machst du mit deiner Freundin dort?« Santiago tat beleidigt. Er wusste, dass es ein Spiel von Andía war. »Es gibt keine Freundin, die auf mich wartet. Ich schwöre es dir.« Schließlich lächelte sie wie immer zufrieden. »Ich möchte dich um etwas bitten, Santi. Es wäre eine Gefälligkeit für mich, nur für mich.« »Klar, alles, was du willst.« Sie zog einen Briefumschlag unter der *melfa* hervor. »Der ist für Bachir Baiba. Sag ihm, er ist von seiner Schwester Haibbila. Du kannst ihn ruhig lesen, wenn du willst.« San Román lächelte. Er kannte Bachir gut. Er war bei ihm zu Hause gewesen, kannte seine Familie. Seine Schwester Haibbila war eine gute Freundin von Andía; sie hatte Santiago einmal ein Armband geschenkt. Er wollte den Brief nicht aus dem Umschlag nehmen, obwohl dieser offen war. Es wäre unhöflich gewesen. Außerdem war er sicher, dass der Brief in Hassanniya geschrieben war. Das war das letzte Mal gewesen, dass er Andía gesehen hatte, obwohl er ihr versprochen hatte, am nächsten Tag wiederzukommen.

Bachir Baiba erhielt den Brief. Es war das Erste, was

Korporal San Román machte, als er in die Kaserne kam. Der Saharaui las ihn in seiner Gegenwart. Trotz der ernsten Miene des Soldaten dachte sich Santiago nichts weiter dabei. Als er sich verabschieden wollte, bat Bachir ihn, noch einen Moment zu bleiben. Sie tranken Tee und rauchten. Bachir Baiba war freundlich, aber distanziert. Als Santiago schließlich gehen musste, fragte der Saharaui ihn: »Wann gehst du wieder nach Hause?« San Román wusste, was er meinte. »Morgen will ich wieder hin, aber die Kontrollen sind sehr streng.« »Aha«, sagte der andere, während er nach einer Lösung suchte. »Wir kommen nicht hier raus. Sie haben uns die Waffen abgenommen, und es gibt keinen Ausgang.« »Ich weiß.« »Würdest du etwas für einen Freund tun?« »Sag.« »Wenn du hier weg kannst, komm vorher bei mir vorbei. Ich habe ein paar Sachen für meine Mutter, schmutzige Wäsche und so was.« Santiago wusste genau, was er ihm sagen wollte. Er hatte keine Einwände.

Als Santiago am Freitag, dem 31. Oktober, an der Ausgangsschranke stand, hatte er einen Rucksack dabei, der über fünfzehn Kilo wog. In seiner Unbedarftheit dachte er, niemand werde auf einen Korporal achten, der zu Fuß die Kaserne verließ, wie schon so viele Male zuvor. Deshalb fiel ihm nicht auf, dass ein Sergeant und zwei Unteroffiziere sich nervös ansahen, als er auf den Kontrollpunkt zukam. »Was haben Sie da drin, Korporal?« Die Frage traf ihn unvorbereitet. Er wurde rot, seine Stimme zitterte. »Ich habe einen Passierschein«, rechtfertigte er sich. Der Sergeant warf nicht einmal einen Blick auf das Schreiben, das er ihm hinhielt. »Danach habe ich nicht gefragt. Ich habe Sie gefragt, was in diesem Rucksack ist.« »Schmutzige Wäsche und so.« Schon während er das sagte, war ihm klar, dass er in der Patsche saß. Der Rucksack war viel zu schwer. Als er ihn abstellte, gab es ein verdächtiges Geräusch. Noch bevor er ihn öffnen konnte, merkte er, wie einer der Unteroffiziere mit seiner Waffe auf ihn zielte. Als er den Inhalt vorzeigte, wurde der Sergeant blass und wäre beinahe umgefallen. Zwischen schmutziger Wäsche lagen Granaten, Zünder und über fünfzehn Kilo Sprengstoff. Binnen einer Stunde hatte sich die Nachricht in der Kaserne herumgesprochen wie ein dunkles Omen.

Die Schlaflosigkeit und die Flöhe machten aus der Baracke ein Verlies. Außerdem versetzten die fehlenden Nachrichten von draußen Korporal San Román in schreckliche Unruhe. Er fühlte sich verlassen, völlig verlassen, ein Gefühl, das er noch nie zuvor gehabt hatte. Er konnte sich ausmalen, welche Aufregung in den Kasernen herrschte, seit Francos Tod bekannt geworden war. Aber seine einzige Sorge galt seiner eigenen Situation. An diesem Tag bekam er sein Essen zur üblichen Uhrzeit, aber niemand wollte ihm erklären, was los war. Jedes Geräusch, jede Bewegung draußen versetzten ihn in Alarmbereitschaft. Er rechnete jeden Moment damit, dass man ihn holen kam, um ihn auf die Kanaren oder das spanische Festland zu bringen. Aber am schlimmsten war die Müdigkeit. Seine Augen brannten und sein ganzer Körper schmerzte, als ob er Fieber hätte.

Am späten Nachmittag öffnete sich die Tür, und herein kam Guillermo, in Dienstuniform, das Gewehr über der Schulter. Er sagte nur:

»Zeit für den Spaziergang, Korporal.«

Damit trat er zur Seite. Zutiefst bewegt verließ Santiago die Baracke und ging zum Ende der Landebahn, wie an anderen Tagen zuvor. Guillermo folgte ihm in einigen Metern Abstand, das Gewehr mit beiden Händen umklammernd.

»Guillermo, ich möchte dich um Entschuldigung bitten. Ich muss wissen, dass du mir verzeihst«, sagte er, ohne sich zu seinem Freund umzudrehen.

»Ich will nichts von dir hören, Korporal. Kein einziges Wort.«

San Román weinte. Die Tränen liefen ihm über die Wangen. Es war ein angenehmes Gefühl.

»Es tut mir sehr leid, kein guter Freund gewesen zu sein, es tut mir leid, dass …«

»Noch ein Wort, und ich knalle dich ab.«

Santiago wusste, dass Guillermo es nicht ernst meinte, aber er sagte nichts mehr. Als sie das Ende der Rollbahn erreichten, ging Guillermo noch ein paar Schritte weiter, dann kehrte er ihm den Rücken zu und sah abwesend zu den Dünen hinüber. Santiago rannte zu den Landrovern, suchte unter dem Beifahrersitz nach dem Schlüssel und startete hastig den Motor. Guillermo begann in die Luft zu schießen. Niemand reagierte, niemand merkte, was hier geschah. Der Wagen raste über die Flughafenpiste davon und ließ eine schwarze Rauchspur zurück.

Santiago hätte nie gedacht, dass er die Stadt einmal in einem so trostlosen Zustand sehen würde. Die Straßen waren nahezu verwaist. Es gab keine geöffneten Geschäfte. Einige Viertel waren fast vollständig geräumt worden, andere wiederum waren mit Stacheldraht abgeriegelt. Bei der ganzen Militärpräsenz fielen das Armeefahrzeug und die Uniform nicht weiter auf. Er hatte keine Schwierigkeiten, ins Zemla-Viertel zu gelangen. Er hielt vor Andías Haus und stieg aus, ohne den Motor abzustellen. Im Haus waren nur Frauen. Zuerst fragte Santiago nach Andía. Jemand ging, um sie zu rufen. Das Mädchen stürzte atemlos ins Zimmer. Als es den Legionär sah, brach es in Tränen aus, fiel auf die Knie und begann sich die Haare zu raufen. San Román erschrak. Mit dieser Reaktion hatte er nicht gerechnet. Die Frauen versuchten sie zu beruhigen.

»Ich dachte, du wärst tot, Santi«, schluchzte sie. »Sie haben gesagt, du würdest erschossen.«

Santiago hatte noch nie jemanden so weinen gehört. Alle Vorwürfe, die er sich zurechtgelegt hatte, waren vergessen. Aufgeschreckt von dem Weinen, strömten die Nachbarn zusammen. Verstört trat Santiago San Román auf die Straße. Er wusste nicht, wie er sich verhalten sollte. Er wollte sich nicht von Andías Verhalten besänftigen lassen. Sid-Ahmed kam im Eilschritt herbeigelaufen. Jemand hatte dem Händler Bescheid gesagt. Als er Santiago sah, wollte er ihn umarmen, doch der Legionär stieß ihn zurück.

»Es ist meine Schuld. Das Mädchen kann nichts dafür. Sie ist noch ein Kind, du kannst ihr keine Vorwürfe machen.«

»Ich dachte, du wärst mein Freund.«

»Das bin ich. Ich bin dein Freund. Deswegen habe ich dir vertraut. Du hast *baraka*, mein Freund, du hast *baraka*. Jetzt bist du einer von uns.«

Santiago wollte sich nicht beschwatzen lassen, aber die Worte des Saharaui brachten ihn ins Wanken. Schließlich ließ er sich umarmen.

»Sie marschieren in unser Land ein, mein Freund, weißt du das nicht? Wir haben keine Zeit für Diskussionen.«

»Du hättest mich nur zu fragen brauchen. Ich hätte alles für euch getan. Alles. Du brauchtest mich nicht zu hintergehen.«

Sid-Ahmed fasste ihn beim Arm und zog ihn ins Haus. Andía lachte und weinte gleichzeitig. Sie warf sich dem Legionär in die Arme wie ein Kind und begann ihm Sachen in Hassanniya zu sagen. Santiago konnte nicht länger so tun, als ob er ihr böse wäre. Er trank das erste Glas Tee, nahm eine Zigarette an und lehnte sich gegen die Wand. Andía wich ihm nicht von der Seite. Dem Legionär fielen die Augen zu. Plötzlich machte sich die Müdigkeit der letzten Tage in seinem ganzen Körper bemerkbar. Seine Augenlider wurden schwer, seine Arme wurden schwer. Er hatte keine Kraft zu reden. Ganz langsam fiel er in einen tiefen Schlaf.

ALS DOKTOR BELÉN Carnero in die Krankenhauscafeteria kam, sah sie Montse hinten an einem der Fenster sitzen. Sie ging um die Tische herum und setzte sich zu ihr.

»Wo warst du so lange, Belén? Ich wäre beinahe gegangen.«

»Es war eine lange Operation. Und das Schlimmste ist, dass der arme Kerl deinetwegen beinahe im OP geblieben wäre.«

Doktor Cambra hob ungläubig die Augenbrauen.

»Wie bitte? Meinetwegen?«

»Ja, Montse, du hast mich mit deiner Geschichte so durcheinandergebracht, dass mir bei der Narkose die Hand ausgerutscht ist …«

Montse hätte sie beinahe angebrüllt, als sie Doktor Carneros verschmitztes Grinsen sah. Es war nicht das erste Mal, dass sie so etwas mit ihr machte.

»Was ist denn mit dir los? Hast du deinen Humor verloren?«

Montse fuhr sich mit beiden Händen übers Gesicht.

»Ich weiß nicht, ob ich jemals Humor hatte.«

»Natürlich hast du Humor. Weißt du nicht mehr, wie wir gelacht haben?«

»Du hast recht. Aber das ist so lange her, dass ich mich fast nicht mehr erinnern kann.«

Sie sahen sich in die Augen, als wollten sie die Gedanken der anderen lesen.

»Ich habe einen Vorschlag«, sagte Doktor Carnero nach einer Weile. »Du kommst mit zu mir nach Hause und erzählst dort weiter, wo du aufgehört hast.«

»Ich habe keine Zeit. Ich muss nach Hause, duschen und ...«

Belén runzelte die Stirn.

»Ist es das, was ich mir denke?«, fragte sie.

»Na ja, warum sollte ich dir was anderes erzählen. Ich bin mit Pere zum Essen verabredet.«

»Der heiß begehrte Junggeselle. Tja, dagegen komme ich wohl nicht an. Erzähl mir noch die Geschichte von diesem Santiago San Romo zu Ende.«

»San Román.«

»Genau. Du hast mir von der Schwangerschaft erzählt. Du warst damals ... neunzehn.«

»Achtzehn. Süße achtzehn. Da gibt es nicht mehr zu erzählen. Außerdem waren damals andere Zeiten, und du weißt ja, wie meine Familie war.«

»Ja. Deshalb bin ich ja so gespannt. Ich kann mir nicht vorstellen, wie du vor deiner Mutter stehst und ihr erzählst, dass du ein Kind von einem Jungen erwartest, über den du fast nichts weißt.«

»Eigentlich wusste ich alles, was ich wissen musste.«

»Du hast mir erzählt, dass du ihn mit einer Blondine gesehen hast.«

Doktor Cambra wühlte in ihrer Handtasche und holte ein Päckchen Chesterfield heraus. Sie steckte sich eine Zigarette an. Belén sah ihr wortlos zu.

»Warum schaust du mich so an?«

»Ich wusste nicht, dass du rauchst. Ist das neu?«

»Eine weitere Dummheit, könnte man sagen. Ich habe nicht mehr geraucht, seit ich achtzehn war.«

»Du bist wirklich immer für eine Überraschung gut. Es wundert mich nicht, dass Pere ganz verrückt nach dir ist.«

Montse blies ihr den Rauch ins Gesicht. Belén hustete und begann zu lachen.

Montse hatte jenen Oktober als einen der schlimmsten Monate ihres Lebens in Erinnerung. Die Hoffnungen, die ihr Vater in das Studium seiner ältesten Tochter setzte, standen im Gegensatz zu der Niedergeschlagenheit und Apathie, die das Mädchen überkommen hatten. Die Erinnerung an den Sommer war wie ein schöner Traum. Die Rückkehr zum gewohnten Tagesablauf der Familie, die Kontrolle ihrer Mutter, die langen Trennungen von Santiago waren unerträglich für sie. Ihre Schwester Teresa lebte in einer anderen Welt. Montse fühlte sich ihr oft unterlegen. Die kleine Schwester hatte ihr eigenes Leben. In Wirklichkeit schien sie die Ältere zu sein. Teresa kam besser mit den Erwartungen des Vaters zurecht, den Vorwürfen der Mutter, der erdrückenden Kontrolle der beiden. Es erschien Montse unmöglich, mit ihr auszukommen. Manchmal kam Teresa ihr vor wie ein kleines Mädchen, dann wieder wirkte sie zu reif für ihr Alter. Im Grunde hatte sie Angst davor, was ihre Schwester denken würde, wenn sie wüsste, was sie in größter Heimlichkeit erlebte.

Je seltener sie Santiago sah, desto schwerer fiel es ihr, sich ihn aus dem Kopf zu schlagen. Sie trafen sich jetzt nur noch Samstag- und Sonntagnachmittag. Montse musste spätestens um zehn zu Hause sein, und Santiago hatte nichts anderes zu tun, als mit ihr zusammen zu sein. Als er ihr erzählte, dass er gegen Ende des Jahres nach Zaragoza müsse, um seinen Militärdienst anzutreten, versuchte das Mädchen gleichgültig zu wirken, als wäre es das Normalste auf der Welt. Zu Hause hingegen zählte sie bekümmert die Tage, bis es soweit war. Aber Montse irrte sich, als sie dachte, ihre Lage könne nicht mehr schlimmer werden.

Der größte Rückschlag kam an einem unfreundlichen Oktobernachmittag. Wie so oft begleitete sie ihre Mutter zu einem Besuch bei ihren Tanten. Es war eine unumgängliche Pflicht. Nichts langweilte Montse mehr, als zwei Stunden an einem Tisch mit einem wärmenden Kohlebecken zu sitzen und ihrer Mutter und den Tanten dabei zuzuhören, wie sie über nichtige Dinge redeten, Todesfälle, Leute, die sie nicht kannte, Geschichten, die ihr absolut belanglos erschienen. Doch an diesem Tag wurde sie jäh aus ihrer Gewohnheit gerissen. Als sie an einem Café vorbeigingen, warf Montse einen koketten Blick in die Schaufensterscheibe, um ihr Haar zu richten. Sie erstarrte. An einem Tisch neben der Tür entdeckte sie Santiago, der mit größter Natürlichkeit eine Zigarette rauchte. Neben ihm saß ein blondes Mädchen. Es lachte, als hätte es gerade etwas sehr Lustiges gehört. Es waren nur zwei oder drei Sekunden, aber lange genug, um sicher zu sein, dass es Santiago war. Montses Herz krampfte sich zusammen. Sie umklammerte den Arm ihrer Mutter und versuchte mit ihr Schritt zu halten. Sie war feuerrot geworden, ihre Wangen glühten. Sie hatte Angst, ihre Mutter könnte etwas merken. Sie wollte nicht zurückblicken, aber dieses Bild hatte sich in ihr eingebrannt. Ihre Gedanken gingen wild durcheinander. Ohne lange zu überlegen, entschuldigte sie sich bei ihrer Mutter und bat sie, alleine zu den Tanten zu gehen. Sie habe etwas zu Hause vergessen. Ihre Mutter ging leise schimpfend weiter.

Montse wusste nicht genau, was sie tat. Sie vergewisserte sich, dass der Junge, den sie gesehen hatte, tatsächlich Santiago war, und postierte sich dann auf der anderen Straßenseite, ohne den Blick von der Eingangstür des Cafés zu wenden. Sie zitterte. Manchmal kam sie sich lächerlich vor bei dem, was sie machte. Sie überquerte die Straße, um in das Café zu gehen, doch dann überlegte sie es sich im letzten Moment anders. Zum ersten Mal in ihrem Leben war es ihr egal, ob sie eine überzeugende Erklärung für ihre Mutter hatte, um ihr merkwürdiges Verhalten zu rechtfertigen. Die Zeit verging unendlich langsam.

Schließlich kam Santiago San Román mit dem blonden Mädchen aus dem Café. Sie mochte neunzehn oder zwanzig Jahre alt sein, aber durch ihre Art, sich zu kleiden, wirkte sie älter. Trotz der Entfernung hatte Montse keinen Zweifel daran, dass ihre Haare gefärbt waren. Sie unterhielten sich wie zwei alte Freunde. Santiago brachte sie immer wieder zum Lachen, und das ärgerte Montse am meisten. Sie folgte ihnen mit etwas Abstand auf der anderen Straßenseite. Vielleicht wollte Montse im Grunde, dass Santiago sie entdeckte, doch der Junge hatte nur Augen für die Blondine. Montse beobachtete genau, ob sie Händchen hielten oder er ihr den Arm um die Schulter legte. Aber sie taten nichts Verdächtiges. Sie gingen bis zur Bushaltestelle. Zehn Minuten standen sie dort, während das Mädchen in einem fort lachte. Unmöglich, dass Santiago mit einem Mal so geistreich geworden sein sollte. Ein paar Mal wäre Montse fast gegangen oder hätte sie zur Rede gestellt, doch irgendetwas hielt sie davon ab. Schließlich kam der Bus. Das Mädchen wartete, bis alle eingestiegen waren. In diesem Moment entdeckte Montse, dass sie sich bei den Händen hielten. Es war vielmehr ein kurzes Festhalten und Loslassen, bis das Mädchen die Arme um Santiagos Hals schlang und ihn zu sich zog. Sie küssten sich. Es sah nicht aus wie ein Abschiedskuss. Santiago machte keinerlei Anstalten, sich von dem Mädchen zu lösen. Erst als der Bus schon beinahe losfuhr, trennten sie sich. San Román blieb an der Haltestelle stehen und sah dem Mädchen nach, das einen freien Platz suchte. Er stand immer noch da und starrte ins Leere, als der Bus schon längst außer Sichtweite war.

Am nächsten Samstag ging Montse nicht zu ihrer Verabredung. Als Santiago anrief und sich als ein Kommilitone von der Uni ausgab, wollte sie nicht rangehen. Erst nach drei Tagen konnte sie sich dazu durchringen, ans

Telefon zu gehen, aber nur, um ihm mitzuteilen: »Hör zu, Santi, ich will nichts mehr von dir wissen, hast du kapiert? Absolut gar nichts. Tu so, als sei ich gestorben.« Damit legte sie auf. Erst drei Tage später erhielt Santiago eine Erklärung, als er Montse auf dem Bürgersteig vor ihrem Haus abpasste. Montse hatte die Bücher unter den Arm geklemmt und wollte zum Bus. Santiago trat ihr in den Weg und ließ sie nicht vorbei. Er war wütend, aber als er Montses Gesicht sah, wurde er blass. »Jetzt sag mir endlich, was los ist.« Seine Stimme klang unsicher. Montse drehte sich um und ging weiter. Der Junge lief hinter ihr her und versuchte ihr ein Wort zu entlocken, aber sie gab ihm keine Chance. Schließlich war Montse das Theater leid und blieb stehen. »Hör gut zu, mein Lieber. Ich weiß nicht, was du für ein Spiel spielst, aber mit mir nicht, soviel steht fest.« »Zuerst müsste ich mal wissen, wovon du eigentlich sprichst. Wenn du mir nicht erklärst …« »Ich soll dir was erklären? Du bist derjenige, der was zu erklären hat. Erklär mir doch mal zum Beispiel, wer diese falsche Blondine war, die du neulich an der Bushaltestelle geküsst hast.« Montse starrte den Jungen an, bis er ganz unsicher wurde und errötete. Aber Santiago gab nicht klein bei. »Falls du eifersüchtig bist, kann ich dich beruhigen. Sie ist nicht wichtig.« Das Mädchen wurde rot vor Wut. »Nicht wichtig? Und ich bin wichtig?« »Natürlich. Das Wichtigste in meinem Leben.« »Dann bist du das Wichtigste in deinem Leben jetzt los. Lass dich von dieser Blondine trösten, oder was auch immer sie wirklich ist.« Sie ging entschlossen weiter, während Santiago versuchte, sie einzuholen. »Hör zu, Herzchen, mit dieser Blonden war nichts. Ich weiß nicht, was diese Eifersucht soll. Hast du noch nie vorher einen Freund gehabt?« »Doch, viele«, log sie. »Und?« »Dann wirst du das doch verstehen. Mehr ist da nicht, sie ist nur eine Verflossene.« »Ach ja, und so küsst du deine Verflossenen?« »Na ja, eigentlich nicht. Aber wir haben uns zufällig getroffen, waren einen Kaffee trinken ...« »Hat sie dich eingeladen?« Santiago blieb der Satz im Halse stecken. Montse hatte seinen wunden Punkt getroffen. Er schwieg und blieb langsam zurück. Schließlich blieb Montse stehen, drehte sich um und schleuderte ihm entgegen: »Ich bin schwanger. Ja, schwanger. Frag mich nicht, ob ich sicher bin, sonst werde ich ... Jetzt weißt du es. Ich will dich nicht mehr hören, nicht mehr sehen, nichts mehr von dir wissen. Ich hab genug andere Probleme.« Santiago war wie vom Donner gerührt auf dem Gehweg stehen geblieben und sah mit fassungsloser Miene hinter Montse her, die davonging, ohne sich noch einmal umzudrehen. Erst jetzt wurde ihm bewusst, dass die Leute stehen geblieben waren, um den Streit mit anzuhören, als handelte es sich um ein Straßentheater.

Doktor Cambra ließ sich schon lange nicht mehr von Nobelrestaurants und männlicher Aufmerksamkeit beeindrucken. Luxus langweilte sie, auch wenn sie sich wohlfühlte. Sie ließ Pere Fenoll, den Traumatologen, das Restaurant, den Wein und den Tisch auswählen. Dieser Mann hatte etwas Rührendes an sich, bei anderen Dingen wiederum hakte es. Sie war nicht in der Lage, das Gute und das Schlechte gegeneinander abzuwägen. Sie war eine schöne Frau, über vierzig, in der Lage, einen Mann zu verführen, aber sehr träge, wenn es darum ging, ihre Waffen einzusetzen. Außerdem machte Pere seine Sache nicht besonders gut. Er sprach über die Arbeit, sein Fachgebiet, die Probleme im Gesundheitswesen. Wenn es Montse gelang, ihn vom Thema abzubringen, wurde er wortkarg, als sei der Vorgang, einen Löffel zum Mund zu führen, das Ergebnis unzähliger Prozesse von schier unfassbarer Bedeutsamkeit. Er war ein attraktiver Mann, mit gutem

Geschmack und ausgezeichneten Manieren. Das gefiel Montse genauso, wie es sie störte. Manchmal spielte sie mit ihm: Sie dosierte die Verführung auf die Momente, in denen Pere am empfänglichsten dafür wirkte.

Doktor Cambra ging davon aus, dass der Abend im Bett des Mannes enden würde, dem sie gegenübersaß und den sie durch das Weinglas hindurch anschaute. Sie fühlte sich angenehm beschwipst. Sie hatte die Tabletten absichtlich zu Hause gelassen und ihr schönstes Kleid angezogen. Sie fand, dass Pere sehr gewann, wenn er schwieg. Er war kein guter Liebhaber, aber das war auch nicht das, was sie brauchte. Sie musste grinsen, als sie sich daran erinnerte, wie er in Unterhosen aussah.

»Findest du es witzig, was ich gerade erzähle?«

Montse hatte seit einer ganzen Weile nicht mehr zugehört, was der Traumatologe erzählte. Sie hatte die Gabe, sich aus Gesprächen ausklinken zu können, ohne dass man es ihr anmerkte.

»Ehrlich gesagt nicht. Es ist eher die Art, wie du es erzählst«, versuchte sie sich herauszureden.

Pere wurde rot. Montse sah ihn an, bis er seinen Blick auf das Glas richtete.

»Entschuldige«, sagte er. »Ich rede den ganzen Abend und habe dich fast nicht zu Wort kommen lassen.«

»Was du erzählst, ist sehr interessant. Ich will dich nicht unterbrechen. Außerdem …«

Pere Fenoll blickte auf und sah Montse erwartungsvoll in die Augen.

»Außerdem?«

»Außerdem glaube ich, dass mir der Wein zu Kopf gestiegen ist, und ich will keinen Unsinn erzählen.«

»Ach, woher. Du wirkst, als wärst du gerade aufgestanden.«

Montse lächelte, dann wurde sie ernst. Sie waren mit

dem Essen fertig, und sie wusste, dass Pere früher oder später fragen würde, ob sie noch mit zu ihm kommen wolle, um etwas zu trinken. Sie hatte Lust zu reden. Es war kein schöner Gedanke, nach Hause zu kommen und mit den stummen Wänden und ihren Erinnerungen alleine zu sein.

»Hast du nie darüber nachgedacht, eine Zeitlang nicht zu arbeiten?«, fragte ihn Montse. »Sagen wir, drei Monate, sechs Monate, ein Jahr.«

»Eine Auszeit?«

»Ja, so etwas in der Art.«

»Nein. Vielleicht später, wenn ich …«

»Wenn du älter bist? Wolltest du das sagen?«

»Wenn ich ausgelaugter bin, wollte ich sagen.«

Montse strich sich die Haare aus dem Gesicht. Der Wein verursachte ihr tatsächlich ein bereits vergessen geglaubtes Hochgefühl.

»Also, mir würde das gefallen. Drei Monate, ein halbes Jahr. Ich weiß nicht. Vielleicht stelle ich einen Antrag.«

»Und was würdest du in dieser Zeit tun?«

»Tausend Dinge. Lesen, spazieren gehen, reisen. Reisen außerhalb der Saison ist phantastisch.«

»Allein?«

»Würdest du mitkommen?«, fragte sie sofort, als hätte sie genau auf diese Frage gewartet.

Pere lächelte sie an. Er wurde wieder rot.

»Kommt darauf an. Wenn du mich darum bitten würdest … Bittest du mich darum?«

»Nein. Immer mit der Ruhe. Fürs Erste ist es nur eine Idee, die mir durch den Kopf geht.«

Aber Fenoll nutzte die Aufrichtigkeit der Frau, um die Frage anzuschließen, die er vorbereitet hatte.

»Willst du noch mit zu mir kommen, was trinken?«

Montse lächelte und versuchte, spontan zu wirken. Sie

nickte, aber es gelang ihr nicht, so zu tun, als hätte die Frage sie überrascht.

Nachdem sie gezahlt hatten, wechselten sie kaum ein Wort. Ein bisschen angespannt verließen sie das Lokal und stiegen in das Auto des Traumatologen. Es war kalt. Montse klappte den Mantelkragen hoch und schmiegte sich in den Ledersitz. Sie wünschte, die Fahrt möge lange dauern, um sich aufzuwärmen, während sie Wagner hörten.

»Bist du müde?«

»Nein, es ist der Wein, Pere, ehrlich. Mir geht es gut.«

Um diese Uhrzeit war viel Verkehr. Montse betrachtete zerstreut die Menschen auf dem Gehweg, während Pere wieder einmal über die Arbeit sprach. Plötzlich hatte sie das Gefühl, Fatma zu sehen. Sie war alleine unterwegs, um den Kopf hatte sie eine rote *melfa* geschlungen.

»Bitte halt mal kurz an, Pere. Ich habe eine Freundin gesehen.«

»Hier?«

»Nur einen Moment. Du brauchst keinen Parkplatz zu suchen.«

Pere fuhr an den Straßenrand. Er war verärgert. Montses unerwartete Reaktion war für ihn eine lästige Laune. Sie stieg aus dem Auto und ging auf Fatma zu. Die Saharaui war überrascht, sie zu sehen. Sie küssten sich, fassten sich bei den Händen und erkundigten sich, wie es der anderen ging, als hätten sie sich ewig nicht gesehen.

»Geht es dem Kleinen gut?«

»Ja, sehr gut. Dem Kleinen geht es sehr gut.«

Die beiden Frauen schienen keine Eile zu haben. Pere Fenoll drückte ungeduldig auf die Hupe. Als Fatma merkte, dass jemand auf Montse wartete, war sie verlegen, weil sie dachte, sie würde sie aufhalten. Sie verabschiedeten sich und kamen überein, sich bald zu treffen.

Pere sah ernst aus, als Montse in den Wagen stieg. Doktor Cambra wirkte verärgert. Sie riss sich zusammen, um ihm keine Vorwürfe wegen seines Verhaltens zu machen.

»He, Montse«, sagte er spöttisch, »ich wusste gar nicht, dass du so exotische Freundinnen hast.«

Montse biss sich auf die Lippen.

»Exotisch? Stört es dich, dass ich exotische Freundinnen habe?«

»Nein, nein. Im Gegenteil. Ich finde, man sollte mit Leuten aus allen Schichten zurechtkommen.«

Montse gefiel der Ton nicht, in dem er das sagte. Bevor der Wagen anfahren konnte, öffnete sie die Tür, stieg aus und sagte:

»Weißt du, Pere, ich hätte nie gedacht, dass ich das mal zu jemandem sage, aber ich hätte auch nie gedacht, dass ich mal mit jemandem wie dir ins Bett gehe. Hau ab.«

Pere Fenoll war sprachlos. Er wusste, dass er alles versaut hatte, aber es war zu spät, etwas daran zu ändern. Er blieb im Auto sitzen und hörte Wagner, während Montse leichtfüßig auf dem Bürgersteig davonging und womöglich auf ihn fluchte.

ALS DIE FREMDE aufwacht, ist niemand mehr in der *jaima*. Wieder einmal schämt sie sich, dass sie als Letzte aufsteht. Laylas Tante steht in der Küche und kocht. Sie begrüßen sich auf Arabisch. Sie lernt jeden Tag schneller. Ihr Frühstück besteht aus Ziegenmilch mit Kaffee, Brot mit Marmelade und einer Orange. Das Essen verleiht ihr neue Kräfte. Die Saharaui versucht Montse zu erklären, dass Layla bei den Tieren außerhalb von Bir Lehlu ist. Sie versteht problemlos. Überall laufen Kinder herum und genießen ihre Ferien. Als sie die Fremde sehen, kommen sie herbeigerannt, um ihr guten Morgen zu sagen. Die Sonne wärmt an diesem Morgen kräftig.

Montse hat Lust, ein wenig zu gehen. Sie bedeckt den Kopf mit einem Tuch, um sich vor der Sonne zu schützen. Die Jungs spielen Fußball. Einige streiten sich um das einzige Fahrrad. Plötzlich fällt ihr ein Junge auf, der alleine ein wenig abseits von den anderen sitzt. Anfangs gibt sie nicht viel darauf, bis sie den einäugigen Jungen vom Vortag erkennt. Der Junge sieht zu ihr herüber. Er rührt sich nicht von der Stelle. Sie geht langsam auf ihn zu, als wollte sie nur spazieren gehen. Als sie näher kommt, grüßt sie ihn. Der Junge antwortet nicht. Sein Kopf ist von den Steinwürfen gezeichnet. Sie will nicht, dass der Junge wieder wegläuft, deshalb hält sie ein wenig Abstand. Laylas Nichten rennen davon. Die Anwesenheit des Jungen scheint ihnen Angst zu machen. Montse fragt ihn nach seinem Namen, erhält aber keine Antwort. Schließlich beschließt sie, ihn in Ruhe zu lassen. Aber als sie ein paar Schritte weiter gegangen ist, hört sie ihn fragen:

»Spanisch? Spanisch?«

Sie dreht sich um und sieht ihn an.

»Spanisch, ja. Du Saharaui?«

Der Junge steht auf und kommt auf sie zu. Als sie die leere Augenhöhle von nahem sieht, versteht Montse, warum die Mädchen davongerannt sind. Der Junge steckt eine Hand in die Hosentasche und reicht ihr einen Zettel. Als sie ihn nimmt, läuft der Saharaui davon und verschwindet. Montse ist so neugierig, dass sie beinahe das Papier zerreißt, als sie es auffaltet. Es ist ein kariertes Blatt, wahrscheinlich aus einem Rechenheft. Die Handschrift ist geschwungen und sehr sorgfältig.

Liebe Freundin

Ich danke Gott, dass er dir das Leben gerettet hat. Die Nachricht erfüllt mich mit tiefer Freude. Ich bin hierher gekommen, nur um dich zu sehen. Ich habe Neuigkeiten, die von großem Interesse für dich sein könnten. Ich glaube, dein Spanier weilt noch unter uns. Mohamed wird dir sagen, wo du mich finden kannst. Er ist der Sohn meiner Schwester. Bitte, erzähle keinem von mir.

Aza

Montses Hände zittern. Sie kann die Nachricht kaum zu Ende lesen. Als sie von dem Blatt aufblickt, ist der Junge nicht mehr zu sehen. Sie ruft seinen Namen. Sie geht in die Richtung, in die er verschwunden ist. Überall sind Kinder, doch keines von ihnen ist Mohamed. Sie irrt zwischen den *jaimas* umher, bis sie schließlich aufgibt. Sie steckt den Zettel in die Hosentasche, nachdem sie ihn mehrmals gelesen hat, und schließt fest die Hand darum. Dann geht sie ohne zu zögern zu den Pferchen, um Layla zu suchen.

Die Krankenschwester sieht sofort, wie aufgeregt Montse ist. Ganz langsam liest sie den Zettel, den diese ihr hinhält. Sie sieht die Fremde an, dann blickt sie erneut auf den Brief und liest ihn noch einmal. Sie fährt sich mit der Hand über die Stirn und macht das charakteristische Schnalzen mit der Zunge.

»Es war kein Traum, Layla. Ich hab dir ja gesagt, dass es Aza wirklich gab.«

Die Krankenschwester sagt nichts. Sie schaut sich um, ob sie beobachtet werden. Sie sind allein. Montse wirkt jetzt ruhiger.

»Aber der Neffe ist verschwunden. Ich weiß nicht, ob ich ihn finden werde, Layla.«

Die Krankenschwester lächelt. Ihr ruhiges Gesicht steht im Gegensatz zu Montses nervösen Gesten.

»Da wäre ich mir nicht so sicher. Entweder täusche ich mich sehr, oder es ist der, der sich hinter den Felsen da versteckt.«

Montse blickt in die Richtung, in die sie zeigt, sieht aber nichts. Layla ruft nach Mohamed und lockt ihn auf Hassanniya. Nach einer Weile taucht der Junge auf. Er war genau dort, wo die Saharaui sagte. Schüchtern kommt Mohamed näher. Layla zeigt ihm den Zettel und wechselt einige Worte mit ihm. Es klingt verärgert. Montse bittet sie, rasch zu übersetzen.

»Ja, es stimmt. Seine Tante heißt Aza. Sie ist in Edchedeiria.«

»Wo ist das?«

»Nicht weit von hier. Es ist eine *daira* in Smara.« Sie deutet auf einen Punkt am Horizont, an dem nur Steine und Sand zu sehen sind. »Es ist ein gutes Stück Weg zu Fuß.«

»Bitte komm mit mir.«

»Zu Fuß? Nicht dran zu denken. Du würdest dehydrieren.«

Brahim umklammert das Lenkrad beim Fahren mit beiden Händen. Er hat die Pfeife zwischen den Lippen. Montse sitzt in der Mitte. Layla neben der Tür. Mohamed kauert hinter der Fahrerkabine. Er hat sich geweigert, bei den Frauen zu sitzen. Brahim wechselt ein paar Sätze mit Layla. Er wirkt wütend. Montse fragt die Krankenschwester, ob er verärgert ist, weil er sie fahren muss, was sie verneint.

»Nein, überhaupt nicht. Er fährt uns gerne, aber es macht ihm Spaß, zu schimpfen. Männer, die nicht über alles schimpfen, sind keine richtigen Männer.«

Montse muss herzlich lachen. Brahim sieht sie lächelnd an; er versteht nichts.

Es gibt keinen Unterschied zwischen Edchedeiria und Bir Lehlu. Die Landschaft aus *jaimas* und Lehmhäusern sieht völlig identisch aus. Mohamed springt vom Wagen und läuft davon. Brahim fährt ihm hinterher. Er muss auf die Kinder achtgeben, die von überall herbeigeströmt kommen und hinter einem Plastikball herrennen. Schließlich hält er vor einem Lehmhaus. Die beiden Frauen treten ein und ziehen ihre Schuhe aus. Layla geht voran und grüßt alle Frauen, die sich im Haus befinden. Aza steht auf, bedeckt ihr Gesicht mit beiden Händen, schlägt sich gegen die Stirn und führt eine Hand zum Herzen. Dann umarmt sie Montse. Sie scheint zu beten. Ihre Worte klingen wie eine Klagelitanei, wie ein Gebet, wenn jemand gestorben ist.

»Meine Freundin«, sagt sie auf Spanisch. »Du hast *baraka*, meine Freundin. Ich habe keinen Zweifel daran.«

Die Begrüßungen dauern fast eine Stunde. Aza stellt ihr die ganze Familie in Edchedeiria vor. Montse stellt sie Layla vor. Die beiden Frauen unterhalten sich lange auf Hassanniya. Brahim bleibt draußen. Er kommt gleich mit einem Nachbarn ins Gespräch. Er scheint jeden hier zu kennen. Die Frauen im Haus bieten Montse Tee an. Sie reichen ihr Duftwasser, damit sie sich die Hände und das Gesicht erfrischen kann. Die Mädchen schenken ihr wunderschön verzierte Ketten, Armreifen und Ringe aus Holz. Sie lässt alles mit sich geschehen. Layla unterhält sich, als würde sie alle schon seit Jahren kennen.

»Du hast mir nicht erzählt, dass du einen Freund bei der Legion hattest«, sagt Layla, nachdem sie aufmerksam zugehört hat.

»Du hast mich nicht danach gefragt«, scherzt Montse und lacht. »Es ist nicht wichtig, um ehrlich zu sein.«

Aza und Layla lächeln. Montse spürt, dass der Moment gekommen ist, über Santiago San Román zu sprechen. Ein wenig schämt sie sich, dass jeder ihre Geschichte kennt. Nach allem, was sie erlebt hat, kommt ihr die Sache mit Santiago ganz weit weg vor.

»Ich glaube, ich habe den Mann gefunden, von dem du mir erzählt hast«, sagt Aza und wartet die Reaktion der Fremden ab. »Es sind noch mehr Spanier hierher gekommen, aber die meisten sind schon tot oder nach Mauretanien gegangen.«

»Die Geschichte scheint dich beschäftigt zu haben. Wie ich sehe, hast du trotz der ganzen Tortur nichts von dem vergessen, was ich dir erzählt habe.«

»Absolut nichts. Meine Mutter hat mir geholfen. Sie ist sehr alt, aber sie hat ein gutes Gedächtnis. Sie hat mich auf die richtige Fährte gebracht.«

»Ich bin nicht sicher, ob ich ihn noch sehen will.«

Layla und Aza sehen sich an, enttäuscht über die Reaktion der Spanierin.

»Du hast den Verstand verloren«, wirft ihr die Krankenschwester vor. »Du musst herausfinden, ob er in all dieser Zeit an dich gedacht hat.«

Montse lächelt. Sie hat das Gefühl, dass die ganze Geschichte für die beiden Saharaui-Frauen eine Art Telenovela ist.

»Also gut«, willigt Montse schließlich ein. »Erzähl mir, was du weißt.«

»In Ausserd gibt es einen Spanier, der damals mit den Flüchtlingen gekommen ist. Er war Soldat. Er lebt in La Güera, wie ich.«

»Weißt du seinen Namen?«

»Seinen richtigen Namen kenne ich nicht. Aber jetzt nennt er sich, glaube ich, Yusuf oder Abderrahman, ich bin mir nicht sicher.«

»Hast du ihn gesehen?«

»Ich kenne ihn, aber ich wusste nicht, dass er Spanier ist. Er sieht aus wie einer von uns. Ich habe ihn lange nicht mehr gesehen. Seine Kinder sind bei mir zur Schule gegangen.«

»Du bist Lehrerin?«

»Ja.«

»Wie viele Überraschungen hältst du noch für mich bereit?«

Aza schweigt und lächelt. Layla schnalzt mit der Zunge.

Während sie durch die weg- und steglose *hammada* fahren, versucht Montse sich vorzustellen, was einen Mann, der nicht in der Wüste geboren ist, dazu bewegen mag, so viele Jahre in diesem abgelegenen Winkel der Erde zu verbringen. Die Schönheit der Landschaft und die großzügige, gastfreundliche Art der Saharauis erscheinen ihr nicht Grund genug. Nicht einmal die Liebe.

Brahim fährt schweigend, beide Hände oben am Lenkrad. Die drei Frauen haben sich nebeneinander in die Fahrerkabine gequetscht. Die Fahrt durch das schroffe Gelände zieht sich hin. La Güera unterscheidet sich nicht von den anderen Camps. In der Mitte der *dairas* stehen die weißen Schulgebäude. Sie sehen aus wie Schiffe, die auf dem Grund eines wasserlosen Meeres gestrandet sind. Aza zeigt Brahim den Weg zu ihrem Haus. Der Empfang ist ganz ähnlich wie in Edchedeiria. Azas Mutter ist nahezu blind. Sie spricht spanisch, als holte sie die Sprache aus den Tiefen ihrer Erinnerung hervor. Sie tut alles, um den Neuankömmlingen einen herzlichen Empfang zu bereiten. Brahim vertieft sich sofort in ein Gespräch mit den Männern. Montse weiß, dass sie warten muss, bis das Begrüßungsritual vorbei ist, um nach dem Spanier von La Güera zu fragen. Deshalb sagt sie nichts.

Sie essen mit der ganzen Familie. Brahim ist in der *jaima* der Nachbarn eingeladen. Während des Essens erfährt Montse mehr über Aza und ihre Familie. Ihr Vater ist Bürgermeister im früheren Villa Cisneros gewesen. Er war Abgeordneter des spanischen Parlaments. Nach dem Einmarsch der Marokkaner und Mauretanier geriet er in mauretanische Gefangenschaft. Aza war noch sehr klein. Über zehn Jahre blieben sie dort. Schließlich ließ man sie zu den Überresten des saharauischen Volks in die algerische Wüste ziehen. Azas Mutter erinnert sich mit gefasster Zärtlichkeit an ihren toten Mann. Sie erklärt ihrer Tochter noch einmal, wie sie den Mann finden können, nach dem sie suchen.

Montse ist sehr aufgeregt. Sie bekommt kaum einen Bissen herunter. Manchmal kommt es ihr vor, als sei das alles ein Traum. Sie hat sich so oft vorgestellt, wie eine Begegnung mit Santiago San Román aussehen könnte. Aber nun weiß sie, dass dies hier keinem ihrer Träume gleicht. Plötzlich löst sich ein Saharaui aus einer Gruppe von Männern, die sich mit Aza unterhalten. Er reicht Montse die Hand und begrüßt sie auf Spanisch mit starkem arabischem Akzent. Er trägt einen schwarzen Turban und eine blaue *derraha*. Seine Haut ist dunkel wie bei allen

Saharauis. Er hat gerötete Augen wie sie und vom Tee verfärbte Zähne, und er hat den stechenden Blick der Männer aus der Wüste. Sein Alter ist schwer zu bestimmen, wie bei den meisten Männern hier, wenn sie die dreißig überschritten haben. Montse hat das Gefühl, dass seine Hand die ihre fast verbrennt. Aza unterhält sich mit ihm auf Spanisch, er antwortet abwechselnd in Hassanniya und Kastilisch.

»Ja, ich bin Legionär gewesen«, sagt er zu Montse. »Aber das ist lange her.«

Montse ist fast sicher, dass dieser Mann nicht Santiago San Román sein kann, aber als sie ihm tief in die Augen blickt, zweifelt sie für einige Sekunden.

»Ich heiße Montse. Man hat mir von Ihnen erzählt, und ich wollte nicht gehen, ohne Ihnen guten Tag zu sagen.«

Der Mann fühlt sich sehr geschmeichelt, er lächelt in einem fort. Der Einfall der Frau verwundert ihn. Dann lädt er die drei zum Tee zu sich nach Hause ein. Layla entschuldigt sich, erklärt ihm, dass sie nach Smara zurückfahren müssen. Der Mann lässt nicht locker. Jetzt ist Montse sicher, dass er es nicht ist. Aber sie kann sich eine Frage nicht verkneifen.

»Kannten Sie einen Jungen namens Santiago San Román? Er war auch Soldat, wie Sie.«

Der Spanier überlegt. Er schiebt den Turban ein wenig zurück. Unter dem Stoff sind graue Haare zu erkennen.

»Kann sein. Dort waren Tausende von Soldaten wie ich. Bestimmt ist er nach Hause zurückgekehrt, als er den Dienst quittiert hat. Ich bin geblieben.«

»Er ist auch geblieben.«

»Einige sind gestorben oder in Gefangenschaft geraten«, erklärt der Mann, immer noch lächelnd.

Montse weiß, dass ihre Nachforschungen erfolglos sein werden. Im Grunde ist sie erleichtert, als ihr klar wird, dass sie nicht vor Santiago San Román steht. Es ist ein widersprüchliches Gefühl.

Auf dem Rückweg fährt Brahim langsamer. Aza ist in La Güera geblieben. Montse hat versprochen, sie in ein paar Tagen in ihrer Schule zu besuchen. Die beiden Frauen schweigen. Sie haben die Sonne im Rücken. Allmählich färbt sich der Himmel so leuchtend rot, dass es Montse die Sprache verschlägt. Als Smara in Sicht kommt, bittet sie Brahim, langsamer zu fahren. Sie versucht, die Schönheit dieses Sonnenuntergangs festzuhalten. Layla blickt gleichgültig in die Landschaft. Dann plötzlich zeigt sie Montse etwas. Nicht weit von den Reifenspuren der Fahrzeuge liegt ein totes Dromedar. Es ist ein beeindruckender Anblick für die Fremde. Sie bittet Brahim, anzuhalten. Der Saharaui bremst wie geheißen. Er versteht, was dieses Bild in einer Europäerin auslösen kann. In der Ferne sind die *jaimas* von Bir Lehlu zu sehen.

Der Körper eines toten Dromedars in der Wüste ist wie ein roter Pinselstrich auf einer weißen Leinwand. Montse kann den Blick nicht von dem Tier abwenden. Es gibt keine Fliegen, es gibt keine Aasgeier. Nicht einmal der Wind entweiht die Stille dieser Abenddämmerung. Layla versucht zu ergründen, was ihre Freundin so bannt. Montse schaut zum Horizont. In der Ferne, auf einer kleinen Anhöhe, zeichnen sich die Umrisse einiger Steine ab.

»Was ist das, Layla?«

»Der Friedhof. Dort begraben wir unsere Angehörigen.«

Montse spürt, dass der Tod in der Wüste ein Teil der Natur ist, wie der Wind und die Sonne. Sie machen einen Spaziergang zu dem Begräbnisplatz. Die Gräber bestehen nur aus Steinen, die zu Füßen und neben dem Kopf der Toten aufgestellt werden. Es gibt keine Inschriften, die sie unterscheiden. Das Licht ist sehr schwach. Bald wird es dunkel werden. Montse fröstelt. Sie will zum Wagen zurückgehen, als sie plötzlich nicht weit weg ein Bündel ausmacht. Sie erschrickt. Zuerst denkt sie, es sei ein Hund, aber Laylas entsetztes Gesicht macht ihr Angst. Die Krankenschwester schreit auf und klammert sich an Montse. Halb eingegraben im Sand, erhebt sich ein Saharaui vom Boden. Trotz des wenigen Lichts sehen sie, dass er fast nackt ist. Er rafft seine Kleider zusammen und läuft davon, den Turban auf dem Kopf. Von Laylas Schrei alarmiert, kommt Brahim angelaufen. Als er sieht, was los ist, beginnt er mit Steinen nach dem Verrückten zu werfen.

»Was wollte der Mann hier?«, fragt Montse Layla.

»Ich weiß es nicht. Ich hatte ihn auch nicht gesehen.«

Brahim sagt etwas zu seiner Verlobten. Layla übersetzt es für Montse.

»Er sagt, es war der Alte, den wir gestern Abend gesehen haben. Der Dämon. Der Mann hat seinen Verstand verloren.«

»Lass uns gehen«, bittet Montse nervös. »Es wird gleich dunkel.«

VON DEN DÄCHERN des saharauischen Zemla-Viertels aus erinnerte die Stadt an ein Schiff, das in einem Meer aus Sand versank. Aus dem modernen Teil von El Aaiún drangen der Lärm und das Chaos bis hier herauf. Nur wenige wussten, was eigentlich los war; alle waren misstrauisch und versuchten sich auf eine Evakuierung vorzubereiten, die chaotisch zu werden drohte.

In Hata-Rambla herrschte Fassungslosigkeit. Niemand konnte sich vorstellen, was mit denen geschah, die in der Stadt blieben. Ohne Genaueres zu wissen, befürchtete die Bevölkerung, dass ihnen früher oder später eine große Katastrophe bevorstand. Die Saharauis aus den Vierteln am Stadtrand machten sich auf die Suche nach Fahrzeugen, um Hals über Kopf die Stadt zu verlassen. Die ganz Pessimistischen zogen angesichts der drohenden Invasion mit Eselskarren in die Wüste, beladen lediglich mit dem Allernötigsten, um ein paar Tage zu überleben. Wer ein Auto besaß, war privilegiert. Die Territorialpolizei patrouillierte an den Ausfallstraßen der Stadt, insbesondere an der Straße nach Smara, und zwang alle, die fliehen wollten, zur Umkehr. Aber die Wüste war schwer zu überwachen, und nachts erreichte die ungeordnete Flucht dramatische Ausmaße.

Santiago San Román verbrachte die Vormittage auf der Dachterrasse von Lazaars Haus. Dort fühlte er sich wie ein Vogel, der auf seinem Käfig sitzt. Das Viertel war ein regelrechtes Gefängnis, aus dem man kaum heraus- oder hineinkam. Obwohl es keinen Saharaui gab, dem es nicht gelang, sich ungehindert in der Stadt zu bewegen und die

Kontrollen zu umgehen, wollten die Männer aus dem Zemla-Viertel nicht von dort weg, um die Frauen und kleinen Kinder nicht ihrem Schicksal zu überlassen. Die Nachrichten im marokkanischen Fernsehen waren beunruhigend. Zwar hatten die Marokkaner angekündigt, der Einmarsch werde friedlich vonstatten gehen, doch aus dem Norden trafen bestürzende Meldungen ein. Über zehntausend Soldaten befanden sich bereits auf spanischem Gebiet und breiteten sich wie ein Fleck in Richtung Hauptstadt aus.

Sid-Ahmed fand Santiago auf dem Dach des Hauses; er ließ die Beine ins Leere baumeln und rauchte eine Zigarette. Seit seiner Rückkehr war der Legionär nicht mehr der Alte. Er zeigte wenig Interesse an allem und schien nicht ganz zu begreifen, was sich hier abspielte. Er verbrachte die Tage auf dem Dach und lauschte, was unten auf der Straße passierte. Der Händler setzte sich neben ihn und entzündete seine Pfeife.

»Ich brauche dich, mein Freund«, sagte Sid-Ahmed dann. »Du bist der Einzige, der mir helfen kann.«

San Román lächelte bei dem Gedanken an das letzte Mal, als der Saharaui seine Hilfe gebraucht hatte. Aber er sagte nicht, was er dachte, sondern blickte schweigend in die Wüste.

»Ich möchte, dass du meinen Vater und mich heute Nacht mit deinem Auto hier rausbringst.«

»Du kannst den Wagen jederzeit nehmen. Du weißt ja, wo die Schlüssel sind.«

Der Saharaui suchte nach den richtigen Worten, aber er wusste nicht, wie er anfangen sollte.

»Ich weiß, mein Freund, aber ich möchte nicht dein Auto. Ich möchte, dass du uns fährst. Danach kannst du zurückkehren.«

»Und du kehrst nicht zurück?«

»Nein, natürlich nicht. Ich gehe für immer.«

»Dann kannst du den Landrover für immer behalten«, antwortete Santiago lakonisch. »Ich glaube nicht, dass es die Armee sonderlich interessiert.«

»Nein, du hast mich nicht richtig verstanden. Ich will, dass du danach mit dem Auto in die Stadt zurückfährst. Meine Kinder und meine Frau werden hierbleiben. Du musst sie beschützen. Mehr kann ich dir vorerst nicht erklären.«

Santiago war auf einmal wieder ganz bei sich. Sid-Ahmeds Worte erschienen ihm aufrichtig. Der Saharaui war ernst, sehr ernst. So hatte er ihn nur selten gesehen. Zum ersten Mal fühlte er sich ihm nicht unterlegen.

»Wo willst du hin?«

»Ich weiß es noch nicht. Ich will nur, dass du mich aus El Aaiún rausbringst. Dann werde ich dir sagen, wo du uns hinbringen sollst. Gegen Morgen bist du wieder zurück. Ich habe mit meiner und Andías Familie gesprochen. Sie sind einverstanden. Hier kann ich nichts tun, und mein Volk braucht mich.«

»Dein Volk?«

»Ja, mein Freund. Mein Volk. Ich alleine werde nicht durchkommen, aber wenn ich in Begleitung eines Legionärs bin, wird es keine Probleme geben, verstehst du?«

Santiago San Román verstand. Am Abend füllte er Kühlwasser nach, vergewisserte sich, dass Benzin im Tank war, und brachte Sid-Ahmed und seinen Vater aus der Stadt. Sie warteten, bis die Nacht hereingebrochen war, dann verabschiedeten sie sich von der ganzen Familie. Die Frau des Saharaui weinte lautlos. Andía klammerte sich so fest an Santiago, dass er Mühe hatte, sich von ihr zu lösen. Trotz des ernsten Hintergrunds war er glücklich, das Mädchen so aufgewühlt zu sehen. Es war ein kurzer, beherrschter Abschied.

Es war nicht schwer für Korporal San Román, das

Viertel zu verlassen. Die Soldaten, die die Straßensperre bewachten, hatten andere Dinge im Kopf. Trotz der Befehle waren die Kontrollen nicht sonderlich streng. Als sie die Rangabzeichen des Korporals sahen, winkten sie das Fahrzeug ohne weiteres durch. Statt auf die Straße in Richtung Smara zu fahren, folgte Santiago Sid-Ahmeds Anweisungen. Entgegen seiner Behauptung schien der Saharaui genau zu wissen, wohin die Fahrt ging. Sie fuhren zum Saguía und folgten seinem Lauf flussaufwärts. Der Fluss führte kaum Wasser. Im Mondschein war die rötliche Farbe der Pfützen zu erkennen. Der Saharaui kannte jeden Pfad, jede Furt, jede Piste.

»Wenn es noch weit ist, reicht das Benzin nicht«, gab Santiago zu bedenken.

Sid-Ahmed hörte nicht auf seine Warnung. Santiago fuhr zwei Stunden, ohne zu wissen, wohin die Reise ging. Es gab weit und breit keine Straße und keine Piste. Der Landrover fuhr mitten durch die Wüste. Manchmal folgten sie alten Reifenspuren, dann wieder quälten sie sich durch steiniges Gelände. Santiago, der stets den Orientierungssinn der Saharauis auch in tiefster Nacht bewundert hatte, ließ sich nun einfach führen, ohne zu wissen, wo Norden oder Süden war. Aber die Sicherheit, mit der Sid-Ahmed ihn leitete, flößte ihm Vertrauen ein.

Als sie etwa dreißig Kilometer von El Aaiún entfernt waren, war das Benzin alle.

»Ich hab's dir doch gesagt, verdammt, ich hab's dir doch gesagt! Die Fahrt ist zu Ende.«

Sid-Ahmed saß ungerührt neben ihm und schaute zu der undeutlichen Linie des Horizonts.

»Ganz ruhig, mein Freund, dir wird nichts passieren. Gott wird uns helfen.«

San Román hatte diesen Satz oft gehört, aber noch nie hatte er so hohl geklungen wie jetzt. Er versuchte, sich seine Besorgnis nicht anmerken zu lassen. Es herrschte eine beängstigende Stille. Nicht einmal eine Windböe war zu hören. Der Saharaui half seinem Vater aus dem Wagen. Er setzte ihn neben einen Akazienbusch, dann ging er zum Auto, um etwas zu holen, und kehrte mit einem Teekessel, Gläsern, Zucker und Wasser zurück. Wieder einmal gab sich der Legionär angesichts der Wesensart der Wüstenbewohner geschlagen. Als er sah, wie Sid-Ahmed die Zutaten für den Tee bereitstellte, wusste er, dass ihnen an diesem unwirtlichen Ort nichts geschehen würde. Es wurde empfindlich kalt. Der Saharaui entfernte sich einige Meter und brach trockene Zweige von einem Arganbaum. Dann schnitt er die weißen Dornen von der Akazie. Er grub ein Loch in den Boden und machte Feuer. Während das Wasser kochte und der Alte sich an den Flammen wärmte, sprach Sid-Ahmed über Fußball. Santiago wusste nicht, ob er lachen oder schreien sollte.

Sie tranken drei Gläser Tee, und sie hätten noch mehr getrunken, hätte nicht plötzlich oben auf einem Hügel ein Licht aufgeblitzt. Der Legionär sprang auf und machte die beiden Saharauis darauf aufmerksam.

»Bleib sitzen, mein Freund, es ist alles in Ordnung.«

San Román gehorchte. Ihm blieb nichts anderes übrig. Ein zweites Licht tauchte auf. Nach einer Weile waren deutlich die Scheinwerfer zweier Fahrzeuge zu erkennen. Mit Sicherheit hatten sie das Feuer gesehen. Sie kamen langsam näher, ihr Fernlicht blendete sie. Sid-Ahmed rührte sich nicht von der Stelle. Er sagte kein Wort. Die Fahrzeuge hielten neben dem Landrover. Drei oder vier Männer stiegen aus und kamen langsam auf die Akazie zu. Während sie näher kamen, sagten sie die üblichen Begrüßungsformeln auf, die Sid-Ahmed mit der größten Selbstverständlichkeit erwiderte.

»*Yak labess.*«

»*Yak labess.*«

»*Yak biher. Barakalah.*«

»*Barakalah.*«

»*Al-hamdu li-llah.*«

Als sie am Feuer standen, machte Santiagos Herz einen Satz. Der Mann, der vorangegangen war, war Lazaar. Er trug Uniform, aber es war nicht die Uniform der Nomadentruppe. Der Saharaui strahlte übers ganze Gesicht. Korporal San Román war unfähig, aufzustehen. Lazaar begrüßte den Alten respektvoll und legte ihm die Hand auf den Kopf. Dann half er Santiago auf und umarmte ihn lange.

»Mein Freund. Ich wusste, dass ich dich wiedersehen würde. Danke.«

»Wofür?«

»Dass du meine Familie beschützt hast. Man hat mir alles erzählt.«

»Erzählt? Was hat man dir erzählt?«

»Ich weiß, dass du verhaftet wurdest, weil du mit uns kooperiert hast. Andía ist sehr stolz auf dich.«

»Andía? Woher weißt du, was Andía denkt?«

»Sie schreibt mir. Sie erzählt mir alles. Außerdem sind wir durch Sid-Ahmed bestens informiert.«

Santiago fragte nicht weiter, aus Angst, wie ein Dummkopf dazustehen. Sid-Ahmed war ganz ruhig, als wäre diese Begegnung die normalste Sache der Welt. Er kochte frischen Tee. Niemand hatte es eilig in dieser Nacht, mit Ausnahme von Santiago, der fast verzweifelte angesichts der Bedächtigkeit der Männer. Stundenlang sprachen sie über die Kälte, den Wind, die Füchse, die Brunnen, die Ziegen, die Kamele. Als Santiago feststellte, dass sie nicht Hassanniya sprachen, sondern Spanisch, fühlte er sich zum ersten Mal anerkannt. Sid-Ahmeds Vater beteiligte sich nicht an der Unterhaltung, sondern legte sich schlafen. Es wurde bitterkalt, aber niemand beklagte sich. Als der Gesprächsstoff auszugehen schien, wandte sich Lazaar an Santiago San Román.

»Du bist nicht nur hier, um Sid-Ahmed und seinen Vater zu fahren. Ich habe ihn darum gebeten, dich mitzubringen.«

Mittlerweile wusste Santiago, dass jede Frage eine Antwort nur weiter hinausgezögert hätte. Deshalb unterbrach er ihn nicht, obwohl er furchtbar neugierig war.

»Ich habe eine Bitte an dich, San Román: Ich möchte, dass du meine Familie aus El Aaiún herausholst und sie nach Tifariti bringst. Dort versammeln wir so viele Leute wie möglich.« Der Legionär verkniff sich weiterhin alle Fragen, die ihm auf der Zunge lagen. »Die Marokkaner dringen von Norden in unser Gebiet ein, und wenn unsere Informationen stimmen, planen auch die Mauretanier eine Invasion.«

»Ich soll sie nach Tifariti bringen? Alle?«

»Ja, mein Freund, alle. Meine Mutter, meine Tante und meine Geschwister. Auch Sid-Ahmeds Frau. Seine Söhne sind schon bei uns.«

Santiago kam dieser Auftrag sehr groß vor. Zum ersten Mal hatte er das Gefühl, dass es ernst wurde mit dem Krieg. Seine Gedanken gingen durcheinander. Ihm war, als lade man eine zu schwere Last auf seine Schultern.

»Ich weiß nicht einmal, ob ich wieder zurückkomme. Der Tank ist leer«, sagte er zweifelnd.

Lazaar hörte nicht auf zu lächeln.

»Das Problem werden wir lösen.«

»Und werde ich es nach Tifariti schaffen?«

»Mit Gottes Hilfe.«

»Bist du sicher?«

»Natürlich. Wenn ich es nicht wäre, würde ich dich nicht darum bitten.«

Als es Tag wurde, hatte der Legionär kein Auge zugetan. Die Kälte saß ihm in den Knochen. Während die Saharauis in aller Ruhe ihre Sachen einpackten, hatte er ein flaues Gefühl im Magen. Sie füllten seinen Tank, indem sie mit einem Schlauch Benzin aus den Tanks ihrer Fahrzeuge abzapften. Als der Moment des Abschieds gekommen war, war Santiago ehrlich, obwohl er Angst hatte, als Versager dazustehen.

»Ich glaube, ich finde den Rückweg nicht. Für mich sieht jedes Gestrüpp gleich aus. Außerdem konnte ich in der Nacht nichts sehen.«

»Vergiss heute Nacht«, sagte Sid-Ahmed. »Wir sind eine Abkürzung gefahren, aber du kannst einfach dem Fluss folgen.«

»Welchem Fluss? Hier ist kein Fluss.«

»Siehst du den Hügel da drüben? Wenn du ihn überquerst und in Richtung Sonne blickst, wirst du ein trockenes Flussbett sehen. Du kannst doch ein ausgetrocknetes Flussbett erkennen?«

»Klar.«

»Folge ihm in Richtung Norden. Verlass es nicht. Nach zehn Kilometern wirst du auf ein wenig Wasser treffen. Kurz darauf stößt du auf den Saguía. Folge dem Flusslauf, und du kannst dich nicht verfahren.«

»Und Tifariti? Werde ich mich nicht verirren?«

Lazaar brach einen Zweig von der Akazie und legte zwei Steine auf die Erde. Er zog eine Linie und zeigte ihm die Richtung.

»Folge nicht der Straße. Immer quer durch die Wüste. Wenn du dich nach Osten hältst, kannst du es nicht verfehlen. Fahr immer in Richtung Smara, und wenn du auf Reifenspuren stößt, die nach Südosten abbiegen, folge ihnen. Immer hinter den Reifenspuren her. Die Menschen, die nach Tifariti fliehen, haben ihre Spuren in der Wüste hinterlassen. Alle sind auf der Flucht dorthin. In drei Tagen treffen wir uns dort. Und halte dich von den Siedlungen fern, selbst wenn sie noch so klein sind; sie könnten bereits besetzt sein, und das wäre sehr gefährlich.«

Santiago fuhr im Landrover davon, ohne den Blick vom Rückspiegel zu wenden. Als er die anderen Fahrzeuge nicht mehr sehen konnte, konzentrierte er sich auf den Hügel. Nicht einmal, als man ihn mit dem Sprengstoff erwischt hatte, hatte er solche Angst gehabt wie jetzt. Ohne große Überzeugung hielt er sich an Sid-Ahmeds Anweisungen, während er genauso sicher zu fahren versuchte wie die Saharauis. Er fand, dass diese Männer zu großes Vertrauen in ihn setzten. Aber als nach zwei Stunden Fahrt die weißen Häuser und die halbrunden Dächer von El Aaiún in Sicht kamen, dachte er, dass ihn nun nichts mehr daran hindern konnte, Lazaars Familie nach Tifariti zu bringen.

Er wurde empfangen, als hätten sie ihn seit Monaten nicht gesehen. Santiago berichtete ausführlich von seiner Begegnung mit dem ältesten Bruder. Lazaars Mutter und seine Tante hörten ihm reglos zu. Als sie erfuhren, dass sie fortmussten, begannen sie die Flucht vorzubereiten. Im zentralen Raum stapelten sich Kisten mit Lebensmitteln, Kleidern und Gegenständen, von denen San Román nicht wusste, wozu sie gut waren. Sid-Ahmeds Frau zog zu ihnen ins Haus. Der Legionär bemühte sich, die Reise mit militärischer Genauigkeit vorzubereiten. Zuerst inspizierte er die Truppe. Drei erwachsene Frauen, vier Mädchen und sechs Jungen. Das kleinste Mädchen war etwa drei und der älteste der Brüder um die achtzehn. Vierzehn Personen waren viel für ein einziges Auto. Er teilte seine Bedenken mit Andía, wobei er die Sache nicht zu dramatisieren versuchte, aber das Mädchen schenkte diesem Detail keine sonderliche Beachtung.

Santiago beschloss, in die Stadt hinunterzugehen, um ein Auto zu besorgen. Der Älteste der Brüder ging mit. Aber es war nicht so einfach, in den Straßen voranzukommen. Entlang der Straße standen Legionäre in Reih und Glied, als warteten sie auf eine Parade. Die Territorialpolizei hielt alle Fahrzeuge an, in denen mehr als zwei Personen saßen oder die zu schwer beladen waren. Es waren nur wenige Fahrzeuge unterwegs, nicht einmal am Straßenrand parkten Autos. Manche hatten zersplitterte Windschutzscheiben oder aufgebrochene Schlösser. Andere waren ausgeschlachtet worden und zeigten ihre verreckten Motoren unter offenen Kühlerhauben. An einer Straßenkreuzung blieb Santiago plötzlich stehen und drängte den Saharaui gegen die Hauswand. Nur wenige Meter entfernt wurden an einem Kontrollpunkt mehrere Saharauis gefilzt, die zuvor aus ihrem Wagen aussteigen mussten. Die spanischen Soldaten, das Gewehr im Anschlag, hatten sie mit gespreizten Beinen und ausgebreiteten Armen an die Wand gestellt. Doch was ihn erstarren ließ, war die Stimme eines Sergeanten, die ihm schmerzlich vertraut vorkam. Es war Baquedano. Sofort rührte sich sein Gewissen, und er hatte Angst. Der Sergeant war außer sich. Er brüllte die Saharauis an, als wären sie gefährliche Tiere. Unvermittelt gab er dem jüngsten Gefangenen eine Ohrfeige und stieß ihn zu Boden. Der Junge versuchte zu fliehen, aber Baquedano stellte ihm einen Fuß aufs Gesicht und begann auf ihn einzutreten. Santiago San Román wünschte sich so sehr, er hätte eine geladene Waffe gehabt. Aus Angst wurde Wut.

»Ich bringe ihn um«, sagte er zu Andías Bruder, aber der Saharaui hielt ihn zurück.

»Du musst uns nach Tifariti bringen. Alleine kommen wir nicht hier raus.«

Sie kehrten ins Zemla-Viertel zurück. Am nächsten

Abend sollte es losgehen. Neben dem Gepäck der ganzen Familie wirkte das Auto ganz klein.

»Das können wir nicht alles mitnehmen. Es passt nicht in den Landrover. Wo sollen wir denn sitzen?«

»Auf dem Dach«, sagte Andía ganz selbstverständlich. »Wir quetschen uns zusammen.«

Santiago wusste, dass es unmöglich war, aber er wollte sie nicht desillusionieren. Er sagte nichts, aber nachts hatte er einen schrecklichen Albtraum, in dem sich Menschen, Tiere und Gepäck wie in einem endlosen Spiel durch das Autofenster quetschten. Am nächsten Morgen versuchte er Benzin aufzutreiben. Es war schwer, aber es gelang ihm, drei volle Kanister gegen eine Ziege einzutauschen. Doch die Probleme hatten erst begonnen. Zuerst waren es nur vage Gerüchte, die aus dem neuen Teil der Stadt kamen. Dann bestätigten es die Nachbarn. El Aaiún war wieder vollständig abgeriegelt. An diesem ersten Dezember hatte man einen Sprengsatz im Hotel Parador entdeckt. Zuerst ging man davon aus, dass der Polisario hinter der Sache steckte, doch dann wurde bekannt, dass das fehlgeschlagene Attentat auf das Konto eines spanischen Kommandeurs und eines Sprengmeisters der Armee ging. Der Sprengsatz war neben mehreren Butangasflaschen im Hof des Paradors gefunden worden. Es sickerte durch, dass die Gesandten von Marokko und Mauretanien dort abgestiegen waren, um die Auflösungserklärung der spanischen Verwaltung entgegenzunehmen. Die Sicherheitsvorkehrungen wurden extrem verschärft. Erneut kam es zu willkürlichen Festnahmen. An diesem Dezembertag war es unmöglich, durch El Aaiún zu fahren, ohne angehalten und von einer Patrouille überprüft zu werden. Santiago teilte der gesamten Familie mit, dass sie die Stadt nicht verlassen konnten.

Der Plan des Legionärs war, in den frühen Morgenstunden zu Fuß zu fliehen und den Fluss zu überqueren. Mit ein wenig Glück kamen alle durch, auch die kleinen Kinder. Dann würde er zurückkehren, um in seiner Korporalsuniform den Landrover aus der Stadt zu bringen. Er versuchte ihnen begreiflich zu machen, dass man sie nicht hinauslassen würde, mit all diesen Kisten und Leuten, die auf dem Wagendach hockten. Aber Lazaars Mutter hatte ein solches Vertrauen in den Soldaten, dass sie nicht daran zweifelte, dass er es schaffen würde. Nach der Meldung von dem Attentat allerdings war eine Flucht unmöglich geworden. San Román blieb nichts anderes übrig, als einen günstigeren Moment abzuwarten. Er wusste, wenn er es jetzt versuchte, würde das Unternehmen scheitern. Auf keinen Fall schafften sie es in der vereinbarten Frist nach Tifariti.

Die Tage vergingen in ängstlicher Ungewissheit. Alle fragten den Legionär, wann es denn endlich losgehe, und obwohl seine Vorsicht berechtigt war, verstanden sie nicht, warum Santiago nicht Wort hielt. Am 10. Dezember wurde eines der Gerüchte, die im Viertel die Runde machten, Realität. Der mauretanische Rundfunk verkündete klar und deutlich, dass die mauretanische Armee von Süden in die spanische Saharaprovinz einmarschierte. El Aaiún wurde endgültig zu einer Falle. Als Santiago davon hörte, öffnete er die Kühlerhaube des Landrover und begann auf den Motor einzureden, als wäre er ein Mensch. Er überprüfte immer wieder die Kabel, reinigte die Batterieklemmen, kontrollierte den Ölstand und den Wasserstand und ließ Druck aus den Reifen ab. Dann unternahm er einen Spaziergang durch die Stadt. Kurz vor Mitternacht kehrte er zurück. Er stürzte ins Haus und teilte allen mit, dass die Zeit zum Aufbruch gekommen sei. Niemand schlief. Es schien, als hätten die Saharauis geahnt, was passieren würde.

»Es muss ganz schnell gehen. Alle ins Auto. Wir fahren mit dem Landrover.«

»Und die Wachposten?«

»Es gibt keine Wachposten mehr. Die Stadt ist offen. Etwas Schlimmes ist im Gange.«

Als Santiago sah, wie der Wagen mit dem Gepäck und den Fahrgästen bestückt wurde, wollte er es nicht glauben. Vorne saßen die drei älteren Frauen und zwei kleine Mädchen. Dahinter Andía und ihre drei Schwestern. Den restlichen Platz nahm das Gepäck ein. Die Mädchen saßen reglos gegen die Fensterscheiben gepresst. Die sechs Jungen kletterten aufs Dach und klammerten sich an die Stangen des Dachgepäckträgers und das restliche Gepäck. Der Älteste saß vorne, damit seine Brüder beim Bremsen nicht heruntergeschleudert wurden, der Zweitälteste nahm die gleiche Position hinten ein. Der Legionär sagte nichts, obwohl er es für Irrsinn hielt, so loszufahren. Er stieg ein, aber als er den Zündschlüssel umdrehen wollte, spürte er, dass sich an seinen Füßen etwas bewegte. Er hätte beinahe laut aufgeschrien. Es waren zwei Hühner. Zu Füßen der Frauen entdeckte er ein Bündel, das aussah wie ein Hund. Dann erkannte er die Ziege. Lazaars Mutter lächelte dem Legionär mit einer Seelenruhe zu, die der Situation unangemessen war.

»Ohne Essen können wir nicht aus der Stadt.«

Santiago machte keine weiteren Einwände. Das Auto fuhr ächzend los. Der Legionär war sicher, dass es den Geist aufgeben würde, bevor sie das Ende der Straße erreichten. Doch das trat nicht ein. Sie bogen auf einen leeren, steinigen Weg ein und fuhren außen um das Viertel herum. Von den spanischen Soldaten war nichts zu sehen. Der Landrover stotterte und stieß tiefschwarzen Rauch aus. Santiago bog auf die Straße nach Smara, um die Stadt mit ausgeschalteten Scheinwerfern zu verlassen. Sie kamen so langsam voran, dass man fast neben dem Auto hergehen konnte.

San Román erinnerte sich an Lazaars Ratschlag, niemals der Straße zu folgen. Als das Gelände flach wurde, bog er in die Wüste ab. Die Reifen fuhren über messerscharfe Steine, aber das Fahrzeug blieb nicht stehen. Er kannte diese Strecke gut, zumindest bis zu der Weggabelung, wo es weiter zu den Phosphatminen von Bou Craa ging. Wenn die Straße nicht mehr zu sehen war, orientierte sich Santiago an den Hügeln. Er war diese Strecke so oft gefahren, selbst die wenigen Bäume und die Horizontlinie kamen ihm bekannt vor. Er brauchte über drei Stunden bis zu der Stelle, wo die Straße nach Smara abbog. Unter anderen Bedingungen konnte man diese Entfernung in etwas mehr als einer halben Stunde zurücklegen, aber der Wagen kam nur sehr langsam voran. An den tiefen Reifenspuren war deutlich zu erkennen, dass vor ihnen schon viele Saharauis den Entschluss gefasst hatten, von der Straße abzubiegen. Trotz der geringen Geschwindigkeit durfte Santiago das Gelände keine Sekunde aus den Augen lassen. Jedes Sandloch konnte eine unüberwindbare Falle sein. Wenn er durch den Sand fuhr, um den spitzen Steinen auszuweichen, begann das Fahrzeug einzusinken und die Räder drehten durch. Dann sprangen die Jungs ab und begannen zu schieben oder die Räder mit bloßen Händen freizuschaufeln. Keiner sagte ein Wort. Stattdessen blickten alle zum Horizont, als kämen sie dadurch schneller voran. Zwischen Edchera und Gaada entschied Santiago, die Straße zu nehmen und das steinige Gelände zu verlassen. Andernfalls erschien ihm die Gefahr zu groß, sich zu verfahren. Er hatte das Gefühl, in einem beängstigenden Zickzack durch die Wüste zu fahren. Wenn er so weitermachte, hatten sie nicht genug Benzin für die knapp vierhundert Kilometer bis Tifariti.

Unerklärlicherweise hielt der Landrover trotz der Überlastung weiter durch.

Die Straße sah aus wie ein Autofriedhof. Alle paar Kilometer stand ein verlassenes Auto oder ein zurückgelassener Lastwagen, alle in Richtung Smara. Santiago, der wusste, wie kostbar Ersatzteile waren, hielt jedes Mal an. Aber die Fahrzeuge waren bereits von ihren Besitzern oder anderen Fahrern ausgeschlachtet worden, die die gleiche Idee gehabt hatten. Wenn noch ein Reifen dran war, dann deshalb, weil er geplatzt war. In den Tanks war kein Benzin. Die Batterien waren ausgebaut, die Vergaser, die Scheinwerfer, selbst das Lenkrad. Wer kein Auto mehr hatte, ging zu Fuß weiter. Entlang der Straße campierten etwas abseits der Piste kleine Grüppchen, um Kräfte für den Fußmarsch zu sammeln. Manchmal überholte sie ein Lastwagen oder ein Pick-up, aber keiner von ihnen fuhr auf der Straße. Man sah Familien, die ihre Habe auf einem Esel verstaut hatten und ihre Ziege hinter sich her zogen. San Román traute sich nicht, die Piste zu verlassen. Jede Stunde hielt er an und öffnete die Kühlerhaube, damit der Motor abkühlen konnte.

Nach zehn Stunden hatten sie gerade einmal fünfzig Kilometer geschafft. Noch vor Mittag war Santiago klar, dass sie so nicht bis Tifariti kommen würden.

»Wir müssen Gepäck zurücklassen. Der Landrover macht nicht mehr lange mit.«

Sid-Ahmeds Frau schüttelte den Kopf. Santiago hatte langsam genug von der Halsstarrigkeit der ganzen Familie, Andía inbegriffen. Er wollte Wasser in den Kühler nachfüllen, aber einer der Jungen riet ihm davon ab.

»Wenn du dem Wagen Wasser gibst, werden wir verdursten. Besser, der Wagen verreckt als wir.«

»Aber wenn der Wagen verreckt, verrecken wir auch.«

Er musste mit allen diskutieren, damit sie ihn zumindest einen halben Liter nachfüllen ließen. Schließlich entschied er, dass sie an diesem Morgen nicht mehr weiterfahren konnten. Es war zu heiß. Das Autoblech glühte und die Reifen begannen aufzuweichen, obwohl es Dezember war. Der Anblick der verlassenen Fahrzeuge am Straßenrand überzeugte sie schließlich. Sie entfernten sich einen Kilometer von der Straße und ließen sich hinter einem Hügel nieder. Während Santiago die Reifen kontrollierte, errichtete die Familie ein improvisiertes Sonnensegel. Es schien, als wüsste jeder genau, was er zu tun hatte. Santiago schwitzte wie verrückt. Als er sah, wie das Wasser aus seinem Körper strömte, beschloss er, den Kühler nicht mehr nachzufüllen, ohne sich vorher zu vergewissern, dass eine Wasserstelle in der Nähe war.

Bald begriff er, dass die Ziege eine Lebensversicherung war. Die Milch des Tiers und die Datteln, die sie dabei hatten, ernährten die ganze Gruppe. Dann legten sie sich in den Schatten und versuchten, sich nicht zu bewegen, um keine Energie zu verschwenden. Nicht einmal das Rauschen des Windes störte ihre Ruhe. Santiago schlief ein.

Plötzlich kam ein leichter Wind auf, der die Hitze abmilderte und ein beunruhigendes Geräusch herantrug. Die Saharauis machten Santiago auf das Brummen aufmerksam. Er lauschte.

»Das sind Lastwagen«, sagte San Román.

Er kletterte auf den Hügel und legte sich bäuchlings auf die Erde, um herauszufinden, woher das Geräusch kam.

Aus Richtung Gaada näherte sich eine Kolonne von Militärfahrzeugen. Als er sie sah, wusste er, was los war.

»Sie fahren nach El Aaiún. Sie kommen von Norden. Das können nur Marokkaner sein.«

»Was machen wir jetzt?«, fragte Andía, die sich neben ihn gelegt hatte.

»Wir können nicht hier weg. Wenn sie uns entdecken,

müssen wir umkehren. Falls sie uns nicht gefangen nehmen.«

Sie warteten bis tief in die Nacht. Dann schlugen sie das Lager ab und machten sich wieder auf den Weg. Jetzt blieb ihnen nichts anderes übrig, als quer durch die Wüste zu fahren. Die Straße war zu gefährlich.

Sie brauchten sechs Tage für die sechshundertzweiundzwanzig Kilometer bis zu der heiligen Stadt Smara. Wie durch ein Wunder hatte das Auto nur einmal einen Platten. Als die Stadt in Sicht kam, atmete Santiago erleichtert auf. Doch jetzt hatte er eine neue Sorge. Er musste nun in südöstliche Richtung fahren, auf die mauretanische Grenze zu. Es stand zu befürchten, dass sie auf die Invasoren aus dem östlichen Nachbarland trafen. Manchmal überholte sie ein Fahrzeug oder sie trafen eine Familie, die zu Fuß auf der Flucht war. Einige waren vor über einem Monat in El Aaiún aufgebrochen. Bei jeder Begegnung hielten sie an, die Saharauis bauten das improvisierte Sonnendach auf, bereiteten Tee und erkundigten sich über die Gerüchte, die sich durch die Sahara verbreiteten. Unterdessen wanderte Santiago nervös, unentschlossen und besorgt auf und ab. Er machte sich immer größere Vorwürfe, weil er nicht Wort gehalten hatte. Er hatte Lazaar versprochen, seine Familie in drei Tagen nach Tifariti zu bringen. Bei diesem Tempo würde niemand mehr dort sein, wenn sie ankamen.

Aber das Schlimmste sollte noch kommen. Mitten in der Nacht verlor Santiago in einem Sturm die Reifenspuren aus den Augen. Plötzlich stand er vor einem Berg, der unmöglich zu überwinden war. Er kehrte um und verfuhr sich erneut. Er fand nicht einmal seine eigenen Reifenspuren wieder, denen er folgen konnte. Außerdem wurde das Gelände immer schroffer. Als er begriff, dass sie anhalten mussten, war es schon zu spät. Es durchlief ihn heiß und kalt, als er ein ganz bestimmtes Geräusch aus dem Motor des Wagens hörte. Er hörte es trotz des Windes. Das Kühlwasser war alle. Er stieg aus, aber durch den Sand konnte er nichts sehen. Er bekam die Kühlerhaube nicht auf, und als es ihm schließlich doch gelang, drang überall Sand in den Motor. Er fiel auf die Knie und begann, ein arabisches Gebet aufzusagen, das er auswendig konnte, so oft hatte er es gehört.

Der Sturm legte sich erst am Vormittag. Wenigstens war es nicht mehr so heiß. Der Landrover war fast im Sand vergraben. Die Frauen errichteten erneut das provisorische Lager, und die Jungen sammelten dürre Zweige für den Tee. Seit über zwei Wochen ernährten sie sich nun von Ziegenmilch und Datteln. Der Älteste von Lazaars Brüdern kam zu dem Legionär, um ihm mit dem Wagen zu helfen.

»Wir können den Kühler nicht nachfüllen.«

»Warum nicht?«

»Da ist irgendwo ein Haarriss. Selbst wenn wir das ganze Wasser einfüllen würden, das wir noch haben, würde es wieder auslaufen.«

»Kein Auto, kein Wasser. Nein, das schaffen wir nicht.«

Santiago ließ sich deprimiert in den Sand fallen. Andía hockte sich neben ihn und wischte ihm den Schweiß von der Stirn. Das Mädchen war sicher, dass der Legionär sie hier herausbringen würde. Ihrem Lächeln nach zu urteilen, hatte sie keinen Zweifel daran.

Nachdem er sich von seiner Erschöpfung erholt hatte, versuchte er sich zuerst einmal zu orientieren. Die Jungen marschierten los, und er versuchte ihnen zu folgen. Es kostete sie einige Mühe, aber schließlich fanden sie Reifenspuren von anderen Fahrzeugen. Sie waren vier oder fünf Kilometer gegangen. San Román versuchte, die Ruhe zu bewahren. Es waren noch mehrere Tagesreisen bis Tifariti.

Er beschloss, dass sie ein wenig ausruhen würden und sich dann zu Fuß auf den Weg machten. Das Gepäck musste zurückbleiben. Mittlerweile war er der festen Überzeugung, dass die Ziege ihre einzige Möglichkeit war, zu überleben. Zu Fuß konnten sie vielleicht in einer Woche da sein. Zu lange für die kleineren Kinder. Während er überlegte, wie er es der Familie beibringen wollte, kam ihm eine Idee. Im Lager angekommen, nahm er einen der Benzinkanister, die mittlerweile leer waren, und pinkelte hinein. Lazaars Mutter schaute streng, aber die Kinder kicherten, als wäre der Legionär verrückt geworden. Dann forderte er alle anderen auf, ebenfalls in den Kanister zu pinkeln. Zunächst wirkte sein Einfall wie eine Schnapsidee, aber als sie begriffen, waren sie überzeugt, dass der Spanier wusste, was er da tat. In einer Stunde sammelte er den Urin von vierzehn Personen und füllte ihn mit einem Trichter in den Kühler. Zum Glück war er noch nicht ganz leer. Nun konnte er ungefähr abschätzen, auf welcher Höhe sich der Riss befand. Alle Jungen legten sich unter den Wagen, als wäre es ein Spiel, bis sie die genaue Stelle gefunden hatten. Es war ganz einfach. Am Boden bildete sich eine einzelne Pfütze genau dort, wo die Flüssigkeit austrat. Santiago nahm ein Stück Haushaltsseife und legte sich unter das Auto. Er hätte nie gedacht, dass er einmal diesen Schwachsinn ausprobieren würde, den er von den Saharauis bei der Nomadeneinheit gehört hatte. Er begann mit der Seife über den Kühler zu reiben, bis sich eine Paste bildete.

Er rieb fast zwei Stunden mit der Seife, bis seine Hände vom Natron brannten und drückte alles mit den Händen fest. Dann kam er unter dem Wagen hervor und ließ sich erschöpft in den Sand fallen. Die Saharauis starrten ihn an, als sähen sie ein Schauspiel, das sie nicht verstanden.

»Jetzt muss es ein paar Stunden trocknen. Und dann alle Mann pinkeln.«

Sie brauchten zwei Tage, um den Kühler ganz zu füllen. Da sie nicht viel tranken, konnten sie nicht viel Wasser ausscheiden. Schließlich steckte Santiago den Schlüssel ins Zündschloss und drehte ihn um. Der Motor sprang an. Er wartete, bis er sicher war, dass er keine Flüssigkeit verlor. Andía lachte die ganze Zeit und rief ihm Sätze auf Hassaniyya zu. In weniger als einer Stunde war das Lager abgeschlagen und das Fahrzeug wieder beladen.

Fünf Tage später begann sich die Landschaft zu verändern. Die Anzahl der Fahrzeuge und Menschen, die zu Fuß unterwegs waren, deutete darauf hin, dass es nicht mehr sehr weit war bis Tifariti. Nach dreizehn Tagen unterwegs kamen sie dort an. Es war die härteste Reise, die Santiago je unternommen hatte. Er hatte sich fast um einen Monat verspätet. Bereits viele Kilometer vor Tifariti versuchten die Truppen des Frente Polisario, Ordnung in das Chaos zu bringen. Sie sammelten diejenigen, die zu Fuß unterwegs waren, mit Lastwagen ein, räumten liegen gebliebene Fahrzeuge von der Straße, verteilten Wasser an die, die keines mehr hatten, und zeigten ihnen, wo sie hinmussten. Santiago San Román ließ Andías Mutter mit den Soldaten sprechen. Er war sicher, dass seine raspelkurzen Haare und die Tatsache, dass er Legionär war, nicht die Sympathie der Polisario-Kämpfer wecken würde.

Der Stützpunkt in Tifariti war von der spanischen Armee aufgegeben worden. Nun hatten die Saharauis die Baracken der Soldaten und den Platz in Beschlag genommen. Die Neuankömmlinge lagerten im Umkreis von vielen Kilometern. Die Nomaden aus der Gegend hatten ihre *jaimas* zur Verfügung gestellt, damit sich die Leute niederlassen konnten. Jede Familie versuchte sich so gut wie möglich einzurichten. Es wurden provisorische Pferche für die Tiere errichtet. Für die kleinsten Kinder richtete man eine dürftige Krankenstation ein. Ständig trafen Lastwagen und Fahrzeuge aller Art ein. Die Soldaten sahen sich außer Stande, so viele Menschen unterzubringen. Obwohl man beruhigende Nachrichten unter den Neuankömmlingen zu streuen versuchte, brachen die Saharauis, die sich bereits seit über zwei Monaten in Tifariti aufhielten, nach und nach in Richtung Osten auf, um auf der anderen Seite der Grenze Zuflucht in der algerischen Wüste zu suchen.

An dem Abend, als Santiago Tifariti erreichte, tobte ein Sandsturm, wie er ihn in einem Jahr Sahara noch nicht erlebt hatte. Die Windböen rissen die *jaimas* fort und wirbelten riesige Staubwolken in den Himmel. Binnen weniger Minuten war das provisorische Camp völlig verwüstet. Die Frauen gruben Löcher in den Sand und legten zuerst die Kinder hinein und dann sich selbst, während sie sich mit ihren *melfas* zu schützen versuchten. Die Sicht betrug keine drei Meter. Santiago blieb mit Andía im Landrover. Der Wind und der Sand drangen durch alle Ritzen. Die Luft war so trocken, dass er merkte, wie seine Augäpfel auszutrocknen begannen. Es war ein sehr unangenehmes Gefühl. Er versuchte ein paar Mal, zu zwinkern und die Augen zu schließen, aber es war, als hätte er keine Tränenflüssigkeit mehr. In seiner Not sagte er es Andía. Das Mädchen leckte über seine Augenlider, um ihm Erleichterung zu verschaffen, aber sie wurden sofort wieder trocken. Für einen Moment dachte Santiago, er werde erblinden. Die Trockenheit war unerträglich. Andía versuchte ihn zu beruhigen. Als der Wind gegen Morgen endlich nachließ, konnte Santiago die Augen nicht mehr öffnen. Er legte sich unter die Zeltplane, die die Jungen aufgespannt hatten, und blieb in seiner Angst reglos liegen, während er die ganze Zeit Andías Hand auf seinem Arm spürte.

Lazaars Brüder suchten überall nach dem Erstgeborenen, aber er war nicht da. Drei Tage liefen sie von hier nach dort. Es war wirklich schwierig, an diesem Ort jemanden zu finden. Jeden Tag trafen mehr Saharauis im Camp ein. Es war unmöglich, die Flüchtlinge zu zählen, aber es waren an die fünfzigtausend. Tagsüber glühte der Sand in der Sonne, und in den Stunden vor Tagesanbruch kroch denjenigen, die mehr oder weniger im Freien schlafen mussten, eine trockene Kälte in die Knochen. Die Armee schaffte Wasser aus den Brunnen herbei, die nicht vergiftet worden waren, aber das Essen war knapp. Unter diesen Umständen war alles, was sie auf dem Landrover mitgebracht hatten, ein Schatz. Die wenigen Eier, die die beiden Hühner legten, und die Milch der Ziege ernährten die Familie. Auch der Tee war nützlich, bis er schließlich ebenso knapp zu werden begann wie der Zucker.

Als sich Santiagos Augen wieder erholt hatten, war er sehr geschwächt. Er war der Einzige, bei dem das Wasser aus den Brunnen schrecklichen Durchfall verursachte. Andía wich nicht von seiner Seite. Es wurde Mitte Januar, bis er sich an die Erbarmungslosigkeit der Wüste gewöhnt hatte. Und als er schon sicher war, dass er Lazaar nie wiedersehen würde, tauchte der Saharaui eines kalten Morgens plötzlich mit seinen Brüdern auf, eine alte Kalaschnikow über der Schulter. Er küsste seine Mutter, dann schloss er Santiago fest in die Arme.

»Du bist krank gewesen, habe ich gehört.«

»Ach was. Ich bin nur nicht an das Wasser aus diesen Brunnen und an den Wind gewöhnt.«

Lazaar sah lächelnd zu seiner Schwester.

»Kümmert sich Andía gut um dich?«

Santiago war wirklich bewegt. Seine Augen füllten sich mit brennenden Tränen.

»Besser als jeder andere ...« Seine Stimme versagte. »Ich konnte mein Versprechen nicht halten. Die Straßen in deinem Land sind nicht so gut, wie du glaubst ...«

Lazaar umarmte ihn erneut.

»Sieh mal, wer da ist.«

Santiago musste sich anstrengen, um Sid-Ahmed zu erkennen. Er sah nicht mehr so gut wie früher. Um den Hals des Händlers baumelte eine Kamera.

»Willst du ein Foto von mir machen, Sid-Ahmed?«

»Sofort, wenn du willst.«

»Sid-Ahmed arbeitet jetzt für den Polisario. Seine Aufgabe ist es, zu berichten, was hier geschieht, damit die Welt davon erfährt.«

»Stellt euch dort vor das Auto.«

Die beiden Freunde stellten sich, wie von Sid-Ahmed gefordert, vor den Landrover. Der Wind bewegte die Häute der Beduinenzelte hinter ihrem Rücken. Santiago zupfte seine hellblaue *derraha* zurecht, nahm den Turban ab und legte ihn lose um die Schultern, strich über den Schnurrbart, den er sich im letzten Monat hatte stehen lassen. Dann nahm er Lazaar die Kalaschnikow ab und hob sie mit der linken Hand hoch. Der Saharaui formte die Hand zum Siegeszeichen. Sie fassten sich um die Schultern und legten lächelnd die Köpfe aneinander, als fürchteten sie, sonst nicht aufs Bild zu passen.

In dieser Nacht saßen sie alle unter der Plane zusammen, die ihnen als Zelt diente, und erzählten Lazaar und Sid-Ahmed in allen Einzelheiten von der schrecklichen Flucht, die sie hinter sich hatten. Lazaar informierte die Familie über die aktuelle Lage. Die saharauische Bevölkerung floh ungeordnet in die algerische Wüste, viele waren zu Fuß unterwegs. Es gab kaum Nachrichten von denen, die in den Städten geblieben waren, aber niemand beneidete sie, trotz der Strapazen der Flucht.

Als der Wind aufhörte, legte sich eine bedrückende Stille über das Camp. Nicht einmal die Ziegen und die Hunde waren zu hören. Lange Zeit später sagte jemand, diese Stille sei wie eine Vorahnung dessen gewesen, was dann geschehen sollte. Doch an diesem Abend konnte sich niemand vorstellen, was der neue Tag für sie bereithalten würde.

Um neun Uhr morgens am Montag, den 19. Januar, deutete nichts in Tifariti darauf hin, dass es ein besonderer Tag werden würde für die Menschen, die alles hatten zurücklassen müssen. Abgesehen von der Windstille war es ein Morgen wie so viele andere in den letzten Monaten. Die Nacht war sehr kalt und unangenehm gewesen, bis sich der Wind gelegt hatte. Lazaars Brüder waren schon Wasser holen und räumten das improvisierte Zelt auf. Santiago schlief noch. Er hielt Andía im Arm, um sie zu wärmen. Das Mädchen war wach, aber es gefiel ihr, einfach so dazuliegen, bis der Legionär aufwachte. Aber plötzlich hörte sie etwas, das sie unter der Decke zusammenzucken ließ. Santiago wurde wach.

»Was ist los, Andía? Willst du schon aufstehen?«

»Nein. Hör mal, Santi.«

San Román wusste nicht, wovon sie redete. Nur das Zischen des Teekessels und das Klirren der Gläser war zu hören. Hin und wieder durchbrach das Meckern einer Ziege die Stille. Aber Andía war sich sicher, dass sie etwas gehört hatte. Sie kannte das Geräusch von Flugzeugen gut.

»Ich höre Flugzeuge in der Ferne.«

Santiago lauschte vergeblich in die Stille. Erst als einer ihrer Brüder in die *jaima* gestürzt kam, wurde ihm der Ernst der Lage klar.

Der Angriff erfolgte von Norden. Die Flugzeuge tauchten plötzlich hinter den Felsen auf, wo sie niemand hatte sehen können, bis sie ganz nahe waren. Es hatte nicht einmal einen Aufklärungsflug gegeben. Offensichtlich wussten sie genau, wo sie hinmussten. San Román stürzte nach draußen und schirmte die Augen mit der Hand ab, um besser zu sehen. Es waren drei französische Mirage F1. Er kannte sie genau: Es waren die besten Maschinen der marokkanischen Luftwaffe. Sie näherten sich in Pfeilformation und luden ihre tödliche Fracht präzise ab. Als die ersten Bomben fielen, brach Panik im Camp aus. Napalm und weißer Phosphor fegten Zelte und Baracken weg, als ob sie aus Papier wären. Dem Lärm der Explosionen folgten ein Feuerball und eine heiße Druckwelle, die alles mitriss, was sich ihr in den Weg stellte. Beim ersten Überflug schlugen sie eine schreckliche Schneise aus Feuer und Verwüstung in das Camp. Aber alle wussten, dass die Flugzeuge zurückkommen würden. Alle rannten wild durcheinander. Die Bombenkrater waren so tief, dass eine Person aufrecht darin stehen konnte. Feuer versperrte den Fluchtweg. Santiago suchte nach Andía, aber sie war nicht da. Hundert Meter weiter sah er mehrere Zeltplanen brennen. Plötzlich wurde es sehr heiß. Der Brandgeruch war ekelerregend. Er lief in die entgegengesetzte Richtung, und dann sah er, was geschah. Die Flugzeuge warfen erneut Napalm über Tifariti ab. Diejenigen, die sich in der Nähe der Explosionen befanden, starben auf der Stelle, aber auch noch viele Meter weiter brannten sich die *melfas* der Frauen durch die Hitze in die Haut ein. Einige taumelten, von Kopf bis Fuß verbrannt, noch einige Meter weiter, bevor sie, vom Phosphor verkohlt, leblos zusammenbrachen. Man wusste nicht, wohin man laufen sollte. Die Menschen rannten sich gegenseitig um. Santiago stand in all diesem Chaos und starrte in den Himmel. Er spürte es kaum, als der Boden unter seinen Füßen bebte. Dann wurde er von einer Druckwelle durch die Luft geschleudert. Er fiel mit dem Gesicht nach unten, konnte aber nicht mehr aufstehen. Sein Körper war sehr schwer. Er wusste, dass sein Gesicht verbrannt war. Die Stimmen in seinem Kopf wurden immer leiser, bis er völlig taub war. Er merkte, dass sein linker Arm höllisch brannte. Als er ihn betrachtete, sah er nur eine Masse aus Fleisch und Blut. Die Hand und der halbe Unterarm fehlten, aber er hatte kaum Schmerzen. Er begriff, dass es sinnlos war, aufzustehen und davonzurennen. Der Himmel färbte sich rot vom Feuer. Plötzlich merkte er, wie jemand seinen Hals umfasste, um ihn aufzurichten. Es war Andía. Das Entsetzen stand ihr ins Gesicht geschrieben. Sie weinte und schrie in einem fort, obwohl er sie nicht hören konnte. Er sagte ihr, dass er sie liebe, dass sie sich keine Sorgen machen solle, und seine eigenen Worte hallten in seiner Brust wider wie in einem leeren Raum. Andía schmiegte ihr Gesicht an seine Brust und klammerte sich an ihm fest, als wollte sie ihn davor bewahren, in einen Abgrund zu stürzen. Dann spürte Santiago San Román nichts mehr.

ALBERTO WAR MIT Sicherheit der Letzte, dem sie im Flur der Krankenhausverwaltung begegnen wollte. Montse kam gerade aus dem Büro der Direktorin, überzeugt, dass sie eine einschneidende Entscheidung getroffen hatte. Sie wusste, dass ihr Verantwortungsbewusstsein versuchen würde, sie in Frage zu stellen, aber sie war diese inneren Widersprüche gewöhnt. Sie fühlte sich gut, als hätte sie Ballast abgeworfen und begänne die Schwerelosigkeit ihrer Gedanken zu spüren. Zum ersten Mal seit vielen Monaten blickte sie zuversichtlich in die Zukunft. Vielleicht war dies das Licht am Ende des Tunnels, von dem sie so oft gehört hatte. Sie schmiedete Pläne: Sie würde in eine Churrería gehen, königlich frühstücken, ihre Schwester anrufen, in aller Ruhe die Zugfahrpläne studieren, eine Liste der Dinge erstellen, die man auf Reisen benötigte, und schließlich ein Ziel auswählen. Sie hatte das Gefühl, ein Gebäude zu betreten, von dem sie nur die Fassade kannte, das sie aber wie mit Sirenengesang anzog. Plötzlich verfinsterten sich ihre Gedanken. Sie wurde häufig von Erscheinungen heimgesucht, das kannte sie schon. Aber diese Erscheinung war echt.

Alberto, ihr Mann, kam aus dem Fahrstuhl, ein Aktenköfferchen in der Hand, das Mobiltelefon am Ohr. Als er Montse sah, lächelte er, sprach aber weiter in das Telefon. Sie spürte, wie ihr ganzer Optimismus zusammenbrach. Ihr Herz raste. Sie war immer langsam in ihren Reaktionen gewesen. Sie verspürte den Impuls, auf dem Absatz kehrtzumachen und zu verschwinden, aber schon bei dem Gedanken schämte sie sich. Es war zu spät. Sie hätte vorhersehen müssen, dass das passieren konnte. Alberto kam jetzt auf sie zu, während er sich am Telefon von jemandem verabschiedete. Er hatte ein entwaffnendes Lächeln aufgesetzt und war tadellos gekleidet, wie immer. Mit der größten Selbstverständlichkeit küsste er Montse auf die Wange. Sie ließ es geschehen, während sie versuchte, sich ihre Aufregung nicht anmerken zu lassen. Sie wollte nur, dass diese Begegnung so schnell wie möglich vorüberging, um wieder zum vorherigen Zustand zurückzukehren: Die Leichtigkeit zu spüren, das Licht am Ende des Tunnels zu erahnen. Aber Alberto merkte nicht, wie unwohl Montse sich fühlte, oder er wollte es nicht merken. Sie tauschten ein paar höfliche Floskeln. Montse versuchte seinem Blick standzuhalten, aber es fiel ihr schwer. Sie musste zugeben, dass er ein großer Verführer war, auch wenn sie alle seine Tricks kannte. Als Alberto fragte, was sie in der Verwaltung mache, versuchte sie, diesem Mann auszuweichen, mit dem sie noch verheiratet war.

»Ich war gerade bei der Personalabteilung, um eine Auszeit zu beantragen.«

Alberto setzte sein strahlendstes Lächeln auf.

»Na, Montse, das sind ja Neuigkeiten. Bist du arbeitsmüde?«

»Nein, im Gegenteil. Ich bin nicht ausgelastet. Ich brauche … bereichernde Erfahrungen.«

»Aha. Ist vielleicht eine gute Idee. Nicht dass du glaubst, ich hätte noch nicht darüber nachgedacht. Vielleicht nehme ich mir ein Beispiel an dir. Wirst du verreisen?«

»Ja, daran habe ich gedacht.«

»Reisen außerhalb der Saison ist phantastisch.«

Dieser Satz war für Montse ein Schlag in den Nacken. Es störte sie, dasselbe zu denken wie Alberto, die gleichen Vorstellungen zu haben. Er raubte ihr die Gedanken, sogar die Wörter. Das hatte er immer getan, seit sie sich kannten. Lange Zeit hatte sie geglaubt, dass Alberto sie so weit beeinflusste, dass sie nicht mehr Herrin ihrer eigenen Wörter war. Sie verabschiedete sich überstürzt, weil sie wusste, dass sie kurz davor war, die Kontrolle zu verlieren und zusammenzubrechen. Alberto war wie ein Bildschirm, der ihr den Blick auf die Realität verstellte.

Die Fahrt im Aufzug erschien ihr endlos. Sie bekam keine Luft. Sie rannte fast auf die Straße, um Luft zu schnappen. Die Tabletten waren in ihrer Tasche, aber es widerstrebte ihr, sie wegen dieser Begegnung zu nehmen. Sie lehnte sich gegen ein Auto, weil sie das Gefühl hatte, sich übergeben zu müssen. Trotz der Kälte schwitzte sie. Sie liebte diesen Mann nicht, da war sie sicher. Oft zweifelte sie daran, ob sie ihn jemals geliebt hatte. Aber sie selbst hatte ein Abhängigkeitsverhältnis zu ihrem Mann geschaffen, das weit über Liebe hinausging. Alberto besaß einen unerklärlichen Einfluss auf die Menschen in seinem Umfeld. So war es bei Montses Eltern gewesen, bei ihrer Schwester Teresa. Bei ihrer Tochter. Mit Sicherheit auch bei den Geliebten, die durch sein Bett gegangen waren, während sie erfolglos nach Erklärungen suchte, wenn sie Hinweise auf den Betrug entdeckte. Niemand hatte Montses Leben so beeinflusst wie ihr Mann. Niemand hatte sie so manipuliert, und niemand hatte sie so verletzt wie er.

Alberto hatte immer größer gewirkt, als er in Wirklichkeit war. Montse lernte ihn im ersten Studienjahr kennen, als Alberto ein Graduiertenstipendium an der Fakultät hatte, an der Doktor Cambra lehrte. Ihr Vater hatte nie Studenten mit nach Hause gebracht. Aber Alberto war anders. Mit seinen vierundzwanzig Jahren sprach er wie ein gelehrter Professor, überzeugt von dem, was er sagte. Er sah gut aus, war elegant, wohlerzogen und kultiviert.

Doktor Cambra und seine Frau schlossen ihn ins Herz. Selbst Teresas Augen leuchteten, wenn der Stipendiat im Haus auftauchte. Alberto war zu jedem aufmerksam, aber zu Montse ganz besonders. Er war so anders als Santiago San Román, dass alles, was sie in ihm sah, ihr dabei half, die Erinnerung an den toten Jungen für immer zu begraben.

Die Nachricht von Santiagos Tod war noch schlimmer gewesen als das Eingesperrtsein in Cadaqués und das Schweigen ihrer Eltern nach der Fehlgeburt. Montse nahm ihr Studium wieder auf, ohne mit den Gedanken dabei zu sein. Sie wollte ihren Eltern nichts von der Schwangerschaft sagen, bis ihr Zustand nicht länger zu verheimlichen war. Es fiel ihr nicht schwer, Santiago die Vergebung zu verweigern, die er von ihr zu erhalten versuchte. Sie war so wütend, dass sie nicht wusste, was sie tat. Als die Anrufe im Dezember aufhörten, atmete sie auf. Sie dachte, in dem Jahr, das der Militärdienst dauerte, würde sie den Jungen vergessen. Aber als sich der zunehmende Bauch und die wachsenden Brüste nicht länger verbergen ließen, verschlimmerte sich ihre Situation. Als ihre Eltern merkten, dass Montse schwanger war, legte sich eine Trauer über das Haus, die es nicht einmal erlaubte, die Vorhänge zu öffnen. Montse weinte weniger, als sie gedacht hatte. Sie hatte keine Tränen mehr. Auf Druck ihres Vaters gestand sie, dass sie im Sommer einen Jungen kennengelernt und sich in ihn verliebt habe. Doktor Cambra wollte mehr wissen, aber sie rückte nicht damit heraus. Die Vorstellung, ihr Vater könne Santiago San Román zur Rede stellen, machte sie krank. Sie wollte keine Pflichthochzeit; sie wusste, dass ihre Eltern den Jungen niemals akzeptieren würden. Vor Weihnachten fuhr Montse nach Cadaqués, um den Winter und das Frühjahr außerhalb von Barcelona zu verbringen. Mari Cruz, das Dienstmädchen, begleitete sie. Es war das traurigste Weihnachtsfest ihres Lebens. Alle gaben ihr das Gefühl, schuldig zu sein, sogar das Dienstmädchen. Das Studium lag auf Eis. Der Doktor erfand für Montse eine Deutschlandreise, um ihre Abwesenheit zu rechtfertigen, und die Lügen in der Familie nahmen unüberschaubare Dimensionen an.

Der Winter am Meer verging langsam, eintönig, voller Langeweile. Die Familie kam jedes Wochenende nach Cadaqués, aber Montse wünschte sich jedes Mal den Montag herbei, damit sie wieder alleine war. In stillen Stunden dachte sie an Santiago. Jetzt fühlte sie sich schuldig, weil sie ihm keine Gelegenheit gegeben hatte, sich zu rechtfertigen. Manchmal hoffte sie, dass er bei ihr zu Hause anrief, aber niemand brachte ihr Nachrichten oder Briefe. Als sie wissen wollte, ob in Barcelona jemand für sie angerufen hatte, behauptete Teresa, nichts von der Sache zu wissen. Offenbar hatte sich auch ihre Schwester gegen sie gestellt.

Im Februar setzten Wehen und Blutungen ein. Ihr Vater kam mit einem Arzt seines Vertrauens aus Barcelona. Nach zwei Tagen musste Montse operiert werden, das Kind überlebte nicht. Es war alles sehr schmerzhaft, aber sie war erleichtert. Die Familie hüllte sich in vorwurfsvolles Schweigen. Montse blieb bis zur Karwoche in Cadaqués. Als sie erholt, aber noch sehr geschwächt zurückkehrte, glaubten die meisten Leute, sie komme von einem Studienaufenthalt in Deutschland. Sie versuchte ihr Studium wieder aufzunehmen, bestand aber im Juni mit Ach und Krach in einem einzigen Fach. In diesem Sommer fuhr die Familie nicht nach Cadaqués. Während Montse sich auf die Examen im September vorbereitete, schlichen die anderen durchs Haus, um das Mädchen nicht bei der Arbeit zu stören. Jeder Telefonanruf war mit einem Schreck verbunden. Montse lernte aus Angst, lustlos, ohne jede Freude. Die Bücher und Bildtafeln waren wie Backsteine, die sie zu erdrücken drohten. Aber sie hatte solche Angst vor ihren Eltern, dass sie alles getan hätte, um es ihnen recht zu machen. Allmählich wandelte sich ihr Bild von Santiago. Aus Sehnsucht wurde Hass, aus Hass Wehmut, aus Wehmut Verzweiflung. Sie war mittlerweile überzeugt, dass der Junge sie schon vergessen hatte. Manchmal träumte sie von ihm und wachte schweißgebadet auf, unruhig, traurig. Sie versuchte sich ständig vorzustellen, was er gerade in diesem Augenblick tat. Diese Gedanken machten ihr noch mehr zu schaffen. Bis der Oktober kam.

Mit dem Herbst kam Alberto. Er brachte Leben in das traurige Haus. Selbst Doktor Cambras Stimmung hellte sich auf, wenn der junge Mann zu Besuch war. Alberto hatte eine besondere Gabe, die Leute für sich einzunehmen. Auch Mari Cruz, das Dienstmädchen, erlag seinen Verführungskünsten. Wenn Alberto zum Essen kam, gab sie sich besondere Mühe in der Küche, holte ihre besten Rezepte hervor und stellte das feinste Geschirr auf den Tisch. Montse war nicht so leicht zu gewinnen. Vielleicht war es das, was Alberto am meisten an ihr reizte. Sie wich seinen Aufmerksamkeiten aus, zeigte kein Interesse an dem, was der Stipendiat erzählte, blieb reserviert, wenn er da war. Wann immer möglich, suchte sie eine Ausrede, um in ihrem Zimmer zu verschwinden. Soviel Gleichgültigkeit verletzte Albertos Selbstbewusstsein. Deshalb war er ganz verrückt nach Montse. Doktor Cambra sah es mit Wohlgefallen, doch sein größtes Anliegen war, dass Montse das neue Semester begann, ohne von etwas abgelenkt zu werden.

Das Jahr ging zu Ende, aber Santiago San Román war immer noch in Montses Gedanken und in ihrem Herzen. Sie wusste, dass er nach dem Militärdienst früher oder später nach Barcelona zurückkehren würde. Mehr als einmal war sie versucht, zu dem Tabakgeschäft seiner Mutter in der Barceloneta zu gehen, aber schon der Gedanke, Santiago könne davon erfahren, hatte zur Folge, dass sie sich entsetzlich schämte. Die ersten beiden Monate des Jahres '76 vergingen ohne ein Lebenszeichen von Santiago. Das kühlte Montses Gefühle sehr ab. Sie verglich ihn nun oft mit Alberto und stellte fest, dass sie über ein Jahr blind gewesen war.

Es dauerte eine Weile, aber schließlich konnte sie nicht widerstehen, den Tabakladen von Santiagos Mutter aufzusuchen. Es war eine schwere Entscheidung. Sie war nicht sicher, was sie sagen sollte. Im letzten Moment legte sie sich einen Vorwand zurecht: Sie wollte den silbernen Ring zurückbringen, den der Junge ihr geschenkt hatte. Wenn er wirklich von seiner Großmutter stammte, hatte er mit Sicherheit einen ideellen Wert.

Sie merkte gleich, dass etwas anders war. Die Ladentür war neu. Unentschlossen ging sie hinein. Sie bemerkte einige Veränderungen, aber das Entscheidende war, dass Santiagos Mutter nicht hinter dem Ladentisch stand. Stattdessen stand dort ein wohlbeleibtes, vertrauensseliges Paar um die fünfzig. Montse stockte. Sie wusste nicht, was sie sagen sollte.

»Ich wollte zu der Besitzerin des Ladens.«

Die Frau sah sie argwöhnisch an. Sie dachte, man wolle ihr etwas verkaufen.

»Ich bin die Besitzerin. Was willst du?«

»Also eigentlich suche ich die Frau, der der Laden vorher gehört hat.«

»Ja, ja. Die Tochter von Culiverde. Sie war sehr krank. Sie ist gestorben.«

Montse versuchte sich ihre Überraschung nicht anmerken zu lassen. Damit hatte sie nicht gerechnet.

»Und ihr Sohn? Sie hatte einen Sohn namens Santiago. Er muss vor ein oder zwei Monaten vom Militär zurückgekommen sein. Er war in Zaragoza stationiert. Wissen Sie, ich muss ihm etwas zurückgeben, das seiner Familie gehört.«

Montse zeigte ihr die geöffnete Handfläche mit dem Ring. Der Mann kam auf die andere Seite der Ladentheke, um das Mädchen besser zu sehen. Er war sehr ernst geworden. Ein Kunde betrat den Laden.

»Santiago, sagst du?«, sagte der Ladenbesitzer. »Ja, ich glaube, so hieß er.«

»Ein Unglück«, mischte sich die Frau ein. »Er ist bei einem Unfall in der Sahara ums Leben gekommen.«

»In der Sahara?«

»Ja, während des Grünen Marschs. Stimmt's, Agustín?«

Agustín war der Kunde, der gerade hereingekommen war.

»Von wem redet ihr? Vom Sohn der Culiverde?«

»Ja. Dieses junge Mädchen fragt nach ihm.«

»Der arme Kerl. Ist mitten in dieses Schlamassel mit Hassan geraten. Eine Granate, heißt es.«

»Es war keine Granate«, korrigierte ihn der Ladenbesitzer. »Es war ein Panzer. Ein Panzer hat ihn überrollt.«

»Es war eine Granate. So stand es jedenfalls in der Zeitung.«

»Na ja, eine Granate, ein Panzer … Was soll's?«, vermittelte die Frau. »Jedenfalls hat dieses Mädchen nach ihm gefragt.«

Montse hörte das alles wie von weither. Sie empfand nichts. Sie sagte nichts. Sie blieb einfach stehen, den Ring auf der ausgestreckten Handfläche.

»Zeig mal her, Mädchen.«

Die Ladenbesitzerin nahm den Silberring, hielt ihn vor die Augen und prüfte ihn eingehend. Als sie sah, dass er nicht viel wert war, gab sie ihn Montse enttäuscht zurück. Während das Mädchen hinausging, vertieften sie sich erneut in eine Diskussion über die Todesursache von Santiago San Román.

Von da an begann Montse empfänglicher für Albertos Werben zu werden. Aber es dauerte noch zwei Jahre, bis sie sich davon überzeugen ließ, mit ihm essen zu gehen. Der junge Mann machte eine steile Karriere. In einem Alter, in dem die meisten Ärzte noch dicke Bücher wälzten, um eine Stelle zu bekommen, hatte er bereits einen Ruf an die Klinik erhalten. Doktor Cambra sah es nicht gerne, dass er die Universität verließ, wo ihm eine glänzende Zukunft bevorstand, aber er versuchte seinen Unmut nicht zu zeigen. Dieser Junge würde zweifellos überall brillieren.

Ayach Bachir klingelte an der Gegensprechanlage, und Montserrat Cambra bat ihn sofort nach oben. Er gab ihr wie immer die Hand, indem er sie nur leicht drückte und dann gleich nach unten sinken ließ. Als hätte sie Gefallen an dem Ritual gefunden, erkundigte sich Montse nach der Arbeit, der Familie, nach Fatma, dem Baby, dem Auto und dem kaputten Kühlschrank. Auch Ayach stellte ihr Fragen und quittierte jede Antwort mit einem Lächeln. Dabei hatten sie sich erst vor zwei Tagen gesehen. Montse bot ihm einen Beuteltee an, aber Ayach zog einen Kaffee vor.

»Ich habe dich im Krankenhaus gesucht«, sagte der Saharaui. »Ich dachte, du hättest Bereitschaftsdienst, aber man sagte mir, du würdest in den nächsten Tagen nicht arbeiten.«

»In den nächsten Monaten, Ayach. Ich habe unbezahlten Urlaub genommen.«

Doktor Cambra kochte Kaffee, während Ayach über Belanglosigkeiten sprach. Sie war sicher, dass der Mann gekommen war, um ihr etwas Wichtiges mitzuteilen, aber sie wusste, dass er keine Eile hatte: Zuerst musste er die Aufmerksamkeit seiner Gastgeberin würdigen, einen Kaffee trinken, eine Zigarette rauchen. Danach würde er sagen, was er zu sagen hatte. Es war ein Verhalten, das sie zugleich amüsierte und irritierte, aber sie hatte sich schnell daran gewöhnt.

»Ich habe dir etwas Dringendes zu sagen«, erklärte Ayach schließlich.

Montse musste einfach lachen. Bei dieser Szene begriff sie, warum sie irgendwo gelesen hatte, dass die Rate an Herzinfarkten und Angina Pectoris bei den Saharauis weit unter dem Durchschnitt lag.

»Ich bin ganz Ohr. Was gibt es denn so Dringendes?«

»In fünf Tagen geht ein Flug von Barcelona nach Tindouf. Wenn du willst, kann ich dir einen Platz besorgen. Es gibt noch drei.«

Montse zuckte im Sessel zusammen. Ein weiteres Mal stellte das Schicksal sie auf die Probe.

»Nach Tindouf? Ich?«

»Ja. Tindouf ist eine sichere Stadt. Algier ist weit weg. Es gibt keinen Terrorismus dort. In einer Stunde kannst du in den Camps der saharauischen Flüchtlinge sein.«

Montse war wie erstarrt. Zum ersten Mal seit langer Zeit bekam sie glasige Augen. Sie war sich überhaupt nicht sicher. Ayach Bachir respektierte ihr Schweigen. Er sah ihr fest in die Augen. Schließlich lächelte Montse.

»Meinst du das ernst?«

»Natürlich. Ich komme doch nicht hierher, um so einen Witz zu machen. Was sagst du?«

»Ich weiß nicht, was ich sagen soll.«

»Ist dein Pass in Ordnung?«

»Ja.«

»Dann entscheide dich. Ich brauche nur deine Daten für das Visum. Sonst nichts.«

Montse hatte das Gefühl, dass der Boden unter ihren Füßen nachgab. Sie stand auf, ging aus dem Zimmer und kam mit ihrem Pass zurück. Jetzt war sie aufgeregt. Er war tatsächlich nicht abgelaufen. Sie legte ihn auf den Tisch, dann steckte sie ihn in die Tasche. Ayach Bachir lächelte und gab sich alle Mühe, dabei nicht respektlos zu erscheinen.

»Wenn du dich dafür entscheidest, spreche ich morgen mit meinem Vater. Er muss in drei Tagen nach Libyen. Politik. Aber er wird jemanden schicken, der dich abholt. Meine Schwester kann dir ihre *jaima* anbieten. Sie ist bescheiden, aber meine Schwester wäre sehr stolz, dich zu Gast zu haben.«

»Ich bin nicht sicher, Ayach. Ich weiß nicht, was ich sagen soll.«

»Yusuf wird sich freuen, dich zu sehen. Mit Sicherheit hat er eine Frau wie dich nicht vergessen können. Oder soll ich Santiago sagen?«

»Du bist ein Schatz, Ayach. Aber schon bei dem Gedanken gerate ich in Panik.«

»Hast du Angst, dass er sich nicht an dich erinnert?«

»Nein, natürlich nicht. Er wird sich nicht an mich erinnern, da bin ich sicher. Oder doch? Ich weiß es nicht ...«

Der Saharaui schenkte sich noch ein wenig Kaffee nach. Er versuchte, sie nicht zu einer Entscheidung zu drängen, aber als Montse ihn fragte, war er ehrlich.

»Was würdest du an meiner Stelle tun, Ayach?«

»Ich würde hinfahren. Wenn Gott will, dass du ihm begegnest, wirst du ihm begegnen, auch wenn du hierbleibst und dich im letzten Winkel der Erde versteckst. Und wenn er es nicht will ...«

Montse holte den Pass aus der Tasche und suchte in einer Schublade nach Papier und Kugelschreiber.

»Welche Angaben brauchst du für das Visum?«

GEGEN MITTAG KOMMT ein kräftiger Wind auf, der die *jaimas* schüttelt und ihre Standfestigkeit auf die Probe stellt. Der Sand dringt durch alle Ritzen. Montse ist überrascht, wie sich die Landschaft verändert. Die Hunde kläffen wie toll, als machte der Wind sie verrückt. Sie hat den ganzen Morgen in der Küche verbracht und Laylas Tante geholfen. Als sie nun nach draußen geht, muss sie ein Tuch vors Gesicht ziehen und die Augen schließen. Der Sand dringt in die Kleider, die Nasenlöcher, die Ohren. Obwohl sie den Mund geschlossen hält, spürt sie den Sand am Gaumen und zwischen den Zähnen.

Nach dem Essen füllt sich die *jaima* mit Nachbarinnen, die kommen, um sich die Telenovela anzusehen. Montse will sich das Schauspiel nicht entgehen lassen. Sie setzt sich ganz nach hinten und beobachtet jede Reaktion der Saharaui-Frauen. Layla schläft mitten in dem ganzen Durcheinander, zusammengerollt wie ein Fötus, das Gesicht mit der *melfa* bedeckt. Für Montse ist es ein Bild von großer Schönheit. Plötzlich hört der Wind auf und lenkt ihre Aufmerksamkeit auf die Stille, die draußen einkehrt. Allmählich wird sie schläfrig. Sie merkt, wie ihre Beine nachgeben und ihre Lider immer schwerer werden. Sie glaubt, die Stimme ihrer Tochter Teresa zu hören. Sie hört sie von ferne, wie aus einem anderen Zimmer. Sie weiß, dass es nur das Ergebnis ihrer Einbildung ist. Die Erinnerung tut nicht mehr ganz so weh wie sonst. Teresa hätte es gefallen, diesen Ort kennenzulernen. Sie denkt an all die Dinge, die ihre Tochter nicht kennenlernen konnte. Die Geräusche des Fernsehers überdecken ihre Gedanken.

Von weither hört sie ein Pfeifen. Es ist ein populäres Lied. Sie kann es nicht richtig erkennen, aber sie hat es oft gehört. Diese Melodie ist ein Teil ihrer Jugend. Sie erwacht aus ihrer Lethargie und erschrickt. Das Pfeifen war kein Traum. Sie hört es wirklich. Es kommt auch nicht aus dem Fernseher. Auf der Straße pfeift jemand. Sie versucht diese Melodie zu erkennen. Es ist ein Pasodoble, soviel ist sicher. Als sie den Refrain erkennt, macht ihr Herz einen Satz. Die Frauen haben das Pfeifen nicht bemerkt, sie sind ganz in das algerische Fernsehprogramm vertieft. Layla schläft tief und fest.

Montse steht auf und verlässt unbemerkt die *jaima*. Draußen ist niemand. Es ist windstill. Das Pfeifen ist nicht mehr zu hören. In der Luft schweben noch Sandpartikel, wie Wolken oder trockener Nebel. Der Himmel ist bedeckt. Es herrscht eine trockene, stickige Hitze. Montse versteht nicht, wieso sie plötzlich so nervös ist. Sie kann nicht stillstehen und beschließt, einen Spaziergang zu machen. Auf einer leichten Anhöhe etwas weiter weg ist die Schule für Behinderte zu erkennen. Sie beschließt, dorthin zu spazieren. Beim ersten Mal hat sie Bir Lehlu von dort oben betrachtet. Es war eine wunderschöne Aussicht gewesen.

Sie schaut beim Gehen auf den Boden, deshalb bemerkt sie den Mann nicht, der etwas weiter weg mit dem Rücken zu ihr auf dem Boden hockt. Als sie ihn sieht, bleibt sie stehen. Sie überlegt, ob sie weiter auf ihn zu gehen oder einen Bogen um ihn machen soll. Vielleicht betet er. Aber als sich der Mann plötzlich aufrichtet, erschrickt Montse. Er hat die *derraha* mit einer Hand bis zur Taille gerafft. Der Saharaui hat sie nicht gesehen. Sein weißer Hintern bildet einen Kontrast zu der dunklen Haut der Menschen seines Volkes. Sie schämt sich bei dem Gedanken, dass der Mann sie dabei entdecken könnte, wie sie ihn beobachtet.

Als sie gerade gehen will, ist es zu spät: Der Mann hat sie gesehen und kommt auf sie zu. Fünf Meter entfernt bleibt er stehen.

»*Musso mussano? Musso mussano?*«

Da erkennt sie ihn wieder und ist beruhigt. Es ist der Dämon. Jetzt wirkt er gar nicht mehr so alt. Er ist von der Sonne verbrannt, seine Lippen sind voller Bläschen.

»*Le bes, le bes*«, antwortet Montse. »Es geht mir gut.«

Als der Saharaui sie sprechen hört, reißt er überrascht die Augen auf.

»Spanisch?«, fragt er mit starkem saharauischem Akzent.

»Ja, spanisch.«

»Ich viele Freunde. Viel Spanier.«

Als Montse ihn jetzt so sieht, kommt er ihr harmlos vor. Wäre da nicht der Ausdruck in seinen Augen, sie würde nicht am Verstand dieses Mannes zweifeln. Der Saharaui sagt etwas auf Hassanniya. Es klingt wie ein Vers. Montse unterbricht ihn, um ihn nach seinem Namen zu fragen.

»Ich erinnere nicht. Vergesse Dinge. Spanische Frauen sehr hübsch.«

Montse lächelt ihm zu. Sie hat Angst, den Mann zu beleidigen, wenn sie ihm den Rücken zukehrt. Der Saharaui hebt ungeschickt die *derraha* hoch. Montse glaubt, dass er sich nackt zeigen will, und fühlt sich bedrängt. Aber sie täuscht sich. Der Saharaui sucht etwas in seiner Tasche und kommt dann auf die Fremde zu. Er hält ihr einen Stein hin. Montse nimmt ihn. Dabei bemerkt sie, dass ihm ein Arm bis zur Höhe des Ellenbogens fehlt. Sie sieht den Stumpf unter der *derraha* hervorlugen. Sie versucht, ihn nicht anzustarren. In der Hand hält sie einen wunderschönen Stein. Es ist eine Sandrose.

»Für spanische Frau«, sagt der Mann.

»*Shu-kran*«, bedankt sich Montse. »Er ist sehr schön.«

»Spanische Frauen sehr schön.«

Der Blick des Saharaui geht in die Ferne. Montse merkt, dass er nicht sie ansieht. Der Mann ist in Gedanken woanders. Verunsichert hält sie die Sandrose mit beiden Händen.

»Er ist sehr schön«, zwang sie sich zu sagen.

Der Saharaui wendet sich ab und geht wortlos davon. Jetzt kann sie ihn besser sehen. Es ist unmöglich, sein Alter zu schätzen. Sie versucht sich vorzustellen, wie schwierig es für einen Geisteskranken sein muss, in dieser feindlichen Umgebung zu überleben. Der Anblick des Armstumpfs, der aus dem Gewand hervorragte, hat sich ihr eingebrannt. Montse betrachtet das Geschenk, das der Unbekannte ihr überreicht hat. Dann geht sie weiter in Richtung Schule.

Plötzlich, als befände sie sich immer noch in einem Traum, hört sie erneut das Pfeifen, das sie vorhin in der *jaima* gehört hat. Aber jetzt hört sie es ganz deutlich. Sie blickt sich um, sieht aber niemanden. Trotz der Hitze durchläuft ein Schauder ihren ganzen Körper. Diese alte, ungeschickt gepfiffene Melodie versetzt sie in eine Augustnacht vor vielen Jahren zurück: ein Platz voller Leute, eine Musikgruppe, die auf einem Metallpodest spielt, und ein Paar dunkler, wunderschöner Augen, die sie unverwandt ansehen. Der schönste aller möglichen Blicke.

ZEITTAFEL

Die Westsahara grenzt im Norden an Marokko, im Nordosten an Algerien, im Osten und Süden an Mauretanien. Seit Ende des Zweiten Weltkriegs bis 1976 war die Region spanische Kolonie. Zurzeit ist sie von Marokko besetzt. Die Einwohner, die »Saharaui«, sind muslimische, zu den Mauren zählende Nomaden. Der lang andauernde Westsaharakonflikt führte dazu, dass immer noch etwa 155 000 Saharaui in Flüchtlingslagern bei Tindouf (Algerien) leben und fast vollständig von Hilfslieferungen der EU, der Vereinten Nationen und anderer Hilfsorganisationen abhängig sind.

1973 Gründung der saharauischen Befreiungsfront POLISARIO, die, von Algerien unterstützt, einen bewaffneten Widerstand gegen die spanische Herrschaft begann.

1974 forderte König Hassan II. von Marokko den Anschluss der Westsahara an sein Land. Spanien kündigte an, die Bevölkerung in einem Referendum entscheiden zu lassen. Zu diesem Referendum ist es bis heute nicht gekommen.

1975 führten die Ansprüche Marokkos und Mauretaniens auf dieses Gebiet zu einem internationalen Konflikt. Im »Grünen Marsch« (6.–10. 11. 1976) drang Marokko in die nördliche Westsahara ein.

1976 zogen die Spanier ab und Marokko und Mauretanien teilten ohne Volksabstimmung das Gebiet unter sich auf. Daraufhin rief die POLISARIO die Demokratische Arabische Republik Sahara aus und verstärkte den Guerillakrieg. Die UN forderte weiterhin vergeblich ein Referendum zum Selbstbestimmungsrecht.

1979 Infolge von Kämpfen verzichtete Mauretanien gegenüber der POLISARIO auf seine Ansprüche, woraufhin Marokko auch den ehemals mauretanischen Teil der Westsahara annektierte.

Erst **1991** wurden bewaffnete Auseinandersetzungen zwischen marokkanischen Truppen und der POLISARIO unter UN-Vermittlung mit einem Waffenstillstand beendet.

Bis **2008** gab es trotz starker Vermittlungsbemühungen der UNO keine Einigung in diesem Konflikt.

Weblinks:
http://www.uni-kassel.de/fb10/frieden/regionen/Westsahara/Welcome.html
(Politische Informationen zur Westsahara und ihrer Bevölkerung: Artikelsammlung auf den Seiten der AG Friedensforschung an der Uni Kassel.)

Richard Powers

Das Echo der Erinnerung

Roman

Aus dem Amerikanischen von
Manfred Allié und Gabriele Kempf-Allié

Band 17457

»Er gehört zum Besten, was die US-Literatur derzeit zu bieten hat«
Susanne Weingarten, BRIGITTE

Ein verschlafener Ort in der Mitte der USA, eine halbe Million Kraniche, die jedes Frühjahr auf einem tausend Meilen langen Zug nach Norden hier Rast machen, eine Landstraße in einer Februarnacht. Mark überschlägt sich mit seinem Auto und kommt noch einmal davon. Allerdings ist nichts mehr so wie davor. Seine Schwester versucht alles, um sein Leben wieder herzustellen und wird von ihrem eigenen dabei eingeholt.

In einem Roman voller Spannung erforscht Richard Powers, was Familien im Innersten zusammenhält: das zerbrechliche Geflecht aus Gefühl und Erinnerung. Die ergreifende Geschichte eines Geschwisterpaares und ein Panorama des heutigen Amerikas vereinen sich im neuen gewaltigen Roman des Bestsellerautors.

»Richard Powers hat eine Schöpfungsgeschichte geschrieben. Staunend steht man davor.«
Thomas Steinfeld, Süddeutsche Zeitung

Fischer Taschenbuch Verlag

Anna Gavalda
Ich habe sie geliebt
Roman
Aus dem Französischen von Ina Kronenberger
Band 15803

Pierre und Chloé haben nichts gemeinsam. Chloé ist Anfang dreißig, hat zwei kleine Töchter und wurde gerade von ihrem Mann verlassen. Pierre ist ihr Schwiegervater, Mitte sechzig und ein unsensibler, arroganter Bourgeois. So dachte sie zumindest – bis er sie und die Kinder mitnimmt ins Ferienhaus der Familie. Bei Pasta und Rotwein unterhalten sich die beiden über die Liebe und das Leben. Chloé entdeckt hinter der autoritären Maske einen aufmerksamen Zuhörer und gewinnt einen Freund, der eine überraschende Lebensbeichte ablegt.

»Ein Lichtstrahl am literarischen Himmel.«
Le Figaro

Fischer Taschenbuch Verlag